新时代
山乡巨变
创作计划

津子围◎著

苹果红了

沈阳出版社
作家出版社

图书在版编目（CIP）数据

苹果红了 / 津子围著 . -- 沈阳 : 沈阳出版社 ; 北京 : 作家出版社 , 2024.4
ISBN 978-7-5716-3686-9

Ⅰ. ①苹… Ⅱ. ①津… Ⅲ. ①长篇小说 - 中国 - 当代
Ⅳ. ① I247.5

中国国家版本馆 CIP 数据核字（2023）第 216482 号

出 版 发 行：沈阳出版发行集团|沈阳出版社
（地址：沈阳市沈河区南翰林路10号 邮编：110011）
网　　　址：http：//www.sycbs.com
印　　　刷：辽宁泰阳广告彩色印刷有限公司
幅 面 尺 寸：152mm × 230mm
印　　　张：32.25
字　　　数：360千字
出 版 时 间：2024年4月第1版
印 刷 时 间：2024年4月第1次印刷
选 题 策 划：沈晓辉
责 任 编 辑：张　闯　　宋　铮　　沈晓辉
鲁莎莎　郑丽　高玉君　赵琳
特 约 编 辑：宋辰辰
版权输出统筹：赵　琳
封 面 设 计：杨　雪
版 式 设 计：邸春娇
责 任 校 对：张　晶
责 任 监 印：杨　旭

书　　　号：ISBN 978-7-5716-3686-9
定　　　价：68.00元

联 系 电 话：024-24112447　024-62564922
E - mail：sy24112447@163.com

目录

第一章　水晶苹果

初伏天的风是懒散的，像被什么催促着，不得不动起来，东张西望，心不在焉，漫不经心地掠过沥青路面、街边绿化树和楼房反射着阳光的窗玻璃，以至空气中的水汽也是燠热的。

梅子下车时额头和鼻尖儿都挂着汗珠，她自己也没想到，竟会去参加老姜女儿的婚礼。

梅子与老姜没有任何交情，仅仅见过两次面而已。当梅子接到老姜的邀请时，她还以为是老姜弄错了。后来老姜又专门给她发了微信，十分诚挚地邀请她，说您的光临“荣幸之至”之类的话。梅子随即“嘁”了一声，嘟哝一句：“现在的人都怎么啦？疯了吗？”

人的情绪是容易被干扰的，一个婚礼的邀请破坏了梅子的心情，整个下午她都觉得沉闷和压抑，好像有什么事儿堵在胸口。直到傍晚，梅子看到雪芳的微信留言，她的情绪才像河流一样转了个大弯儿，调整了方向。

其实雪芳的留言没什么信息量，只是告诉梅子她本周五回来。

尽管如此，梅子觉得这已经很好了，足矣！毕竟雪芳还告诉她一声，不告诉她又能怎么样呢？对待自己女儿的态度与对待别人是不同的，可以宽容到无底线，或者说，想不宽容都不行。

上次雪芳去稻城亚丁旅游，梅子在朋友圈看到女儿发的照片，就给她留言，叮嘱她要注意高原反应，注意安全什么的，雪芳没有任何回应，梅子有些熬不住了，给女儿拨了电话。“我现在忙，晚上跟你视频。”雪芳只说了一句话，就把电话挂断了。接下来，整个晚上梅子都在等待中度过，心里像有很大的事儿横在上面。梅子把手机的音量调到最大，就算手上沾满了面粉，也时不时看一眼餐台上的手机，生怕手机一旦不响而错过了视频邀约。事实上，那天晚上手机是有响过的，梅子理了理头发，从容不迫地过去拿手机，只是没一个是雪芳挂来的。时间一分一秒地过去了，梅子并没觉得煎熬，仿佛等待的时间越长，离与女儿见面的时间越临近。直到午夜时分，梅子才意识到这个晚上又白等了。当时梅子很生气，本想给雪芳打电话，可时间太晚了，怕打扰旅途劳累的女儿休息就没打。到头来，梅子只能自己生闷气：一方面怪罪雪芳说话不算话，轻视自己的存在；另一方面怪自己太执拗，太玻璃心。梅子几乎一夜没睡，觉得自己在女儿心目中似乎没什么地位，与女儿在她心目中的地位形成了天地之差。怪谁，要怪也只能怪自己了。两天后，雪芳像没事儿人一样问梅子要不要给她买一条西藏手工围巾，梅子的心瞬间又热乎起来，连忙说不用了，自己已经有七八条围巾了，谢谢女儿还想着老娘。雪芳说：“也没啥，想着出来一趟，回去总得给你带点儿东西。”梅子还是没忍住问了雪芳一句：“本来说好前天晚上要通个视频电话，你怎么没动静了呢？”雪芳说：“噢，我忘了。”放下电话，梅子心里轻松多了，很快就原谅了女儿。事后梅子想：别的母亲也这样吗？造孽，真是造孽呀！

老姜邀请梅子参加她女儿婚礼的那个晚上，梅子的心情刚刚因为雪芳的留言有所调整，杨贵妃又跟她提起婚礼邀请的事儿，使本来已经转了方向的铁道线又扳了道岔——扳了回来。

杨贵妃，本名杨妮妮，是旗袍队里最丰满的一位。大家知道杨妮妮忌讳“胖”“发福”“丰满”一类的词语，所以就叫她“杨贵妃”。谁都知道“杨贵妃”代表着什么，奇怪的是，杨妮妮居然可以接受这个称谓。时间长了，大家都忘掉了杨妮妮，习惯叫她杨贵妃了。

杨贵妃对梅子说：“我在群里看到了你的名字……”“什么名字？”梅子问。“星期六参加老姜女儿婚礼的名单哪。”杨贵妃回道。梅子有些不高兴，说：“我还没答应呢，而且我跟老姜根本不熟悉。”杨贵妃说：“我跟老姜倒是认识有些年了，可我们之间没礼尚往来呀，再说了，她女儿是二婚，大张旗鼓地张罗，合适吗？”梅子说：“谁知道现在的人都怎么了？脸皮厚得可以当鞋垫了，我不去。”杨贵妃说：“那，我也不去了。”

转眼到了周六，吃过早饭，梅子就觉得心神不宁，好像有什么该做的事儿没做，她仔细想了想，应该没什么事儿。对了，周六中午是老姜女儿的婚礼，她已经决定不去参加那个婚礼了，可奇怪的是，梅子还是拿出手机翻了起来，翻到了杨贵妃说的“嘉宾名单”，自己的名字赫然在上。莫名其妙！这份名单最多算是拟邀请人员名单，而不是嘉宾名单。看着看着，梅子突然怔住了，她居然在名单里看到了雪芳的名字。雪芳去参加婚礼？她和老姜家有什么关系呢？为什么不跟我说呢？她说周五回来就是为了参加婚礼吗？梅子心生一连串的疑问。雪芳单独出去住快一年了，她们母女之间很少见面，除非必要。这里说的必要，是雪芳认为的必要。还有，梅子每半个月去帮雪芳打扫一下房间，那也不一定能见到雪芳。上一次打扫房间，梅子见到了雪芳，她对雪芳抱怨起来：“房间怎么能让你祸害成这样呢？批儿片儿的，连个下脚的地方都没有。这是人住的地方还是狗窝呀？”雪芳说：“老妈你就别操这个心了，一人一种生活方式。”梅子的火气上来了，大声说：“你的生活方式就是让老娘帮你擦屁股哇！你以为我愿意为你操心吗？”雪芳反驳说：“可是我也没请你来帮我打扫啊。”梅子说：“我看不下眼儿。”雪芳嘟哝一句：“那就是你的事儿啦。”雪芳不说话了。梅子的唠叨则刚刚开始，她数落起雪芳：“二十八九岁的人了，生活还不能自理，将来谁娶你当媳妇，真是倒了八辈子血霉……”雪芳说：“我对结婚不感兴趣。”

看到雪芳的名字之后，梅子决定去参加老姜女儿的婚礼，这样的话在婚礼上就可以撞见雪芳了，她想搞清楚对结婚不感兴趣的雪芳，参加别人的婚礼是什么样的感受。

到了婚礼现场，梅子并没有感受到“荣幸之至”的重视，她没见到老姜，只有一个不认识的人引导她来到“迎宾处”，一张铺着红布的台子上摆着“签到簿”样式的折叠册页以及募捐箱一般的纸盒子。册页是用来记录来宾名字和随礼数目的，纸盒子自然是用来装钱的，没有现金不是问题，旁边就有二维码，可以扫码转账。梅子翻弄着册页，比照最少的数额将自己的随礼数额填写上去。扫码转账时，梅子犹豫了一下，最后还是转了 300 元，比她填写的 500 元少了 200 元。梅子在心里说：“我能来已经很够意思了，表示一下得了。”

婚礼大堂熙熙攘攘，梅子东张西望，没见到雪芳的身影，却在第 19 桌见到了杨贵妃。

梅子很惊讶，问杨贵妃："你不是说不来吗？"

杨贵妃说："我今天没啥事儿，闲着也是闲着，就来凑热闹了。你呢？不是也说不来吗？"

梅子有些不好意思，说："啊，今天早上改变主意了。"

杨贵妃神秘地笑了笑，拉着梅子坐了下来。

婚礼仪式之前，餐桌上摆着干果盘和糖果盘，一只小碟子里放着香烟。除了香烟之外，干果盘和糖果盘所剩无几。坐在杨贵妃旁边的一位中年妇女一边吐着瓜子皮儿，一边说："现在的风俗真乱套，二婚怎么都改到中午办啦？"

杨贵妃说："没规定二婚不能中午办吧？"

"怎么没有？二婚都是晚上办的，这么多年，我还头一次遇到中午办的。"

杨贵妃好像知道得挺多，她说："婚礼都在晚上，是现代人搞错了，二婚中午举办正对。"她又向身边的中年妇女普及起了知识："结婚结婚，那个'婚'字在古代是黄昏的意思，这样，中午办'二婚'才符合传统呢，我看没啥不妥的。"

中年妇女撇了撇嘴，不太服气的样子。

梅子过来插话，问杨贵妃的丈夫最近怎么样。

"还那样儿。"杨贵妃说，"职务不高，血压高；职称不高，血脂高；工资不高，血糖高。"

梅子笑了一下，说："年龄大了，'三高'也正常。"

"年龄大了，职务、职称、工资高才正常。"

婚礼仪式开始了。发丝定型过的主持人走上 T 台，深情地说："总有这样一段时光，让我们静静等待，等待一生一世的爱情；总有一个人，悄悄地出现在你的身边，令你怦然心动，然后彼此相爱。他们走过春夏秋冬，走过寂静繁华，今天终于走上这神圣的婚礼殿堂。让我们用潮水般的掌声欢迎这场婚礼的男主角——新郎隆重登场……”大家的注意力都聚焦在新郎新娘的身上时，梅子却心不在焉，在视线范围内、在大屏幕里闪过的人影中，四处搜寻着雪芳，遗憾的是，她一直没见到雪芳的身影。

婚礼的程序都差不多，新郎手捧鲜花入场，新娘一袭洁白的婚纱，在父亲的陪伴下登场。煽情的交接仪式过后，新郎和新娘真情表白，宣告爱情誓言，交换爱情信物……

主持人说：“请新郎托起新娘美丽温柔的手，你是否愿意这个女人成为你的妻子并与她缔结婚约，无论疾病还是健康，无论贫穷还是富有，或任何其他理由，都爱她、照顾她、尊重她、接纳她，永远对她忠贞不渝，直至生命尽头？”

新郎回答：“我愿意！”

主持人对新娘说：“请新娘托起新郎坚强有力的手，你是否愿意这个男人成为你的丈夫并与他缔结婚约，无论疾病还是健康，无论贫穷还是富有，或任何其他理由，都爱他、照顾他、尊重他、接纳他，永远对他忠贞不渝，直至生命尽头？”

新娘回答：“我愿意。”

主持人对来宾说：“尊敬的各位来宾，你们是否愿意为他们的结婚誓言作证？”

台下回答：“愿意！”

“我听不清楚，请大家的声音再响亮一些！”

“愿意！”

杨贵妃冲着梅子撇了撇嘴："真搞笑……听说两个人都是二婚，第一次结婚也这样山盟海誓的吗？"

梅子说："就是走个程序呗。"

杨贵妃问梅子："你家雪芳咋样？啥时候结婚哪？"

"雪芳……没听她说有男朋友……"

杨贵妃叹了口气，说："我家若影也单着呢，你说现在咋回事儿呢？就老姜闺女那个层次的，都结两次婚了……"

"小点儿声，这样说不合适。"

"本来嘛，你说咱闺女差在哪儿呢？为啥把优秀的都剩下了？不正常，太不正常了。"

"你是说眼下现状，还是说孩子？"

"当然是现状了。"

现场掌声十分热烈，婚礼仪式走到尾声，主持人的话锋变了，仿佛成了脱口秀表演："新郎新娘手牵手，从此成了小两口；新郎新娘一根筋，海枯石烂不变心；新郎新娘同进步，多吃萝卜少吃醋；新郎新娘感情好，明年就生小宝宝……"

梅子站起来在人群里张望着。杨贵妃瞅着梅子说："饿了是吧？都12点多了，还不上菜。"

菜总算上来了，但热菜不热，凉菜不凉，尽管如此，没多大工夫几道菜就盘子见了底儿。新郎和新娘敬酒之后，一桌子菜被提前"光盘行动"。杨贵妃从不吃亏，她早有准备，见别人开始动手，便迅速从包里拿出了塑料袋，成功地打包了半个红烧肘子和半份四喜丸子。

杨贵妃对梅子说："肘子给你吧。"

梅子摇了摇头。

“你嫌弃？”

“除了自己家人，我从不在外面打包。”梅子说。

从酒店出来，杨贵妃陪梅子走到了地铁站，一路上她不停地讲啊讲，主要是抱怨她女儿这茬孩子：“都说95后和00后是‘绝代佳人’……”

“绝代佳人有那么多吗？”

“不是那个绝代佳人，是没房贷、没车贷、没有下一代。”

梅子笑了起来：“这算啥绝代佳人啊！”

“不光绝代佳人，还‘四大皆空’呢！”

“出家啦？”

“啥出家，不买房、不结婚、不工作、不生娃，四大皆空。”

梅子又笑起来，笑一笑，笑容就在脸上僵住了。雪芳不正是“四大皆空”吗？

杨贵妃说：“我现在啥都挺好的，就是若影让我糟心，一想到她，就条件反射脑瓜仁儿疼。你家雪芳呢？”

“还……也挺愁人的。”

“我真心不理解，你说这茬孩子中啥邪了，整天捧个手机，一天不出门，洗澡两分钟，‘大号’半小时……”

“你闺女也那样啊！还有早起不叠被，白天拉窗帘。”

“就是就是，发信息不回，发红包秒收。”

“对人冷漠，对小猫小狗倒挺有爱心。”

“可不是嘛，买东西从来不讲价，说别人不容易，可她老爹老妈就容易？”说着，杨贵妃还掂量掂量手里的塑料袋，“当年供她出国留学，我跟她爸吃剩饭剩菜是家常便饭。”

10 年前，梅子和杨贵妃谈论起各自女儿时都十分骄傲，比如所在大学在世界排名多少多少，即便大学排名不算靠前，还是可以说一说专业，而且，学校里曾经走出来过哪些名人，不管自己了解不了解，都能背出名字，如数家珍，仿佛汗毛孔里都透着自豪。时过境迁，如今两个孩子都回来了，梅子和杨贵妃彼此知道对方底细，用不着打肿脸充胖子，都耷拉下脑袋。

望着杨贵妃的背影，梅子想起小学时的同学杨妮妮，即便后来当了护士的杨妮妮依旧身材苗条，婀娜多姿，可人是禁不住岁月摧残的，梅子心里想。

这次参加婚礼，梅子并不是什么都没拿，而是拿回了一个苹果。

梅子把那个苹果放在家里的餐桌上，目光扫到了自己食指上的疤痕。母亲曾跟她说过，小时候她跟哥哥姐姐争苹果，不小心被刀划破了手，留下了永久的疤痕。那个时候家里困难，一个苹果分四份，一个孩子一份。梅子对此没有记忆，问哥哥跃进和姐姐石青：跃进说，最多的时候，每个孩子分一个苹果，更多的时候是两个人分一个苹果，或者一个苹果分四瓣儿；石青说，没有那么宽裕，记得有一次，她只吃到了削下来的苹果皮。至于梅子的手是怎么受伤的，跃进和石青都说不记得了，不承认是他们误伤了梅子。

梅子将拿回来的苹果放在桌子上，它的旁边还有一个水晶苹果，两个苹果大小、形状差不多，颜色和质感却霄壤之别。水晶苹果是雪芳送给她的。

周一傍晚下了一场雨，是那种被称为“晴天漏”的雨，天空一边晴朗一边阴沉，阴沉的那片下没下雨不知道，晴朗这一片却噼里啪啦下起了急雨。由于气象台没有预报，很多人没带伞，导致下班高峰期变得十分拥堵。梅子和雪芳一起去回迁房泉水小区看望老爷子刘宝贵。从梅子的角度来说，是雪芳陪自己看父亲；从雪芳的角度来说，是梅子陪自己看姥爷。不过这次是雪芳先提出来的，所以说是梅子陪她也说得过去。

路上，梅子问雪芳："周六你去参加婚礼了？"

"什么婚礼？"

"老姜女儿的婚礼呀。"

"老姜？我没听说过。"

梅子明白了，也许婚礼名单里的那个雪芳是重名。现在的重名率太高了，想避开，也不是一件容易事。

那天晚上，刘宝贵心情很好，做了两个拿手菜：熘肉段和酱牛肉。刘宝贵已经95岁了，身体硬朗，除了有点儿耳背，其他方面感觉比梅子都健康。雪芳最喜欢吃姥爷做的菜，尤其是熘肉段和酱牛肉。熘肉段要外焦里嫩，想做得好非常不容易，不是黏糊了就是疲沓了。在雪芳小时候刘宝贵曾告诉她，做好熘肉段的关键是掌握好火候，过油时火劲儿要猛，把肉段炸结实了，最好带点儿煳味儿，芡不要勾得太厚。事实也是如此，姥爷熘的肉段油光锃亮、糯香酥脆。酱牛肉的酱料是姥爷自己配置的，有桂皮、良姜、香叶、麻椒、八角、丁香、白芷等，不用蘸调料，直接吃就回味无穷。

进屋时，梅子就闻到了香味儿，她瞪了雪芳一眼，问："你是不是告诉姥爷要回来？"

"我当然要告诉刘老哇。"

雪芳管刘宝贵叫刘老。

“一个月也不来看姥爷一回，姥爷这么大岁数……姥爷虽然不老，‘90后’，可毕竟是长辈，你不该折腾他。”

刘宝贵乐呵呵地说：“哪是折腾啊，想被折腾还得人家给机会呢……雪芳，你这就对了，姥爷高兴，别说你愿意吃我做的菜，就是为你当牛做马，姥爷都愿意。”

“看看，刘老高兴了吧，高兴才重要。”雪芳说。

梅子也带了一些熟食和甜点，有刘宝贵爱吃的，也有雪芳爱吃的。不知道是不是为了给足姥爷面子，雪芳对刘宝贵做的菜赞不绝口，却冷落了梅子带来的水果蛋糕。

饭吃到一半，雪芳宣布了她的一个决定。按雪芳的说法，好消息要第一个分享给重要的人。

其实，说的时候雪芳还是有些轻描淡写的。“我已经下定决心了，去种苹果。”

“种苹果？”梅子扑哧一声笑了，“我倒是在手机上种过苹果。”

“我说的不是游戏，是去山顶村种苹果。”

“哪个山顶村？”刘宝贵问。

“刘老，您的老家呀，您出生的地方。”

“去那儿干啥？”

“我不是说了嘛，种苹果。”

梅子瞅了瞅刘宝贵，对雪芳说：“你又要闹妖儿啦？”

“我没闹妖儿。”雪芳一副认真的样子，“你不是见面就骂我游手好闲吗？现在行了，我有事儿做了。”

“什么事儿？种苹果？一个生物学博士种苹果？”

“对呀，有什么不妥吗？”

“你诚心想我早点儿死啊！”

雪芳笑嘻嘻地要过来搂梅子肩膀，梅子躲闪开来。雪芳说：“怎么会呢，我就是不愿意让您为我操心，才找事儿做的，别以为种苹果是件简单的事儿，从小的方面说，我想尝试尝试，看看能不能实现自己的人生价值。往大了说，可以为社会创造财富，让更多的人受益呀。”

梅子白了雪芳一眼，说：“很多工作都能实现人生价值，你为啥心血来潮，非要干自己不熟悉的事儿呢？你老舅做事还知道讲究个性价比呢，何况你还读过大书。”

“这次我是经过深思熟虑的，要干一件正经事儿。”

“去农村种苹果是正经事儿？你也不是学农业科技的。”

“我是学生物学的，比那个还高一个层次好不好。”

“用生物学指导果树技术？”

“不是去指导，是要亲自种果树，亲手做实验。”

“得得，别再说了，现在科技突飞猛进，做什么实验不好，实验种苹果，你不知道农产品价值低呀？”

“不是钱的问题，况且，你怎么就断定农产品价值低呢？”

“还用说吗？长个脑袋的人都知道。你还想靠种苹果发家致富哇？要我看，你自己都养活不了自己，还创造社会财富呢，就别豪言壮语了。”

“唉，我就说嘛，咱俩对问题的看法不在一个频道上。”

“那就不说了……你愿意干啥就干啥，不跟我们说也行。反正你们这拨孩子，做事三分钟热血，说不准过几天又想养牛了呢。”

“这次不一样，我已经准备两个月了。”

“要住在山顶村吗？”刘宝贵问。

“是呀，种苹果哪能来回跑。”

“那是要去当农民？”

“嘿嘿，要算也是新型农民。”

“什么型农民也是农民。”

梅子插话：“别听她的，两天就住够了，我把话搁在这儿，你能在农村住一个星期，我赌你……”

赌什么，梅子没想好。

雪芳有些急了，说：“老妈你放心吧，这次你一定输。你不是觉得我做事没根嘛，这次我就要在那里扎根。”

“扎根？”刘宝贵被嘴里的东西噎住了，满脸涨红。

梅子连忙递给刘宝贵一杯水，看着刘宝贵喝了一口。

雪芳问刘宝贵：“没事儿吧？”刘宝贵摇了摇头。

吃过饭，梅子在厨房洗碗，雪芳过来帮忙。梅子让雪芳去陪姥爷唠唠嗑儿，雪芳说姥爷在沙发上眯着，可能累了。

“能不累吗？奔100的人了，你还让他给你做菜。”

雪芳嘟哝一句：“我没让他给我做菜呀。”

那天晚上，雪芳在家里整理资料，手机设置成静音模式，直到凌晨两点睡觉前才翻了翻手机。手机显示有十几个未接电话，多数是梅子打来的，还有大姨石青的电话。

雪芳给梅子回拨了电话，梅子焦急地问雪芳在哪儿。

“在家呀。”雪芳说。

“你姥爷进医院了。”

“哪家医院？”

“市中心医院。”

雪芳“腾”地跳到地上，一边穿衣服一边向外面跑去。

凌晨3点，雪芳才有了夜深的感觉，也许与周边的寂静、与街道冷冷清清有关，其实午夜才是理论上的深夜，而凌晨3点多离天亮也就一个小时左右。天刚蒙蒙亮，城市的街道便喧闹起来——城市缩短了黑夜的时间。

医院里有些人在走动。雪芳先是来到急诊室，没见到熟悉的人，又来到后楼的住院部，梅子和石青正站在门口雨搭的聚光灯下。从远处看，两人脸色苍白，挺吓人的。

一见面，雪芳问：“我姥爷咋样了？”

“不太好。”梅子说。

“初步诊断是心梗。”石青说，“白天还要进一步检查。”

刘宝贵被送到医院之前，他分别给梅子和石青打过电话，说了很长时间。不过电话里他没提身体不舒服，所谈的内容是关于雪芳的。

刘宝贵跟梅子说的意思是，他不赞成雪芳去山顶村种苹果，理由很简单，他是从山顶村爬出来的，那个过程极其艰辛，付出了比别人多几十倍的努力。从吃农村粮到吃城镇粮，要越过一道看不见、摸不着的鸿沟，有多少人因为这道鸿沟“望洋兴叹”。一开始，刘宝贵在城里做临时工，每天起早贪黑，多出力也不讨好，还受人欺负。“小宝子，帮我热饭去。”“小宝子，给我倒杯水。”“小宝子，你替我干一会儿，我困了。”刘宝贵不能拒绝，心里怎么不愿意也得痛痛快快地答应："唉，好嘞！"这样干下来，刘宝贵的命运该有转机了吧？没有。刘宝贵那一批临时工一共50人，最后厂里决定留下8个人，留厂名单里根本没有刘宝贵。刘宝贵觉得委屈，跑到锅炉房后的大烟囱下闷哧闷哧地哭。这个时候房桂琴过来了，她安慰着刘宝贵。刘宝贵说他是这批临时工里干得最卖力的，为什么他留不下来，而个别藏奸耍滑的却能留下来呢？房桂琴说，她听车间里有人议论，留下来的不是有关系就是会来事儿，不是给车间主任家干活儿，就是送青菜鸡蛋。刘宝贵呢，除了死心塌地干活儿，别的心思一点儿都没有。房桂琴感叹："有人为你打抱不平，可又有啥用呢？"

后来事情有了转机，转机不是厂里的决定改变了，而是房桂琴的帮助。房桂琴让她师傅出面，给她和刘宝贵做媒，刘宝贵受宠若惊，想都不敢想的好事儿居然落到了他头上。就这样，刘宝贵以职工"未婚夫"的身份继续留在厂里当临时工，他的身份虽然是临时工，但干的工作却跟正式工一样，甚至比正式工还繁重。可惜同工不同酬，干一样的活儿，挣的比别人少了三分之一。刘宝贵和房桂琴结婚时，刘宝贵还是临时工，生了大儿子跃进后，他仍是临时工，一直到大女儿石青出生他才转变了身份。那年，机械部领导到厂里视察，刘宝贵和师傅一起操作表演，领导询问工作任务完成情况，师傅说他们加班加点一个月，超额完成了机件加工任务。领导表扬了刘宝贵和师傅，师傅随口说："为了完成'生产会战'任务，我这个徒弟一个月没回家，吃住都在车间里。"领导很感动，叮嘱厂领导要好好总结总结，尤其要挖掘出新一代工人阶级的优秀品质。机械部领导走了之后，厂领导开会研究，这才发现刘宝贵是个临时工，经过一系列填表、申请和审批手续，刘宝贵被破格录用为正式职工。当年年底，刘宝贵的事迹被报到机械部，他成为部级劳动模范。刘宝贵成为劳动模范实至名归，而且，一当就是 20 年，1984 年，他已经提前跨入 2000 年。这是怎么算的，外面的人搞不清楚，所说的跨入 2000 年，不是刘宝贵本人跨入 2000 年，而是他的工作时长已超额完成，已经干到了 2000 年的工作量，是不是按每天 8 小时算，节假日和晚上加班时间除以 8 小时，累计出来的天数？刘宝贵回家从没说过，反正劳模材料是这样写的，报纸广播里也是这样说的，说刘宝贵是走在时间前面的工人。在梅子的记忆里，她只在吃晚饭时能见到父亲。一大早父亲就上班了，下班回家吃饭，吃完饭又去工厂加班，等父亲再回家已经是深夜了。刘宝贵加班是心甘情愿的，加班没有加班费，完全属于义务奉献，不过，部级劳模的待遇也等于变相给了他补偿。

刘宝贵让梅子做雪芳的工作，一定要阻止她去农村种苹果，雪芳读过大书，“咱这个家要一辈更比一辈强，不能兜了一圈儿又回到老地方”。刘宝贵还提到西塘的盐碱地，说那里种什么死什么，连蒿草都不愿意长，雪芳要到盐碱地上种苹果，纯粹是瞎胡闹。“西塘那个地方我太熟悉了，北边是碎石砬子，早年姓曹的一家掌柜的横死，被草草地埋在石砬子下，那家人的后辈则出了些爬灰的不肖子孙。”

“啥是爬灰呀？”

“就是乱了辈分，公公和儿媳……”

“别说了，我懂了。”

“那个地方风水不好，待久了人都得怪病。村里一个姓杨的寡妇总在盐碱地里采野菜，那个地方的野菜不多，只有龙须菜，后来那个寡妇像被盐碱水泡过一样，灰白干瘦。”

梅子当然不赞成雪芳去农村种苹果。梅子打小心气就高，自己没赶上好机遇，没能读大学，她就把所有的理想都寄托在女儿身上。那些年她几乎没了自己的存在感和生活，送雪芳上学，接雪芳放学，陪她写作业，想方设法给女儿搭配营养食物。按她自己的话说，把她最好的年华和时光都奉献出去了。好在雪芳比较争气，考上了 985 大学，令梅子无比欣慰，觉得自己的心血没有白费。梅子领着雪芳见各路亲戚、见老邻居、见老同学，三句话之内必是介绍女儿，女儿高考多少分，如果不是报志愿出了闪失，不是进清华就是进北大。在亲戚朋友面前都介绍过了，炫耀的惯性却没停下，在菜市场买菜，梅子跟卖菜的介绍雪芳，说自己女儿如何优秀，差一点儿进了清华、北大。站在一旁的雪芳臊得满脸通红，恨不得地上有条缝儿能让她钻进去。当时，雪芳面临一道艰难的选择题，选项 A 是在国内读大学，选项 B 是出国留学。雪芳把题目抛给了梅子，梅子整整一夜没睡，以她的心气，当然希望女儿选择出国留学，可留学毕竟需要一大笔费用，她们家庭条件有限，大林去世之前是给她留下一笔钱，但满打满算也就 20 万元，20 万兑换成美元，还不够雪芳在国外一年的费用。第二天一大早，梅子就去找大哥跃进和大姐石青寻求帮助，弟弟小革子就算了吧，他欠自己的钱十多年了都没还，根本指望不上。事实上，跃进和石青都不赞成雪芳出国留学。石青说：“表面看我的家底儿挺厚，可钱都压在房子里，拿不出现金，实在不行可以用房子抵押，帮你贷一点儿款。”跃进干脆直接拒绝，他说：“我哪有钱哪，省吃俭用一辈子，攒了20万全让小革子借去了，到现在连个影儿都没有。”不出钱也就算了，跃进还教育了梅子一番，说梅子虚荣心强，害得自己一辈子辛苦。“咱是啥家庭，能跟有钱人家攀比吗？不是我说你，你这辈子就害在虚荣心上，老话说得好，心强不能跟命争，这个道理不懂吗？……对，算我白说，你不懂。”梅子说：“我怎么不懂？问题是孩子争气呀，如果她啥也不是，我也就不往这方面想了，可孩子自身有这个条件，已经快够到树上的苹果了，我这个当妈的，怎么能眼睁睁看着不帮她一把呢？”“那也得有条件帮才行，你自己啥条件不清楚吗？”梅子说：“也不是一点儿条件没有，跷跷脚就够到了，我再苦几年，再奋斗几年，总不能让女儿放弃大好前程，留下终身遗憾不是？”跃进说：“我不是故意跟你抬杠，一听你说跷跷脚我心里就直激灵，人活着要脚踏实地，脚踏实地懂不懂？咱小时候爹妈是怎么教导咱的？做人做事都要脚踏实地，你总跷跷脚，那样走路能稳当吗？能走远吗？能不东倒西歪吗？你说说，这些年你过得苦不苦？”梅子不高兴了，说：“我来是求你帮我的，不是来听你教育我的，不帮拉倒，扯那么远干啥？”本来，四处碰壁的梅子该打退堂鼓了吧，恰恰相反，梅子属于越挫越勇型，她先是把自己逼上绝路，然后再想办法。就这样，雪芳出国留学了。好在雪芳很争气，知道家里条件有限，就勤工俭学，课余时间打了两份短工，总算把学业坚持了下来。雪芳博士毕业回国，梅子充满了骄傲，逢人就讲，天无绝人之路，凡事贵在坚持，“人这一辈子啊，没有爬不过去的山峰，没有蹚不过去的激流险滩”。就在雪芳学成归来，梅子觉得一切苦厄都度过了时，她才发觉自己想得过于乐观了，其实，考验才刚刚开始。在梅子看来，雪芳将来的职业，最好的三个选项分别是机关事业单位公职人员、大学老师和研究机构研究员，再不济也得进大型国有企业或者国际大公司。不想，雪芳对梅子的前三个选项没有兴趣，她轻描淡写地说："我就不跟那么多人去挤了。"梅子则认为，竞争才能体现价值。雪芳说："关键是我不想。"梅子回捽过去："不是想不想，是行不行的问题。"雪芳说："既然不想，别的无所谓了。"梅子气得肝气郁结，她倒要看看雪芳到底能选择什么样的"金椅子"高就。事实上，雪芳的就业之路走得并不顺利，她先是在一家国际金融机构工作，干了不到一年就辞职了。职场上关于90后、00后流传着这样一个说法：90后主动辞退老板，00后更是连招呼都不打，老板哪天见00后没来上班，就得问是不是辞职了。还好，据说雪芳辞职前给公司正式发了邮件。后来，雪芳迫于各方压力也联系了几家单位，可惜高不成低不就。也许雪芳的心气随梅子，她既不要活在长辈的眼里，也绝不委曲求全，所以一年来基本处于失业状态，原来由高薪工作赚来的积蓄被逐渐掏空。没有工作并没有改变雪芳的消费习惯，她每年都要外出旅游，平时没事儿常喝茶打牌。很多年轻人喜欢喝可乐喝咖啡，雪芳却喜欢喝茶，应季的绿茶、秋天的红茶、冬天的普洱茶，很是讲究，当然，消费也颇为可观。梅子曾含蓄地提醒雪芳：年纪轻轻的，别过早地高消费。雪芳不这样看，她说有人抽烟，有人买高档化妆品，而她只是喝茶，消费都差不多。说到底，梅子并不是担心雪芳喝茶，而是为她无所事事的状态而忧心忡忡。

刘宝贵让梅子劝导雪芳时，梅子的内心是矛盾的，或者说迷迷瞪瞪更接近，她总觉得雪芳的"正式摊牌"有些魔幻，好像雪芳在玩一款“种苹果”的网络游戏。创业？哪那么容易，且不说她选择的是普通得不能再普通的项目，而任何一个项目都不简单，麻雀虽小五脏俱全，她一个人怎么去创业？况且，那是需要一大笔资金的，资金从哪里来？从某种角度来说，梅子对雪芳要创业的事儿没怎么当真，她坚定地认为，雪芳不过是心血来潮，或者是为了应付梅子以及周围给她的压力而写的一张卷子罢了，她当故事听就好。这些年来，梅子在雪芳身上投资那么多，最终换来的却是回农村种苹果，种苹果还需要留洋的博士吗？在她看来，小学毕业就可以了。另一方面梅子也想到，有点儿事儿做总比整天游游逛逛好，年轻人没有职业就如同漂在溪水里的浮萍，随波逐流。每次看到雪芳，梅子就觉得心里堵得慌。雪芳整天憋在家里摆弄手机，接触的几个人也很有限，尤其年龄到了不好找对象的“临界线”。这条临界线有的说是 27 岁，有的说是 28 岁，还有说是 25 岁的。雪芳虚岁 29 了，眼看就要步入“圣女”（剩女）行列，令梅子更加焦虑。基于这一点，梅子对雪芳要去山顶村种苹果采取了放任的态度，不管怎么说，雪芳毕竟有事儿可做，哪怕她撞了南墙也不见得是坏事儿。而且，梅子坚信雪芳一定不会成功，到时候碰得头破血流，自己就知道疼了，就知道转头了，就会安分守己地找一份体面稳定的工作，找一个合适的人家出嫁。

所以，梅子耐心听完刘宝贵的絮叨后，浮皮潦草地说：“好，我找时间跟雪芳聊一聊。”

“找时间？你得马上找她，阻止她！”

梅子说：“好好好，我知道了。”

很显然，刘宝贵在梅子那里没有得到令他满意的答复，他不甘心，又给石青挂了电话，跟对梅子说的差不多，总之是希望石青阻止雪芳，不能让雪芳掉进盐碱地那个坑里，掉进去就爬不出来了。

不知道石青是不是把刘宝贵的话都听进去了，一直等刘宝贵说完，石青才不紧不慢地说：“我说不合适吧？”

“怎么不合适？”

“我自己的女儿都不听我的，人家凭啥听我的？”

“我没让你去找雪芳，我让你跟红梅说，你是她姐。”

红梅就是梅子。刘宝贵给她起的名字叫红梅，长大后梅子觉得跟自己重名的人太多，就改成了“梅子”。石青也是，刘宝贵给石青起的名字叫四清，她自己改成了石青。只有大哥跃进和弟弟维革的名字没改，不过，很少有人管维革叫维革，大多叫他小革子或者小草，至于为什么叫小草，后面会涉及。梅子把改名的传统传给了雪芳，雪芳原来叫雪花，她是下雪的时候出生的，父亲大林就给她起了个名字叫雪花，雪芳上学时自作主张，改成了“雪芳”。

石青大概不想跟老爷子纠缠，敷衍道：“好，等有时间，我跟梅子说说。”

“啥叫有时间？今天晚上你就找她，马上找她！”

石青沉默了。

“听到没有？今晚，今晚！”

石青说：“好好好，我知道了。”

晚上，石青并没有给梅子挂电话，她上床准备睡觉时，突然接到了小革子的电话。接下来，梅子接到了小革子的电话。梅子接到电话的第一反应是，刘宝贵会不会是因为雪芳去农村的事儿上火而犯病的呢？

梅子匆匆忙忙离开家，临走时还拿上了放在床头的水晶苹果，那个水晶苹果是她过生日时雪芳送给她的，说是水晶苹果可以保佑平安。

去医院的路上，梅子越想越觉得不安，如果刘宝贵心脏病发作真的跟雪芳要去农村有关，那她的负罪感可就大了。刘宝贵给她打电话让她劝阻雪芳，她心不在焉，一定令刘宝贵失望了，毕竟那么大岁数了，失望中毒火攻心……说起来，雪芳在刘宝贵心目中的确是个特殊的存在，孙子辈儿中，老大跃进的孩子果果是女儿，石青的孩子力力是儿子，小革子尚未生育，按理说，雪芳只是刘宝贵的外孙女，地位不应该高过孙女和外孙。可能由于梅子最孝顺，也可能雪芳小时候在姥爷身边待的时间最长，总之，儿女那一辈儿，刘宝贵的心头肉是小儿子维革，孙子辈儿是雪芳。表面上，刘宝贵最看不上小革子，忌恨最多的是小革子，实际上最偏心的也是小革子。到了孙子这一辈儿刘宝贵就不遮遮掩掩了，毫不掩饰地表现出来，唯独心疼雪芳。

此时，刘宝贵已经被 120 救护车送到了医院急诊室。梅子在急诊室见到了处于昏迷状态的刘宝贵，也见到了小革子和石青。

石青小声对梅子说：“晚上老爷子还跟我通过电话，一点儿都听不出来哪儿不舒服，怎么说犯病就犯病了呢？”

“他也给你打电话啦？”梅子问。

“这么说，他给你打过电话？”

“嗯，他跟你说啥了？”

“说了雪芳要去农村的事儿，还让我跟你说说……”

梅子心里咯噔一下，觉得问题严重了，很多迹象表明，问题都聚焦到雪芳身上。

梅子给雪芳打微信语音电话，雪芳不接。她又给雪芳打电话，雪芳也不接。梅子每隔一会儿就给雪芳打一遍电话。梅子打电话雪芳不接，她就让石青打，石青仍然打不通。石青嘟嘟囔囔，说：“看出来了吧？关键时刻老爷子心里装的还是他小儿子。”

“什么？”

“本来老爷子跟我俩都通过电话，可心脏病发作时，打的第一个电话还是给小革子。”

“这没啥挑的，人家是儿子嘛。”

“那怎么不给大哥打呢？”

“姐呀，不是我说你，这个时候你还有心挑这个。”

“我就说这个事儿……你别担心，老爷子现在平稳了。”

雪芳赶到医院时，用了急救药的刘宝贵已经安静地睡着了。梅子没让雪芳打扰刘宝贵，只让她在病房门口看了看。雪芳问：“医生呢？”梅子说：“明天早晨才能做各项检查。”

“急诊不是可以做检查吗？”雪芳说。

石青白了雪芳一眼，说：“到医院就得听医生的。”

梅子注意到这个细节，拉了雪芳一把，两人来到电梯旁边的安全出口。梅子对雪芳说：“你姥爷这次犯病可能跟你有关系。”

“跟我？有啥关系？”

“你说要去山顶村种苹果，他不同意，上了一股火儿。”

“我姥爷说的？”

“嗯，他发病之前给我打过电话，让我阻止你。可能是看我的态度不积极，就给你大姨打了电话。你大姨呢，她也不好掺和咱家的事儿，所以……我估摸着，老爷子上火了，诱发心脏病复发。”

“妈，你啥意思呀，姥爷病了是我的责任呗？”

“还不能下定论，只是推测。”

“推测？可不能瞎推测呀，要是姥爷有个三长两短的，那我可就跳进黄河也洗不清了。”

梅子有些急了，说：“你没明白我的意思，我是担心你大姨、大舅，还有你老舅，到时候他们把责任推到你身上……我想让你有个心理准备。”

“准备什么呢？”

“到时候你少说话，也不用辩解。”

“是我的责任我不推卸，我不怕担责任。可我不明白，种苹果的是我，跟姥爷犯病有啥直接关联呢？”

“你这孩子怎么不知好歹呢！”梅子说，“生气本来就可以诱发心脏病……你姥爷已经做过两次心脏支架手术了，都是让你老舅气的，我记得医生说，着急上火能引起什么胺水平升高，导致血压升高，血管收缩，造成斑块破裂，形成血栓，促使心脏病发作。”

“可我没气姥爷呀……”

“我没说你气姥爷了……要说这事儿我也有责任，他跟我说要我劝阻你去山顶村种苹果的时候，我应该态度坚决一些，可谁能想到哇……现在跟20年前不一样了，你姥爷90多岁了，他的身体状况能不能再经受手术……唉，我现在真为他担心哪。”

雪芳见梅子流出了眼泪，连忙从包里掏出了纸巾。梅子没接雪芳手里的纸巾，只是将手捂在额头上。雪芳过去给梅子擦眼泪，突然，她透过安全门上的竖条玻璃看到门的那侧闪烁着火星，忽明忽喑。雪芳扭头看了看，看到玻璃上扭曲变形的人脸，那张脸不是别人，正是自己。雪芳感到后背一阵发凉发麻，这种感觉倏地传到头皮。

梅子感觉到雪芳有些异样，抬头问："你咋啦？"

雪芳稳了一下神儿，说："没事儿。"

雪芳深吸一口气，出其不意地推开了那扇安全门，大步迈了出去。

门外传来了叫声，接着是雪芳的尖叫。

楼道里，一位中年男护工正在埋头抽烟，雪芳突然破门而出，吓了他一跳。与此同时，雪芳也被对方吓着了，两人相对而视，惊叫起来。

上午，刘宝贵做了一系列检查：心电图、心脏超声、运动负荷试验、核素检查、心脏CT和冠脉造影等。医生会诊后找家属谈话，小革子和梅子代表家属参加。医生的诊断结论是冠状动脉栓塞。解决方案有两种：一是心脏支架手术，心脏支架手术创伤小、花费少，但考虑到刘宝贵已经做过两次心脏支架，再做支架有一定的风险，而且不敢保证半年后不会再度栓塞；二是搭桥手术，考虑到患者二尖瓣关闭不全和现在的栓塞程度，最好是做搭桥手术，不然会有生命危险，但心脏搭桥是开胸手术，创伤比较大，而且患者年龄大，风险性高。小革子拖着一条残疾的腿，满脸怒气地走过来走过去，他说："这样也危险那样也危险，要你们医生干什么？"梅子连忙拉了拉小革子。医生不高兴了，说："我只负责说明情况，最后还由你们家属决定。"

家属讨论是在住院部后院的空地上进行的。

小革子和石青争得脸红脖子粗时，跃进晃晃悠悠地过来了。跃进说自己这几天血压高，吃药也降不下去，迷迷糊糊的，走路都打晃。梅子蔑视地白了跃进一眼，她了解跃进的秉性，但凡遇到事儿了，他就示弱装㞞包。

梅子说："还是抓紧讨论老爷子手术的事儿吧。"

石青说："说了半天我也没搞明白，支架和搭桥有啥区别？"

小革子现学现卖，口若悬河地讲了起来："支架和搭桥是两码事儿。冠心病的全称是冠状动脉粥样硬化。动脉粥样硬化啥样儿？它就像水管里面黏附了水垢，水垢多了血管就狭窄了。心脏支架手术，说白了就是利用心脏支架，把狭窄的血管撑开，恢复血管畅通。搭桥手术是从大腿上或者胳膊上取一根血管，用这根血管绕过狭窄的血管，搭接另一根血管直接疏通。这样说明白了吧？"

梅子补充说："医生说如果放心脏支架，就需要好几个，这样会使血管再度狭窄，栓塞的风险大大增加，况且，老爸已经做过两次支架手术了。"

"搭桥手术是不是大手术？"石青问。

"是，要开胸。"梅子说。

石青说："不能保守治疗吗？"

小革子说："要是能保守治疗，咱还在这儿讨论个啥？"

跃进说："不是我说话抬杠，我觉得，做大手术不合适……"

小革子又来劲儿了，对跃进说："我看哪，你还是觉得钱不合适吧。"

"钱不合适？你啥意思？你给我说清楚！"

“你心里那点儿小九九我还不知道？大手术花钱多，你心疼钱呗。”

“你放屁，我啥时候说钱啦？”

梅子连忙在一旁和稀泥：“小革子你少说两句，大哥根本就没提钱的事儿，他是担心老爷子年龄大了，大手术怕熬不过去……我也有这个担心。”

小革子说：“那怎么办？治危险，不治也危险，总不能眼睁睁看着老爷子死在这儿吧？”

梅子说：“谁说不治了，这不是还在想办法吗？大姐你说呢？”

石青说：“我觉得咱在这儿讨论没啥意义，咱不是医生，到了医院，高不高兴都得听医生的……你们说是不是这个理儿？”

梅子说：“问题是，医生让家属做决定啊。”

石青瞅了瞅雪芳：“雪芳，你说呢？”

雪芳刚想说话，被梅子拦住，梅子说：“雪芳是小辈儿。”

雪芳说：“小辈儿怎么啦？小辈儿也有表达意见的权利。”雪芳问小革子：“医生倾向搭桥还是支架？”

小革子说：“我听那意思是希望搭桥。”

“医生跟咱想得能一样吗？他当然希望做大手术了。”跃进插话。

小革子嘲笑说：“看看，这不又扯到钱上了。”

“闭嘴吧你！”石青说。

梅子说：“医生倾向做搭桥手术的理由是老爷子的二尖瓣关闭不全，加上他以前做过两次支架手术。”

雪芳说：“做手术要看患者的身体状况，而不是年龄，我查过文献，95 岁做手术的也很多。两害相权取其轻，如果姥爷身体条件允许，我建议给姥爷做搭桥手术。”

梅子说：“你别跟着发表意见了好不好？”

这时，跃进看到梅子手里攥着的水晶苹果，问那是什么。梅子就说，是水晶苹果，保佑老爸平平安安的。跃进说：“净扯淡，要是一个玻璃球能保平安，咱还来医院干啥！”

最后，雪芳的意见没有被采纳。刘宝贵做的是支架手术，又支了两个药物涂层支架。手术还算成功，但同时也留下了隐患。

雪芳回到家已是深夜，打开灯，映入眼帘的是茶几上平安夜带回来的水晶苹果，晶莹剔透，闪着多彩的光芒。雪芳心里默默念叨着：但愿姥爷能顺利渡过此次难关。

按说雪芳已经很疲劳了，从昨天夜里到今天晚上她一直没睡觉，本以为回到家倒头便睡，不想，心里还是像压了一块大石头一般，一想到姥爷发病可能跟自己回农村种苹果的决定有关，就隐隐地感到内疚。

雪芳无心休息，努力地查找一些关于冠心病的文献资料，心绞痛、心肌梗死、心力衰竭、心律失常和猝死等词语跳跃出来。冠心病病人的胸口就像“放了块大石头”，自己的心里不是也压了块大石头吗？只是没有像拧毛巾似的绞痛罢了。有些病人的表现并不具有典型性，有的“胃疼”，有的“牙疼”，还有的“嗓子疼”和“嗓子发紧”，以及“左侧肩膀和胳膊疼”等，以这样的症状判断的话，可真就难了。

雪芳猛地站了起来，她在书柜里翻腾着，终于找到了几册基因检测报告。那些报告是家里人的：有自己的，也有刘宝贵、梅子、跃进、石青以及小革子的，基因检测是通过血液来检测 DNA 分子信息，检测基因的类型和基因缺陷，预测身体患某种疾病的风险。当然，风险提示并不是说一定会得某种疾病，而是得某种疾病的概率比较高，应提前预防或者干预。再次查阅基因检测报告，雪芳发现整个家族都有罹患冠心病的风险，只是轻重程度不同而已。报告上用星号数量表示风险程度，刘宝贵是四星，梅子是三星，而雪芳自己也是三星。

家族基因密码中含不含性格因子和命运密码呢？雪芳想。当然，基因报告不回答这些问题。

雪芳翻着基因检测报告，翻着翻着，不知不觉坠入了梦乡。

第二章 分了一半

山路雾气消散的时候，雪芳和诚磊的车刚好到了山顶村村界的小桥，那个小桥其实是座旱桥，桥下并没有小河，如果有，也是多少年之前的事儿了。现在，那座小桥下是一畦菜地，绿油油的。雪芳将车停好，下车远眺山顶村果园。那个地方虽然地势低洼，不过视野开阔，站在桥头，几乎可以看清苹果园的全貌。

天透亮，梅子已经从早市买回了新鲜排骨，她要给刘宝贵炖排骨汤。给刘宝贵炖汤就要遵从他的口味，按以往的习惯，梅子炖排骨遵循“三不放”原则，尤其是不放花椒、大料。刘宝贵则不然，他不知道“猪不椒”的说法，偏喜欢花椒，尤其是大料炖肉的味道。而大料味儿恰恰是梅子难以接受的，所以炖排骨的过程中她把吸油烟机开到最高挡，机械和气动噪声轰轰隆隆的，使得她不一会儿就看一眼手机，生怕雪芳来电话她听不到——昨天夜里，梅子给雪芳留言，让雪芳今天早晨 8 点跟自己去医院探望刘宝贵。

直到梅子将炖好的排骨汤装到保温盒里，雪芳还是没回电话，梅子只好拿起手机，准备给雪芳挂微信语音电话。打开微信，梅子发现雪芳早就回了微信：“老妈，我今天上午去山顶村果园谈合作的事儿，已经提前约好了，你先去看姥爷吧，等我回来后直接去医院。”

去果园谈合作？梅子有些发蒙，难道这事儿真成了？这么快？

转念一想，梅子又觉得没那么快，所谓的快，是年轻人的行动“快”，可谈成一项合作哪那么容易？很多时候，谈一谈就谈黄了。就算签了合同又怎么样，后边的事儿多着呢，早晚有她坚持不下去的时候。对于雪芳接下来要走的路，梅子仿佛十有八九已经预知，她并不为此担心，令她想不明白的是，雪芳为什么要种苹果？而且选择到有些偏远的山顶村去种苹果？这才是她心底的未解之谜。

诚磊第一次来山顶村，看到山坡下的果园，显得十分兴奋，又拍照又录像。雪芳却眉宇微蹙，心事重重。刘宝贵的心脏支架手术对雪芳的心理产生了不小的影响，虽然她不愿意承认刘宝贵发病与她种苹果有直接关系，她甚至找不到相关的理由，可梅子跟她说的话她还是听进去了，如果硬把两者联系到一起，雪芳也感觉到隐隐的压力，可雪芳怎么也理解不了，刘宝贵为什么阻止她到山顶村种苹果呢？种苹果是一件不光彩的事儿吗？他不希望自己的外孙女自食其力吗？难道其中还有什么别的隐情？

昨天夜里，雪芳犹豫了一番，要不要取消约定，跟梅子去医院探视姥爷，想到姥爷的手术很成功，也过了危险期，加之事先已经跟山顶村果园的韩总和同学诚磊约好了，临时取消约定不太好，尤其是一向天马行空的诚磊，能抓到他的影子实在不容易。思前想后，雪芳还是决定照计划执行。

“你干吗？”雪芳问正在打开后备厢的诚磊。

“我拿无人机，航拍。”诚磊说。

雪芳说：“时间不多了，估计韩总他们也快到了，等一会儿到了果园你再航拍吧。”

诚磊看了看雪芳，似乎从她的表情看出了什么，他对雪芳说：“你好像挺累的，我开车吧。”

雪芳把车钥匙递给诚磊，见诚磊进了车里，她快速拨通了梅子的视频通话。“刘老怎么样？”

梅子出现在视频里：“挺好，正闹着要出院回家。”说着，梅子移动一下镜头，拍到坐在床上的刘宝贵。

雪芳说：“我跟他说两句。”

“等一下……”

说话的工夫，梅子已经将视频通话转到语音通话，雪芳瞬间明白了梅子的用意，梅子不想让刘宝贵知道雪芳已经到了山顶村。这个办法雪芳以前用过，梅子跟她视频通话，她觉得不方便时就切换到语音通话，不想，梅子竟给学会了。

雪芳跟刘宝贵撒娇卖萌一番，叮嘱刘宝贵要听话，医生让出院才能出院，还说等刘宝贵出院后让他做焦熘肉段，她馋了。刘宝贵笑了，说让雪芳坚持几天，他一出院就给她做。

雪芳坐到副驾驶的位置上，刚系好安全带，车子就起动了。

雪芳问诚磊：“你不问问我怎么走吗？”诚磊狡黠一笑，指了指打开的导航。原本那个搞笑的语音导航，被诚磊调换成了严肃的语音。

去果园的路况还好，不太复杂，诚磊很快就适应了。车上，雪芳还在想刘宝贵反对种苹果的事儿。是呀，她是怎么想到要种苹果的呢？是从什么时候确定下来的呢？也许，是从“种苹果”游戏开始的。

回国之前，她的同学诚磊开发了一款“种苹果”游戏小程序，曾请雪芳帮着整理背景材料。为赚一点儿外快，雪芳利用业余时间查了一些资料，不想，几年过去了，当初漫不经心的“副业”，却给她留下了深刻的印象，仿佛随风飘落而非刻意种下的种子，几年后生根发芽了。

失业居家的日子里，雪芳在网上跟诚磊闲聊，突然提起想承包一个果园，要亲自体验种苹果的生活。诚磊觉得挺好，他说开发游戏时也有过类似的想法。可真的讨论起来，他们又觉得没那么简单，一起提出了28个难以解决的问题。当时雪芳和诚磊不愿意面对那些难题，就放下了。

一天饭后，梅子让雪芳吃一个苹果。“一天一苹果，医生远离我。”梅子说。雪芳还是不肯吃，梅子说起小时候家里困难吃不起苹果，两个孩子分一个苹果，有的时候甚至一个苹果分四瓣儿。回到自己租的房子，雪芳把她和诚磊讨论的问题清单拿了出来，试图一条一条解决，可按常规方法去尝试，怎么都无法同时解决那么多问题。

第二天早晨起来，雪芳看到资金问题下面的下画线，如果让她寻找投资人，那第一个一定是诚磊，别看诚磊年纪轻轻，他已经实现了财务自由，而他的第一桶金是通过“挖矿”获得的……雪芳突然想到了区块链。

的确，在雪芳的朋友圈中，除了诚磊，还有人通过区块链实现了财务自由，有的还是00后，比如“蜘蛛大侠”。雪芳对区块链并不陌生，读书时，她曾在区块链网站上开发过“品读”复写板，用户可以在上面发布自己写的文章，读者可以付费阅读，也可以投资，即读者投资作者。模式是这样运作的：作者发布自己的代币，当一个作者升值时，读者持有的代币就升值了，这样，读者、作者、营销者三方共赢，都有了动力。当初，雪芳虽然是“小试牛刀”，却也有了一些收获。

雪芳兴奋地跳到地上，开始用区块链的模式解题，没想到，28 个难题连环打开，信任问题、资金问题、生产问题、市场问题等纷纷解锁。雪芳连忙联系在海外旅行的诚磊。诚磊让雪芳先做一个计划书，过几天再一起讨论。

考虑到小农场的平均效率指数为 85%，大农场的平均效率指数为 91%，雪芳以 1000 亩为基础，做了一个生产经营计划书。计划书按照 3×3 平方米的距离种植苹果树，一亩地可种 73 棵左右，按照亩产量 7000 斤来计算，刨除灌溉、有机化肥、限定农药、套袋以及机械人工费用，收入较为可观。加上政府在苗木、架材、机械等方面的补贴，风险并不大。苹果园将采取“龙头企业＋合作社＋农户＋区块链”的产业组织模式，特别是结合区块链技术，使物联网设备实现自我管理和维护，省去了高昂的维护费用。基于区块链技术的农产品追溯系统，所有数据不可篡改，确保每一棵苹果树都佩戴物联网身份证，使得每一个苹果都含有被区块链标记的时间戳、地理戳、品质戳。这样，不仅能保证质量安全，显著降低生产、交易成本，还可以解决贷款支持、保险赔付、供应链效率等市场问题。雪芳的计划书写得很专业，可是发给诚磊一周了，始终没有消息。

等消息那几天，雪芳到苹果产区考察，跑了七八个乡镇、十几个村子。山顶村的自然条件不错，只是果树的种植面积小了点儿，满打满算也就800亩，如果将西塘的盐碱地开发出来，则远远超过了1000亩。雪芳将山顶村列入她的考虑范畴之中，毕竟，山顶村是姥爷的家乡，是生他养他的地方。

雪芳回到市内时，接到诚磊的电话，诚磊说他和蜘蛛大侠在酒店等她呢。雪芳问那个计划书怎么样，诚磊说你发给我之后，我就发到群里了，几个哥们儿都赞成，准备加盟。雪芳觉得很意外，不过，她还是埋怨诚磊应该早点儿向她反馈消息。诚磊连忙道歉，表示要好好请她吃一顿。

这样说来，雪芳去山顶村种苹果并不是梅子想象的心血来潮，而是做了精心策划和准备。

上午10点，雪芳的车准时停在山顶村苹果园的大门口。

被雪芳称为韩总的苹果园老板，原来是山顶村村委会主任，外号“韩大胆”。韩大胆看见白色越野车开过来，像乐队指挥一般，手臂用力一挥，负责播放音乐的刘老蔫就调响了音响，列成两队的秧歌队大妈开始酝酿情绪，在车开到大门口之前，6位大妈已经欢快地舞动起来。

热烈的场面令雪芳和诚磊都感到意外，他们一下车，韩大胆就迎了过去，拉过雪芳的胳膊热情地握手。诚磊下了车就往车后跑，打开后备厢，去拿他的无人机。

那时苹果园正在对外招租，挂牌一年多，几乎无人问津。韩大胆见到雪芳和诚磊，像见到救星一般，过度热情地接待，欢迎仪式还没结束，就迫不及待地拉着他们上了电瓶车，夸大其词地宣传推介。其实在这之前，雪芳已经了解了很多有关果园的情况。

参观完果园，韩大胆拉着雪芳和诚磊进入村里的一家饭店。

大概是事先安排好的，他们坐下来没多久，桌子上就摆满了冷菜和热菜。冷盘有黄瓜拌拉皮、蘸鸡蛋焖子的“大丰收”，热菜有小鸡炖蘑菇、酱焖鲫鱼、干豆角炖红烧肉，还有将猪脖骨、面豆、玉米、土豆、南瓜炖在一起的“农家一锅出”……雪芳知道这是农村招待客人的最高礼遇了，天上飞的、地上跑的、河里游的——全了。相对于诚磊来说，雪芳对东北菜更熟悉一些，小时候经常吃梅子用豆角、土豆、南瓜、玉米等做的“乱炖”，不过有些菜她还是没吃过，雪芳指着炸得焦黄的菜问韩大胆：“这个菜叫什么？”“野鸡脖。”韩大胆说。见诚磊在一旁愣住了，韩大胆解释说：“这个不是真的野鸡脖子，是用鸡蛋皮卷入猪肉馅儿，蘸上面粉糊过油，叫野鸡脖子是因为它模样像野鸡的脖子。你尝尝，特别好吃。”诚磊捂着嘴笑，不肯吃。雪芳尝了一个，特别酥脆，满嘴留香。韩大胆说：“有道硬菜还没上呢。”

雪芳说：“已经太多了，吃不了该浪费了。”

“贵客来，怎么能没有硬菜呢？”

诚磊说：“这些菜已经很硬了。”

“还有更硬的——红烧梅花鹿肉。”

“梅花鹿？”诚磊伸了一下舌头。

席间，韩大胆拿出自己存了 20 年的高粱烧款待雪芳和诚磊。雪芳说：“中午不能喝酒。”韩大胆说：“无酒不成席，必须得喝。”诚磊说：“‘酒’字的右半部分是‘酉’字，酉是什么时候？是傍晚。”韩大胆说：“农村没那么多讲究，别说中午，有时候早晨起来还喝二两呢。”

韩大胆热情而又半强迫地给雪芳和诚磊倒了满杯酒。雪芳知道诚磊喝酒过敏，只好站出来替诚磊挡酒。韩大胆笑了，说：“我从不欺负小闺女，公平起见，你喝一杯，我喝两杯。”

雪芳知道韩大胆失算了。雪芳从没喝醉过，即使高度酒喝多了也只是胃不舒服，有人说她体内有一种酶可以分解酒精，尽管她是学生物的，自己还真没去认真研究过，不过雪芳知道，她喝酒不醉的本事大概遗传自梅子。

果不其然，半斤酒下肚，韩大胆身子摇晃，说话舌头僵直：“啥也不说了，果园就转包给你们，别人……多少钱都不好使，为啥？不要问为啥，我就……就认准你这个人了！”

诚磊劝韩大胆别喝了，韩大胆瞪着发红的眼睛说：“你瞧不起谁呀，我这才漱漱口呢。”

韩大胆不愿意败下阵来，总想给雪芳最后一击，结果自己先醉卧“疆场”。

韩大胆被人搀扶到后屋休息，回过头雪芳发现诚磊竟没了踪影。雪芳连忙到外面找诚磊，跑出十几米才发现房头空地上的诚磊，他正在遥控无人机拍摄。

“拍果园吗？”

“拍风景呢。”

“果园拍完了？”

“没拍。”

“不想拍？”

诚磊说：“我觉得不太靠谱。”

雪芳笑了，她说：“我知道，韩总夸大其词，园子里70%的果树都得淘汰了……”

“我说的不是果树……这儿的人胆子太大了，梅花鹿怎么能吃呢？那是国家保护动物。”

雪芳笑得更厉害了，不得不弯腰蹲下。雪芳说：“吃的梅花鹿是饲养的，不属于保护范围。”

诚磊眨巴眨巴眼睛，说：“总之，我觉得这个果园不太行……至于为什么，我一下子又说不好。”

雪芳站了起来，盯着诚磊的眼睛，确认诚磊是认真的。雪芳说：“好吧，我们回城里再说。”

那天下午突然变天了，风雨交加，果园的刘老蔫替韩大胆一再挽留雪芳和诚磊，可雪芳还是坚持要回市里。从山顶村下来，离果园一公里左右，雪芳在雨刮器刮出的视线里看到路边一只小生命在挣扎，原本车已经开了过去，雪芳让诚磊倒了回来。

摇下车窗，雪芳听到小狗的吱哇叫声。

那是一个废弃的垃圾场，一只黑白花色的小奶狗在急雨中哀叫着。雪芳和诚磊下了车，他们把小奶狗装到一只盒子里。小奶狗出生不到半个月的样子，还没睁开眼睛。雪芳和诚磊担心小奶狗还有同伴，便在周边找了起来，果真在公路排水沟和水泥涵洞边陆续找到了三只。像从水中捞出来似的小奶狗一共四只，一公三母。

此时，雪芳和诚磊都一身泥水，像极了落汤鸡。

“狗妈妈也许就在周围，”雪芳说，“即使小奶狗是被故意丢弃的，丢弃的时间也不会太长，狗妈妈应该就在附近的村子里。”

“可现在到哪儿去找狗妈妈呢？”

“回村里问问。”

雪芳和诚磊折返回山顶村打听狗妈妈的消息，在小饭店见到了刘老蔫。刘老蔫说，他之前见过一只怀孕的流浪狗，有时候跑到果园来讨吃的。

“这么小的狗狗，没有狗妈妈难以成活的。”雪芳说。

“那怎么办？”诚磊也没了主意。

“不然我们留下来，找到狗妈妈再说。”

诚磊望了望窗外，他也没有更好的办法。

城里也在下雨，不过雨小些，属于蒙蒙细雨。

梅子坐在病床前，为刘宝贵削苹果。刘宝贵咳嗽一声，问：“雪芳在哪儿？”

梅子说：“雪芳好像见同学去了，下午应该能过来。”

刘宝贵说：“我这个病是老毛病了，早就该犯了，跟雪芳无关。”

“雪芳？”

“你跟雪芳说，我发病跟她没关系。”

“是说种苹果的事儿吗？我不是说了嘛，她就是想一出是一出，三分钟热血，过几天自己都忘了，就算她真有那个心，也做不了，她一个人能打理果园？再说了，哪儿来的钱投资呢？包一个果园可不是买一个包包。”

“你一定要跟雪芳说，我不好说。”

其实梅子心里清楚，刘宝贵越这样说，雪芳越有嫌疑，只是她不明白，她这个当妈的都没因为女儿要去农村种苹果而心生焦虑，隔着辈儿的姥爷怎么受了那么大的刺激呢？梅子突然觉得刘宝贵是一个谜。

梅子记得刘宝贵多次说过：“每个人都是一棵树，要找到一个地方扎根。”刘宝贵在城里奋斗了五六十年，他争取到一个立足之地扎根了吗？

雪芳出生在南山街甲 57 号小洋楼里。

雪芳出生之前，刘宝贵一家就住在这栋东洋风格的小楼里。小洋楼起码有 50 年的历史了，日本投降之后，原来由日本人居住的小洋楼被分配给工人，有的工人不敢住，怕秋后算账，厂领导分头做动员工作，敲锣打鼓将工人送进了小楼。过去，一栋小洋楼住一户人家，分房时住进了三四户，后来随着各单位人员增加，住房紧张，到了 20 世纪 80 年代初期已经挤进了七八家。从外观看，南山区的一幢幢小楼，风姿绰约地掩映于绿浪之间，实则里面的情况就不一样了：楼内年久失修，处处残留着岁月风霜的痕迹。小楼虽然旧，但楼下的松树和洋槐却蓊蓊郁郁，生命力正值旺盛期，尤其到了 5 月，一嘟噜一串儿的槐花挂满枝头，小楼人家只要一推开窗户，浓浓的花香便随风飘进来，直沁心脾。

刘宝贵在小楼里算是“半个老人儿”，他是 20 世纪 60 年代初进来的，虽没有老住户资深，却比新住户有阅历，他在小楼里一直住到退休。正是退休后，他才对小楼有了了解和熟悉，特别是对庭前屋后的一草一木都烂熟于心。

天不亮，刘宝贵就醒了。上了年纪，贪睡成了一件令人羡慕的奢侈事儿，心里若再装点儿事儿，就更睡不踏实了。天蒙蒙亮，刘宝贵便第一个从小楼里出来了，抻胳膊撂腿地踏上南山街那条斜坡碎石路。街上没有几个人，街口卖油条的外地人刚刚生炉火，楼间停车场看车的老费头儿还孤零零地站在那儿，肩上挎着长节手电筒，胳膊上戴着有些褪色的箍儿，大老远就跟刘宝贵搭话：“大刘，又遛腿儿呀！”

在南山街，刘宝贵被称为“大刘”“刘叔”“刘爷爷”，即便自己儿女对他也有不同的称谓。女儿叫他“老爸”，儿子叫他“老爷子”。他不在意这些，只是最近才注意到，这一片儿叫他“大刘”的人越来越少了。

他那一茬人一个一个逐渐退出了人生的舞台。

刘宝贵刚搬到小楼时身强力壮，有使不完的劲儿，转眼 30 年过去了，他也由胡茬儿硬实的汉子变成了两腿发软的老人。那时候南山街比较清静，房子大都被浓密的洋槐遮盖着，行人稀稀落落，哪像现在，除了夏末秋初清晨的安静，白天集贸市场的吵嚷声和汽车喇叭的嘀嘀声，较着劲儿一般，由不得你不烦。

刘宝贵回家时，二女儿梅子还没起床。他来到小楼西南角的苹果树下，将树上稀疏的苹果摘了下来，他怕哪天来一场风雨，把树上的果子打落下来。那棵苹果树是从老家山顶村移栽过来的，一种 8 月末早熟的品种，大小介于国光和沙果之间，谁也不知道是什么品种。可以肯定的是，那是一种苹果。不知道是不是水土不服，那棵树长得歪歪扭扭，结的苹果也稀稀拉拉。刘宝贵将摘下来的苹果放在篮子里，他准备分成四份，一个孩子一份。

刘宝贵拎着篮子回屋开始分苹果，他故意弄出一些响动，梅子还是没反应。梅子结婚一年多了，本来是住在婆婆那儿，可她时不时就回家住几天，有的时候回来很晚，昨天晚上梅子就是半夜回来的，刘宝贵借着微弱的灯光，偷偷看了看怀表，虽然没吱声，心里却很不舒坦。

刘宝贵气哼哼地瞅着躺在床上的梅子，一甩手，碰到了凳子上的搪瓷脸盆，脸盆咣当一声掉到地上，滚了半个圈儿，然后摇动着身子，声音一点点由强变弱，直至静止。

梅子嘟嘟囔囔，翻了个身，继续睡觉。

苹果分了一半，刘宝贵就去下厨做早饭了，煮了大米粥，熥了昨天晚上剩的馒头，从咸菜缸里夹出腌好的萝卜条儿，再配上两块青腐乳。想了想，刘宝贵又拿出一个咸鸭蛋，咸鸭蛋是准备给梅子吃的，平日里，刘宝贵可不是每天都吃咸鸭蛋的。

饭好了梅子才爬起来，睡眼惺忪地接了一茶缸水，到院子里去刷牙。

刘宝贵没理梅子，坐在那儿独自吃饭，梅子上桌时，刘宝贵已经吃完了。

“咋了？拉拉着脸，不欢迎我？”梅子说。

“大林不在家，总住外面好吗？”刘宝贵说。

“就因为他不在家，我才不愿意回去住呢。再说了，我怎么住外面啦？我回的是自己家呀。”

“是娘家。”

“娘家不是自己家吗？”

梅子磕着鸭蛋壳儿，磕得稀碎：“您是心疼我吃家里的饭？”

“别昧着良心说话，我是这个意思吗？”

“那您啥意思？”

“我的意思你心里明白。”

梅子说：“您就是看我眼眶子发青——不顺眼。”

今天周末，是儿女们的探望日。中午之前，跃进、石青将携妻带夫，领着孩子一个接一个地涌来，尽情尽兴地闹上一阵子，然后再吵吵嚷嚷地离去。对此，刘宝贵已经厌烦了。可烦归烦，到了时间见不到子女来吵闹，反而心神不定。被孩子们拖累了一天之后，刘宝贵又用不欢迎他们的话作告别，子女们已经习惯了刘宝贵的方式，该吃则吃，该喝则喝，该拿则拿……刘宝贵家的两间屋子是由客厅改造的，加起来不足40平方米，又潮又暗，曾经挤过全家老少三代七口人。外表看上去挺漂亮的小洋楼，里面就不同了：窗框腐烂，墙基渗水；没有暖气，半夜接水。有时孩子们高兴在地板上蹦一蹦，墙皮就成片地掉下来。然而，刘宝贵的4个子女生于斯长于斯，老伴儿也是在此闭眼仙逝的。这两间小屋，盛着他几乎一生的苦恼与快乐。现在孩子们都长大了，像鸟儿一样飞出去，筑了自己的巢。

刘宝贵是1987年退下来的，那时工厂的订单锐减，有的车间被合并到外地，有的车间停产，工厂不如往日那样辉煌时，刘宝贵到了退休年龄。人们都说刘宝贵命好，好时候全赶上了。大企业不景气，小企业却雨后春笋一般涌现，区街、乡镇都开办工厂，有技术的师傅成了香饽饽、抢手货。刘宝贵自带“老劳模”光环，被冷落后一度很不服气，他去一家工厂试了试手，三下五除二就把对方给镇住了。对方原来以为老劳模属于肯干但不能干的，没想到他的技术水准这么高，决定高薪聘用刘宝贵。刘宝贵并不是冲着高薪待遇去的，他只是想证明自己有“真材实料”。刘宝贵回家向老伴儿房桂琴说明了情况，房桂琴说：“你现在身体挺好，一下子停下来反而不适应，就去干几年吧，而且家里确实需要钱。”当时，刘宝贵家里仍处于爬坡过坎的阶段：大儿子跃进接房桂琴的班进了工厂，而且正在谈对象；大女儿石青刚刚参加工作；二女儿梅子读幼儿师范一年级；小儿子小革子还在念高中；房桂琴因病提前内退，打针吃药是家常便饭。生活上一直捉襟见肘，想来想去，刘宝贵妥协了。那几年，刘宝贵还真挣了不少钱。后来，他送走了老伴儿房桂琴，跃进和石青分别结了婚，梅子被分配到幼儿园工作，小革子也高中毕业了，刘宝贵这才逐渐觉察出自己的“不适应”。说起来，刘宝贵这位30年的老劳模思想相当正统，总觉得给老板打工是给资本家扛活，那几年家里困难他只能委曲求全，不得已而为之，现在家里生活稳定了，他觉得没必要再委屈自己，让自己心里不痛快。当刘宝贵把想法说给儿女们听时，没想到大家一致赞成，认为刘宝贵辛辛苦苦一辈子，也到了享清福的年纪。“您就好好当老太爷。”跃进说。小革子不知道在哪儿抄了一副对联，吟诵道：“上联——早退晚退，早晚得退；下联——早死晚死，早晚得死。”就在大家用疑惑的眼神看着小革子时，他卖了个关子，笑嘻嘻地说：“关键是横批——早退晚死！”刘宝贵这才露出了笑容。

刘宝贵说：“人哪，要学会知足，不能好吃不撂筷儿，我这辈子得到的已经够多了，咱多大的德行啊？”

上午10点30分，刘宝贵听到一阵自行车铃响，凭直觉，他知道准是老大跃进回来了。果然，刘宝贵听见梅子和跃进打招呼。刘宝贵慢慢走到门口，见两人正小声嘀咕着什么。刘宝贵似乎觉着有点儿不对劲儿，走到小楼雨搭下，问：“回来也不进家，在外边瞎嘀咕啥呢？”

跃进欲言又止，吞吞吐吐地说：“进屋再说吧。”

梅子嘴快，抢着说：“小革子犯事儿了……”

“犯……犯啥事儿啦？”刘宝贵哽住了。

梅子说：“大哥看见他让公安局给带走了。”

“带走了？你看见啦？”

跃进狠狠地剜了梅子一眼，然后对刘宝贵说：“在前进电影院门口，我见到小革子了，本想跟他说一声让他早点儿过来，不想，还没等我凑上跟前，他就跟着警察上了一辆警车。但不是像梅子说的那样让公安局给带走了。”

“没让公安局带走，怎么上了警车？”

“你没上去问问情况？”刘宝贵问跃进。

跃进说：“我还没走到跟前，警车就开走了。”

“你是没敢靠前吧？”刘宝贵瞪了跃进一眼。

“我不敢靠前？我刘跃进怕过啥呀？”

“别吹牛了，别人不了解，我还不了解你吗？”

刘宝贵转身回屋，跃进扭脸把气撒到梅子身上：“你这张嘴咋长的咐？穿溜冰鞋了吗？以后啥都不跟你说了。”

“好哇，最好别跟我说。”

“现在好了，你惹的祸，你去擦屁股吧。”

“怎么是我惹的祸呢？惹祸的是小革子，传话的是你，关我什么事儿？”

“要不是你嘴快，老爷子能上火吗？”

“你的意思是全怪我了呗。”

“你寻思呢……一会儿你嫂子就带孩子过来，唉，今天中午的饭是吃不消停了。”

“你只想你自己，一点儿都不担心小革子，他可是你亲弟弟呀。”

“担心？我担心他有用吗？”

跃进进屋找刘宝贵解释，梅子也跟了进去。

刘宝贵坐在椅子上抽烟，瞄了跃进和梅子一眼，没说话。

跃进向刘宝贵解释：“看警察那样儿态度挺和蔼的，不像是抓犯人。”

“你认为啥样儿算抓犯人？”梅子在一旁插话。

“抓犯人不是戴手铐子吗？”

“小革子是不老实，也挺闹腾的，可不至于犯啥大事儿吧。”

刘宝贵将烟头摁灭在不锈钢烟灰缸里，不耐烦地说：“别给我吃开心丸了，我才不稀罕为他操心呢……再说了，这小子整天不务正业瞎游逛，也该有人教育教育他了。”

梅子说：“不行我找找人，打听一下。”

“谁都不许去！一人做事一人当。”

“可是，小革子毕竟……”

刘宝贵摆了摆手：“你们都出去，让我一个人清静一会儿。”

跃进和梅子都了解刘宝贵的脾气，只好乖乖地退到了外屋。

刘宝贵感觉身子发沉，便斜歪着靠在床上。他虽然嘴上说不为小革子担心，但内心还是布满了愁云。“我怎么生了这么个孽障呢？”刘宝贵捶了捶自己的胸口，自言自语道。

按理说，小革子跟哥哥姐姐比，学习条件是最好的。跃进初中毕业就接班进了工厂。石青赶上了考生人数众多那一茬，没能挤进普通高中，而是读了职高，好在她运气不错，职高毕业后被招进银行坐柜台。梅子赶上了高考，但她小学和初中基础太差，使出吃奶的劲儿才考上了幼儿师范。那个年月，高考的录取率很低，能考上中专就相当不错了。梅子所在的普通中学一共 9 个班，400 多名学生，最后只有 4 人考上大学，5 人考上大专和中专，平均一个班一个，升学率百分之二点几。小革子上高中时，哥哥姐姐全都出力帮他，给他买卡式录音机学英语，买各种辅导资料，请老师课外辅导，那个时候还不兴课外补习，算起来，小革子应该是接受课外辅导的“老前辈”了。刘家举全家之力培养小革子，精力没少投入，钱也没少搭，可结果却令所有人失望——小革子没考上大学。家里开会商议，决定支持小革子复读，参加第二年的高考。在他们看来，小革子聪明机灵，一定是考试时失误了，不然怎么可能考不上大学呢？可小革子并不想复读，他想早点儿到社会上闯荡，他羡慕那些做买卖赚了钱的人，而那些人中很多都没读过大学。“社会大学才是真正的大学。”小革子说。

就在刘宝贵为小革子不正经复读而犯愁时，小革子回家孝敬刘宝贵一瓶洋酒，美滋滋地告诉刘宝贵他已经找到工作了，挣的钱比跃进的工资高好几倍。刘宝贵问他是什么工作，他只说跟外贸有关。事后刘宝贵才知道，小革子跟人在海员俱乐部所在的那条街倒腾“外汇券”，刘宝贵哪能接受这个现实，盛怒之下抽了小革子两个嘴巴。一向娇生惯养的小革子破门而出，离家出走了。

梅子专门从学校回来做刘宝贵和小革子的工作，刘宝贵这头妥协了，小革子那头却不肯低头。梅子又请石青出面做工作。石青找到小革子，小革子正跟一个浓妆艳抹的女孩儿缠绵着，当着石青的面，搂着女孩儿的后腰，问：“大姐，我女朋友漂亮不？”石青出于礼貌，微笑着点了点头。小革子高兴了，抽冷子朝姑娘脸蛋儿咂了一口，说："我大姐眼眶子高，她都肯定你了。"

小革子嬉皮笑脸地告诉石青，他女朋友叫"小朵"，"你看人家父母多有文化，女儿是花朵，大姐叫大朵，二姐叫二朵，她是老闺女，叫小朵。小朵自个儿开了个美容店，每个月都有三千两千的进项"。

石青见到梅子，说："哎呀妈呀，别提多恶心人了……一点儿都不避人了。"

梅子说："我听说那女孩儿长得水灵，身段也行，像模特。"

"颧骨可高了，老话儿讲，颧骨高——杀夫不用刀。"

"老话儿讲得也不全对。"

石青说："可他们算怎么回事儿呢？认识没几天就把小革子接到她家去住了，也没结婚，连个'记'都没登，这不乱套了吗？"

刘宝贵大致了解了小革子的情况，忧心忡忡，说："小兔崽子，你就闹腾吧，早晚得闹出大乱子来！"

刘宝贵躺了一会儿，还是挣扎着爬了起来。今天儿女们回家，怎么也得去市场买点儿什么，小革子是小革子，不能因为一条臭鱼腥了一锅汤。

刘宝贵一出门就撞见了跃进和梅子。

跃进说："市场就不用去了，素芬一会儿就带小果果过来，她已经买完菜了。"

刘宝贵怔了一下，随后说："她买是她的，我买是我的。"

梅子有些惊讶，瞅了瞅跃进，接下来就看到刘宝贵裤兜里露出的一角，那是绛色的尼龙绸包，打开一定能看到印在上面的石青工作的那个银行的字样。

这时，从外边传来汽车喇叭声，顺着敞开的大门望去，一辆红色夏利车停在小楼外的宅间小道上。大女婿许红卫那张圆脸从车窗内探了出来，亮着嗓门儿朝跃进和梅子喊了一句："今天是个好日子！"

许红卫莫名其妙地蹦出这么一句，令刘宝贵很不舒服，对于心里牵挂着小革子的他来说，似乎有点儿嘲讽的意味。跃进和梅子也摸不着头脑，梅子在脑子里快速搜寻着，想了想阳历节日和阴历节气，跃进则看了看天气。

"休息日嘛，当然是好日子。"梅子说。

许红卫说："今天早上我听到一个好消息。"

"啥好消息？说来听听。"跃进说。

许红卫向车后边瞅了瞅，石青抱着儿子力力，素芬拉着女儿果果，先后从夏利车里钻了出来。许红卫快速眨了眨眼睛，神神道道地说："你们问石青吧。"说完，径直走到车后，打开后备厢，拎出几个黑色的塑料袋。

梅子对跃进说："过去帮把手啊。"

"你怎么不去？"

"你个大男人，真好意思！"

跃进瞅了瞅刘宝贵，过去帮许红卫拿东西。

"大哥，你瞅瞅这大牙片鱼，纯野生的，我天不亮就开车上东海头，好不容易从小贩手里抢的。"

跃进接过许红卫递过来的袋子，打开瞅了瞅，这两条大牙片鱼少说也有四五斤，照时下的市场价没100块钱下不来，再加上那些螃蟹和蚬子，差不多得两张大票。这种财大气粗的开支，绝对不是他所能承受得起的。但在这个家里，他是大儿子，心里多少有点儿讪然。不过，这个念头很快就消失了，跃进认为，老大也不该死呀，兄弟姊妹谁有章程谁就多出点儿力呗。

“好消息呢？”跃进问石青。石青的注意力却在力力身上，力力的玩具——一个玉米穗小口琴耷拉在胳膊下面。

刘宝贵似乎不想听什么“好消息”，跟石青和素芬打了个招呼，一声不响，转身回屋。

石青将玉米穗玩具挂在力力胸前，回头大声对跃进说：“大哥，你做海鲜还行，一会儿你下厨，梅子搭下手，好东西可别吃瞎了。”

梅子顶看不上大姐那股子张扬劲儿，有钱这才几天哪，就按捺不住了，开始显摆了。以前，往家里拿东西最多的是梅子，几乎每次回家都不空手，单位每年分的苹果她都送到刘宝贵那里，有时候两箱，有时候四箱。过年过节分的冻刀鱼、冻虾、米面油也统统拿回娘家，一头沉地照顾娘家，必然冷落了婆家，好在大林不在乎这些，两人没有因此发生过矛盾冲突。有意思的是，关于往家拿东西这件事，梅子不跟跃进和小革子攀比。跃进属于铁公鸡类型的，一毛不拔。要说一毛不拔也有点儿冤枉他，他带老婆孩子回来，有时也买点儿青菜什么的。可他对自己也一样吝啬，一件衣服穿到透亮了也不舍得扔，经常吃咸菜饼子，精打细算到离开家就关电源、半夜用盆接滴答下来的自来水的程度。时间一长大家也习惯了，认为他抠抠搜搜情有可原。小革子就不说了，他还小。梅子比的就是石青，石青刚结婚那会儿，她和许红卫都挣死工资，一个月加起来不到200元，上有老下有小，生活比较拮据，回娘家白吃白喝白拿是常事。为此，梅子没少拿小话儿敲打她，暗示她这个姐姐没做榜样。石青也不客气，见梅子一次不往家拿东西就主动出击："呦！最顾家的老妹儿，怎么能空着手回来呢？"梅子被噎得满脸燥热，胃部隐隐作痛。后来许红卫辞职开上了出租车，家里的生活条件大幅改善。有了钱，人也有了底气，再回娘家，石青不仅带的东西硬，说话的口气也硬，带回高档东西时想方设法让梅子注意到，好像是专门做给梅子看似的。她瞅梅子的眼神都不一样了，那意思是，来呀，比一比，小样儿！

梅子大声对许红卫说："大姐夫，你买的海鲜是不错，可咱怕做不好，你应该请个大师傅才对。"

许红卫似乎看出了门道儿，有意打岔，从车上摸出一盒牡丹牌香烟，一边点烟一边呜噜呜噜地说："这事儿，你跟你大姐商量吧，俺家的事儿她做主。"他吸了一口烟，摆一下手，"晌午饭就别等我了，哥儿几个要坐一坐。"

说罢，开车扬长而去。

说起来，石青也曾让刘宝贵操过一阵子心。石青上职高那会儿，迷恋上部队的一个杨班长。杨班长的老家在黑龙江海林农村，杨班长在周水子一带驻军。杨班长曾给石青她们搞过几天军训，从那时起石青就开始有了梦。也许与当时的环境有关，这座海滨城市的女青年都迷恋穿军装的，嫁给军人是令同伴们羡慕的；也许石青将那位身材魁梧的杨班长与脑海中的英雄联系了起来；也许还有别的，比如青春期的自我眷顾和浪漫想象。

那时候石青的脸上开始长青春痘，可还是遮挡不住她的美丽。

石青左磨右磨，终于把妈妈的一条哔叽裤子要了去，自己改了穿上。晚上睡觉前，石青用温水喷一下，然后压在枕头底下，虽然没有电熨斗却还是压出了裤线。

石青就穿着那条裤子在杨班长可能出现的路上等着。时间一天一天过去了，终于有一天见到了杨班长，她吞吞吐吐地对杨班长说："上我家去玩儿呗。"杨班长当时挺为难，部队有纪律，七尺汉子显得手足无措。按理说，这段故事该结束了，但不知杨班长出于哪一种心理，临复员时，请她去火车站前的海味馆吃了一顿。12元钱一大桌子海产品，大大地长了石青的见识。杨班长像老大哥一样嘱咐她好好学习，学成了本领服务社会什么的。杨班长复员后，这位高高大大的男人再也没有出现过。然而，那个梦却留给了石青，她常常从梦中哭醒或者笑醒，她梦想着有一天，那个身着草绿色军装的健壮男人挟风而来……石青的梦长醉不醒，一醉就是10年，直到石青28岁，她才嫁给了银行后勤车队的许红卫。许红卫是个老实人，多少年不抽烟不喝酒，直到开了出租车，才在喝红了脖子之后叼上烟，虽然属于耍烟一类的，却也熏黄了手指和门牙。

石青结婚了，刘宝贵的一块心病放下了。刘宝贵和老伴儿房桂琴一致认为，家里4个孩子中，最善良、最省心、最孝顺的还是红梅，也就是梅子。

此时，梅子正和跃进在小楼的公用厨房里做饭，石青和素芬在院子里陪孩子玩儿。一楼里间的老齐太太过来端饭盆，笑眯眯地说："知道今天你们回来聚会，我早早就蒸了午饭，给你们腾地方。"

梅子说："大姨，您别急着吃饭，一会儿我哥炖好鱼送您一碗。”

“可别，千万别客气。我吃过饭下午还要去居委会开会。”

跃进说：“今天炖新鲜牙片鱼，用不了半个小时。”

“每次都这样，我都不好意思了。”

邻居间谁家做了好吃的，相互送一点儿是小洋楼多年的老传统，碰不上也就算了，现在满屋子都是炖鱼的香味儿。老齐太太嘴上婉拒，可还是乐呵呵地回到自己屋里。

厨房里就剩下跃进和梅子两个人，梅子小声问跃进：“要不要把小革子的事儿告诉石青？”

跃进说：“你那张嘴穿溜冰鞋啦？闭嘴能把你憋死呀！”

梅子很不高兴，说：“你除了会说穿溜冰鞋还会说啥？”

“不是我喜欢抬杠，你跟她说了，她除了瞎嚷嚷，啥问题也解决不了。”

梅子白了跃进一眼。

“石青这人……”跃进话到嘴边愣住了。梅子抬起头来，也愣住了——石青抱着孩子出现在公用厨房门口。“背地里又说我啥坏话？”石青笑滋滋地问。

“我是说，红卫说有个好消息……”

“算是个好消息吧——小楼要拆迁了。”

梅子撇撇嘴：“我当啥惊天动地的好消息呢，原来又是拆迁，这事儿少说也嚷嚷五六年了，耳朵眼儿都快磨出茧子了。”

“准吗？”跃进问。

“我家红卫在出租车上听市动迁办的人说的，他一高兴连车钱都忘管人家要了，还能有假？”

此时，梅子这才想起什么，问石青刘宝贵是否跟孩子在一起。石青说今天他好像不太舒服，在床上躺着呢。梅子解开围裙，递给石青："姐，我突然想起个急事儿……你让大嫂帮你带带孩子，你给大哥搭把手。"石青迟疑着，一手抱着孩子，一手接过围裙。

跃进不满地瞪了梅子一眼。

梅子说："你斜楞我我也得去，起码打听打听消息，不然今天中午的饭能吃消停吗？"

石青左瞅瞅右看看，一脸蒙。

梅子匆匆忙忙回屋里换衣服，一不小心踢到装苹果的篮子，刘宝贵分了一半的苹果滚落一地。

第三章　移栽苹果

傍晚，雨晴了，不过，空气中的水汽仍旧很大。

诚磊开着车在小镇里转悠着。小镇叫老门镇，是鹿鸣山乡所在地，山顶村就隶属于鹿鸣山乡，小镇的叫法和乡政府登记在册的名称不一致，这样的地方现在越来越少了，当然，叫乡的镇也不多，它是县里为数不多的没有乡改镇的地方之一。可见，鹿鸣山还是偏远的。

车里，小奶狗嘤嘤地叫着，雪芳说，小奶狗一定饿坏了。

诚磊在小镇找到一家看起来还像点样的旅馆，雪芳去办理登记手续，让诚磊去买奶粉。“小奶狗太小，不能买牛奶粉，一定要买羊奶粉。”雪芳叮嘱。

诚磊说：“这个地方能买到羊奶粉吗？不然我们回城里吧，可以送宠物医院。”

雪芳说：“那样太折腾，我们得在这儿找狗妈妈，小奶狗太小了，离开狗妈妈恐怕养活不了。”

旅馆服务员听到雪芳和诚磊的讨论，提示说旅馆有规定，不能带宠物进房间。雪芳向服务员解释一番，讲了雨中救小奶狗的经过。服务员还是摇了摇头，一副坚持原则的严肃面孔。诚磊有些不耐烦，他说如果通融不了，那他们只好换一家旅馆了。

旅馆的生意大概不太好，服务员不敢擅自拒客，让他们等一等，跑到走廊拐角打了一番电话，回来对雪芳说：“我们领导说可以通融，不过你们不能让小狗叫唤，影响别的客人休息。”

诚磊说：“我感觉你们旅馆里没几个客人呀。”

服务员白了诚磊一眼，没说话。

雪芳来到房间，放下衣物就开始处置小奶狗，先是用毛巾给小奶狗擦拭，又用吹风机给小奶狗吹干。小奶狗的情绪安稳了一些，可它们还是四处探寻着，碰到雪芳的手指就吮吸起来。

诚磊回来了，他买回了羊奶粉和硅胶奶嘴。不知道是不是奶嘴的口径大，小奶狗太小，用不了奶嘴。诚磊看了看雪芳，雪芳说：“去药店买个针管吧。”

诚磊买回了针管，雪芳动手喂小奶狗，小奶狗真的饿坏了，争着吃奶，没吃到的嗷嗷直叫。好不容易把小奶狗的肚子喂鼓了，站在旁边的诚磊拿出酒精湿巾要去擦小奶狗的屁股，帮它排便。雪芳看到诚磊手里的酒精湿巾，连忙阻止，她拿出纸巾沾上温水，递给诚磊。

“酒精消毒。”诚磊说。

雪芳说：“那样是不是太刺激小奶狗了，再说，气味变化太大，狗妈妈能不能不认自己的孩子？”

诚磊眨了眨眼睛，接过了湿纸巾。

处置完小奶狗，雪芳问诚磊饿不饿，诚磊说还可以。雪芳说中午喝多了，现在就想吃点儿面条。诚磊说他也是这样想的，刚才去楼下药店，发现了一家拉面馆。

因惦记小奶狗，雪芳和诚磊匆匆忙忙吃完面条，就返回了旅馆。

见小奶狗都睡着了，睡得十分安稳，雪芳这才感到身子疲乏。

“洗一洗，我们早点儿睡吧。”雪芳说。

诚磊说：“你先洗吧。”

雪芳进了淋浴间，打开水龙头，放了好一会儿，标识为热水的阀门放出的仍是凉水，而打开标识为冷水的阀门，放出来的却是热水。雪芳调好了水温开始洗澡，不想，喷洒出来的水一会儿凉一会儿热，她试着调热些，却被热水灼痛了皮肤。

总算是冲洗完了，雪芳穿上睡衣走出淋浴间，第一件事就想告诉诚磊水温的事儿，没想到诚磊在床上和衣而卧，睡着了。

雪芳推了推诚磊，诚磊嘟哝一句，转过身仍旧睡去。雪芳将裹着浴巾的小奶狗放在床的中间，自己悄无声息地爬上了床。

第二天早晨，趁着诚磊去卫生间的工夫，雪芳给梅子挂了电话。雪芳问刘宝贵的情况，梅子说都挺好的，上午准备给刘宝贵办理出院手续。雪芳说自己在山顶村遇到点儿情况，可能赶不回去了。梅子说一会儿你大舅和老舅过来，你忙你的吧。雪芳说她一回市内就去看刘老，给他买好吃的。梅子说，好吃不好吃的不重要，就是别提去山顶村的事儿。

这时诚磊从卫生间出来，雪芳连忙说知道了，就挂断了电话。

吃早餐时，诚磊对雪芳说，他不能在山顶村帮雪芳找狗妈妈了，早晨接到一个邀请，他要去香港参加一个小型展销会，是关于游戏开发方面的。雪芳表示理解，只是说自己拖累他了。诚磊说挺好，可以多一种生命体验。他们还讨论起苹果园的事儿，雪芳说：“如果你觉得山顶村的果园不理想，我们可以换一个。”诚磊说：“其实也没关系，我只是直觉罢了。果园的选址你就定吧，我信任你。”

“信任我，也是直觉吗？”

“这个不是直觉。”

本来诚磊已经约了去市内的专车，看到雪芳一个人去垃圾场找狗妈妈，他取消了订单。诚磊说：“我还是陪你去山顶村吧，飞机起飞时间是晚上 5 点，来得及。”

雪芳和诚磊来到捡到小奶狗的地方，总算看到远处一瘸一拐的狗妈妈。狗妈妈站在涵洞旁的乱石杂草上，十分不友好，狂吠不止。诚磊发现狗妈妈腿上拖拉着铁丝，他猜测狗妈妈被人抓捕过。雪芳看到狗妈妈骨瘦如柴，感觉狗妈妈的身体状况不太好。

雪芳和诚磊尝试着喂狗妈妈火腿肠和面包，狗妈妈不敢靠近，十分警觉地叫唤着。雪芳和诚磊故意离得远一些，狗妈妈才小心翼翼地走近食物，接着就狼吞虎咽地吃了起来。显然，它饿坏了。

雪芳和诚磊尝试着靠近，狗妈妈立即目露凶光，龇牙咬人。雪芳和诚磊知道他们无法接近狗妈妈，即便戴上防咬手套也追不上它，他们商量，想办法搞一个诱捕笼过来。诚磊觉得，去小镇的农贸市场应该可以买到诱捕笼，到时候把小奶狗装在里面，就可以诱捕狗妈妈了。雪芳和诚磊返回老门镇，很快买到诱捕笼，他们带着装有小奶狗的笼子来到垃圾场，然而，他们没见到狗妈妈，无论他们怎么呼唤，还是没见到它的踪影。

下午，诚磊叫的专车到了，他要赶到市内机场。“实在不能陪你了。”诚磊说。

“你赶紧走吧，”雪芳说，“一只流浪狗我还是可以搞定的。”

那天傍晚，雪芳正在房间里喂小奶狗，突然有人敲门。雪芳以为是诚磊回来了，起身开门，发现服务员领着两个人站在门口。

来人是二迷糊的儿子世军和秀梅的女儿桃子。对于独生子女雪芳来说，这里的关系她需要好好理顺一番，雪芳有时候连堂兄妹和表兄妹都分辨不清，更何况隔着亲呢。二迷糊是刘宝贵妹妹的儿子，梅子管二迷糊叫表哥，顺到雪芳这一辈儿，也该叫表什么吧。世军是 1989 年出生的，比雪芳大，雪芳应该叫他表哥。秀梅则是刘宝贵二哥的女儿，梅子管秀梅叫堂姐，桃子是 1992 年出生的，也比雪芳大，雪芳应该叫她堂姐。理顺了半天，世军说，啥表哇堂的，都是实在亲戚，叫哥哥姐姐就行。

桃子跟雪芳讲起老舅——小革子当年办采砂场的事儿，他在山顶村集资，把整个村子都诓了个遍，让山顶村人心里留下了阴影，坐下了“病根儿”。世军说：“村里的老一辈儿提起城里的刘家都没啥好话，你最好还是到别的村去承包果园吧。”

雪芳说：“小革子是我老舅，他是他，我是我，我承包果园跟他有什么关系呢？”雪芳把自己要引进高科技设施、改良苹果品种、打造新的品牌基地的想法跟世军和桃子说了。世军说：“不瞒你说，这几年山顶村的苹果销量一直走下坡路，果农砍树已经砍了一半，太需要你们这样的新生力量加入了，你们来了，可以带动村里的果业发展。”

雪芳说：“我们只是来考察考察，来不来还没想好。”

“也是，像咱这样的偏远山村，凭什么吸引你们来呢！”世军说。

雪芳自己可能都有些不信，为了抓到狗妈妈，她留在山顶村 3 天。

在世军的帮助下，雪芳终于抓到了狗妈妈。抓到狗妈妈之后，雪芳突然做出一个决定，她准备承包山顶村的苹果园。雪芳给诚磊打电话，诚磊说："我知道了，那天你返回山顶村的时候，我就想到这个结果了。"

雪芳说："你的意思是狗狗把我留下的？"

诚磊说："不是狗狗把你留在了山顶村，是你自己把自己留在了那里。"

"你觉得我的想法有哪儿不对吗？"雪芳问。

诚磊说："不存在对与不对，随着心去做就好。"

世军听说雪芳要跟韩大胆签承包果园的合同，找到雪芳说："韩大胆早就预料到你能留下来承包果园。"

"他早就预料到了？"

"他是这样说的。还有，别以为他真被你喝趴下了，他有酒量，那天醉酒不过是给你留下豪爽仗义的印象罢了。"

雪芳皱了皱眉，说："看来，接管果园还真得小心点儿，尽可能做详细的前期调查。"

"是啊，始乱则终弃。"

"你挺厉害呀，还会用这样的词儿。"

"咋的，瞧不起你哥？你哥虽然没你文化水平高，但好歹也大学毕业。"

"那我跟你说实话吧，我决定留下承包果园跟他喝酒醉不醉没关系，其中有更复杂的因素，怎么说呢，山顶村毕竟是姥爷的家乡……"

"真是命运的安排呀，你老舅欠了山顶村的债，如今你替他来偿还了。"

雪芳严肃地说："他是他，我是我，我承包果园跟他没有关系。"说是这样说，潜意识里有没有这一因素，雪芳自己也说不清楚。

雪芳对诚磊也是这样解释的，她说山顶村是姥爷的老家，人都有家乡情结，尽管山顶村不是她的老家，可其中总有千丝万缕的联系。与之前考察的几个苹果园比较，山顶村的确偏远些，从亚平宁半岛效应来说，运输成本高一些，不过，山顶村周边没有工业企业，土壤和水污染小，从这一点来说，反而具备了竞争优势。诚磊说："没问题，你决定吧。"

选址由雪芳决定，而新成立的果园命名权，雪芳还是坚持让诚磊决定。诚磊说，那就叫"牛顿苹果园"。雪芳本想问为什么叫牛顿苹果园，随即又打消了念头，既然让诚磊决定，那就不好再刨根问底了。

还有，留下雪芳的流浪狗，算是缘分吧，雪芳给狗妈妈取名"缘缘"，后来改成了"缘圆"，以求缘分圆满之意。

当初，梅子在南山街小楼里踢翻了苹果篮子，没时间理会，匆匆忙忙出门去打听小革子的情况，走到 15 路公交车站，小革子坐着出租车回家了，姐弟俩擦肩而过。

一进屋，小革子就大嗓门儿嚷嚷着："哼！出租车司机想宰我，真是瞎了眼了！"

跃进从厨房伸出半个头来，仿佛怀疑真假似的，直盯着小革子看。小革子问："咋啦？饭好了没有，我都饿了。"

跃进问："你没见到梅子？"

"二姐？"

“她找你去了。”

“找我？她知道我在哪儿吗？”

“你不是进公安局了吗？”

听到跃进这样说，石青手里的盘子差点儿掉到地上。

“老弟呀，你犯了什么法？”石青问。

小革子夸张地笑着：“谁说我犯法啦？胡说八道。”

跃进说：“你没犯法，公安局为啥要抓你？”

“谁说公安局抓我了？你看到啦？”

“我还真看到，警察把你带到警车上了。”

无奈，小革子只好承认。不过他解释说，上午的确去了一趟公安分局，可那是他以前的一个朋友走私香烟犯了事儿，警察同志向他了解一些情况，跟他没一点儿关系，犯罪的事儿根本就“八竿子都打不着”他。“真的？”石青半信半疑。

“大姐，你咋啦？怎么不相信你老弟呢？”

跃进推了小革子一下：“你还不赶快给梅子挂个传呼，让她赶紧回来吃饭。”

“我二姐也真是的，她到哪儿去找我呢？”小革子一边嘟哝一边出门，去小楼外庞奶奶的食杂店挂公共电话。

此刻，刘宝贵已经站在里屋门口，透过虚掩的房门，厨房里的对话他听得真真切切。按说，上了岁数的人耳朵有点儿背，可刘宝贵不同，他只是眼花，耳朵还算灵敏，隔着门缝儿都听得十分清楚。石青端着蒸锅帘过来，帘子上的螃蟹和海螺热气腾腾，石青腾不出手来，就用脚将木门支开。“开饭喽！”石青喊道。

听到声音，刘宝贵早已回到床上。

开饭时，一大家子人都进了屋，屋里显得拥挤不堪。地上是大人，床上是孩子，大家在“靠边站”桌子边围了一大圈儿。“靠边站”是居住空间狭窄时国人的一大发明，用的时候将折叠的桌子打开、支上，不用时就立在墙边，这样不占用空间。桌子不算大，菜摆得满满当当，有的碟子还摞起了摞。

小革子回来说梅子回话了，人已经到西岗分局了，“这才多大工夫，她就跑那么远……”“你没让她快点儿回来呀？”跃进问。

“我能不说吗？我让她打出租车回来，车费我出。”

刘宝贵说：“不等了，吃饭。”

吃饭过程中，大家七嘴八舌地讨论小楼动迁的好消息。小革子是哪儿有热闹也落不下的人，更何况他常以消息灵通人士自居，口若悬河地讲了起来：“我一个干土木工程的哥们儿早就跟我说过这事儿，还说他正在争取承包这项工程呢。”

石青说：“还土木工程，包工头吧，包工头能有啥正经消息。”

“可别小瞧了包工头，人家可是长江水暖鸭先知呀。”

“春江水暖鸭先知好不好！”石青纠正小革子。

小革子说：“我还不知道春江水暖鸭先知呀，我是故意这样说的。”

素芬在一旁笑着说：“果果正学唐诗宋词呢，别给俺带偏了。”

小革子把头转向了石青：“大姐，我看你对这事儿挺上心的，小楼动迁了，我和哥才是受益者呀。”石青的脸子立刻就拉了下来：“怎么，我不是这个家里的人？”

“嫁出去的女儿泼出去的水，你现在是老许家人。”

“信口雌黄！现在都啥年代了，哪条法律规定我不是刘家人啦？在财产继承方面我跟你们一样，有平等的权利。”

小革子连忙拍了石青一下：“生的哪门子气呀，开个玩笑咋还甩脸子了。”

刘宝贵说：“我看你们就是闲的，做梦分钱还能吵起来。动迁这事儿吵吵多少年了，现在不是还没影儿吗？”

石青说：“这次不一样，是市政府动迁办的人说的，百分之百准确。顺便提醒大家，这个消息只限这个屋子里的人知道，绝对不能对外人说。”

“不管谁说的，还得动迁通知下来才算数。”

大家一想也是，你瞅我一眼，我瞅你一眼，各揣心腹事。

梅子匆匆忙忙进屋，头发丝显然被汗水打湿过。素芬主动给梅子让座，梅子看了看杯盘狼藉的桌面，拎过塑料凳子，气呼呼地坐到小革子旁边。梅子用手帕擦了擦汗，越想越气，侧过身子用力打了小革子两拳。

“哎呀——你打疼我了！”

“活该，我看你就是被打得轻！”

小革子一下子跳了起来，躲到了屋外，没多大工夫又折返回来。小革子手里拿着一个花卷，恭恭敬敬地递给梅子：“二姐对我好我知道，请二姐用膳。”

梅子没做出什么反应，跃进在一旁却扑哧一声笑了。

“好笑吗？”梅子问。

不问还好，一问，跃进笑的声音更大了，甚至控制不住。

“有那么好笑吗？”石青也问。

素芬在旁边说：“好笑的是他，这是又喝到量了。”

人和人喝酒的表现差异很大，甭说社会上的林林总总，就是跃进兄妹几人也大有不同：梅子酒量大，一向没喝醉过，不过，她属于“哭酒杯型”的，喝多酒之后，总是想起伤心的事儿，好像自己受了天大的委屈似的，抽抽搭搭地抹眼泪；小革子属于“狂躁型”的，喝多之后，乱喊乱叫，看谁不顺眼都想教训一番；石青小时候得过肝炎，所以滴酒不沾，任凭喝高兴了的跃进说破了天，也丝毫不会动摇；跃进属于“兴奋型”的，酒喝多了就高兴了，平时沉默寡言的他像换了个人一样，两眼放光，口若悬河，嘚吧嘚吧没完。光是讲话也就罢了，关键是他的豪情壮志一旦上来就开始吹牛，天老大他老二。以前刘宝贵骂过跃进：“喝点儿吹牛散，不服天朝管！”刘宝贵骂他也没用，那个时候跃进自己都控制不了自己，等酒醒了肠子都悔青了，赌咒发誓以后再也不喝那么多酒了，可喝过了“警戒线”，闹剧又一次上演。

跃进开始讲他的“聪明”事儿了，梅子知道，跃进开始讲那个她听过无数次的故事时，已经到了第一道“警戒线”。

跃进说：“花生米可以测量对手的酒量。为啥能测量对手的酒量呢？因为刚喝酒的时候都是用筷子来夹花生米的，等咱用手抓花生米的时候，如果对方还用筷子夹花生米，就说明对方的酒量了不得，咱得赶紧撤……我是不是够聪明？”

梅子说：“你够聪明，所以你永远遇不到对手。”

刘宝贵说：“喝这些行了，喝好了喝人肚子里，喝多就喝狗肚子里了。”

在床上陪弟弟玩儿的小果果伸头问：“为啥喝多了人就变成狗了呢？”

大家都被逗笑了。

接着，跃进开始讲他小时候的故事，一旦他开始讲自己小时候如何厉害，就进入第二道“警戒线”了。跃进说他小时候练过，学过摔跤和拳击，一个人在放学的路上，如何教训南山街的小混混，打得他们满地找牙……这个故事大家也耳熟能详，所以都启动了忽略模式，只有梅子撇了撇嘴。

刘宝贵伸手过来夺跃进的酒杯，说：“你不吹牛能死呀？打得人家满地找牙，是你被打得满地找牙吧……不说别人，就老费头儿他儿子，比你矮半头，干干巴巴的，还能把你揍一顿，你哭唧尿腚地回家找我给你出气……”

“你给他出气了吗？”小革子问。

“我？我闲大了！”

果果眼睁睁地瞅着跃进，问：“爸，爷爷说的怎么跟你说的不一样啊？”

素芬有些不好意思，对大家点了点头，拉着果果去了屋外。

到了这个阶段，跃进已经进入自我陶醉状态，别人说什么他都能做到入耳不入脑。梅子让小革子过来拉跃进，绝不能让他再喝了，再喝就进入第三道“警戒线”，不好收场了。

小革子把跃进强行拉到床上，跃进嚷嚷着还要喝，小革子把他按倒，他爬起来，小革子再把他按倒，他再爬起来，直到没了力气。

石青和梅子去公用厨房刷碗，小革子走了进来。

梅子问：“消停啦？”小革子说：“嗯，睡着了。咱这个大哥呀，喝酒之前记得他是大连的；喝高了之后，觉得大连都是他的。”

梅子扑哧一声笑了，说：“大哥今天真奇怪，没人跟他拼酒，自己却把自己喝多了。”石青说：“他心里那点儿小九九我一清二楚，他是高兴。”

“高兴？啥高兴事儿？”梅子问。

“听到拆迁消息高兴呗。”

小革子说：“这点儿出息，怎么让我瞧得起他呢？”

石青向门口望了望，小声说：“嫂子在门口呢。”

“怕啥？我也没说错话。”

石青说：“说到拆迁，有个事儿我还得求助两位。”

“我还能帮上啥忙？”梅子说。

“当然能，都能。”

石青又向门口望了望，小声告诉梅子和小革子，她想把户口迁回来。石青要迁回户口的理由是，5年前，跃进听说小楼要拆迁，就捷足先登第一个把户口迁了回来，当时她也提出过迁户口的事儿，可跃进不赞成，说将来她家孩子上学会麻烦。可他家孩子上学也会遇到麻烦啊。现在家里有两家户口，一户是刘宝贵和小革子的，另一户就是跃进的，如果她的户口再迁回来，两间屋子就三家户口了，石青担心跃进，怕影响他的利益，会极力反对，所以想争取梅子和小革子的支持。

小革子说：“我研究过，动迁政策规定按户分房，跟几间房没关系。”

石青说：“就是呀，我打小就在这个房子里长大的，本来就是我家嘛，况且，我争取的是我自己的权利，不是从老弟你和大哥那里争利益，不是占你们的便宜，如果说占便宜也是占国家的便宜。”

梅子说："照你这么说，我也可以把户口迁回来呀，我也可以占点儿国家的便宜。"

石青说："道理上说得通，咱俩虽然是女儿，可法律面前人人平等，女儿对房子也有继承权。"

小革子说："我听明白了，我支持。"

石青问梅子："你的户口也迁回来吗？"

"有便宜谁不占呢？"

"你可得想清楚了，尤其要征得大林的同意，别因为户口的事儿闹点儿误会出来。"

"跟他把道理讲透了，他不会误会的。"

小革子说："大姐、二姐，户口的事儿你们不用操心了，全包在我身上。"

石青眼睛一亮："你就能办？"

"我可以找朋友办嘛。"

"那好，省得我操心了……办事搭人情的钱我出。"石青说。

"如果好办，把我的也迁回来吧。"梅子说。

小革子说："没问题，一个月之内保证把事儿办利索，户口迁过来了，你们再拿人情钱。"

"一个户口大概多少钱？"梅子问。

"我说不好，估计不会太多，一两千吧。"

梅子脱口而出："这还不多呀！"

此时，梅子一个月的工资才 100 多元。

石青说："不多不多，这么大的事儿，花点儿钱也是值得的。"

小革子见石青和梅子的心情挺好，趁热打铁说："我也有件事儿，正想着跟两个姐姐说呢。我有个挣快钱的机会，可就是差点儿本钱。”

“差多少？”石青问。

“多多益善。”

小革子说的挣快钱的机会是指购买原始股股票。当时各地都在改革、探索、创新，市体改办一个批文，企业就可以发行原始股，一元一股，一本证书上打印股份数额，盖个企业法人章就行了。一本证书一般都是1000元，也就是说，1000元换一个证书，至于股份什么时候上市就是另一回事了。当时发行原始股的企业挺多，辽渔集团、开建股份、中北股份……还有不少外省市的股份，名目繁多。除了企业原始股，大连几家银行也发行过基金券，面值1000元，在中山广场转手就能卖1200、1300。小革子买基金券赚了钱，迅速转战到企业原始股上。

石青说：“对呀，我还买过银行基金券呢，一倒手，挣了20%。”梅子说：“我没买过，不过听说楼上崔胖子倒腾股票发了财。”小革子说：“如果你们能借我点儿钱，我赚得肯定比他多。”

石青问小革子想用多少。小革子盯着石青的脸，试探着说：“10000？ 8000？怎么也不能少于5000了。”石青目光黯淡，说：“凑一凑，5000应该差不多。”梅子说：“我可凑不上5000，手里连2000都没有。”小革子说：“我顶多用半年，还钱时本金加上利润，利润二一添作五，我一半你一半。”

石青说：“我是你亲姐，啥利润不利润的。”梅子说：“你二姐夫月底就回来了，我从他手里串点儿吧。”

“要月底呀？”

“月底也没几天了。”

小革子算了算，点了下头：“也是。”

三个人相谈甚欢，碟子碗筷还堆在那儿。

小革子叮嘱两个姐姐，今天这个事儿不能跟老爷子说，也不能跟跃进说，这是属于他们三个人的小秘密。他还手心朝上，伸到梅子和石青中间。

“可以吗？”

石青把手放在小革子手上，干脆地说：“没问题。”

梅子也点了点头，把手放了上去。

小洋楼里除了刘宝贵以外，一楼还有两家：老齐太太和退休小学教师徐桢侗。老齐太太身材矮胖，是她那个时代里少有的文化人，不过她的经历十分坎坷，经历了人生的风风雨雨、大起大落，已由年轻的女干部变成了老太太。落实政策退休后，她在居委会谋了个差事，前一阵搞扫黄，近几日又推销保险、收点儿卫生费什么的。小楼里的人谁都不会想到她还曾有过那么一段辉煌的历史，一些大的历史事件都能跟她扯上关系，现在她与南山街常见的老年妇女没什么两样。老齐太太常常不自觉地按照自己的标准来要求小楼的居民，谁的行为她看不惯了，就会产生点儿小冲突。徐桢侗则为人谦逊，与人交往不多，属于洁身自好的那种人。退休后他在一家业余学校兼课，眼看赚了钱，有了积蓄，去年偏偏发现患了癌症，去了两次天津，把家里存的那点儿钱都填上了。回来后，徐桢侗天天练气功，说是维系身体和精神平衡。徐桢侗的女儿英子是师范大学一名品学兼优的好学生，对父亲孝顺，尽管学业挺紧，仍时常回家。刘宝贵是看着英子长大的，对她印象很好。他甚至想，如果小革子娶了英子这样的女孩儿作儿媳，那可真是烧了高香。可惜呀，小革子与小英子的差距太大了，踮着脚都够不到人家。小楼二层住了四户，有水暖工老马、小老板崔胖子、下乡返城的赵黎明和在大学教音乐的乔老师。

关于南山街的这幢小洋楼，日本作家清冈卓行在 1969 年发表了中篇小说《洋槐树下的大连》。该小说由于风格上集随笔、诗歌和评论等文学体裁特点于一体而荣获日本第 62 届芥川文学奖。刘宝贵现在居住的小楼距离清冈卓行的故事有 50 年的历史了。刘宝贵当然不知道日本作家写了南山街的这幢小楼，不知道那些故事，不知道什么文学奖，而同样，清冈卓行也不会想到南山街的小洋楼里有这样一位老人。此时正是初夏季节，小楼被洋槐树环抱着，槐花云霞似的绽放着，如果不是赶上阴雨天，浓郁的槐花香隔着大老远就可以闻到。潮湿阴暗的小洋楼弥漫着一股古旧的气息，周遭静谧而沉寂，散发出一种奇特的魅力。徘徊在小楼前的刘宝贵头一次有了这样的念头：小楼是消逝时光的见证者。也就是说，这些年他从没有认真地观察过小楼，而小楼却一直注视着他的一举一动，同时承载着他的无数故事和回忆。望着一住就是四五十年且眼看就要拆迁的小楼，刘宝贵的内心交织着一种恋恋不舍与怅然若失的感觉。

刘宝贵蹲在楼前的果树旁，上下左右仔细地打量着。刘宝贵知道，小楼要是动迁了，这棵果树肯定保不住，如果自己离开了小楼，这棵苹果树还要移栽吗？有没有生根的地方呢？

获悉小楼要拆迁这一消息的不止刘宝贵，老齐太太和其他一些人也都知道了。在小楼门口，老齐太太有些神秘地问刘宝贵："你听说了吗？"

"听说什么？"

"动迁的事儿，说是夏天就拆了。"

"拆了咱住哪儿？"

"还能没地方住？政府给安排地方呗。"

"听到了一个说法，不过这样的说法闹哄好几年了，没一个准的。"

"以前开的都是谎花，这回开真花了。"

"你怎么能保证是真的？"

老齐太太挤了挤眼睛："我有特殊渠道。"

这时，崔胖子和他老婆从二楼下来，走到老齐太太和刘宝贵身边，崔胖子老婆还特意打量了一下刘宝贵。

他们相互点了点头，算是打了招呼。

望着崔胖子和他老婆的背影，老齐太太问刘宝贵："最近梅子回来了吗？"

"没回来。"

"昨天晚上崔胖子还跟我打听梅子呢。"

刘宝贵愣了一下，沉下脸来说："他打听梅子干啥？"

"没说，只是问我最近看见梅子没有，我跟他说，上个星期看见过……"老齐太太又笑了笑，有点儿诡异，"这么多年了，崔胖子对你家梅子还是不死心哪。"

"这样说不妥，梅子和崔胖子都各自结婚成家了，还啥死心不死心的。"

“我没说你家梅子，我说的是崔胖子。”

小楼里的人都知道崔胖子追求过梅子。梅子上高中时，崔胖子就格外关心她，尤其是梅子读了幼儿师范学校之后，在东海头倒卖鱼虾的崔胖子时不时给刘宝贵家送海货，刘家不收，他就把装海货的袋子放在刘家门口。海鲜不能放太久，一天就有味儿了。崔胖子改变了方式，放一盒鱼干或者一盒干虾。为此，刘宝贵没少骂梅子，梅子觉得委屈，决定找崔胖子谈一谈，当面拒绝他。梅子没想到，面谈不仅没解决问题，崔胖子反而变本加厉，一路软磨硬泡、死缠烂打。只要看到梅子从学校回来，不管遇到什么样的天气，他都在小楼下守着，就为了能跟梅子说上一句话。刚上高中的小革子，听家里人说梅子被人欺负，大哥大姐又不出头，气不过，找了几个小哥们儿，在南山街口堵住崔胖子，一顿拳打脚踢，把崔胖子打得鼻口蹿血。崔胖子是在鱼码头混的，找人对付小革子和那几个胡子软塌塌的毛小子还是没问题的，只是他怕打起来失了手，一旦小革子有个三长两短，那么他和刘家就结了深仇大恨，他和梅子之间的鸿沟将永远不可逾越，彻底断了自己的后路。于是，崔胖子忍气吞声，吃了哑巴亏。崔胖子不再叨扰刘家并不等于他就放弃了追求梅子，他的主战场转移到了梅子在读的幼儿师范学校。下大暴雨，崔胖子出现在梅子宿舍楼下，浇得落汤鸡一般，一动不动。大雪天，崔胖子手捧紫红色玫瑰花，跪在梅子宿舍窗下。过了很久，天晴了，梅子向窗外望去，外面白茫茫一片。梅子以为崔胖子已经离开了，便和同学出来扫雪，这时听见一个女同学喊：“谁的动作这么快，在外面堆了一个雪人。”另一个女同学跑了过去，接着吓得滑倒在地。“雪人活了！”那个女同学喊叫道。为了摆脱崔胖子无休止的纠缠，梅子有过多个失眠之夜，她哭过、闹过、病过，但都没有改变现状，最后梅子下了狠心，向学校保卫科报告了情况。崔胖子再次翻越学校围墙来到女生宿舍时，被保卫科的人抓走，以扰乱公共秩序的罪名押送至公安局。崔胖子百般辩解，还要求与梅子对质。无奈，梅子只好去了。保卫科干事当着崔胖子的面问梅子："他是你对象吗？"梅子摇了摇头，说："我没对象，不认识这个人。"保卫科干事又问："他是你家老邻居吗？"梅子还是摇了摇头。"好好想想，真不认识？"梅子含混地说："我不记得了。"崔胖子傻眼了，至此，他那颗无比热烈的、燃烧着的、青春的心凉了半截儿。

刘宝贵出院回到家里，梅子并没见到雪芳。梅子给雪芳挂电话，雪芳说她还在山顶村。"你困那儿还是咋啦？"雪芳说："研究苹果园果树移栽的事儿。"

"你还真想在山顶村扎根呀？"

"差不多。"

"邪门儿了。是不是那小子的主意？"

"谁？诚磊？……跟他无关。"

"你跟我说实话，你跟诚磊到底啥关系？"

"同学呀。"

"仅仅是同学？"

"是男闺蜜，跟哥们儿一样铁的男闺蜜。"

"男女之间还能成闺蜜？真搞不懂你们……"

梅子在窗前呆呆地坐着，她还记得当年的事儿，刘宝贵分了一半的苹果被她不小心踢翻了，滚落一地。为此，刘宝贵记了她好多年。那个又酸又涩的苹果品种就是从山顶村老家移栽来的。

雪芳回到市内，她翻出当年为诚磊开发“种苹果”游戏整理的文字资料。雪芳查的资料表明，我国并不是苹果的原产地，而是从中亚移栽过来的。我国古代没有“苹果”这个词，古代与之相关的果实叫柰、林檎、频婆果等。相传，夏禹所吃的“紫柰”就是中国的本地“苹果”。其实，汉代“柰”是今天的沙果，学名“花红”，是蔷薇科、苹果属的落叶小乔木。春夏之交开花，花梗、花萼均有茸毛，花蕾色褪而带红晕，果实呈黄色或红色，扁圆形。西汉司马相如《上林赋》赞曰：“亭柰厚朴，樗枣杨梅。”晋朝郭义恭著《广志》称：“柰有白、青、赤三种。”北魏末年贾思勰《齐民要术》记载：“魏明帝时，诸王朝，夜赐冬成柰”，“此柰从凉州来”。林檎是柰的一种，水果成熟时引来众多禽鸟，因此得名。现代科学研究证实，苹果属植物主要靠鸟类食用果实来传播种子。唐代白居易的《西省对花忆忠州东坡新花树因寄题东楼》有“最忆东坡红烂熳，野桃山杏水林檎”，唐末诗人郑谷有《水林檎花》诗，唐代诗人章孝标有“白练鸟迷山芍药，红妆妓妒水林檎”等诗句。

林檎被日本遣唐使引种回日本，因此日本后来把苹果也叫作“林檎”，日文假名“りんご”，沿袭了中国古代的传统。而苹果最早的原型“频婆”是出自唐代僧人释玄应著的《一切经音义》：“丹，赤也。洁，净也。频婆果者，其果似此方林檎，极鲜明赤者。”

宋代对频婆果和林檎进行区分，当时还有一个词牌名叫《红林檎近》。到了元代，产自中亚的改良水果被进贡到元大都，苹果也随之被引进，广为栽培。到了明代，出现了“苹果”一词，明朝万历年间的农书《果谱》中，出现了“苹果”词条，宋代的蔷薇科频婆果已被梧桐科的苹婆果所替代。

雪芳甚至还整理了一些与苹果有关的诗词歌赋，如：唐朝杜甫的“宿阴繁素柰，过雨乱红蕖”；宋代李调元的“虞翻宅里起秋风，翠叶玲珑剪未工。错认如花枝上艳，不知荚子缀猩红”；明代杨起元的“树下阴如屋，香枝匝地垂”；清代洪亮吉的“古庙东西辟广场，雪消齐露粉红墙。风光谷雨尤奇丽，苹果花开雀舌香”，吴绡的“香生玉靥轻含笑。最难描。风情无限，半晌却停毫”；等等。

可惜，诚磊并没有使用这些资料。

后来，雪芳看到了瓦维洛夫的研究成果。瓦维洛夫 20 世纪 20 年代对中亚地区做了全面考察后宣布，中国新疆的野苹果是栽培苹果的祖先，通过古代青铜之路和丝绸之路向西亚传播。4000 多年前，两河流域的阿卡德帝国的楔形文字就提到过苹果，后来又出土了穿成一串儿的苹果干。以色列和埃及边境也发现了 3000 多年前的炭化苹果，说明西亚地区很早就栽培苹果了。在哈萨克斯坦，作为最大城市和前首都的阿拉木图，它的名字原意即为“苹果之父”。此后，苹果又从西亚经希腊向罗马、西欧传播，最终在欧洲培育成现代苹果。移栽至西亚的苹果，反过来传回新疆，通过河西走廊传回内地。不过，比利时生物学家科阿尔在 2006 年提出一个新观点，说他和合作者通过对现代栽培苹果的叶绿体 DNA 研究，得出了现代苹果源自欧洲野苹果的结论。此观点一出，随即引发了广泛关注。最后，众多科学家证实：现代苹果主要是新疆野苹果和欧洲野苹果的杂交种。

移栽来移栽去，最终，我国苹果产量占到世界苹果产量的

65% 以上。

雪芳将资料发给了诚磊，诚磊问雪芳："你这么快就整理出宝贵的资料了？"雪芳说："除了补充的内容，绝大部分以前都给你发过。"诚磊说："哎呀，可惜当时我忽略了，如果我好好研究研究，项目开发的方向就不一样了。"

"早知道这样，当时我就不费那么大力气了。"雪芳说。

诚磊说："力气不会白费的，现在不是用上了嘛！"

第四章　牛顿苹果园

回到市内，雪芳直接去看刘宝贵。一见面，刘宝贵问："你说给我买的好吃的呢？"

雪芳说："当然买了，如果不买，刘老也不会饶了我啊。"

坐在床上的刘宝贵，直盯盯地看着雪芳手里的礼品袋。雪芳打开袋子，从里面拿出了老式槽子糕、黄桃罐头，随着一件一件礼物被拿出来，刘宝贵的眼睛亮了。在旁边站着的梅子神色却黯然了。

梅子白了雪芳一眼，那意思是，你就拿这些破玩意儿对付你姥爷呀。

雪芳没理会梅子，问刘宝贵："刘老，喜欢吗？"

刘宝贵点了点头，说："还是我孙女懂我。"刘宝贵管雪芳叫孙女，而不是叫外孙女，细微之处，可以称量雪芳在刘宝贵心里的分量。

"姥爷给你面子，可别当真啊。"梅子在一旁说。

雪芳说："本来嘛，你以为这些老东西好淘弄啊，黄桃不难买，老式槽子糕没几个地方卖，我找了好几个糕点店呢。"

刘宝贵拿过槽子糕咬了一口，频频点头："嗯，就是这个味儿。"说着，转头将半个槽子糕递给梅子，梅子摆了摆手。刘宝贵说："你小时候因为没吃上槽子糕，还哭鼻子呢。”

梅子有些不好意思，说：“哪有这事儿，您记错了吧。”

“我记忆力好着呢！”刘宝贵说，“过去看病号，槽子糕是最高级的糕点，现在生活好了，可不能忘本啊。”

梅子笑了，嗔怪地对雪芳说：“你真会哄人啊。”

不仅如此，雪芳还打开了桃罐头，一口一口喂刘宝贵吃。刘宝贵一边吃一边说：“你老舅跟你说啥了没有？”雪芳愣了一下，摇了摇头。刘宝贵说：“他肯定跟你说了，那我告诉你实话吧，我这次犯病跟你一点儿关系都没有，是我老了，都 90 多岁的人了，不犯毛病才不正常呢。”雪芳说：“不老不老，您是‘90 后’。”

梅子转过身去，收拾雪芳散落在地上的包装纸。

雪芳向刘宝贵道歉，说是自己的原因没能接他出院。刘宝贵说：“没事儿，这不是送槽子糕了嘛。你怎么知道我就得意这口儿？”雪芳说：“我记得小时候，您病了，说要吃槽子糕。我不知道啥是槽子糕，还打听了半天呢。”

刘宝贵说：“还是我孙女好，是个有心人。”

雪芳解释自己没能从乡下赶回来，是为了救流浪狗，小奶狗出生没几天，若救得不及时命就没了。救了小奶狗还得救狗妈妈，不然，那么小的狗狗难以养活。雪芳在说的过程中，梅子咳嗽了好几声，雪芳注意到了。所以，刘宝贵问雪芳在哪儿救的小狗，雪芳没敢说去了山顶村，而是含糊地说在郊外。

雪芳还说等小奶狗长大了，要送刘宝贵一只，有小狗陪着，平时就不寂寞了。“别扯淡了！”梅子突然插话说，“楼上怎么养狗？再说，谁伺候它？”

雪芳说："不用伺候，顶多就是每天在小楼附近遛一遛，正好陪姥爷活动活动。"

"你能不能别跟着捣蛋？"梅子一脸严肃。

雪芳看了看刘宝贵，问："我捣蛋了吗？再说，我也只是征求一下意见。"

刘宝贵说："我不讨厌狗。"

梅子连忙岔开了话题，问雪芳她和诚磊发展到哪一步了。雪芳瞅了梅子一眼说："我不是跟你说过了嘛，我跟他是同学，是好朋友，是哥们儿。"

刘宝贵没明白梅子母女的意思，瞅了瞅雪芳，又瞅了瞅梅子。雪芳和梅子都冷着脸，谁也不说话。

从刘宝贵家出来，梅子气呼呼地把雪芳拉到小区停车场。梅子脸色发青，厉声道："说说吧！"

"说什么？"

"不觉得该向我解释一些事情吗？"

雪芳想了想，向梅子简单讲述了去山顶村洽谈承包果园的经过……"你等等！"梅子的眼睛瞪得老大，"你说你已经签合同了？"

"是的，定金都打过去了。"

"我没做梦吧，就这么两天，你把合同都签了？"

雪芳说："这有啥好奇怪的，我们年轻人做事你理解不了，我和诚磊的想法在网上一发布，很快就有 5 名同学加入，就承包苹果园的事儿达成了共识。"

"网上？没见面就谈成了？"

"有啥好奇怪的？大家身处天南地北，不用见面，只在线上讨论了两次就完事了，马上就注册公司——‘牛顿苹果种植园合作社’，简称‘牛顿苹果园’。”

“成立公司这么简单？”

“现在成立公司很方便。”

“成立公司简单，可运作公司不是玩游戏，别的不说，钱从哪里来？”

“这个你就不用操心了。”

“我操心？那也得操得起呀！咱家有没有钱你心里清楚。”

“钱的问题已经解决了。”

“已经解决了？”

“是啊，我没多少钱，可我的同学有厉害的。”

“他们把钱交给你祸祸？”

“老妈你说啥呢，怎么是交给我祸祸呢？我不跟你说了……”

梅子的脸有些扭曲，悲伤地说：“我这辈子真是失败呀！”

雪芳的脸色也阴沉着，她说：“老妈，你的意思我明白，我读了博士就得去你认为体面的单位工作，那样你就觉得成功了。可我不这样想，我们年轻人有自己的生活态度，有自己的生活方式，我承认，我现在的想法和以前的想法不一样，过一段可能想的又不一样，可这是我的想法，你的想法不能强加给我，你总想实现人生理想，而我也不是不想证明自己……”雪芳的话还没说完，梅子就拧了过去：“种苹果证明自己？”

“种苹果怎么啦？”

“能种苹果的人多着呢，种苹果还用学生物的博士吗？”

“你觉得我大材小用了？可能还是小材大用了呢！”

“不是小用大用的问题，是驴唇不对马嘴。”

雪芳被噎住了。事实上，梅子才是“专业不对口”的典型，学了一辈子跟职业无关的东西，比如她多年参加自学考试，考了半辈子，要的只是学历，跟工作无关。比如她喜欢外语，学了几乎半辈子，可用的机会一次都没有，纯粹成了个人兴趣爱好。雪芳本来想回撑梅子，想法在脑子里绕了两圈儿，最终还是没说出口。

雪芳只能说，种苹果也不一样，博士种的苹果跟果农种的肯定有区别。“我不用新和旧看待哪个行业，区别在于好不好，而不是新与旧。”

雪芳说的梅子听不进去，梅子仍不依不饶，说自己太失败了，怎么都没想到，用一生心血培养出了雪芳这样自私自利的女儿，只想自己要干什么，从不顾及别人的感受。说着，梅子的眼泪掉下来了。雪芳也火了，她说：“你别说一生心血什么的好不好，总道德绑架我，我都快喘不过气来了。”“我总道德绑架你？我看是你缺德！”

“我缺德？别动不动就上纲上线！”

梅子说：“你觉得我说重了吗？我看是骂轻了。别的不说，就说今天，你跟姥爷说了什么？本来姥爷就因为你要去山顶村而上火，大病一场，好不容易出院了，你干啥去了？去山顶村救流浪狗！姥爷在你心目中连流浪狗都不如？”

“这是两回事儿……”

“啥两回事儿？事实摆在那儿呢，你留在山顶村救流浪狗，不来接姥爷出院，说明在你心目中，姥爷就是没有流浪狗的分量重。更可气的是，你竟然还腆着一张大脸跟你姥爷讲。要是你姥爷有个三长两短，我绝饶不了你。”

雪芳的眼泪“唰啦”下来了，她瞪着梅子说：“我跟你真是……从现在开始，咱俩别说话了。”

梅子瞪着雪芳：“好啊，别说不说话，断绝母女关系都行！”

雪芳转过身去，一边跑一边哭。梅子望着雪芳消失的身影，慢慢蹲在一辆轿车后边，抱头痛哭。

下午，雪芳来到山顶村老房子，进了院子发现房门紧锁。雪芳给桃子挂了电话，桃子说她上午去了县城，房门钥匙在窗台上的砖头下面，她走之前喂过缘圆了。桃子还叮嘱雪芳最好不要把缘圆放出院子，流浪狗性子野，怕跑了。

老房子在山顶村村西，房后是长着老榆树的台地，听桃子说，那个房子之所以被称为老房子，是因为那是她太姥爷和太姥姥的房子。太姥爷、太姥姥在那个房子里结婚，抚养 7 个孩子，在那个房子过世。桃子的太姥爷太姥姥也是雪芳的太姥爷太姥姥，也就是说，姥爷刘宝贵就出生在那个房子里。太姥爷、太姥姥过世后，房子落到桃子姥爷那里，后来桃子姥爷也过世了，房子也破败了，最后秀梅，也就是桃子妈妈，接手了房子。二三十年前，山顶村的房子大多都翻盖或者维修过，翻盖的盖了二层小楼，个别人家还盖了三层，没翻盖的也维修扩建了。老房子成了村里为数不多的“老古董”。桃子对雪芳说，10 年前，城里有人来看过房子，想买了翻盖，后来有了新政策，宅基地不能买卖，不能超面积翻盖，就没人来打听了。别说这样的老房子了，就连村里的好房子也空了很多，人口越来越少，剩下的大多是老人，房子白给人住都没人来。

雪芳打开房门，门刚开了一半，缘圆噌一下蹿到院子里，雪芳返身去追缘圆，不追还好，越追缘圆越跑。雪芳蹲下来，啧啧着，缘圆站在远处看着雪芳，思忖过后，还是身手敏捷地跳过已经破旧不堪的篱笆院墙，消失了。

无奈，雪芳只好回屋去看小奶狗，小奶狗在一个铺着旧棉被的箩筐里酣睡着，雪芳轻轻拿了起来，一只一只看着，被拿起的小奶狗扭动着，嘤嘤地叫，小奶狗的身子被缘圆打理得十分干净。小奶狗被放下，继续睡，其中一只小奶狗大概在做梦，身子抽搐一下，踢蹬着腿。

雪芳在房子里转悠着，四下仔细打量。老房子的确太破旧，房梁塌陷，西屋山墙漏雨，墙皮大面积脱落，东屋窗户虽然完整，但窗框腐烂，窗台已经风化成豆腐渣。雪芳突然动了一个念头，要把这个房子重新装修一番。

雪芳回到车里，线上安排公司注册、苹果园收购尽职调查、果木调查、经营测算等工作。现在真是够方便的，注册公司有代理，尽职调查有律师事务所，果木调查有果树科技服务站，经营测算有会计师事务所。雪芳还在网上联系了装修公司，她只是咨询一下，不想，没多大工夫，好几家装修公司打来电话，有的要立即派人上门服务。

安排工作期间，雪芳的耳边时不时跳出梅子的声音。雪芳还在跟梅子怄气，联系业务也算是一种排遣方式，可到头来，她还是不免要想起梅子。雪芳意识到，梅子这次是真生气了，跟她生气倒没关系，就是别气坏了身体，尤其是别犯刘宝贵那样的病。可现在打电话过去关心她，梅子肯定不接她的电话，而且，电话一旦接通，雪芳也不知道该怎么说。想来想去，雪芳还是给梅子留了言。雪芳告诉梅子，她并不是不尊重母亲，只是她们都有自己的人生，相互不能替代，她希望梅子给她三年时间，如果失败了，她就按梅子的要求去找体面的工作。

雪芳知道她发去的信息不一定能得到回复，她也不指望回复。

雪芳刚刚发来信息，梅子就看了，不仅看了，而是看了一遍又一遍。她苦笑一下，心想雪芳到底还是孩子，三年好干什么的，果树三年才能结果。异想天开！到时候碰得头破血流就知道了。梅子甚至希望雪芳早点儿失败，越快越好。

当然，梅子也判断错了，雪芳接收的果园并不是从种树苗开始的，那里有十多年的果树，最老的果树已经四十多年了。

桃子是傍晚过来的，雪芳对桃子说，果园承包之后，她打算收拾收拾，就住进这个老房子。桃子说，这个房子已经不能住人了。雪芳说，这个老房子周边的环境挺好，不跟村民的房子聚堆，有山有水。桃子说，太姥爷活着的时候确实有山有水，后来山上修梯田，变成了台地。门前那条小河早就干了，就剩下一条沟，汛期泥泞，平时扬尘暴土的，沟里还不能种庄稼，都是砂石。雪芳问桃子："你不是舍不得给我住吧？"桃子说："怎么能舍不得呢！我白给你住，就算你给我看房了。"雪芳说："我打算长期住，现在不让买卖宅基地，那就长租，租期 30 年。"

"30 年？"桃子愣住了，随即她的口气软了下来，"短时间我可以做主，但如果租 30 年，就相当于卖房子了，得我妈同意。"

雪芳说："不然也得正式签协议，按市场价，该多少钱多少钱，我是绝对不会白住的。"

桃子眨巴眨巴眼睛，仍有些疑惑："你怎么会看好这个破房子呢？"

雪芳说："等我装修好了，这个房子就不是破房子了。"雪芳兴奋地带桃子看房子，一边走一边规划着。她要把房顶的半草半瓦揭掉，设计一个看星星的玻璃天窗，房顶是太阳能新型材料。墙面保留石砌原型，加固三角钢筋。窗户改成落地大窗。总之，完全按现代化家居风格设计这个老房子。

桃子听傻了，小声说："那要花多少钱啊？"

雪芳说，估计得三四十万。

桃子瞪大了眼睛，她说，这个破房子值得这样投入吗？这些钱可以在县城买两套楼房了。

雪芳笑了。

"有钱人的想法，是俺们小老百姓无法猜到的。"桃子说。

雪芳笑着望向大门口。缘圆从敞开的大门向院里探头探脑，试探着走了进来。

雪芳对桃子说："我以为缘圆跑了不回来了呢。"

桃子看了看缘圆，说："哪能呢，这屋里有她的娃呢。"

雪芳"买"房子的事儿瞬间就在山顶村传开了，很多人主动找雪芳要卖房子，包括世军的父亲二迷糊。二迷糊患脑血栓后遗症，走路很不方便，见到雪芳后，口齿不清地跟雪芳套近乎，他说山顶村亲戚中，他跟城里刘家走动最多、关系最好，说他跟老爷子刘宝贵对撇子，几乎无话不谈。他还列举他母亲宝珍去城里看病割瘤子的事儿，说刘宝贵如何顾及亲情帮助他们，等等。二迷糊对梅子赞不绝口，说梅子心地善良，是他们兄弟姊妹四个中最孝顺、最善良的。二迷糊唯独没提小苹子。

套了半天近乎，二迷糊才转了话题，他劝雪芳不要住老房子。雪芳问为什么，二迷糊说："要是别人我肯定不说，但你不一样，你是我亲舅的外孙女，梅子表妹的女儿，所以我才偷偷告诉你，这个房子啊……"二迷糊四下瞅瞅，又小声说，"不能住。"

"为啥？"

"邪性。"

"邪性？"

"闹黄鼠狼。"

"那……以前是怎么住人的？"

"以前没有，后来房子空的时间长了，黄鼠狼就住进来了。"

"你怎么知道的？"

"我亲眼看见过。"

"闹黄鼠狼会咋样？"

"会得脏病的。"

"啥是脏病？"

"不干净呗，疯疯癫癫的病。"

雪芳笑着说："我不信。"

雪芳找表姨秀梅商量"买"房子的事儿，秀梅说，那个房子太旧了，修房子还不如盖一个房子，你就别买了。雪芳说她已经打定了主意。秀梅不大情愿地说她跟桃子商量商量再说吧。

秀梅对桃子是这样说的，她说："我打听清楚了，雪芳已经请了装修公司，看来铁定是要买老宅了。"桃子说："我不是跟你说过，差不多就行了。”秀梅说：“再等几天，等施工队扒了山墙再卖。”桃子问为什么，秀梅说：“那样咱想要啥价是啥价。”桃子说：“磨磨唧唧的，原来是动了歪心眼儿，价格都摆在那儿，村里要卖房的也不是一户两户，咱那破房子，比哪个强？总不能比别人家的房子要价高吧？”秀梅说：“你不懂，有钱难买愿意。”桃子说：“你们这代人想问题就是跟我们不一样，靠唬人家卖出去了，以后人家了解了行情，我跟雪芳还咋见面？”

秀梅说：“你见不见面我不管，房子是我的。”

“那你就别卖了，想卖我也给搅和黄了。”

桃子回县城了，秀梅去找雪芳，她跟雪芳讨价还价，最后以高出市场 20% 的价格“卖”给了雪芳，雪芳和秀梅签订了 30 年的长期租赁合同。其实，雪芳对山顶村的房价是了解的，可她没有选择余地，一方面，她要买的就是刘宝贵的老宅，另一方面，装修公司的设计图纸已经出来了，并且，她已经向装修公司预付了定金。

闲置的破旧房子卖出去了，秀梅以为是自己有本事，喜滋滋的，她十分关心地叮嘱雪芳，在山顶村跟人打交道要多个心眼儿，能装熊尽量装熊，这里的人欺生，嫌你穷，怕你富！

梅子兄弟姊妹之间为动迁的事儿争得喋喋不休的那个上午，刘宝贵的老家山顶村来人了，是他老妹宝珍和外甥二迷糊。二迷糊推着一辆三轮车，车斗里坐着宝珍。二迷糊还带来了礼物——一只活鸡。

刘宝贵觉得有些突然，连个笑脸也不给她们母子。“我不是说等联系好了，你们再来吗？”

二迷糊说："这都快一个月了，我妈现在下地都困难了。"

刘宝贵瞅了瞅宝珍，宝珍在车斗里擦着汗，肚子比怀胎10个月的孕妇还大。

"再不割了，瘤子都能蹭破肚皮淌出来。"宝珍说。

刘宝贵说："我知道你着急，可不先找人，医院根本住不进去，再说，总得找个技术好的大夫动刀吧，但凡有点儿名气的大夫，后边都排着队，十天半个月都排不上。"

"那我们就更得早点儿去排呀。"

刘宝贵被二迷糊气笑了，说："你以为排队买票哇，这么大的手术不预约不行。"

事实上，刘宝贵对宝珍手术的事儿十分上心，可他毕竟不能亲自安排，还得求子女帮助。而子女对此却并不热心。他跟跃进说，跃进说他一个工人，不认识医院的，帮不上忙。他跟石青说，话还没说完石青就打断他，说："山顶村那帮穷亲戚还有完没完了，照这样下去，一辈子都帮不完。"刘宝贵心里有些难过，皱着眉头说："那可是你亲老姑、我的亲妹妹呀。"电话里，石青看不到刘宝贵的表情，继续哇哇着："亲老姑不过是名分上的，她帮过我们什么？从小到大就见过一两回，还不如小市场上掌鞋的见面多呢。"刘宝贵气得说话都不连贯了："你……这样说话，不……不丧良心吗？"石青说："我没觉得我丧良心，如果你有病了我不管，那我丧良心，可她是谁呀？跟我有啥关系？"刘宝贵跟小革子说，小革子说他正忙，没时间管这事儿。继续讨论下去，小革子就耍赖了，他说："我现在自己都管不了自己，搞不好吃饭都困难，哪有工夫管你老家那些破事儿，你也是的，有那闲工夫多替你老儿子操操心吧。”刘宝贵又跟梅子说，梅子却反过来说服刘宝贵：“老爸，你怎么不记教训呢？难怪妈在世的时候说你，吃一百个生豆不知豆腥气。你回忆回忆，妈跟你吵架是不是都因为山顶村那些穷亲戚？是，咱不能因为农村亲戚穷就看不起人家，你也是从农村出来的，妈从来没因为这个看不起山顶村的亲戚，主要是他们不知道感恩，觉得咱做啥都是应该的，没完没了。我看哪，那些窟窿一辈子也填不满了。不行咱就论论，当初我大爷的儿子结婚盖房是不是跟咱家借了600块钱？”

“那钱不是还了吗？”

“是，我妈死后还了600块，但借的时候600块在农村可以盖一栋房子，还的时候呢，就够买一扇实木门。还钱的时候还一脸不高兴，说这回不欠你们的了。一点儿感恩的意思都没有。”

“能帮人的时候就帮人一把，何况是亲戚呢！”

“我没说不能帮人，咱家帮得还少吗？我爷爷奶奶去世，二爷家闺女进城找工作，大姑家打官司，二姑离婚在咱家一待就是半年……哪个少帮了？可又有哪个感恩戴德了？不埋怨发牢骚就不错了。”

“你怎么说话跟你妈一模一样！”

“本来嘛，我说错了吗？”

“你妈说话也有夸张的成分。”

“不对呀，我妈可是当着您面说的，我也没见您反驳说她说得夸张。”

“我算明白了，我没白没黑地在工厂工作，辛辛苦苦养活一大家子，结果你妈天天跟你们在一起，给你们灌输对我的怨恨。”

“我妈没灌输对您的怨恨，她说的都是事实。不说别的，就说到医院看病的事儿吧，这些年来，咱家帮山顶村的亲戚找人给做手术有没有七八个人？搭了多少钱你算过吗？”

刘宝贵说：“你嘚吧嘚吧说了这么多，不想帮忙就直接说，用不着向我灌输看法，用不着给我上课。”梅子见刘宝贵生气了，叹了口气说：“行吧，看在老爸一辈子辛辛苦苦的分儿上，我帮着问问吧。”

刘宝贵终于长舒了一口气。

可梅子这一问，就问没影儿了。

无奈，刘宝贵尝试着找当年的工友，可大多联系不上了，联系上的也发挥不了多大作用。一天早上，刘宝贵在公用厨房里吞吞吐吐地对老齐太太讲了。老齐太太爽快地答应了，说她帮着联系铁路医院的外科主任。刘宝贵当时挺感动的，感叹自己的子女竟然不如一个邻居，真是远亲不如近邻。可冷静下来，刘宝贵又犯愁了，老齐太太只是帮着联系医生，可医疗费怎么办呢？宝珍家生活困难，拿不出几个钱。他之所以找儿女帮忙，不仅仅是联系医生的事儿，还有安排住院、手术以及筹措不菲的医疗费用等一系列问题。

现在人已经来了，刘宝贵只好走到三轮车前，和二迷糊一起把老妹宝珍搀了下来。看到宝珍挺着大肚子，走路都十分困难，刘宝贵心疼地问：“几年了？”

“五六年了。”

“咋不早点儿看呢？”

宝珍说：“这几年也没少看病吃药，农村医疗水平不行。”

“你孩子呢？怎么能拖成这样呢！”

二迷糊说："要不是这样了，我们还不敢找三舅呢。"

刘宝贵排行老三。

"行了，先住下，明天我陪你们去医院做检查。"刘宝贵说。

那天晚上，小革子没回来，也没告诉刘宝贵他回不回来。刘宝贵本来打算跟小革子商量送宝珍去医院的事儿，一直到晚上9点还没见到小革子的影子。刘宝贵只好收拾一下准备睡觉。晚上10点，门锁哗啦哗啦地响，本以为是小革子回来了，刘宝贵打开灯，看见的却是梅子。刘宝贵问站在门口的梅子："你怎么来了？"梅子说："我怎么就不能回来？"

"大林走啦？"

"没走。"

"那你怎么自己回来了？"

晚上又下雨了，梅子站在门口的暗处，头低低的，下垂的头发遮住了面孔，像犯了错误似的。

刘宝贵从床上爬起来："又吵架啦？"

"没……"

"大林两个月才回来一次，你扔下他自己回来，没吵架才怪呢！"

梅子沉默着。

"放声啊！"

"不过了！"梅子抬了一下头说。

"不过了？"刘宝贵目瞪口呆，"为啥？"

"不为啥。"

"不为啥？"刘宝贵从床上下来，走到梅子跟前，附在她耳边大声说，“不为什么你为啥不过了？”

“这是我的事儿！”梅子用力地说。

刘宝贵火了，说：“梅子呀，你长大了，你了不起了！你也会说是自己的事儿了……你是我养的，就关我的事儿！”

梅子跟刘宝贵很少使用“我的事儿”这种语言方式，哥哥、姐姐、弟弟都说过这样的话，说多了刘宝贵也就习惯了，而梅子这样说，让刘宝贵一时难以接受。

梅子不理刘宝贵，转身准备走向另一个房间。

“你别去……有人。”

梅子以为是小苹子在里面，径直走了过去，推开房门，打开电灯。接着，她又退了出来。

“你老姑，还有你表弟……”

梅子站在屋地中央发愣。

“说说吧，怎么回事儿？”

梅子喘着粗气，沉默不语。

“说话呀！”

梅子身子一抖：“嗯，打架了。”

梅子是这样向刘宝贵解释的：大林回来的头两天，他们俩挺好的，其乐融融；到了第三天，大林的态度开始有了变化，估计是婆婆在背后挑拨。先是调查梅子跟崔胖子的关系，梅子说崔胖子的事儿她结婚前就跟大林说过了，结婚之后他们之间没一点儿联系。大林不信，说：“既然你们之间没联系，你为什么总往南山街跑？”说着大林还拿出了一个笔记本，那个笔记本是梅子婆婆的，上面详细记录了梅子没回家住的日期，两个月中有13天没在家里住，有

19 天晚上 10 点以后才回家。看到那些记录，梅子火了，觉得自己被监视了，人格也被侮辱了。

梅子说：“你看到那些记录时没动动脑子想想吗？谁摊上这样的婆婆愿意跟她住在一起，敢跟她住在一起？”

大林说：“你的意思是老太太限制了你的自由？想自己住是不是？反正我不在身边，你随便了，自由了，想见谁见谁，想干啥干啥，对不对？”

“我堂堂正正，干的都是正经事儿，问心无愧，不信你可以去调查。”

“我当然得调查清楚，不然，我都不知道你肚子里的孩子是不是我的！”

梅子和大林由吵架、摔东西、砸东西，发展到动手撕扯对方。最后，梅子拎着手包摔门离开。

说起来，梅子和大林走到一起挺不容易。梅子毕业后被分配到一家公立幼儿园工作，也许是崔胖子的纠缠在她的内心深处留下了阴影，所以她一直没谈对象。25 岁那年，在身边人的催促下，梅子才见了园长阿姨介绍的大林 。见面之后，梅子知道大林并不是远洋公司的职员而是跑远洋的船员，这个职业并不符合梅子的择偶条件。大林对梅子当然满意，不过大林有自知之明，船员虽然挣得多，可在婚姻方面并不占优势。于是，大林小心翼翼、若即若离地处理他和梅子的关系。很多事情都说不清楚，梅子和大林不能经常见面反而使他们因距离产生了美，加之大林出手大方，每次回国都给梅子带来一大堆礼物：东南亚红花油，加拿大、澳大利亚鱼油，日本马油……这让梅子感觉到大林给她花钱是心甘情愿的。最重要的是，那个时候崔胖子对梅子还不死心，没日没夜、开足马力拼命赚钱，想通过身份地位的改变来换取梅子对他的认可。回到小楼，梅子一闻到鱼腥虾臭味儿就知道崔胖子离她不远，有时躲闪不及还能看到崔胖子诡异的眼神。那年年底，梅子和大林举办了婚礼。

“你怀孕啦？”刘宝贵小声问。

“两个多月了。”

“你咋没说？怀孕了不好好在家待着，还到处跑什么？”

“我没到处跑。”

“没到处跑为什么你每次回来都挺晚的？”

“我业余时间跟乔老师学小提琴来着。”

“哪个乔老师？楼上那个？”

“嗯。”

“我可从来没见你上楼去练琴。”

“小楼里有这么多户人家怎么练琴哪？况且，乔老师也不怎么住这儿，他们大学有个练琴室。”

“你和那个乔老师啥时候联系到一起的？”

“别想歪了，我只是跟他学琴。”

“一个楼里住的，我没想歪，别人也得往歪里想。”

“那是闲的。”

刘宝贵连忙穿外衣，一边穿一边说：“这样不行，我送你回家。”

“我不回去。”

“你必须回去！”

“回去哀求人家、丢人现眼？我才不掉那个价呢。”

“我不怕丢人现眼。”

刘宝贵过来拉梅子，梅子不动，以沉默来对抗一肚子火气的老爸。刘宝贵不吃梅子这一套："不吭声就行啦？走！"梅子终于流出了眼泪，她吸了一下鼻子，说："这是我最后的家了。"

刘宝贵说："这不是你的家，你滚回家去！"

梅子咬着嘴唇，抹了一下眼泪，起身便向门外走去。走到门口，梅子又回过头说："我早该知道，您不是才没心的！"

刘宝贵连连说："你滚！你快滚……"

梅子推开门，流着泪消失在雨夜里。

梅子走了，刘宝贵心乱如麻，他怎么也想不通这种事情会发生在梅子身上，虽然这几年大家对离婚的问题已经见怪不怪了，人们的心理适应能力也在逐渐增强，可刘宝贵还是接受不了——已经怀孕的人还要闹离婚，最想不到的人发生了最令人想不到的事儿。

时间一分一秒地过去，刘宝贵变得坐立不安，他不知道梅子能去哪里。梅子是个自尊心强的孩子，她既然出来了就不会轻易回去。想到这儿，刘宝贵连忙起身去门外。走到小楼门口，他愣住了——梅子正站在雨搭下，雨水已经把她的身体淋湿了，头发打起了绺儿，衣服紧紧贴在身上。

"你……没走？"

梅子面无表情，脸上的雨水和泪水混合在一起。

刘宝贵不禁鼻子发酸，说："先回屋吧，别淋感冒了。"

梅子早早起床，她去坡下的小市场买了四人份的烤饼、豆腐脑和咸鸭蛋，还买了朝鲜族凉拌菜，有辣拌桔梗、拌海带丝和白萝卜条。梅子回小楼时，刘宝贵、宝珍和二迷糊已经收拾妥当。刘宝贵说："抓紧吃饭吧，吃完饭就去医院。"

梅子说："还是不急着去医院吧。"

刘宝贵白了梅子一眼。

梅子说："先吃饭，吃完饭再商量去医院的事儿。"

其实，早上见到老姑宝珍之后，梅子已经改变了想法。之前，梅子对老姑来看病是充满抵触情绪的，她答应刘宝贵"帮问问"，其实是委婉地拒绝。她对刘宝贵的农村亲戚没完没了的叨扰已经反感到难以被说服的程度，然而，当她见到老姑时，很快就心软了。老姑的瘤子已经大得下坠了，她走路都困难，可怜兮兮地喘着粗气。老姑对梅子谦卑、友善地笑着，浑浊的眼神仿佛在说："但凡有办法，我也不会来麻烦你们的。"二迷糊也是一副讨好梅子的样子，点头哈腰的。梅子忍住了心酸，当即产生一个念头：老姑这个忙她一定要帮。

吃饭的时候，梅子问二迷糊手术费准备了多少，二迷糊说他带了750块。这些钱是东拼西凑的，能拿出来的只有这些。梅子说，这么大的手术，估计怎么也得4000块。二迷糊说他知道这些钱可能不够，可他已经使出了吃奶的劲儿，全家就是砸锅卖铁也拿不出4000块钱。

宝珍摇了摇头："这么多钱，那还是……要不别治了。"

二迷糊说："三舅，能不能先借钱垫上，我家里还有两头猪，年底我给三舅送过来。"

梅子说："两头猪才值几个钱哪，顶多300块。"

刘宝贵说："别讨论钱了，治病要紧。"

"不讨论钱行吗？只要进了医院，一会儿一个交款通知，差一分钱人家都不往下进行，进了病房再跟人家商量手术费的事儿，成吗？”

宝珍拉了二迷糊一下：“不行的话今天咱就回家吧。”

二迷糊用祈求的眼神瞅了瞅刘宝贵。

刘宝贵放下碗筷，严肃地对梅子说：“我没让你送他们去医院，钱，我去借，也不用你还。”

“借钱？您跟谁借呢？”

“这个你不用操心。”

“您是我老爸，我能不操心吗？”梅子说，“我没说不给老姑手术啊……说了半天您还是没明白我的意思，我的意思是，把我大哥、大姐都叫回来，还有小苹子，一起商量商量，大家想办法才是解决问题的正道。”

刘宝贵想了想，不说话了。

门外传来喇叭声，许红卫从出租车上下来了。

梅子去小市场买早餐时，刘宝贵独自去了趟食杂店，打公用电话联系了许红卫。经过认真考虑，刘宝贵只能给许红卫打电话了。在此之前，4 个孩子他都找过了，再找他们还是会碰钉子。眼下，宝珍和二迷糊已经到他家了，他等于被逼上了独木桥，除了送宝珍去医院，没有别的选择。刘宝贵想来想去，只能找许红卫，许红卫是女婿，不像女儿可以跟他当面锣对面鼓地对付，女婿嘛，碍于情面也得给老丈人点儿面子。刘宝贵是这样想的，他和许红卫把宝珍送到医院，如果治疗费用不够，他先从许红卫那里借点儿，每个月发了退休金再还一部分给他。事后，石青知道了这件事也不会怎么样，毕竟生米煮成了熟饭。

刘宝贵在电话里没跟许红卫讲得特别详细，只是说有急事找他，并叮嘱他先不要跟石青说。许红卫以为家里发生了什么大事，放下电话就开车过来了。见到二迷糊和宝珍，听刘宝贵说明了情况，许红卫才明白是怎么回事儿，他有些为难地瞅了瞅梅子。

梅子说："这样吧，我一会儿去打电话，把我大哥、大姐和小苹子都叫回来，大家一起开个会，有钱出钱，有力出力……总之，老姑必须手术，她都这样了，再不手术就有生命危险了。"

宝珍的眼泪在眼圈里打转，抱拳作揖，连说谢谢。二迷糊也很激动，马上跪到地上，对着刘宝贵磕了三个响头，又转身面对梅子，准备磕头。梅子吓坏了，连忙拉起二迷糊："你是哥哥，别折损我的寿命。"

梅子去了公用电话亭，刘宝贵不放心也跟了过来。梅子分别给跃进、石青和小苹子发了传呼。

石青是第一个回的，问梅子什么事儿，梅子说老爸这里有急事儿。石青问什么急事儿，梅子说电话里不说了，你来就知道了。石青说她现在挺忙的，中午过去行吗？梅子说行，尽量快一点儿吧。石青有些不放心，问："爸出啥事儿了吗？"梅子说："他现在心思挺重的，还是等你来了再说吧。"

跃进慢慢腾腾地打回电话。梅子毫不保留，把老姑和二迷糊上门的事儿说了一遍，还具体描述了老姑的病情，强调不手术会有生命危险。跃进很少说话，一直听梅子在讲，梅子讲得差不多了，他才说："我今天顶班，不能脱岗，治病的事儿你看着办吧。"梅子说："我看着办是啥意思？就是我可以替你做主呗。"跃进说："你愿意这样理解也行。"梅子说："那就好，如果需要钱，大家都得摊点儿，拿钱的时候你可别反桄子了。”跃进吭哧起来：“还涉及钱哪？红梅，你不是不知道，钱的事儿我说了不算，得跟你嫂子商量。”梅子说：“那我就找嫂子了。”跃进没说什么，挂了电话。

小革子一直没有回话。

中午，石青和素芬先后来到刘宝贵家，见到老姑宝珍的惨状，态度也发生了变化，大家很快达成了一致意见，尽快送老姑去医院做手术，手术费缺口由兄妹四人先垫付。二迷糊分别给每人打了欠条，约定两年内偿还。

其实大家心里都明白，打欠条就是一个形式，他们心里有一个模模糊糊的底线，不能指望二迷糊还钱。如果钱还上了，当然好；如果还不上钱了，也不至于失望难过。

午后，许红卫开车，与梅子、二迷糊一起把老姑宝珍送到了医院。

梅子是晚上 8 点回到家的，此刻，小洋楼投射出微弱的灯光，透着一股神秘的气息，尘封的窗户上仿佛被一层薄雾所笼罩，模糊了真实与虚幻的界限。

一直在门口等待的刘宝贵见到梅子的身影，开口就问：“安排妥了？”

“妥了。”

“那就好。”

刘宝贵打开手电筒，在梅子面前照亮一段小路。

梅子快步走到刘宝贵跟前。梅子告诉刘宝贵，下午医生给老姑宝珍做了初步诊断，并安排她住进了住院部，明天早上还得做一系列检查，预约大后天上午做手术。

“我明天去医院看看吧。”刘宝贵说。

“明天检查你就别过去了，后天吧。”

梅子摸了摸刘宝贵后背：“在外面等我挺长时间了吧？”

“没，刚出来一会儿。”

“可不是一会儿，您的衣服都让雾水打湿了。”

“你老姑住上院了我就放心了。”

“您放心吧，医生说瘤子是良性的，手术难度不算大。”

“那就好。”

梅子问刘宝贵：“老爸，您有多少年没回老家了？”

“记不住多少年了，上班那些年没时间，退下来后又没想法了。”

“老姑手术之后，您跟他们回一趟老家吧。”

刘宝贵有些警觉地问：“我回去干什么？”

“看看呗。”

“没啥好看的。你爷爷奶奶在世的时候我回去过几趟，现在，我也老了。”

“从小长大的家乡，您就没想过再去看看？”

也许刘宝贵想起了从农村奋斗到城里的艰辛，冷冷地说：“有啥好看的，打我从农村出来那天就发誓永远不再回去。”

梅子想，也许，老爸不是不想回老家看看，只不过是他不想回到过去的生活罢了。

第五章　金苹果

雪芳在市内找了个写字楼，挂出“牛顿苹果园”牌子时，诚磊过来了。

诚磊看着办公楼门口挂的牌子，摸着下巴说：“还真叫牛顿苹果园了，我觉得你想叫‘金苹果’来着。”雪芳说：“最初有过这个想法，后来我查了查，觉得金苹果的寓意不太好。”

“怎么不好？金苹果，也不错。”

“看起来行，咬不动啊。”

诚磊哈哈笑着，补充说：“恐怕还有毒吧，古代有一种死法就是‘吞金’。”

雪芳说：“我想的并不是这个，而是背后的纠缠和麻烦，你应该知道古希腊那个神话传说……在众神之王宙斯和天后赫拉的婚礼上，大地女神盖亚送给他们一棵苹果树作为礼物，那棵苹果树上面结满了金苹果。盖亚把一个写着‘送给最美的女神’的金苹果放下就走了。雅典娜、阿佛洛狄忒和赫拉三位女神都认为自己是最美的女神，因而为一枚金苹果争执不下。后面的事情你应该知道，因为这个金苹果引发了不和，从而导致了特洛伊战争。”诚磊说：“金苹果也代表爱情，据说在古希腊，向人扔苹果就像中国人抛绣球一样，苹果是用来表达爱意的。”雪芳说：“你的意思是，爱情本身容易引发麻烦和不和？”诚磊说：“这个，我不承认我说过。”雪芳说：“是我说的。也没错，爱情有时候就是男人和女人的战争。”

那天，雪芳对诚磊说：“公司准备招两个助理，这个任务交给你吧。”诚磊说：“我没招聘过人，当不了考官，还是由你全权处理吧。”雪芳说：“你别想当甩手掌柜的，啥事儿都不沾边儿。”诚磊说：“本来嘛，你是 CEO。”雪芳说：“我也没做过招聘，也没当过考官，你看看规则和教程吧。”诚磊说：“考官和应聘人员如果都用同一本教材上的考题呢？”

“完全可能，”雪芳说，“不过你可以判断呀。”

“那好吧。”诚磊说。

诚磊面试应聘者那天，雪芳去了“牛顿苹果种植园合作社”，其实，“牛顿苹果园”和“牛顿苹果种植园合作社”是一家公司，只是前者在市内写字楼里，后者在鹿鸣山乡山顶村。

应聘者并没有出现应者云集的状况，投档的一共 7 人，其中因年龄和学历等被排除 4 人，被通知参加面试的只有 3 人。面试之前，诚磊还真看了“面试真题”。其中有一道题是这样的，问你期望的月薪是多少。如果上来就回答多少多少，那就错了。真正懂得谈薪资的人都会反问：贵公司的薪酬是多少？方便介绍一下贵公司的奖金福利和涨薪机制吗？第二个问题是，你的性格好像不太适合我们这份工作。如果回答我可以慢慢适应，那就错了。回答时，应该把性格优点突出出来。第三个问题是，以前的工作单位（或者实习单位）不错，为什么要离职呢？如果回答原单位如何不好，有哪些问题，那就错了。应该说，到贵单位谋职，重要的是想获得更大的平台，使得个人和公司共同成长。

应聘时间内，三位应聘者只到了两位，两位都是女性。

第一个应聘者叫关紫萱，看名字很难与本人联系起来，关紫萱是个胖胖的姑娘，服饰与身材不搭，气质与发型不搭，灰蓝色的衣服配上她头顶的“奶奶灰”，显得有些滑稽。“你是应届毕业生？”诚磊问。关紫萱点了点头，接着问了一句：“不像吗？”诚磊连忙侧过脸去，忍住了笑。

调整好状态，诚磊对关紫萱的面试正式开始。诚磊说：“好，请回答第一个问题，你期望的月薪是多少？”

“你们的招聘广告不是写了吗？3500外加五险一金。”关紫萱回答。

“这个薪酬，能接受吧？”

“是的，不然我不会来应聘的。”

应聘者的回答不符合标准答案，诚磊拿起铅笔，在对应栏里打了个小“×”。

“好，第二个问题，你的性格好像不太适合我们这份工作。”诚磊说。

关紫萱说：“您刚刚跟我接触，怎么就知道我的性格？您也太神了吧！”

“我问你还是你问我呢？”

“那我可以跟您说，我觉得我适合这份工作。”

诚磊将手里的铅笔转动了两下，在对应栏里又打个小“×”。

“第三个问题，我看到你有过实习的经历，你是怎么评价你原来的……也就是你实习过的单位。”

“没什么好评价的，我只是实习生。”

诚磊又在对应栏里打个小“×”。

“还有，对于加班问题你怎么看？”诚磊问。

关紫萱说：“我不加班，如果一定要加班，单位需要给我发加班费。”

第二位面试者叫蒋艺馨，诚磊心想，00后这些人的名字都挺有艺术范儿，大概父母在给孩子起名时花了不少心思。还好，蒋艺馨的形象和气质还算不错。

“下面，请回答我的第一个问题，你对工资有要求吗？”诚磊开门见山。

“当然，谁都希望薪金越多越好，但是，我主张薪金和贡献相匹配。”

诚磊在表格的对应栏里打了个小“√”。

“第二个问题，你觉得，你的性格适合应聘的岗位吗？”

“个性当然要适合岗位需要，而不是岗位适合个性。”

诚磊在对应栏里打个小“√”。

“第三个问题，我看你有留学经历，回国后已经工作了，你原来的单位不错，为什么离开原单位而选择了我们？”

“应聘之前我做了点儿功课，听说牛顿苹果种植园公司是留学生创办的，我对公司未来的发展前景充满信心……”

诚磊在表格的对应栏里又打个小“√”。

诚磊去山顶村见雪芳，雪芳问诚磊招聘怎么样了，诚磊说面试了两个人，选了一个，下周一就来上班。

雪芳笑了：“这么快？”

诚磊说：“这有什么好磨叽的。”

被诚磊选中的是关紫萱，论面试成绩，另一个叫蒋艺馨的排在前面，也许正是这个原因，诚磊觉得关紫萱更真实一些。

雪芳说：“新人加盟，你负责跟她谈话，好好讲讲我们的想法。”诚磊说：“下周一我去杭州，还是你跟她谈吧，反正人是你用。”雪芳说：“原来你只是负责开个头啊。”诚磊说：“我虽然不在你身边，需要的时候，我会及时出现的。”

梅子出现在了山顶村，她的出现出乎雪芳的意料。梅子先是到了老宅，她本以为雪芳会在老宅的装修现场，结果只见到忙碌的装修工人。在老宅，梅子看见了流浪狗缘圆，缘圆对梅子并不友好，不停地向她狂吠。

在村里人的指引下，梅子来到磨盘山下的苹果园。此时正是给苹果套袋的季节，大老远梅子就看到七八个人在果园里忙碌着，雪芳也在其中，她的装束有些搞笑，粗布工装、纱头巾、墨镜、花线手套。梅子在果园还见到了秀梅和她的女儿桃子。

梅子打量起雪芳，说：“想不到你还能到果园里干活儿。”雪芳说：“别瞧不起人啊，你以为我是纸糊的呢，在国外读书，送外卖、刷盘子洗碗、倒垃圾，啥脏活累活没干过。”梅子说：“是啊，我把这茬儿给忘了，可侍弄果树是需要技术的。”雪芳说：“我们这儿有专业技术员指导，我只需要熟悉了解所有的工序。”

苹果套袋也是有讲究的，套一层浅色的塑膜袋，再套一层牛皮纸袋。等到秋天果实开始上色，先去除纸袋，塑膜袋透光，日照一周左右，苹果就上色了，该黄的黄了，该红的红了。

秀梅对梅子说，苹果套袋可有效防止多种病虫害，促进增产，而且还能避免农药污染，生产出无公害苹果，再就是套袋后的苹果没有果锈，光滑漂亮。梅子也尝试着套了两个，感觉到干什么都不容易。果实袋由袋口、铁丝口、袋体、通气放水口等结构组成，套的过程需要讲究手法，要将果实套在袋的中间，没完成脱毛的果暂时不能套，不能将叶子套进去，封口要严，防止雨水、农药和害虫进入袋内。现在的袋子十分方便，塑膜袋有铁丝口，缠紧就行；纸袋带有封口胶，折叠压紧就可以。不过，当地果农还是喜欢用老办法，用撕成条的湿玉米穗包皮绑扎塑膜袋。秀梅说，这个办法最好用。

不过，雪芳小声对梅子说，等果园的树种改良了，她准备去掉套袋。梅子问为什么，雪芳说，套袋技术流行于20世纪70年代的日本，现在日本基本不套袋了。套袋的确有很多优点，但主要是苹果品相好，可我追求的不仅是“好看”，还有纯自然的“好吃”。

梅子说：“这个我不太懂。”

梅子认真地告诉雪芳，她想过来帮一帮她。雪芳立即作出了反应，不赞成梅子过来。“你是嫌我累赘？”梅子问。雪芳说：“你有你的生活轨道，我们还是别搅和在一起好。”梅子说：“果园的事儿我不懂，也插不上手，可你装修老宅，有个人帮你盯着点儿，总不是坏事儿吧。”雪芳说：“不用，装修是全包，到时候哪儿有问题，我按合同条款公事公办。”

梅子说：“装修最复杂，有的能看见，有的看不见。别的不说，当年咱家装修房子，我跟了两个多月，一眼看不到，瓦工师傅和水泥时就往里面尿尿，你说恶不恶心！”

雪芳笑了，说：“是不是看得太紧，把人家唠叨烦了？”

“我对他们提要求有问题吗？我是出钱请他们的。”梅子说。

雪芳说："你装修的时候啥都是手工打造，我这次装修属于全屋定制，自动化程度高，很多都是预制的，组装就行。"

"你的意思是，我啥都干不了干不好呗？"梅子拉长了脸。

"我不是这个意思，主要是不需要人，装修工程都安装了电子眼，我在手机上就可以看到装修工程的进展情况，而且，每一个阶段验收一次，质量不过关不能往下进行，材料如果不环保不安全，我不用付费，还要罚装修公司违约。"

"你的意思是，我没用了呗？"

"我没这样说啊。老妈你就做你自己的事儿吧，我的事儿你就别跟着操心了……等房子装好了，我请你和姥爷过来住。"

世军听说梅子来了，跑到果园见梅子，非要请梅子老姑吃饭。梅子推脱不掉，只好跟着世军去了一家农家饭庄。

参加饭局的还有雪芳、秀梅和桃子。坐定，梅子问起二迷糊，世军解释道，二迷糊有脑血栓后遗症，行动不便。梅子表示会找时间去看看二迷糊，还塞给世军 200 元钱，让世军给二迷糊买点儿好吃的。两人推搡了一番，他们的热情令一旁的雪芳感觉不太舒服。

没多大工夫，上来四个农家菜，世军说，按山顶村的习俗，四个菜上来就可以开席了。世军要给梅子倒酒，梅子推辞，说自己很久没喝酒了，而且正在吃中药。雪芳和桃子下午还要干活儿，都说不喝了，世军也没勉强，他要了一壶茶，以茶代酒。世军一本正经地站起来发表祝酒词："尊敬的老姑，还有二姑，雪芳妹妹、桃子妹妹，今天十分荣幸能有机会请大家吃顿便饭，请允许我代表山顶村 3 个村民组、125 户、520 位村民，向梅子老姑表示十二分的感谢！"

秀梅在一旁说："山顶村哪有 520 人，200 人还差不多。"桃子说："世军说的是户籍人口。"梅子有些不好意思，说："谢我啥呀，我啥都没做。"世军说："那可不对，没有您，能培养出雪芳妹妹这样的好姑娘吗？您不知道雪芳的到来对我们意味着什么，现在我的压力可大了，乡村振兴需要上台阶上品质，各个村都在争人才、争科技，尤其是'两归'人员，雪芳一个人来，全都有了。"

"啥是'两归'呀？"桃子问。

"'海归''城归'，简称'两归'。"世军说。

"'城归'有啥待遇吗？按道理，我也算是'城归'呀。"

"你只在县城里买了房子，没在城里工作，'城归'说的是有一技之长的……"

"你最好别得罪我呀，得罪我可没好果子吃。"

世军对梅子说："有人开玩笑说我们村'三产'都具备：'一产'种苹果，'二产'摘苹果分拣包装，'三产'卖苹果。实际上，山顶村离城里远，底子薄，发展村集体经济压力大。这回好了，雪芳不仅给我们带来了投资，还带来了全新的科技，只有插上科技的翅膀，才能实现农业现代化呀。"

梅子笑了，说："世军你这口才真好，随你爹。"

秀梅补充说："世军可比他爹强多了，有文化，谦虚，做事实在，没二迷糊那么多心眼儿。"

桃子说："世军现在可厉害了，是党支部书记兼村委会主任，山顶村名副其实的'一把手'。"

世军说："桃子妹妹你别讽刺挖苦你哥了，要真支持哥，就像雪芳妹妹一样，来实在的，为村经济发展来点儿干货。"

桃子说：“那要看你的表现了，连‘城归’的虚名都不肯给我，咋回事儿，你自己琢磨吧。”

梅子想起了什么，问世军：“听说你在城里做物业公司做得挺好的，怎么不留在城里？像你这样的年轻人回村还真得有思想境界。”世军说：“老姑，你可别给我戴高帽了，我回村一方面是组织需要，换届前，乡党委找了我好几次，另外，现在农村和以前大不一样了，党的政策好，天地广阔，我干得也有劲儿。”

“看看，世军不仅口才好，思想觉悟也高。”梅子说着瞅了雪芳一眼。

雪芳垂下眼帘，卷起鸡蛋酱山野菜煎饼。

“世军是全县最年轻的村支书吧？”梅子问。

“哪有啊，我们县最年轻的村主任是00后，像我这样的90后有7个呢。”

“好哇，”梅子说，“有年轻人就有希望。”

世军说：“别总说我了，该说雪芳妹妹，她才是我们的希望呢，老姑啊，说来你都不信，不到一个月的时间，雪芳就完成了山顶村苹果园的土壤质量调查评估、生态环境状况调查评估等，果园现代化设施改造也陆陆续续进驻现场。我算开了眼界了。”

梅子扭头问雪芳：“你自己干的？”

“我是孙猴子啊，有三头六臂？事儿是大家做的，我不过是从中联系协调。对了，还有个事儿我得说清楚，我可不是啥大老板，牛顿苹果园是我的几个同学联合投资，我占的股份最少，甚至可以忽略不计，虽然企业注册法人是我，可实际上，我就是个高级打工者。”

世军说："从某个角度说，谁不是打工的？不说工作了，来，吃菜吃菜！"

雪芳回到市内，车里拉了4只小奶狗，小奶狗已经满月了，她要给狗狗打疫苗、驱虫，而且还要联系领养事宜，再过几天小狗就可以断奶吃食物了。

回到写字楼，雪芳望着"牛顿苹果园"的牌子出神，她想起自己读高中一年级时某个慵懒的下午，她在作业本上写下：伟大的牛顿科学革命从苹果坠落开始——雪芳记得她没跟诚磊说过这件事。诚磊怎么会想到要给公司起这个名字呢？对了，雪芳想起，有一次诚磊莫名其妙地对她说，他刚刚从新闻网页里看到，牛顿的苹果树倒了——牛顿的苹果树倒了！很显然，诚磊看到那条新闻时，新闻早已成了旧闻，不过，对于不知道的人来说，也许知道的那一刻，就算是新闻。

梅子给雪芳打来电话，提到杨贵妃的女儿若影，梅子说杨贵妃是她小学同学，女儿若影也是海归，工商管理硕士。

"杨阿姨对你们牛顿苹果园很感兴趣。若影现在什么也没干，你杨阿姨想让若影到你们公司试试。"

雪芳说："老妈，你转变得太快了，我一下子都不适应了。"

梅子说："我转变不转变不重要，关键是，你们好就行。"

其实，梅子在山顶村之行后没有从根本上肯定雪芳的选择，她始终认为苹果卖不了多少钱，尤其是雪芳大张旗鼓、不计成本地投入，最终肯定会赔得底儿朝上。现在，她知道自己说服不了雪芳，雪芳正在兴头上，不见棺材不落泪，到时候她就知道创业艰难、人生不易了。

梅子跟杨贵妃说起这些，杨贵妃说："那让若影也过去吧，让残酷的现实也教育教育她。按你的说法，雪芳是异想天开，加上我家那个成事不足败事有余的丫头，两人很快就能烂到一个锅里。"

梅子笑了，说："好哇，希望她们烂得越快越好，那样就知道回头了。"

杨贵妃说："问题是，雪芳能接受若影吗？"

"事在人为。"梅子用肯定的语气说。

自打许红卫开上出租车，石青回娘家就基本不下厨了，这次进厨房也不是插手帮忙，不过是想单独跟梅子说说话罢了。

石青凑到梅子跟前："最近问小革子迁户口的事儿了吗？"

"我没问他，不过他跟我说了一嘴，说进展顺利。"

"我一点儿消息都没有，不知道他说的顺利指什么。"

"现在办事不容易，总得给他点儿时间。"

"他可是跟咱俩夸下海口的，说十天半个月就能办成，这都十多天过去了，还没一点儿消息……你说，他不会拿了钱不办事吧？"

"今天他回家。"

梅子切着黄瓜，切到黄瓜根儿了，就将剩下的根儿递到嘴里，嚼了起来。石青看在眼里，扑哧一声笑了，她想起母亲房桂琴每次切黄瓜也是将剩下的根儿放到嘴里。"给我一个。"石青说。梅子递给石青一整根黄瓜。

"我不要整根的，就要你切剩下的黄瓜根儿。"

梅子笑了，给石青掰了一根儿，递给她："大棚里的黄瓜水了吧唧，没以前的有味儿了。"

石青接过黄瓜根儿嚼起来，一边嚼一边问梅子："听说你跟大林闹别扭了？"

"你也知道啦？"

"你在家住好几天了，我能不知道吗？"

"不是闹别扭，是干了一架。"

"为啥呀？"

"还不是因为他疑心重，怀疑我在他出海期间有外遇。"

"因为那个人？"

梅子以为石青说的是崔胖子，无奈地摇了摇头，说："你说呢？"

"因为乔老师？"

梅子愣了一下，手起刀落，一不小心切掉了食指的指甲。梅子连忙将手放到嘴里，吸吮着。

"没事儿吧？"

"没事儿……你又听谁胡说八道了？"

在梅子的印象中，没人知道她和乔老师的关系，而且，她跟乔老师是师生关系，她只是跟乔老师学琴而已，她去学琴没人知道，她也没跟别人说过，就只跟刘宝贵提过一嘴，难道是刘宝贵跟石青说了？梅子说了句胡说八道，显然是带了很大的情绪，当着刘宝贵的面她不能说"胡说八道"这样的词儿，那样对长辈不尊敬，可有人怀疑她和乔老师的关系，确实击中了她内心隐秘的神经，从而引起了她的应激反应。

石青似乎对“怀疑对象是谁”并不在意，她的关注点在于梅子在与大林的冲突中能否取胜。石青附在梅子耳边说：“姐给你出个主意。”

石青给梅子出的主意是：“三个不”“一个必须”：“三个不”是不妥协、不主动、不轻易原谅；“一个必须”是必须让大林上门认错，写保证书，三顾茅庐来请才能回去。如果不好好规矩规矩他，以后你们俩就像冬天打滑出溜——控制不住了。

梅子说：“我肯定不会轻易原谅他，问题是，这么多天了，他还没找我道歉呢！”

“沉住气，一定得沉住气。”

石青继续传授经验，她说对付爱吃醋的男人还有一个办法，就是以毒攻毒。

“怎么个以毒攻毒？”

“他不是疑心重吗？那你就跟他唱对台戏，大大方方地公开跟男人交往，甚至没有事儿还要找点儿事儿，制造疑点。他不是怀疑吗？那他就去调查，调查清楚了，自然就泄气了。不信治不了他！”

“这个，我不太会。”

“姐可以教你呀，有啥想法跟姐说，姐随时帮你。”

“还是亲姐好。”

“可前提是，你不能真有事儿……对了，你跟那个乔老师，没……”

“说啥呢！”

石青瞅了瞅梅子严肃的表情，把想问的话咽了下去。

梅子说："这个房子真该动迁了，你看厨房窗框的木头都烂成啥样儿了，我记得小时候窗框就开始腐烂了。"

石青说："可不是嘛，本来取暖就不好，窗户还关不严，严寒那几天，早上自来水都冻住了。"

"是呀，我记得厨房里的大葱都被冻出了鼻涕。"

说话间，老齐太太进公用厨房蒸豆腐，是水豆腐，早上买的，到了中午蒸一下更安全一些。老齐太太蒸豆腐有自己的特色，她每次都放些有点儿馊味儿的大酱，再滴点儿豆油，开锅之后满厨房都是大酱味儿。等豆腐出锅了，老齐太太再撒上葱花和香菜末，她说她打年轻时就得意这口儿。

"还是你家热闹哇。"老齐太太说。

老齐太太无儿无女，据说年轻的时候怀过孩子，可惜当时环境艰苦，孩子没保住。后来老伴儿去世了，她成了孤寡老妇人。

梅子对老齐太太笑了笑，转了话题："大姨，您蒸的大豆腐真香啊。"

石青转过脸去，被梅子言不由衷的样子逗笑了。

老齐太太同样喜欢被称赞，她兴致勃勃地说："如果在上面放点儿干虾皮儿就更好了。"

梅子说："等有时间，我也学着做一下。"

"对了，"老齐太太说，"上午管片儿民警向我打听刘维草，我想了半天才搞明白，是找你家刘维革吧？"

"找他什么事儿？"

"好像是问落户口的事儿。"

梅子和石青都笑了，石青说："肯定是那个名字打错了，以前爱国卫生运动委员会的名单上就把刘维革写成了刘维草，自此，小革子就有了个‘小草’的外号。”

老齐太太也笑了，说：“我说的嘛，以前有人喊他小草，我还五迷三道的，搞不清怎么回事儿。这回知道了，这回知道了。”

老齐太太笑吟吟地端着充满大酱味儿的豆腐回屋吃饭去了。望着老齐太太的背影，石青小声对梅子说：“看来，小革子这次没诳咱俩，户口的事儿他还真办了。”

小革子是菜快做好了回来的，他先回屋里扎了一头，听说梅子和石青在厨房，就来到厨房。

石青笑呵呵地打招呼：“小草回来啦？”

小革子眨了眨眼睛，似笑非笑。

“听说落户的事儿在办呢？”梅子说。

“可不是嘛，”小革子说，“又出现点儿岔头儿。”

石青愣住了：“出岔头儿了？出啥岔头儿了？”

“要没出岔头儿早就办完了。”说着，小革子又向老齐太太家看了看，小声说，“都怪那个死老太太，本来我朋友已经跟管片儿民警协调好了，让邻居出个证明就完事了。”

“出啥证明？”石青问。

“证明你俩长住这儿呗。”

“我明白了，”梅子说，“大姨没给出证明。”

石青说：“不行再找她说一说，再不行，给她表示表示。”

梅子说：“没用，小楼里的人谁不知道，大姨那人老古板，油盐不进。”

“那咋办？”石青有些急了。

“魔高一尺，道高一丈，我自有锦囊妙计。”

石青说：“别转了，快说你的锦囊妙计。”

小革子说：“给她来个调虎离山之计，老齐太太不在小楼的时候，找别人打个证明不就完了。”

“找谁能帮咱证明呢？”梅子皱着眉头问。

小革子自信地说：“崔胖子。”

“不行！”

“肯定行，我跟他说一声，他肯定立马答应。”

“我是说不能找他！”梅子大声说。

老齐太太从门口探出头来。小革子对老齐太太摆了摆手：“没事儿。”

老齐太太端着托盘出来，将碗筷放到水池子里。她并没有立即洗碗，而是转身对石青姐弟三人微笑一下，仿佛在说：“我不打扰你们，你们忙吧。”

等老齐太太的房门关上，梅子的眼睛又瞪圆了，轻声却极其严厉地说：“你要找崔胖子，我肯定跟你翻脸，宁可不落户，也不许找崔胖子。”

小革子笑了，也小声说：“我逗你玩儿呢，咋还急眼了呢？”

“这样的玩笑最好别开！”

小革子见梅子真不高兴了，对石青说：“我怎么能找崔胖子呢？楼里还有那么多邻居呢。其实我都盘算好了，找二楼的老马，找老马你们没意见吧？”

随着门口的响动，大嫂素芬走了进来。“孩子总算不缠我了，看看我能帮着干点儿啥？”

姑嫂之间一向关系微妙，石青和梅子交换一下眼神，几乎异口同声地说："不用了。"

二人相互瞅了瞅，石青闭嘴，梅子说："大嫂，你歇着吧，这儿有我们就足够了。""是呀，地方小，施展不开。"石青补充道。

其实素芬就是为了堵小姑子的嘴，客气一下而已，既然不用她，她乐不得的。

"下次你主厨，我愿意吃大嫂做的饭。"小革子在一旁说。

素芬说："好哇，今天你怎么没带对象来？"

"你们不是不喜欢她吗？"

"算了吧，"素芬说，"是人家不愿意来吧？"

"我没让她来。"

"我可不信，你有那个威风？"

"不是吹的，我说一，她不敢说二，我让她往东，她不敢往西。"

"真的假的？听说你对象叫朵朵，一朵鲜花插在了……"

"牛粪上呗！"小革子接过话，"牛粪好，牛粪有营养。"

梅子撇了撇嘴："鲜花？狗尾巴草吧。"

小革子脸一沉："二姐，你咋说话呢！"

素芬觉得不妙，怕自己点燃了姐弟之间的战火，急着闪人，说："你们忙吧，我好像听到小果果叫我了。"

开饭时，跃进才风尘仆仆地进来。

跃进一屁股坐在石青旁边："孩子呢？"

"力力在他奶奶家。"

"红卫呢？"

“他得出车赚钱哪。”

跃进听出石青的语气有点儿不对味儿，讨好地在石青后背拍了拍：“我来吃现成的，辛苦你了。”

梅子抬头看了看跃进，其实真正辛苦的是她。

“哎哟，干吗呀？”石青喊了一声，大家的目光全集中到石青身上。石青今天穿的是一件丝绸衣服，被跃进的手掌刮起了丝线，拉出老长。

跃进不好意思，连连道歉。小革子却捡到乐子，手舞足蹈地笑着。梅子在一旁拍打他一下，小声说：“你跟着高兴什么？幸灾乐祸！”

吃饭的时候，大家又说起了老姑手术的事儿。石青说：“老姑太可怜了，大家应该帮一帮她，有钱出钱有力出力。”“杠精”跃进刚想表达他的见解，素芬在一旁帮衬说：“是呀，我看到老姑，身子都发冷。”跃进见素分这样说，不好再说什么，见刘宝贵正瞅着他，低下头说：“我可以出力。”

梅子说：“目前老姑的状态还好，明天上午手术，听医生说应该问题不大。”

石青说：“我看二迷糊一点儿也不迷糊，他把老姑送上门来，先斩后奏，最终目的还是实现了。”

刘宝贵说：“他本来就不迷糊，小时候愿意睡觉，整天迷迷瞪瞪的，你老姑就管他叫二迷糊。”

“其实二迷糊精明着呢。”梅子说，“对了，他还说用猪偿还借款，不过是期货，年底才能兑现。大姐，你家订一头？”

“不行不行，我家没人会杀猪。”

“不会给你赶一头猪过来的，再说了，看你的要求呗，你让他杀好了他就送肉来呗。”

“嗯，我跟红卫商量商量。”

跃进见梅子看他，连忙说：“你别瞅我呀，我家吃不了一头猪。”

“你就当帮贫救助了。”

“一半吧，过冬一半猪肉足够了。”

“你们都想啥呢？”小革子插话说，“远期空头支票，能不能兑现还不知道呢。”

刘宝贵不愿意听小革子讲话，说：“你就不能往好了想吗？”

小革子说：“本来嘛，不确定的事儿有啥好讨论的呢？到了年底，二迷糊说猪得猪瘟了，长‘豆’了，死了，你还能让他再去买头猪吗？”

“闭上你的乌鸦嘴，就不能说点儿吉利的！”

“二迷糊说的这个事儿，本来就是……”

“不是让你闭嘴了吗？二迷糊是你叫的吗？好歹他也是你哥。”

应该说，午饭的上半场总体还算是和谐的，中间跃进去厕所，素芬跟了出去，两人回来之后，跃进的态度就发生了变化。

没多大一会儿，跃进问石青：“你是不是在迁户口？”石青愣了一下，瞅了瞅小革子，又瞅了瞅梅子。

“你以为户口是那么好办的？别费力不讨好。”

“那是我的事儿，有句话怎么说来着？叫有钱难买我愿意。”

“就算你能办成，划得来吗？动迁个三五年，你家力力上幼儿园怎么办？现在连上幼儿园都随户口走。”

“架不住我心甘情愿哪。”

跃进脸色有变，嘟哝一句：“你这不是存心搅和吗？”

石青和梅子交换了一下眼神，笑着说：“你不是为我着想吗？怎么样，这回露出真面目了吧？”

素芬替跃进鸣不平：“石青，你别欺负你哥这种老实人，啥叫露出真面目？这种话多伤人哪！”

“我在自己家里争取自个儿的权利，却被说成伤了别人，这可真怪了……”

“明摆着你也回来落户口，这么丁点儿的屋子住三户？谁信哪？”跃进说。

“我把话说清楚了，我没跟你争，也没占你的便宜，要说占便宜也是占国家的。”

“说得好听，你没占我的便宜，到头来因为房子里的住户太多再不给咱登记动迁，我没损失吗？”

“你第一个想到的总是你自己。”

“我是这个家的长子。”

“长子怎么了？现在讲究男女平等，我跟你的权利一样！长子？长子更应该让着弟弟妹妹，对不对？”

刘宝贵不高兴了，他用筷子敲着桌子：“你们还有完没完了？吃饭也堵不住你们的嘴！”

石青说：“那我实话告诉你，不光我，红梅的户口也要迁回来。”

梅子本来不想参与，没办法，她躲不掉了。

“红梅？她没必要迁回来。”跃进说。

梅子小声说："我同意迁回来。"

"同意是啥意思？别人逼你啦？"

"没人逼我，我想迁回来。"

刘宝贵说："你们都往家里迁户口，经过我这个户主同意了吗？"

小革子说："老爸您就别管了，您是自己的户主，我哥和我姐的户口簿都是独立的。"

"房子上是我的名字。"刘宝贵说。

跃进似乎明白了什么，他站起来，指着小革子说："我明白了，这事儿准又是你从中搞鬼！"

"我光明正大，从不搞鬼。"

"不搞鬼才怪。"素芬嘟哝一句。

"那好，我光明正大地告诉你，大姐和二姐的户口是我帮着办的，有错吗？"

跃进气得脖子暴出青筋，挥动着胳膊骂道："你猪脑子呀！"

"你才猪脑子呢！"

"脚气长脑袋上了？"

"只顾自己、自私自利的人脑袋上才长脚气呢！"

啪——刘宝贵一拍桌子："你们俩出去，出去！有本事到外面打一仗！"

梅子站了起来，拽着小革子。素芬坐在凳子上拖住跃进。

梅子拉着小革子到了大门口，想起小时候为了争一个苹果兄弟姐妹动用武力，她就拉过小革子，那时候小革子还小，跃进一推就能把他推个跟头，现在不一样了，小革子比跃进高三四厘米。

石青随即走了出来。

“众叛亲离呀！”石青说。

那两天连续下雨，梅子陪刘宝贵从医院回小楼，见大林站在小楼的雨搭下。

老姑的手术还算顺利，刘宝贵沉重的心情总算放松下来，可见到大林，他的眉头又紧蹙了。“大林哪，来多长时间啦？”

“来一会儿了。”大林说。

刘宝贵过去拉大林的手：“快，快进屋。”

梅子站在门口不动地方。

“开门去呀！”刘宝贵催促梅子。

梅子走到刘宝贵和大林前面去开房门，与大林擦肩而过时，她和大林对了一下眼神。大林大概是来接她回家的，不过透过他的眼神可以判断，大林的诚意不足，有点儿心不甘情不愿，勉强而为之。

刘宝贵和大林进屋，梅子还站在门口。

“你是来道歉的吗？”梅子在门外问。

大林在门里说：“我来请你回家。”

“你来请我，我就跟你回去？”

“站那儿干啥？进屋说。”刘宝贵说。

梅子没动地方，对大林说：“问题没解决之前，我是不会跟你回去的。”

“你想解决什么问题？”大林生硬地问。

“你心里明白。”

"我要是明白就不问你了。"

刘宝贵拉着大林坐在椅子上，那是家里仅有的两把椅子之一。本来，刘宝贵想让大林和梅子单独谈谈，他给腾地方。争论也好，吵架也罢，总是要面对的。可是，当刘宝贵安顿好大林，去叫梅子时，梅子却不见了。

梅子在刘宝贵给大林拉椅子时，她已经动身逃离了，就在转身的一瞬间，她看到二楼楼梯口闪过一个人影，尽管没看清那个人的面孔，但梅子知道肯定是崔胖子老婆。

刘宝贵追到大门外，看到梅子远去的背影，喊了几声，梅子头都不回，仿佛逃跑一般。刘宝贵叹了口气，只好只身返回。

屋子里，只有刘宝贵和大林两个人，刘宝贵被动地成了这出戏的主角。更多的时候都是大林在讲，刘宝贵在听，即便刘宝贵说话，也只是劝慰几句。

大林知道，他在，梅子是不会回来的。临走之前他对刘宝贵说，过几天他就出海了，希望梅子明天回家，最迟后天也得回家。

刘宝贵答应做一做梅子的工作。

天完全黑了下来，桌子上的饭菜都凉透了，梅子还没回来。刘宝贵一会儿屋里一会儿屋外，坐立不安。晚上 9 点，总算听见了敲门声，刘宝贵以为是梅子回来了，也没加理会，门又被敲了两遍，他才闷闷地说："门没插！"

推门进来的是老齐太太。老齐太太盯着刘宝贵看，问他："你没什么事儿吧？"

"没什么。"刘宝贵站了起来，"你有事儿吗？"

"我是想和你商量一下，徐桢侗这个礼拜不能打扫厕所，想和你家串一串，行不行？”

刘宝贵摆了一下手说：“不用这么郑重其事，这点儿事儿，说一声就行。”

“那就这么定了。”老齐太太说完就出来了，在门口正好碰到从外面回来的梅子。老齐太太说：“你爸可能坏肚子了。”

“下午他还好好的……不是老毛病又犯了吧？”

梅子说的老毛病是指刘宝贵的心脏病，老齐太太并不知道。

“晚上他上了好几遍厕所，我猜他坏肚子了。”

“谢谢了，大姨。”

梅子进屋，刘宝贵瞪了她一眼，转过头去。

“吃药了吗？”梅子问。

刘宝贵哼了一声。

“用不用去医院看看？”

刘宝贵气哼哼地说：“我没病，有病的是你。”

梅子自讨没趣，回到另一个房间。随即刘宝贵跟了进来，他好像被大林洗脑了一样，几乎完全站在大林的立场跟梅子说话，当然，也转述了大林和他谈话的内容。最后刘宝贵说：“大林到家里来请你回去，又主动承认自己不对，两口子之间差不多就行了。”

“不行，再一再二不能再三再四，他以前跟我吵架，我不敢跟家里说，怕家里人笑话，他一服软，我轻易就原谅了他。不承想他不自重，反而变本加厉，居然跟我动起了手。这次如果不立下规矩，不彻底把他治得服服帖帖，以后还不知道发生什么事儿呢。”

“到底咋样你才能回去？”

“起码得请三次。”

“三次？你是诸葛亮啊，非得三顾茅庐。”

“还要写保证书。”

“夫妻之间扯那个干啥？”

梅子说：“不掰扯明白不行，他的保证书还要复印一份放他妈那儿保存。”

“太过分了吧？杀人不过头点地！”

“绝不退让！”

“红梅呀，事儿可不能做绝了呀。”

“我做得绝还是他和他妈做得绝？您可不能光听一面之词……行了老爸，您别操那么多心了。”

“我一直以为，最让人放心的是你。唉，我高估你了，也高估了我自己。”

“好了好了，您放心，我的事儿我会处理好的。”

“我能放心才怪！”

“不说这些了，说您吧，肚子真的没事儿吗？”

“不用假惺惺地关心我，别气我就算你有孝心了。”

天一亮，梅子就爬了起来，去厨房煮饭豆大楂子粥，大楂子不好煮，即使头天晚上泡上，第二天也需要煮挺长时间，一般情况下很少早上煮大楂子粥。梅子知道，刘宝贵最喜欢大楂子粥就酱萝卜条，如果再有一个咸鸭蛋，就算高配了。

开锅之后，梅子回里屋做模拟题，做了三张卷子天才蒙蒙亮。

这些年来，梅子一直在孜孜不倦地学习，幼儿师范学校是中专，梅子觉得自己学历低，毕业后又考取了广播电视大学中文专业，经过两年半不脱产学习，终于获得了大专文凭。那段时间整个社会流行“文凭热”，拿到“大专证”之后，梅子又觉得大专学历不够用了，又参加了本科学历自学考试。也就是说，学习成了梅子日常生活中不可或缺的内容，别的年轻女人手提包里放的都是化妆品什么的，而梅子的包里可以没有化妆品，但一定得有书本、纸笔。

刘宝贵起床了，隔着房门就闻到了大楂子粥的香味儿，他知道，一定是梅子早起熬的。刘宝贵轻轻推开里间房门，从门缝看过去，梅子还在做模拟题。刘宝贵对梅子爱学习这一点还是赞赏的，于是轻轻关上门，轻手轻脚地去厨房取早餐。

刘宝贵推门，梅子是知道的，只是她要把最后一道题做完。

吃早饭时，食杂店的庞奶奶在楼前喊：“刘红梅，你对象电话！”

庞奶奶说的对象是大林。在大连方言中，“对象”是泛指，包括婚前男女朋友、婚后丈夫妻子；老了，管老伴儿也叫对象。

一楼开着窗，刘宝贵和梅子都听到了庞奶奶的喊声。梅子不回应，刘宝贵只好替她应了一声，回头，刘宝贵对梅子说：“电话还是要接一下的。”

梅子没吱声，继续吃饭。

“去呀，磨蹭啥呢？”

“我不去。”

无奈，刘宝贵放下碗筷，出去接电话。

十五六分钟后，刘宝贵回来了，他告诉梅子，大林后天就出海了，这次出海要两个月。“他走之前，你们的问题不解决可就麻烦了。”

梅子说："你怕我长住下去呗，没事儿，如果你嫌我烦，我出去租房子。"

"红梅呀，你啥时候也学歪歪了，我是嫌弃你吗？我是为你们两口子操心。"

"没想到大林还跟我来这一手儿，拿走来胁迫我。没用，我根本不吃他那一套。"

"怎么？你还真不想跟他过啦？"

"那要看他的表现了，达不到我的要求，不过也罢！"

"你真动离婚的念头啦？不是气头上的？"

"我不怕离婚，三条腿的蛤蟆少见，两条腿的人有的是，再说了，一个人过也挺好的。"

"我真理解不了，你们年轻人怎么能拿离婚当儿戏呢？就算你不为自己考虑，总得为肚子里的孩子考虑吧。"

"当然得为孩子考虑了，将来他出生了，生活在一个不好的家庭里，还不如我一个人带他呢。"

"梅子，这次算我求你了，你先回去，问题慢慢解决，可以吗？"

梅子愣住了，在她的印象中，刘宝贵还是第一次这么低声下气地和儿女说话。

刘宝贵说："大林那头等我回话呢，只要你答应跟他回去，他就来接你，当面向你道歉。"

梅子仍低着头，不说话。

早晨下了一场大雾，乳白色的云雾窝在南山街一带，到了上午9点才慢慢消散。梅子在小楼前的槐树间徘徊着，心事重重。她说过要让大林“三顾茅庐”来请她，还要写保证书，如果她今天答应回去，大林过来接她，满打满算也就请了两次，后天大林就走了，不可能完成三次上门恳请她的目标。可如果不回去，大林一走起码两个月，那她就尴尬了，回也不是，不回也不是。两个月她都在外面住算怎么回事儿呢？她毕竟是结了婚的人。梅子想来想去，想到了一个折中的办法，如果她答应大林回家，就得附加一个条件——大林的保证书上必须有他妈的签字。梅子觉得这也不算是附加条件，因为大林来请她两次，少的一次用婆婆的背书来顶替，这样就没违背自己要坚守的“原则”和“底线”。

梅子觉得自己想清楚了，她准备跟刘宝贵说，让刘宝贵给大林回话，如果大林不同意，那就不能怪她了，刘宝贵也就不能总跟自己过不去了。

“红梅呀，你回家这么多天了，没啥事儿吧？”崔胖子不知什么时候出现在梅子身后。梅子看了一眼崔胖子，没搭理他。

崔胖子凑近了梅子：“有啥难事儿跟哥说，哥永远都是你的后盾。”

梅子怕被崔胖子纠缠，准备往家走，却被崔胖子宽大的身躯挡住了。这个时候，梅子看到正站在小路岔口的小革子，刚好赶上他回家。

“小革子！”梅子喊。

小革子距离梅子十多米，听到喊声他站住了，向梅子的方向张望着。

崔胖子听到梅子喊小革子，侧了侧身子。几乎同一时刻，崔胖子老婆从小楼门口冲了出来。

崔胖子跟梅子在楼下树林里说话时，崔胖子老婆大概在楼上做了全景式观察，随后就从二楼噔噔噔跑下来，还把一只鞋丢在了楼梯上。

“臭不要脸的！”崔胖子老婆冲到梅子跟前，梅子躲闪不及，被揪住了脖领子。梅子用力推开崔胖子老婆。

“你才不要脸呢，你凭什么骂人？”

“狐狸精，勾引我男人！”

“你回家问问你自己男人，我勾引他了吗？”

此刻，崔胖子手足无措，仿佛一个看热闹的外人，站在旁边一言不发。

“我都抓到你们俩现行了，还敢赖账？”

“你血口喷人！满嘴喷粪！”

“就喷你这样的脏东西，小骚狐狸精！”

小苹子过来了，站在梅子身边，指着崔胖子老婆：“你看不住自己的男人，跑这儿发什么疯？”

“没你什么事儿，滚一边去！”

“欺负我姐就不行！”

“瞧你那德行，哪个屁把你崩出来了？”

“你德行好？眼皮耷拉到脚后跟了，瞧你那恶心人的样儿吧！”

“你好？像不足月的吊死鬼！”

“那也比你强，半夜上坟圈儿尿尿，鬼都得恶心吐了！”

崔胖子本想上前劝一劝，被他老婆扒拉到一边。

小革子拉住梅子想离开，被崔胖子老婆挡住了去路。

“你今天不说清楚就别想走！”崔胖子老婆喊着。

“快别闹了。”崔胖子终于说出一句话。

“闭上你的狗嘴，说梦话你都喊这小狐狸精的名字，不是她勾引你，能吗？”

梅子不想跟她纠缠，强行往外走，小革子用身体护着梅子。不想，崔胖子老婆冷不丁一把薅住梅子的头发。

“想跑？没门儿！”

梅子被薅疼了，反手薅住崔胖子老婆的头发，两人扭打起来。崔胖子和小革子上来拉架，小革子的胳膊被崔胖子老婆尖利的指甲划出一道口子。小革子火了，飞起一脚踹在崔胖子老婆腿上，崔胖子老婆一个仰八叉，差点儿挂在树上。

吵嚷声把小楼邻居吸引出来，一楼的老齐太太、徐桢侗和二楼的老马。刘宝贵出门时，战斗已经结束了。

小革子拉着梅子回屋，崔胖子老婆躺在树下不起来。老齐太太和徐桢侗过去劝导好一会儿，崔胖子老婆才坐了起来，崔胖子搀扶着她叫车去了医院。

刘宝贵站在小楼门口唉声叹气，觉得这回面子可真丢大了。

傍晚，小楼被各种味道笼罩着，有从远处飘来的咸津津的海腥味儿，有晒在阳台上的臭咸鱼味儿，还有从二楼厨房飘出来的煎刀鱼的香味儿，时不时还有从下水道反上来的混合发酵的味道。一个街区有一个街区的味道，一个城市有一个城市的味道，那些味道往往会留在人的记忆里，具有时间和区间亲切分割的作用，如果给它们统一起个名字，就叫“味道的裁刀”吧。

梅子坐在梳妆台镜子前，镜子里的梅子眼睛红肿，脸被抓破了一块小拇指甲盖儿大小的皮。她将一条创可贴贴在脸上，创可贴贴得不够平整，所以中间部位微微隆起。

刘宝贵站在梅子身后，沉默半晌，问道：“大林那头……”

“不用回话了。”

“大林走之前你们不见面，往后咋办？”

“往后再说往后。”

刘宝贵瞅了瞅镜子里的梅子，他大概理解了梅子的想法。“不过，”刘宝贵说，“还是要回话的。”

“那您就跟他说，一直没见到我。”

“撒谎，我可不会。”

“这也不是恶意的谎言。再说了，您敢说您一辈子没撒过谎吗？当年您跟我妈闹别扭，还让我帮您撒谎呢。”

刘宝贵去楼下食杂店给大林挂电话，小革子也从派出所回来了。

小革子告诉梅子，崔胖子老婆报案了，派出所把他找去了解情况。

“你知道吗？那老娘们儿居然告我伤害罪。”

“伤害罪？言重了吧。”

“就是，我这是正当防卫。”

“民警怎么说？”

“他们不认为我是正当防卫。”

“那是什么？”

“他们说是寻衅滋事，双方都有责任。”

“是她寻衅滋事，咱有什么责任？你没争辩吗？”

“我能不争辩吗？”

“那民警又是怎么说的？”

“要等全面调查。”

“好啊，咱有理怕什么。”

小革子得到的消息是，崔胖子老婆已经住院，除了一些皮外伤，没检查出其他问题。但她就说头痛，非要住院不可。一般人都有这样的经验，头痛是最难查病因的了。

“崔胖子呢？他也去派出所啦？”

小革子说：“崔胖子应该去过了，听说他表现还行，客观地讲了事情的经过，他也知道自己老婆没理。再说了，我可不是好惹的，我外头朋友多，他是了解的。”

刘宝贵回来，对梅子说：“我琢磨了半天，没给大林打电话，如果今天打了，他一旦过来，看到你这样，更容易误会，我还是明天再给他挂吧。”

梅子抬起头来，满怀感激地望了刘宝贵一眼。

老姑切割瘤子的手术还算顺利，只是术后第三天又出了问题。老姑手脚冰凉，呼吸困难，发音含糊，一会儿清醒一会儿迷糊，医生过来量了血压，发现老姑的血压太低了，高压70，低压40。二迷糊听医生说血压低会有生命危险，他高度紧张，连忙打通梅子的电话，带着哭腔对梅子说：“我妈病危了。”

很显然，二迷糊把“有生命危险”当成了“病危”。

听到消息，刘宝贵也紧张起来，跟梅子匆忙赶到了医院。

刘宝贵和梅子到医院时，许红卫和石青也到了，心内科医生正在给老姑会诊。

石青跟梅子说："老姑的心脏肯定有问题，以前我们单位一位老同志血压过低就是心脏病引起的，后来那个老同志走了，刚办理完退休手续就走了，退休待遇一天都没享受到。"

梅子说："老爸的心脏就不好，是不是家族遗传病呢？"

"如果是家族遗传病，咱也得小心点儿，最好每年都做一次体检。"

"你这样说，我还真为老爸担心了。"

经过一番检查，确认老姑的心脏没太大问题，静脉注射了多巴胺和去甲肾上腺素后很快升压了。

医生研究了半天，认为老姑患的是神经介导性低血压症。梅子听不懂这一术语，刘宝贵和二迷糊更不明白。石青却表现出专业的样子，说："就是神经官能症啊，这个好办。医生说是心脏和大脑之间的信息传导不畅所致，可以药物干预治疗。"

"来的路上，我就预感老姑没事儿。红卫，路上我是不是跟你说过？"

许红卫点了点头。

"说过没有？"

"说过。"

现场没人埋怨二迷糊，不管怎么说，这件事还是值得庆幸的，毕竟只是虚惊一场。大家在医院走廊里商量出院结账的事儿。算账快的石青拿出了兄妹四人代为分摊的数额。石青和梅子没问题，小革子也应该没问题，问题在于跃进。

“大嫂不是表态了吗？”梅子说。

石青说：“先前是表态了，可那天吵架之后，不知道大哥能不能变卦了。”

梅子说：“他是跟你和小革子吵的架，也没跟老姑和二迷糊吵架，应该不会出问题。”

“咱哥那人你还不了解？”

刘宝贵说：“老大那头你们就不用管了，我管他要。也不是特别多，拿出来不影响他家吃饭。”

石青说：“影响吃饭倒不至于，可谁家的钱都不是大风刮来的，是辛辛苦苦一分一毛攒的。”

刘宝贵咳嗽一声，明晃晃地提醒石青——二迷糊就站在刘宝贵身后。

石青转过身来，对二迷糊说：“呦！二哥在呀……哪句话说错了还望多多担待！”

二迷糊知道石青故意装糊涂，话就是说给他听的，但他能怎么办，人穷志短，只能低眉顺眼地表示感谢，会说的感激话都说了，什么大恩大德一辈子不忘等。

许红卫开车送刘宝贵几人回家，那个时候副驾驶算是尊贵的位置，自然是刘宝贵坐，石青和梅子坐后排。

石青问梅子：“大林来求你了吗？”

“来了。”

“求了几次？”

“一次。”

“没再来？”

“他今天走了。”

“走啦？去哪儿啦？”

“出海了。”

“出海？那要多久？”

“起码两个月吧。”

“两个……”石青哽住了，她突然意识到什么，连忙转过脸去。

一路上，石青不再说话，心事重重，像一个犯了错的小女孩儿，眼睛一眨一眨地想着心事。

大林出海之前到底还是找过梅子，他去了梅子单位，也去了小楼。大林没见到梅子并不是梅子知道他来找她而有意回避，而是梅子并不知道大林来找过她，他们只是碰巧错过了而已。

崔胖子老婆出院了，住了3天就出院了，没人知道她出院的原因。崔胖子老婆回到小楼，没找梅子，也没到刘宝贵家闹腾，她大概是在等派出所的调查结果，想通过法律渠道解决问题吧。

崔胖子老婆没下楼来闹，梅子和小革子也没上楼去找事儿，两相平安无事。

那天早晨，刘宝贵在早市买回了一兜子樱桃。梅子以为是买来给他们两人吃的，她上午做完模拟题，想起了樱桃，准备拿厨房洗一些吃。梅子来到外屋，发现樱桃不见了，她四处搜寻着，这时听到屋外传来不正常的声音。

原来，刘宝贵的樱桃是买给崔胖子老婆的，他认为，家和万事兴，尽管小楼住的是邻居，可大家都在一个屋檐下，从大的方面来说，也算是一大家子。崔胖子老婆和梅子、小革子的冲突，先不论谁对谁错，或者说谁更占理一些，总之激化矛盾都是不对的，况且，崔胖子老婆住院了，他带点儿水果主动去看望人家，也算是做出一种友善的姿态。

问题是，崔胖子老婆不这样想。

本来，崔胖子老婆的心情挺好的，还哼哼着小曲儿，刘宝贵敲门，她还喊着："门没关，进来吧。"

刘宝贵小心翼翼地拉开门，樱桃在前，人在后。

崔胖子老婆看见刘宝贵，脸色立即变了："你来干啥？"

刘宝贵提了提水果袋子："我……我来看看你。"

"黄鼠狼给鸡拜年，少来这一套！"

"不能这样说……"

崔胖子老婆掐着腰，指着刘宝贵："我怎么说？那我告诉你，别想拿小恩小惠来消灾躲祸！"

刘宝贵左右为难："我诚心诚意……"

"我明确告诉你，这事儿没完，早早晚晚，我要把你家那个小骚货给废了！"

刘宝贵待不下去了，丢下水果袋子，转身下楼。

"你等等……"

刘宝贵马不停蹄，噔噔噔下了楼。

崔胖子老婆追到楼梯口，将水果袋扔了出来，不巧，水果袋挂在了一楼横七竖八的电线上，呼啦啦，樱桃天女散花一般，在楼道和一楼满地翻滚。

梅子在屋里扒门缝，外面发生的事儿她看得清清楚楚。梅子没出门，她不想和崔胖子老婆再发生无谓的冲突。

刘宝贵气呼呼地进了屋。

“你也是的，搭理那个臭无赖干啥！”

“我不是想缓和缓和嘛！”

“她那种人懂好赖吗？只能得寸进尺，你去看她，她以为咱㞞包了呢。”

“别叭叭了，我做这事儿为了谁？”

中午，梅子在公用厨房下面条，楼上传来吵架的声音，先是模糊可辨的对骂声，后来就是乒乒乓乓的摔打声，声音越来越大，甚至要把楼盖掀开来似的。

老齐太太从里屋出来，听了听。

“崔胖子两口子又干架了，这是打仗有瘾哪，一个月一大打，半个月一小打。”老齐太太说。

梅子不好说什么，她从调料盒的缝隙里捡到两枚收拾时漏网的樱桃，在裤子上擦了擦，放到嘴里嚼着，没嚼两口，酸得有些倒牙。

轰隆隆，好像有人滚下楼来。

梅子连忙向角落里退让，生怕引火烧身。

“杀人啦！”崔胖子老婆喊。

老齐太太连忙过去搀扶摔到楼下的崔胖子老婆，与从楼上冲下来的崔胖子撞了个满怀。此时，崔胖子老婆已经爬了起来，见崔胖子手里拎着一把菜刀，撒腿向楼外跑去。

老齐太太拦住面目狰狞的崔胖子：“你要干什么？”

崔胖子呼哧带喘地说：“我要杀了这个×养的！”

老齐太太说："有本事去战场上打，打老婆算啥本事！"

"你别管！"

"我就要管，不能眼看着你违法犯罪！"

崔胖子瞅了瞅老齐太太，不言语了。

这时，楼里的邻居几乎都出来了，崔胖子用不友好的目光看了看大家，气呼呼地转身上了楼。

老齐太太说："他家的事儿不用担心，不出三天，崔胖子对象准回家……整天你砍我杀的，杀了好几年了，小楼成了他们两口子的战场了……"此时，后窗投进来的光线正好照在她的鼻子下，嘴唇翕动十分清楚。

老马说："都是让钱给烧的，钱多了干什么？打着玩儿呗。"

趁邻居们议论之时，梅子悄悄溜回了屋。

崔胖子是小楼的老住户，属于梅子真正的发小儿，他俩小学、初中都是同学，后来崔胖子父亲因公死亡，他没读高中就到社会上混了。梅子记得她上中学时，在街上看到崔胖子跟人打架，崔胖子满脸流血，手里还攥着半块砖头，追赶三四个与他年龄相仿的人，没追上，然后就坐在马路牙子上自己擦血。梅子动了恻隐之心，磨蹭过去，掏出手绢递给他，崔胖子感激地看着梅子，竟然一脸的羞涩。后来就发生了崔胖子对梅子死皮赖脸追求的事情。前些年，崔胖子倒腾海产品赚了钱，就不在街上胡混了。结婚后，他先是开了个饭店，后来又开汽车配件门市部。小楼邻居私下说，这正应了"不三不四挣大钱"那句老话，不过，老邻居还是对他刮目相看。梅子清楚，不是崔胖子有什么商业意识，而是他顾虑不多，看别人赚钱就跟着干。也许在最早动议要干的人还在高谈阔论或犹豫不决时，崔胖子已经有了收益。

梅子庆幸自己当初抵挡住了崔胖子的穷追猛打，如果当初稍一心软，和崔胖子结了婚，会不会也有着和崔胖子老婆一模一样的命运呢?

下午，小革子急匆匆地回来了，进屋就问:“又打架了?”

刘宝贵说:“崔胖子和他老婆打架了。”

“他们打不打我不管，我二姐呢，她没事儿吧?”

“跟她没关系，”刘宝贵小声说，“你还真得看着你二姐，她不能打架，也不能动气。”

“她病啦?”

“她怀孕了。”

“怀孕啦?”

小革子傻愣愣的，同时，眼珠快速转动着。

小革子进里屋找梅子，直截了当地问梅子怀孕的事儿。

梅子说:“你问这个干啥?”

小革子笑嘻嘻地说:“我不是关心二姐嘛。”

“有医院化验单吗?”小革子问。

“啥化验单?”

“怀孕的化验证明呗，给我看看。”

“不一定找得到，你看它干啥?”

“可能有用，迁移户口的时候，说不准能用上，有备无患。”

梅子拿过手提包，在包里翻了翻，从夹层里找出几张单子，有自学考试报名缴费单、水费电费计费单、购买传呼机的收据……医院化验单夹在一些凭证之间。

“我就知道二姐精细，肯定能保留化验单。”小革子将化验单举在眼前看了看，“两个多月了。”

“你别给我弄没了。”

“不能，我复印一下就还给你。”

“你和小朵怎么样了？”梅子问。

“挺好，我俩玩儿得挺好。”

“玩儿？你还当自己是孩子呀？既然对她挺满意的，下次家里聚会就把她领回来，让老爸也高兴高兴，这段时间他一件高兴的事儿都没有。”

“他能高兴才怪！”

“别看老爸表面看不上你，其实他心里最疼的人是你。”

第六章 伊甸园禁果

雪芳见到了关紫萱——一个胖胖的姑娘。

雪芳介绍苹果园的工作时，关紫萱总是回应："对呗。"雪芳忍不住笑了，问："有人给你起过外号吗？"关紫萱说："有啊，很多人管我叫'水豚'。""水豚——"雪芳嘴里一边重复着一边点了点头。那时，阳光正好照在关紫萱的周身，温暖而热烈。

"以后你可以管我叫水豚。"关紫萱说。

"你不介意？"

"没有，我觉得挺好的呀。"

应该说，雪芳对关紫萱的第一印象不错，怎么说呢，关紫萱有种憨直的亲和力，一副人畜无害的样子。谈话之后，雪芳还专门上网查了水豚，看到了水豚与各种动物的合影照片，在这些照片中，无论是温柔的雏鸡、兔子，还是凶猛的鳄鱼，水豚都能憨态可掬地与之协调搭配，融洽同框。水豚被冠以"万物皆可为友""与世无争""万人迷"等友善之名。互联网上也有不少关于水豚的文章，更是有人把它写成了"和平使者"。

雪芳想，诚磊表面上心不在焉，实际上一点儿都不含糊。

雪芳安排给水豚的第一项工作是在社交群里联系领养小狗狗的事宜。雪芳给水豚讲了流浪狗的故事，水豚听得十分入神，到后来，眼睛竟然有些湿润。雪芳怀疑小狗狗是田园犬和边牧的“串儿”，水豚看过雪芳手机里的照片，认为缘圆本身就是田园犬和拉布拉多的“串儿”。雪芳说小狗狗一共有四只，一公三母，她想留下那只小牙狗，也就是小公狗，当地人叫小牙狗。

水豚呵呵笑着，说：“我懂！放心吧，领导，保证完成任务。”

雪芳尴尬地翘了翘嘴角，大概对“领导”这个词不太适应。

梅子和杨贵妃约了好几次，要带杨贵妃和她的女儿若影去雪芳承包的果园实地考察。其实，雪芳和若影已经见过面了，彼此也加了微信，不过从梅子的感觉来说，雪芳和若影之间好像没怎么联系。自从杨贵妃知道雪芳搞了现代化苹果园，就多次向梅子表示要带若影去看看，一方面想让“躺平”的若影受到激励，另一方面算是达成她和梅子共同的愿望——希望两个孩子能成为好朋友。在两位母亲看来，两个孩子有着相近的留学经历，应该有一些共同语言，说不准什么时候还能一起合作。当然，还有就是，让她们一起碰壁，回头是岸。

梅子和杨贵妃约定，星期天上午由杨贵妃开车接梅子，她们一起去山顶村。为了保险起见，头一天晚上梅子还专门挂电话想提醒雪芳，可雪芳没接电话。梅子给雪芳留了言，告诉她明天上午她会带杨妮妮阿姨和若影去苹果园。雪芳是 12 点回的信息，只写了 3 个字：“知道了。”

梅子早早就下了楼，在路口焦急地张望着。杨贵妃的轿车停在梅子跟前。坐上副驾驶的位置，梅子回头看看后排座，说：“若影没来？”

“别提了，本来说得好好的，又说有别的事儿了。”

梅子说：“没关系，不行下次吧。”

杨贵妃设好了导航，开始上路。

路上，杨贵妃向梅子解释，若影不是不想去苹果园，只是与别的事儿撞车了，若影说她会单独跟雪芳联系，找时间去看看的。梅子说：“没事儿的，山顶村比较偏僻，实不相瞒，雪芳去那里好几个月了，我才去过一次，加上这次才两次。”“你才去过两次？”杨贵妃有些惊讶的样子。梅子说：“孩子大了，有时把父母的关心当成了监视。”事实上，梅子不是不想去，是雪芳不愿意让她去，上次吃的“闭门羹”令她伤了自尊，她只能自我安慰，雪芳这样做大概怕她跟着操心，或者完全不想被干涉。

梅子生气的时候曾跟雪芳唠叨，说自己如何全身心地爱她、牺牲了自己的幸福、含辛茹苦地培养她等，列举出一件件感人的、生动的事例，说得次数多了，雪芳不免有些反感，觉得头顶上积蓄了越来越多的道德压力。雪芳博士毕业回国那年，梅子带着她到处拜见亲朋好友，像展示自己的科研成果一样，向大家介绍，接受大家的评价。大家都夸赞雪芳有出息，也夸赞梅子了不起，培养了个好孩子。梅子的内心一定是复杂的，并不完全是喜悦，还有倔强和虚荣，甚至隐含一种挑战的意味：当初你们不是瞧不起我吗？当初你们不是觉得我不切实际吗？当初你们不是想看我的笑话吗？怎么样？我到底还是把女儿培养出来了。事实证明，我是对的，我做到了！从梅子自身来说，她也是满足的，她大半生都在获取学历的路上磕磕绊绊，自身未实现的理想终于让女儿完成了。对亲戚朋友都广而告之了，梅子并没有就此止步，她彩打了雪芳的博士毕业证书，装上镜框，挂在客厅最显眼的位置，即便带雪芳去果蔬超市买菜，跟不熟悉的、卖水果的售货员都会介绍雪芳：“我女儿，从国外回来的，博士毕业，她的专业在当今世界上排名第三。”雪芳觉得十分难堪，羞臊得无地自容。基于以上心理，雪芳不想让梅子介入自己的事情，她怕梅子干预得太多，创业本来就充满了风险，她们的想法不一致时，梅子难免会生气上火，如果创业失败，梅子一定会唠叨个没完，抱怨她“不听老人言，吃亏在眼前”。

车上，梅子对杨贵妃这样说：“我支持年轻人创业，一个人不撞几回南墙，那一辈子肯定平平淡淡，年轻嘛，不怕摔跟头，还有爬起来的资本。”这样的话适用于所有人，并不单单适用于雪芳，相反，梅子坚定的语气中透露出另一种反作用力——无法驾驭女儿的无奈。

杨贵妃说：“能有事儿做已经很好了，开始我希望若影能留在国外，在国际大公司上班，再给我生个洋娃娃，我去国外帮她带孩子。”

“我可不喜欢洋人。”梅子说。

“国外的华人也不少哇，不管是什么吧，反正能留在国外就行，后来若影不打招呼就回来了，回来就回来吧，在国内找个大公司总可以吧，让我跟她爸脸上也有光啊。谁想，她跟她同学搞什么传媒公司，折腾了好几年，公司却黄了。”

“放心吧，饿不死她的，没听说有硕士饿死的。”

“是，现在我的期望值越来越低了，只要她有个班儿上，有口饭吃，平平安安就行。”

“不用那么悲观吧，一定会好起来的，慢慢来。”

“还要怎么慢？她快三十了，我在她这个年纪早有稳定的工作了，都结婚生了她。跟你说句心里话，我现在真的很烦，打心眼儿里看不惯她们这辈儿人。”

“现在的年轻人跟我们年轻时的环境不一样，再说，我们年轻时，上一辈儿也看不惯我们呢。”

梅子嘴上这么说，其实她一直是跟着杨贵妃絮叨的节奏走，好像杨贵妃说的不是她的女儿若影，而是自己的女儿雪芳，句句扎心。梅子甚至觉得雪芳比若影还严重，尤其是在性取向上，她不敢往下深想。

梅子笑着转移了话题，说雪芳 5 岁的时候，她看过一篇文章，内容是，在孩子小的时候你尽量多拉她的手，不然以后机会越来越少。当时她对这句话的体会不深，后来孩子上了大学，尤其是出国读书之后，一两年都见不上一面，这时才后悔了，当初真该多拉拉孩子的手哇。

杨贵妃笑了，不过笑容比较僵硬。

过了鹿鸣山乡，轿车驶入乡镇级公路，路况不好，颠簸严重。梅子这才想起忘吃晕车药了。本来昨天晚上她就把药准备好了，离开家时还在门口望了望，怕忘了拿什么东西，结果还是把晕车药忘了。

梅子打开车窗，对杨贵妃说：“你把空调关了吧。”

杨贵妃看了看车外路上的灰尘，有些迟疑。梅子说：“真是奇迹呀，忘了吃晕车药，今天居然没晕车。”

杨贵妃关了空调，问：“还有多远？”

“导航没显示吗？”

“导航显示还有 15 公里，不知道路况怎么样。”

“差不多。”梅子说，“现在公路已实现村村通了。”

梅子拨通了雪芳的电话，雪芳将电话挂断，紧接着回了一条信息：“我正在忙，一会儿回。”

杨贵妃把车开到“牛顿苹果园”大门口，居然没见到雪芳的人影。

两个人下车后，梅子难为情地对杨贵妃说：“我给雪芳打过电话了，她一会儿回。”雪芳的这个“一会儿回”很模糊，是一会儿回电话还是一会儿回来呢？梅子觉得应该是回电话，可这个时候，她宁愿相信雪芳一会儿能出现在她们面前。

杨贵妃说：“我听电话里的意思是，雪芳好像在市内呢。”

“真抱歉啊，我正在联系呢。”梅子说。

杨贵妃说：“没事儿，这地方挺好的，空气清新，风景也不错，如果雪芳忙，就忙她的，咱权当旅游了。”

杨贵妃兴奋地四处拍照时，雪芳给梅子回了电话。

雪芳问：“你到哪儿啦？”

“我到果园了呗。”

“到牛顿苹果园了吗？”

“到了。”

“到啦？水豚就在前台迎候呢，她怎么没见到你？”

“水豚？啥水豚？”

“啊，我公司的同事，她叫关紫萱。”

“是你同学吗？”

“你现在在哪儿？”

“我在果园大门口，你杨阿姨就在我身边。”

“你去山顶村啦？”

“果园不是在山顶村吗？”

“搞差了，我说的是市内果园，不是山顶村的果园。”

“市内的？市内还有果园？”

雪芳说是公司，牛顿苹果种植园有限公司，简称“牛顿苹果园”。

梅子眼里充满歉意，尴尬地看了看杨贵妃。

杨贵妃说：“唉，真后悔呀，今天带旗袍来就好了。”

也许两代人的差异就在于，上一代人觉得复杂的、重要的事，在下一代人那里，可能就跟喝奶茶、撸串儿一样平常。为了让若影进入苹果园，梅子和杨贵妃亲自出马，实地考察，正式面谈。她们不知道的是，若影已经跟雪芳在瑞幸咖啡见了面，谈了15分钟，想法就达成了一致。梅子和杨贵妃白忙活了。

雪芳注意到，关紫萱“水豚”的外号大概源自她十分“佛系”：她不化妆，也不打扮自己，喜欢碳水食物、油炸食物和糖分高的水果。不过听水豚说，她周末可以跟毛绒玩偶玩儿一整天，她不打扮自己却花费大把时间打扮毛绒玩偶。水豚说她的玩偶很多，有趴趴系列的，有沙发上陪伴的，还有睡觉抱着的；有大型兔兔、猪猪。她特别喜欢的是毛绒熊公仔。雪芳问，清洗它们很费工夫吧？水豚说还好吧，不会比养狗狗麻烦，况且，有的玩偶还可以90天以旧换新。

雪芳一时还判断不了水豚的性取向，不过水豚似乎对恋爱不太感兴趣。因为水豚说过，现在年轻人的分手能力大于相爱能力。

然而，就是这样一个水豚，那天竟问了雪芳一个尖锐的问题："你经营苹果园是不是跟爱情有关？"

雪芳当时愣住了，迟疑着摇了摇头。

水豚接着说："我看出你和诚磊的关系很好。"

"我们的关系很好，可不是恋爱关系。"

"男闺蜜？"

"差不多。"

"我看你们不属于男女闺蜜，而是都爱惜对方又怕伤及对方，就像两只刺猬……你们中间隔着一层雾。"

"你的意思是，我拉他种苹果，是为了更多地接触他？"

"是不是呢？"

"不是。"

"那，像你这样热门专业的博士，怎么会种苹果呢？"

"觉得有意思呗。"

"嗯，这样也说得通。"

其实，种苹果并不像人们惯常认为的那样简单。苹果跟爱情有关吗？传说伊甸园里有两棵树——"生命树"和"分辨善恶树"，神嘱咐人类始祖亚当和夏娃，万万不可偷食树上的果实。然而，夏娃没有禁住蛇的引诱，摘下了分辨善恶树上的果子并与亚当分食，结果他们就具备了道德观念，知道赤身裸体是羞耻之事。神在重重惩罚亚当和夏娃之后，把他们赶出了伊甸园，从此人类就肩负了偷吃禁果的原罪。"苹果"这个词在拉丁文中是mala，恰好和"恶"一词的拼写相同。与此同时，伊甸园的苹果也成了爱情之果，生命从此来到这个凡俗的世界上繁衍生息。

回到老宅，装修师傅告诉雪芳，院子里发现了公鸡的残体，开始，他们怀疑是缘圆干的，有人将残体扔给缘圆，缘圆却四下躲避。缘圆曾经是流浪狗，在野外生存，应该什么都吃，现在它食物来源稳定，不仅不会挨饿受冻，而且开始逐渐发胖。留下来的小奶狗由于长相酷似边牧，雪芳给起的名字叫“边边”。边边正处于顽皮的童年时期，对动的物体都感兴趣，不过，凭它现在的能力，还不能咬死一只公鸡。

雪芳突然想到了什么，问装修师傅见到过其他动物没有，尤其是野生动物，雪芳暗指黄鼠狼，也就是村里人说的“黄皮子”。装修师傅摇了摇头，土建工程完成后，装修公司的工人已经不在老宅住了，施工都在白天。

难道老宅真如二迷糊说的那样，有“黄皮子”吗？

雪芳决定在老宅院里安装监控，尽管她不相信二迷糊说的，但好奇心还是驱使着她，她想搞清情况。

雪芳带水豚去了苹果园，桃子知道雪芳要来苹果园，早早地和刘老蔫等在果园门口。刘老蔫是原来果园留下来的唯一的员工，之前做更夫，现在是零工兼技术管理。刘老蔫喜欢雪芳管他叫刘技术或者刘师傅，他不愿意别人叫他刘老蔫。

桃子说昨天有个果品公司来订货，说签保价合同就先预付1000元定金，她觉得不太靠谱。

“今天还来吗？”

“不能来了，我告诉他去市内公司找你们。”

“我没接到电话。”

桃子说对这事儿不用太上心，大前年天气灾害严重，就有人来订苹果，给每个果园都发了钱。

“是骗局吗？”

“倒是没骗到果农，不仅没骗到，果农还白得了1000块钱。”

“那是为啥呢？”

“反正买的没有卖的精，他们没骗果农，却为了一个更大的骗局，我听说是炒期货的为了抬高价格做的局，价格上来了，人家就卖出来，卖出来的时候，苹果还没上市呢。”

雪芳思忖着：“这么说，今年也会遇到天气灾害？”

桃子说：“这个，我就不敢说了。”

水豚在一旁问：“那个人在哪儿？白给咱1000块，不要白不要呀。”

雪芳说：“免费的都是最贵的，天下没有免费的午餐。”

刘老蔫似乎也想发挥“刘技术”的作用，对雪芳说：“我听你说过，西北坡的老树要更新品种，换乔纳金。现在推销乔纳金树苗的可多了，不过得长个心眼儿。”

“有人在树苗上做文章？”

“树苗上做不了太多文章，关键是后续的事儿太多了，人家派技术员过来，让咱们买他们的农药和化肥，人家赚的是这个钱。”

桃子说：“是啊，这就好比早些年免费送手机，人家赚的是话费和流量费。”

雪芳说：“有你们俩真好，能帮我好好把把关。”

刘老蔫陪雪芳沿树趟垄沟走着，他给雪芳讲了很多果树知识，比如如何剪枝，哪些枝条是病枝和弱枝，如何疏花疏果，套袋之前要打几遍药、追几遍肥，苹果最容易得什么病，比如轮纹病、炭疽叶枯病、褐斑病、锈病等。雪芳说她只知道炭黑病、花脸病、霉心病、苦痘病。刘老蔫说："咱这个果园最常见的是炭黑病和苦痘病。"

桃子在一旁撇了撇嘴，不小心让雪芳看见了。

雪芳在手机上就能看到监控录像，监控录像暴露出一个怪现象，有人在半夜里朝院子里扔东西，之后，缘圆在院子里跳来跳去，狂吠不止。联想到院子里的公鸡残体，是不是也是这个人抛投的呢？

出乎意料，朝老宅院子里抛投东西的人竟然是二迷糊。二迷糊行动受阻，动作与常人不同，雪芳第一眼就认出是他，又放大图像仔细观察，没错，正是二迷糊。

二迷糊为什么要鬼鬼祟祟做这样的事儿呢？

雪芳决定找二迷糊谈一谈。为了防止二迷糊打赖不承认，雪芳还对录像做了截图。

定义一座城市是很难的，从不同的角度观察会有不同的结论，也可以说，不同的人眼里有不同的城市印迹。梅子从咣当咣当的有轨电车上下来，耳边响起各种声音：远处海港的汽笛声，主干道车流的混响，街边熙熙攘攘的人群嘈杂声和路边小摊的叫卖声……其实，城市就像一个大大的盒子，盒子里面装了什么不重要，各种东西装在一个空间里，盒子摇得叮咣作响。

南山街是幽静的，清晨有鸟鸣，白天有蝉鸣，傍晚还有琴声。乔老师住在二楼的时候，偶尔会用大提琴拉肖斯塔科维奇的《第二圆舞曲》，优美的旋律更加衬托了小洋楼的幽静。

梅子在幼儿师范学过音乐，声乐、器乐都接触过，不过学的都是普及类的知识，蜻蜓点水、浮在表面，当然，弹脚踏琴、唱几首儿歌还是蛮够用的，如果往专业方向发展难度可就大了。梅子没有童子功，也没有搞专业的野心，不过她对拥有音乐专业水平的人还是真心崇拜的。一天，她听到楼上传来大提琴的声音，一下子就被吸引了，是那种勾魂夺魄似的吸引，她的两腿不听使唤了，不知不觉上了二楼。她本想叩开乔老师的房门，可听到屋里传出的琴声，举起的手又放了下来。梅子意识到了自己的唐突。

乔老师整天笑盈盈的，见到小楼邻居主动打招呼，管刘宝贵叫大伯，管老齐太太叫阿姨……原来住他那间房子里的人走马灯似的更换，操什么口音的都有。10年前，那间房子就成了教育局的“周转房”，长住的一两年，短的三五个月。房子空的时间长了，局里管房子的人就安排一些操南方口音的人住，有做木工装修的，有卖纱窗的，有在市场卖小商品的……估计管房子的人想给自己捞点儿外快吧。有意思的是，那些人刚来的时候，见了小楼邻居就说：“谁谁是我的表哥，谁谁谁就是管房子那个人。”

大林一随远洋船出海，梅子就经常往娘家跑。一天，乔老师从外面回来，遇到了在楼外晾衣服的梅子。

乔老师主动跟梅子打招呼：“洗了这么多衣服哇！”

梅子有些不好意思，笑了笑说：“这有什么呀？”

“对我来说很不容易。”

梅子停下来，鼓足勇气一般：“有一个事儿想请教您，过会儿我去找您行吗？”

乔老师笑着说：“请教不敢当，做客随时欢迎。”

梅子忙完手里的活儿，回屋里理了理头发，涂上猩红的口红，走到门口，又在刘宝贵的老古董——印着“艰苦奋斗”字样的镜子前照了照，觉得口红的颜色有些显眼，又折返回屋，擦掉猩红的口红，换了一款浅色的。梅子觉得可以了，便拎着手提包上了二楼。

梅子在门上轻轻敲了几下，没反应，“嘭嘭嘭”，屋里还是没一点儿动静。梅子一低头，看到门上挂着一把将军锁，这才意识到敲错门了，她敲的是崔胖子家的房门。梅子倒吸一口凉气，幸亏崔胖子和他老婆都不在，如果出来开门的是崔胖子或者他老婆，她该咋说呢？说自己敲错房门了？一个楼里住了几十年，谁相信你会敲错房门呢？鬼都不信！

听见响动，乔老师从旁边门口伸出脑袋。

“这边，请进。”

乔老师的家里十分简陋，与其说是家，还不如说是单身宿舍，一张床、一张桌子，空地上堆放着书和乐器。

“请坐。”乔老师说。

梅子看了看，只有一把折叠椅。

“没事儿，我坐床上。”

梅子有些不自然地坐在折叠椅上，四下瞅了瞅。

“这里是临时住处，等单位分了房子我就搬走了。”

“要搬走啊，您没来多长时间哪！”

“我搬来 7 个月了，不过不总住在这儿，三天打鱼两天晒网的，这儿离我单位远，忙的时候就住学校宿舍了。”

“哦。”梅子点点头，“我说的嘛，不常见到您呢。”

“你也不在小楼常住吧？”

“我住沙河口区，每周回来一趟。”

“我单位就在沙河口区。”

“我知道。”

“喝点儿水吗？”

“不用，刚刚喝过了。”

短暂的沉默后，乔老师率先打破僵局：“你刚才说，要找我……”

“哦，”梅子说，“是这么回事儿，一位朋友从国外给我捎回一个皮包，我看不懂外文，想请您给看一看。”皮包是丈夫大林买回来的，她却说成是朋友捎的。

“我不一定能看懂啊。”

“别谦虚了，楼里邻居都说您是大教授。”

“哪里是教授啊，我只是副教授。”

“那一定得大学毕业吧？”

“研究生毕业。”

“就是嘛，研究生毕业哪有不懂外文的。”

乔老师接过手提包，看了看挂在上面的卡片和价签，问：“你朋友说从哪儿买的了吗？”

“德国。”

乔老师笑了：“这是国内生产的。”

梅子拿过来看了看，脱口而出：“真是脑子有病！”说完，她意识到自己说了脏话，脸“腾”地红了，吐了吐舌头。

乔老师似乎没在意梅子那句带着口音的脏话口头语，认真地说：“这种事儿常有，我们单位领导去美国考察，转了大半个美国也没什么好买的，最后在纽约买了一个锦缎面的坐便盖，千里迢迢拎了回来，到家一看，是浙江产的。”

梅子笑了，冒出一句口头语：“血干净。”

乔老师这才注意到梅子的口头语，笑了起来。

梅子问乔老师：“听您的口音，不像本地人。”

“是，我是毕业后分配来的。”

“我说的嘛，您说话的声音好听，不像我，说一说就蹦出来海蛎子味儿。”

乔老师说：“其实当地话挺有意思的，当然也有不足的地方，我说的不足不是指腔调，而是有的地方错了，比如芝麻酱被说成麻芝酱，糖尿病被说成尿糖病……大概跟早年的劳工移民有关。”

梅子说：“我还真没注意到，您总结得真是太到位了。”

“哪里哪里，一点儿皮毛而已。”

接下来，梅子才跟乔老师委婉地、试探性地说出她来找他的真正目的。梅子先是介绍自己在幼儿师范学的声乐器乐课程，说自己也通晓一些乐理知识，可自从听到乔老师拉的大提琴，就陶醉了。

“老师您说，我这个年龄了，还可以学提琴吗？”

乔老师说：“当然能了，如果不做专业演员，什么年龄学都可以的。”梅子说：“我上中学时曾梦想着拉小提琴，当时家里条件有限，买不起琴，也没钱报课程班，现在条件好了，就琢磨着想试一试。”

“如果你有强烈的学习愿望，应该能学好。”乔老师鼓励梅子说。

梅子本想说请乔老师指导指导她，但又觉得唐突，初次拜访就提这样的要求的确有些过分，梅子也知道，社会上的音乐班收费都很高。“我来请教的就是这个问题，没打扰您过多时间吧？”“没有，我们聊得很好。”乔老师说。

“那，以后我有什么问题，还可以向您请教吗？”

乔老师说：“别客气，有些事儿我还得向你请教呢。”

梅子说：“平常日子有什么活儿就找我好了，我洗衣服洗得干净。”

乔老师爽朗地笑了起来。

从乔老师家出来，梅子心里喜滋滋的，下到一楼才发现一个人影消失在走廊暗处，她猜测是老齐太太，老齐太太已经不止一次监视她的行动了。

坐在细雨蒙蒙的窗前，梅子回忆着初次拜访乔老师的场景，那是一年前的事儿了，现在乔老师在大学找到了住处，为了上下班方便，很少回小楼了。

梅子和乔老师在小楼见面少了，但在外面见面却多了起来。每隔半个月，她都去乔老师所在大学的练琴室上课，一般情况下都可以见到乔老师，乔老师过来辅导她学习小提琴，不厌其烦。

自上次跃进与妹妹和弟弟有了正面冲突之后，几十年的兄妹竟形同路人，彼此断了联系。

又到了周末，刘宝贵问梅子和石青，跃进一家子能不能过来。梅子说估计是不能过来了，石青说那可不一定。梅子说如果他们过来，应该提前给个信儿，饭菜带他们的份儿。石青说以前他们来也没提前打招呼呀，说来不就来了。梅子说那可不一样，以前是按惯例来的。来，不用打招呼；不来，要打招呼。现在反过来了。石青信心十足地说："你看着吧，我预测他们今天能来。"梅子撇了撇嘴，说："得了吧，你又不是大仙，啥时候学会预测啦？"

石青之所以预测跃进一家子会回来聚会，是因为她和跃进私下见过面，他俩关于户口问题的矛盾有了一定程度的缓解。关于这件事，首先沉不住气的是跃进而不是石青。前天，跃进给石青打电话说要谈一谈，石青本不想谈，跃进说他可以做出一些让步，这样，石青才和跃进在解放广场公交车站见了面。

跃进开门见山地说："我打听清楚了，老房子拆迁政策规定，一间房子不能超过一户。现在咱家有两间房子，已经有两个户口了，老爷子和小革子一户，我家三口人一户，如果你和红梅再迁过来，就是四户了，那样，回迁房你们得不到，我们的也得不到了，最后落得个鸡飞蛋打。"

石青说："你的意思是我搅局了呗，如果你分不到房子，我就成了不可饶恕的罪人呗！"跃进说："不光我得不到房子，咱家谁都得不到房子。"石青问跃进："那你说怎么办？"跃进说："办法是有的，你和梅子不迁户口，等房子分下来，大家一起算算账，包括老爷子的房子在内，给你和梅子一定的补偿。"

石青问跃进："一定的补偿是多少？"跃进说："我现在说不好，还要看回迁房的面积、楼盘的地脚、市场的价格，至于给你俩多少，具体问题具体商量呗。"石青说："又是一张远期支票，是不是空头支票都不好说。"

跃进说："我说话算话。"石青笑了起来，说："我不要承诺，我要真凭实据。"跃进明白了，说："不就是要字据吗？可以，我可以写书面承诺，签字画押。”

石青想了想，说：“那行吧，如果真是这样，我可以考虑。”

“梅子那头呢？”跃进问。

“我去找她商量商量。”

跃进说：“你跟她好好说说，这样大家都不吃亏，不然鱼死网破，谁都不得好。”

“放心吧，梅子明白事理。”

临别前，石青还对跃进说了一番话，大意是，她不是跟跃进过不去，也不是不信任跃进，之所以让跃进立字据，是因为自己为了办户口已经拿了“好处费”，户口不办了，好处费也要不回来，她不能两头吃亏。跃进似乎明白了，他追问石青好处费是不是给了小革子，石青含糊其词，不正面回答。跃进进一步追问石青和梅子具体拿了多少钱，石青不高兴了，说：“我和梅子拿多少钱还得向你汇报？经过你的允许？”

其实，石青并没有做梅子的工作，她向梅子讲了跃进找她的经过之后，是这样对梅子说的：“我掌握的政策信息跟大哥掌握的信息不一样，现在没有明文规定一间房子一个户口。前些年住房紧张，老少三代几户人家住一个房子的多了，制定政策必须实事求是，我还不至于傻到那种程度，让他给忽悠了。我之所以答应他考虑考虑是想采取拖延战术，咱这边该迁户口迁户口，等到把生米煮成了熟饭，到时候大哥说什么都没用了，想阻止也阻止不了。”

梅子说：“我知道了，如果大哥今天回家问我，我就说你跟我说了。”

“要是不让你迁户口，你同不同意呢？”

“我跟你走，你咋办我咋办。”

“对，先把他稳住，别在办户口的节骨眼儿上杀出个程咬金，坏了事儿，那样咱可真就鸡飞蛋打了。”

梅子说：“你就把心搁在肚子里吧。”

梅子信了石青的“预测”，张罗饭菜时带了跃进一家三口的份儿。事实上，石青的预测失效了，那天中午跃进根本没来。

中午 12 点，刘宝贵说：“吃饭吧，不等了。”

饭桌上只有刘宝贵、石青和梅子三人。

吃饭时，梅子说：“早晨已经帮老姑办了出院手续，二迷糊带着老姑坐上午 9 点多的客车回山顶村了。”石青抱怨说：“咱帮了他们那么大的忙，他们拍拍屁股就走人了，不该到家里来谢谢吗？”

刘宝贵说：“吃饭也堵不住你的嘴。”

“吃饭本来就堵不住嘴嘛。”

“人家不来家里，你说人家不知道感恩；人家来了，你又嫌麻麻烦烦，话怎么说你都有理。”

“我说得不对吗？”石青噘着嘴说，“他们可以不见我们，可总得跟您告别吧？”

“我不要虚乎那一套。”刘宝贵绷着脸说。

说话间，小革子进屋了，随后许红卫也跟着进了屋。

“你怎么来了？”石青问许红卫。

许红卫示意一下：“问你弟弟。”

“我找姐夫来的，让他给我出趟车，给谁开车不是开，肥水不流外人田。”

许红卫尴尬地笑了笑，没说话。

梅子对小革子说："肥水不流外人田，也不能光流你这儿呀，该给钱给钱，一把一利索。"

"谁说我不给钱了？"小革子转过脸问许红卫，"我是不是每次都给你钱？"

许红卫又尴尬地笑了笑。

"快吃饭吧。"刘宝贵说，"一会儿都凉透了。"

今天中午属于家常便饭，虽然量比较大，却没有小革子说的"硬菜"。小革子想起了二迷糊送的小鸡，随口问："老姑家送的那只鸡呢？"

"没了。"梅子说。

"跑了？不是用铁丝笼子拦着吗？怎么跑了呢？"

"今天早上我去喂食，发现鸡没了，大姐还跟我一起找了一圈儿，但只发现了一些鸡毛。"

"肯定是被啥东西吃了。"石青说。

梅子说："按理说咱这一带也没有野生动物哇。"

"我估计是流浪狗，以前，我在街上见过流浪狗。"

小革子说："早知道这样，不如拿到坡下的小饭店炖了呢。"

刘宝贵没说话，把小鸡养起来是他的主意。小革子和梅子都提出过要送饭店去，只是他们基于不同的想法：小革子跟朋友吃饭时说他有活鸡，哪天炖了吃；梅子主要是觉得麻烦，鸡是需要喂的，粪便还有味儿；刘宝贵没听小革子和梅子的意见，坚持要养起来。

"老爸您说，为啥要养那只鸡？您到底咋想的？"

刘宝贵阴沉着脸说："吃饭也堵不住你的嘴。"

刘宝贵吃得差不多了，小革子再给他赌点儿气，就饱饱的了。刘宝贵起身下桌，出了屋子。

梅子瞅了瞅石青，石青说："老爸应该是吃饱了。"

饭桌上剩下石青、梅子、许红卫和小革子4个人，小革子讲起倒腾股票的事儿，一笔一笔地算他赚了多少钱。因为石青和梅子都投了本钱，所以对这个话题比较关心。

"既然赚了，啥时候分红啊？"石青问。

小革子说赚的钱又投到新的股票里了，现在正是赚暴利的时候，雪球越滚越大，哪能想分红的事儿呢？他现在想一口吃个胖子，可惜还是觉得"子弹"不够用。"明天我就去山东，听说东营的胜利油田发行原始股，如果能上市，起码可以赚好几倍。"

许红卫说："我可听说开发区的中北股票不怎么样，中山广场倒腾股票的，面值跌到70%都没人买。"

"你手里有中北股票吧？"石青问。

"有哇。"

"多少？"

"应该不少。做这样的事儿要有战略眼光，不能只看眼前，将来中北股票一旦上市，那就赚个盆满钵满。"

"一旦不能上市呢？"

"咱赌的不就是它上市吗？"

"常赌无赢家。"许红卫说。

石青白了许红卫一眼："像你那样目光短浅，也就小富即安吧。"

许红卫嘟哝着："小富即安也没啥不好，总比栽大跟头强。"

此事被许红卫不幸言中了，这是后话。

小革子仍兴致勃勃地讲着，他说楼上的老马找他了，要投资买股票，他本来不想带他，可老马三番五次地找他。后来小革子看他挺有诚意的，就答应了。

梅子问："老马给你拿了多少钱?

小革子说："还没拿钱呢，马燕彪乎乎地上来插了一杠子。"

"没拿到钱哪？"

小革子还气呼呼的："马燕这个彪子，一天虎吵吵的，我半拉眼看不上她，她竟跟他爸说，小心钱打了水漂儿，你说她脑袋是不是进水啦？"

石青说："不拿他的钱也好，到时候多了少了的，纠缠不清。"

许红卫插话说："现在什么事儿都有，昨天开 347 路公交车的司机告诉我，要谨防一种新骗术：开车通过路口时，车速不是挺慢嘛，这时有一个人突然撞在你车前，你下车一看，那人捂着肚子挺难受地摆摆手，一低头吐出一口血来。你让他去医院，他又摆摆手说没事儿没事儿。你说，这时候哪个司机不赶快拿一点儿钱出来打发他了事？这就上当了，那人嘴里的血是鸡血。"

"这人真有头脑。"小革子笑着说。

梅子说："还有头脑？多损！"

许红卫叹了一口气："干出租的，什么人什么事儿都能碰上。"

小革子问："如果碰到歌舞厅小姐打车，不给钱，要用别的方式补偿，你怎么办？"

"我没遇到过。"

"我是说如果，我听干出租的朋友说，碰上这种事儿都好几次了。”

“咱品行好，不信你问你姐。”

“问我？我问谁去？”石青说，“现在的人都在变，谁知道你在外面都干了些什么？”

“你怎么这么说呢……”

小革子笑了，拉开一听易拉罐啤酒。

“大姐夫你别理她，来，喝杯酒，喝多了我替你开车。”

许红卫说：“拉倒吧。”

“你别小瞧我，我开车的技术绝了。”

这时，小革子的传呼机嘀嘀响了起来，他看了看，对梅子说：“派出所的电话，可能是调解跟楼上的官司。”

梅子和小革子到了派出所，崔胖子和他老婆已经先到了。

负责协调的民警问崔胖子和他老婆：“这样的调解结果你们同意吗？”崔胖子说：“同意，同意。”崔胖子老婆低下了头。

“还有别的意见吗？”

崔胖子用胳膊碰了碰他老婆。崔胖子老婆小声说：“没有了。”

“既然没有别的意见就签字吧。”

崔胖子老婆在调解意见书上签了字。

梅子坐在崔胖子和他老婆对面，她对调解的内容并不知晓，有种被蒙在鼓里的感觉。民警问小革子：“刘维革、刘红梅，你们同意调解结果吗？”

小革子抢答道：“同意，同意。”

“没有别的意见了？”

梅子刚想说话，小革子在桌子下踢了踢她的脚。“没有了，没有了。”小革子说。

民警说：“既然你们和解了，希望你们相互握握手，相逢一笑泯恩仇，以后还要为睦邻友好多做好事儿。”

小革子站起来跟崔胖子握手，崔胖子老婆不太情愿，躲在崔胖子身后。梅子也不愿和崔胖子握手，站在小革子身后。

“代表也行。”民警说。

从派出所出来，梅子抱怨：“我是当事人，为啥我不知道调解内容呢？”小革子说：“崔胖子老婆告的是我，当然，跟你也有关系，可主要是告我，调解当然以我为主啊。”

“都怎么调解的？”

“放心吧，咱不吃亏。”

梅子把调解书要来看了看，大意是崔胖子老婆因殴打孕妇负主要责任，本应给予治安行政拘留处分，经调解，崔胖子同意支付1000元给刘红梅作为精神补偿，双方和解……梅子大吃一惊：“你拿我的怀孕化验证明讹人家啦？”

“怎么是讹他们呢？我查过治安管理处罚条例了，咱占理。”

“钱呢？”

“我帮你投资了，算你的。”

“我不想投资。”

“二姐你干啥呀？这钱可是我帮你要来的，要不是我想出这招儿，说不准今天拿钱的不是崔胖子，而是咱们了。”

夜间下了一场雨，早晨天还阴着，不过楼下的树林里有了蝉鸣，此起彼伏。梅子到楼外倒垃圾，看到二楼的老马从外面往回走，梅子刚想躲闪，老马却叫了她一声：“红梅，我有话跟你说。”

老马来到梅子跟前，有些神秘的样子，问：“你家小草回来了吗？”

“他去山东了。”

“我也去山东了，昨晚坐了一夜的船。”

“你看到他了？”

“没见到，不过我知道他去山东了，还带着美容店的小朵。”

“他带小朵去的？”

“你不知道吧，我要跟你说的就是这事儿，这小子现在可讲排场了，花钱大手大脚，还雇了个司机兼秘书。”

“女秘书？”

“秘书倒是个男的，这才哪儿到哪儿就有秘书啦？”

“你就跟我说这个？”

“我是给你提个醒儿，我估计小草自己没多少钱，一定是从你们姊妹几个手里拿钱了，可以他那种花钱法儿，多少钱能够呢？”

“谢谢提醒。”

“你家的情况我了解，正儿八经过日子人家，家底也不厚，该规矩还得早点儿规矩，火苗小的时候好灭，等火着大了就控制不住了。”

“谢谢马叔。”

老马叮嘱梅子别说是他说的，他只是好心提醒，可不想惹麻烦，尤其不想掺和别人家的事儿。梅子点头，说：“这是自然。”

三天后梅子才见到小革子，小革子兴致勃勃地跟梅子讲他买股票的事儿，还从背包里拿出了股权证。

“一共多少钱？”梅子问。

“35000。”小革子说。

“30000多块钱就换了这么些纸片儿？”

“啥叫纸片儿？你仔细瞅瞅，这是凭证。可别小瞧这几张凭证，一旦公司上市了，五倍十倍都不止呢。”

梅子翻看那些凭证，有胜利油田下属公司“石油大明”的，还有“南里公司”的。

“这个‘南里’没听说过。”

“石油大明限制股东人数，一个身份证不能超过2000股，所以就买了南里股份，南里公司虽然是民营企业，但公司挺有实力的，他们公司的领导还邀请我去企业参观，请我吃了饭。”

梅子对买股票的事儿不是太了解，只是隐隐约约地感觉到，主动推销不见得是好事儿。

“南里股份你买了多少？”

“剩下的钱都买了。”

“都买了是多少？”

“30000。”

“能保证安全吗？”

“买股票就是赌运气，东方不亮西方亮，一只赌对了就不亏本。”

“用赌博的心态做生意，早晚吃大亏。”

“你又不懂做生意，就别跟着操这个心了，该干啥干啥，等着分红就行了。”

梅子的担心还是应验了。石油大明算是赌对了，几年后在A

股市场上市，开盘股价 12 元，然而，上市时原始股缩股，每 10 股变成了 3 股，这样算也溢价了三四倍，还是赚钱了。可惜，石油大明的股票限购，小革子买得少。小革子买的股票中很少有上市的，大部分所谓的原始股都成了废纸，有的企业禁不住股民闹腾，折价退了一部分股份。小革子最初买的中北股份，按原始股价的 30% 退了股，取钱时还费了一番周折。而东营的南里股份，则彻底摆烂了，血本无归。当然，这些都是几年以后的事情了。

梅子问小革子："我听说你现在谱儿挺大的，还有个秘书。"

"你听谁说的？"

"外面的人说的，有人给你开车，说是你秘书。"

"现在做买卖讲究的就是排面儿，这个你不懂。"

"做买卖我不懂，可我知道做任何事儿都得可汤下面，脚踏实地。"

"你这观念过时了，太守旧、太保守了。"

"保守不保守也得有条件才行，咱啥家庭条件哪？"

"现在社会的现实是，撑死胆大的，饿死胆小的。"

"你不知道嘚瑟大了掉毛哇！"

"二姐你今天咋了？打见面就跟我过不去，本来挺高兴的，让你整得啥心情都没了。"

石青给梅子打来电话，问梅子怎么得罪崔胖子老婆了。

"是她没事儿找事儿，怎么成了我得罪她？"梅子跟石青讲了事情的经过。

"你不知道这事儿吗？"

石青说她听说了一些。

“没想到崔胖子老婆这么损，背地里捅刀子。”石青说。

“背地里捅刀子？她干了什么？”

“她举报咱弄虚作假。”

原来，石青跟跃进采取拖延战术，明修栈道，暗度陈仓，继续办理户口迁移手续。按小革子的说法，申请迁移户口的手续已由派出所报到了市局户政处，本以为这几天就批下来了，不想有人举报石青和梅子迁户口是弄虚作假。

“小革子跟你说的？”

“他今天早上给我打了电话。”

“他怎么不跟我说……他怎么知道是崔胖子老婆举报的？”

“咱迁户口的事儿瞒不住小楼的邻居，小楼的邻居只有崔胖子老婆跟你有过节儿，不是她举报的还能是谁？”

“那也不一定。”

“小革子跟我说的。”

“从哪儿知道的？派出所？”

“匿名举报，小革子分析是崔胖子老婆，说她是重点怀疑对象。”

梅子叹了口气，说：“这一段啥事儿都不顺当。要不算了，迁不迁户口我都无所谓。”

“你别灰心，都折腾这么长时间了，怎么也得坚持下去。小革子说匿名举报与实名举报不同，还有做工作的余地。”

“既然可以做工作他就做呗，给你打电话干啥？是不是要增加好处费？”

“他有这个意思。”

梅子立即严肃地说：“我声明啊，增加好处费我不同意，我的户口也不想办了。”

“怎么啦？发生啥事儿了吗？”

“没有。”

“听你说话的口气有点儿不对劲儿。”

“没事儿。”

放下电话，梅子想起崔胖子老婆。虽然她和崔胖子老婆签了调解意见书，但她对小革子利用她怀孕这件事儿做文章，心里很不舒服，不免有些耿耿于怀。尤其听说他带小朵去山东买股票，花天酒地，难免会产生一些联想，比如小革子花的钱里是不是有补偿给她的那部分，而补偿款跟她怀孕有关，联想到这个问题上，梅子心里能痛快吗？

不过，当听石青说崔胖子老婆举报他们弄虚作假时，她心里又有些平衡了，甚至觉得补偿款要少了，小革子应该多讹崔胖子老婆一些才解气。人的心理就是这么微妙这么复杂，很多时候，自己都无法预测和把握它的变化规律。

梅子星期六参加考试，回家时已是午后两点多了。

这段时间，梅子的心情比较复杂，原以为学习和考试可以调整情绪，事实上，本质问题还是没有解决。一开始，梅子的确体会到了自由的滋味，自己像一只出了笼的小鸟，自由的空间一下子变大了，可以弥补青春的某些缺失，补充很多很多知识。然而随着时间的推移，梅子逐渐产生一种莫名其妙的失落感，心里空空落落的，总觉得没底似的。

梅子突然想起了乔老师，自己已经半个多月没去练琴了，很久没见到他了。今天晚上应该见见乔老师，她想。在空虚寂寞的心境里，有一个人想见，也算是一种慰藉。

自从上次梅子拜访乔老师之后，她时不时就往娘家跑，希望能看到乔老师，跟他做进一步交流，等熟悉了之后，再提出跟他学琴的事儿。当时梅子的想法比较简单，就是想方设法跟乔老师攀上关系，让乔老师教她小提琴。如果能拉一手漂亮的小提琴，当单位搞活动或是同学聚会时，可以露上一手儿，那多出彩、多荣耀。

学琴首先得有琴，梅子跑遍了市内多个音乐器材商店，发现小提琴价格不菲，她几次下决心要买，最终还是在开票或者交钱的时候犹豫了，她想到自己还没学琴，还不知道自己适不适合拉小提琴，一旦不适合不就白费了吗？她想，最好先学一段时间，等掌握了基本要领再买琴也不迟。卖琴的服务员已经认识她了，看出了她的犹疑，向她建议可以先买一把二手的，梅子觉得这样也好。

幼儿园园长听说梅子要学小提琴，主动把家里的一把琴借给了梅子，梅子内心充满了感激，仿佛园长帮她解决的不是一把乐器的问题，而是建立了她和乔老师之间的桥梁。

一天傍晚，回家刚刚走到楼下的梅子听到了从二楼阳台上传来的琴声，她匆匆忙忙拎着小提琴上了楼。

乔老师拉开门，见是梅子，满面笑容地说：“梅子老师呀，欢迎欢迎！”

梅子说：“我特别想当面听您拉琴。”

“好啊，想听什么呢？”

“都行，您拉什么就听什么。”

乔老师调整了一下情绪，拉了古诺的《圣母颂》。梅子完全沉浸在纯洁、宁静、深沉而真挚的旋律中。一曲终了，梅子已满脸是泪。

乔老师悄悄为梅子递来纸巾。

“让您见笑了。”梅子说。

“没有。”乔老师也很感动的样子，“知音难觅呀。”

两人沉默着，偶尔抬头看一下对方。梅子很不自然，突然想起了什么，打开琴盒，拿出了小提琴。

梅子说：“我想学小提琴，您能指导我吗？”

“这个……我不会。”乔老师有些难为情的样子，“真的不会。”

“不都是提琴吗？我学过键盘乐器，虽然二者有很大区别，但也有很多地方是相同的。”

“提琴不一样，小提琴是用脖子夹着拉的，大提琴是两腿夹着拉的。”

“我知道，一个是横着的，一个是竖着的，可二者总有关系吧？”

“我会调琴音，也能找准琴音，但我真的不会拉小提琴。”

梅子沉默了。

“小提琴是世界上公认的最难学的乐器。”乔老师说，“不过你别灰心，我会帮你找一个好点儿的小提琴老师。”

梅子点了点头，可内心里还是有些失望。

乔老师走到旧式电唱机前，放上一张黑胶唱片，一首古典旋律仿佛从另一个世界流淌而来，灌满了房间。乔老师打破沉默的尴尬："梅子老师会跳舞吗？"

作为幼儿教师的梅子怎么可能不会跳舞呢？但她只是谦虚地说："我跳得不好。"

乔老师做了一个很绅士的邀请动作，梅子站了起来。那是一首慢三步舞曲，正规叫法为华尔兹。两人慢慢地跳着，初次配合，他们的动作就比较协调默契，不知不觉一曲终了，他们都站在原地没动，仿佛意犹未尽。乔老师又换了一张唱片。跳到第三首曲子时，梅子突然感觉到乔老师扑腾扑腾的心跳，闻到男人身上散发出的荷尔蒙味道，梅子顿时有了羞涩感，脖子发热。

不知为什么，梅子每次见到乔老师都有一种特别的感觉，这感觉十分奇妙，她也说不清是一种什么样的感觉，无法找到一个准确的词来形容。

梅子在窗前坐着，本想晚上去大学练琴室练琴，那样就有机会见到乔老师，但有机会并不等于一定能见到他，除非她提前给他挂电话，跟他约一下。梅子几次想给乔老师打电话，可犹豫再三，最后还是放弃了，她仿佛感受到了肚子里的胎动。

梅子想，自己毕竟是结了婚的人，而且，是一个怀了孕的女人。

老姑又来了，这次来，同样没打招呼，二迷糊又带来一只活鸡。

老姑这次来是因为刀口化脓，怎么都不封口，还一直发烧，没办法二迷糊又把老姑送来了。这次二迷糊没用三轮车，而且有了上次许红卫免费送他们去客车站的经验，上客车之前，二迷糊还给石青挂了电话，出了客车站，石青和许红卫就把他们接上了出租车，二迷糊没提付出租车钱的事儿，他知道就是给了石青他们两口子也不能要。

或许，石青想帮人帮到底，也可能是二迷糊描述的伤口状况令石青心里直激灵。石青对许红卫说：“老姑真是命苦，太可怜了。”

石青知道，刀口化脓恐怕得住院治疗，要住院就得找关系排队，直接去医院没用，所以就把老姑和二迷糊送到刘宝贵这里。

老姑见到刘宝贵，一脸愧疚，在二迷糊的一再要求下，她才同意让大家看她的伤口。伤口上麻麻癞癞，发白的肉芽和发黑的污血，看了让人身上直起鸡皮疙瘩。梅子问二迷糊：“怎么弄成了这样？出院的时候不是开药了吗？没吃吗？”

二迷糊说吃消炎药了，就是老姑太要强，回家 3 天就下地干活儿，还接触冷水。

石青在一旁说：“这可是大手术啊，怎么能不注意呢？”

二迷糊说，家里谁也说不了她，后来刀口红肿了，她就找些民间偏方，请人除魔祛邪、贴拔毒膏药……结果越来越严重。

“这不是胡闹吗！”刘宝贵说。

梅子说：“现在说啥都没用了，联系医院是正经事儿。”

石青和许红卫出去联系上次手术的医生，没多大一会儿就回来了。石青说，后天上午才能腾出床位，这两天在家先吃消炎药吧。

老姑住院的事儿解决了，可附带产生了一个问题，说大不大，说小不小。老姑和二迷糊住里间，刘宝贵住外间，梅子住哪儿呢？上次老姑来，梅子没办法，只能和刘宝贵挤在一间屋子里打地铺。小时候梅子是跟父母住过一间房，可她现在毕竟成年了，嫁出去的女儿还跟父亲住一个屋里，怎么都不得劲儿。并且，梅子还跟丈夫、婆婆闹别扭，有家不回，娘家收留梅子原本就不太妥当。所以那个晚上，刘宝贵几乎没睡实，翻来覆去，唉声叹气。事儿搁在那儿，梅子睡不睡在刘宝贵房间里都一样，但对刘宝贵来说也许就不一样了，眼不见心不烦。

梅子走到小楼外面，去看笼子里那只鸡，看鸡并不能分散她的注意力，“晚上住哪儿”的问题还在她脑子里缠绕着。回婆家？绝对不可能。再怎么走投无路也不能现在回去，现在回去，前边所有的坚持都成了泡影。去大哥跃进家？也不可能，他家房子小，一家三口挤在一间房子里，她从没在他家住过，况且跃进还在生闷气。大姐石青家呢？石青家虽然有两间房子，可除了他们两口子还有孩子跟婆婆。小苹子呢？自己还没地方住，住女朋友小朵那儿。剩下就是住旅馆了，住旅馆也不是不可以，可花销大是一方面，而且在自己从小长大的城市里住旅馆，总觉得别扭。想到自己混到现在，居然连个住的地方都没有，梅子心里不免有些凄凉，眼泪悄悄流了出来。

梅子抹眼泪时，赶巧被从外面回来的乔老师撞见了。乔老师问梅子怎么了。梅子没说话，摇了摇头。“有什么事儿吗？”乔老师追问。梅子绷不住了，她捂住脸，泪水决堤一般。乔老师把梅子拉到小楼后面，梅子才把与丈夫吵架分居，一直住在小楼，现在农村老姑来城里看病，她居无定所等都讲了出来。乔老师说：“我以为多大的事儿呢，这个好办，我的房子一直空着，我十天半个月也不回来一次。今晚你就住我家……我取了东西就走。”

“这样不好吧？”

“有什么不好的，反正我那个房子也空着，权当你帮我看房子了。”

“可是……”

“别说了，就这样定了。我走的时候把钥匙放在门口脚垫底下。”

“那，谢谢了。”

“跟我客气啥呢……这段时间我没看到你，还琢磨着你有啥事儿了呢，搞了半天是回小楼了。”

“您注意到啦？”

“什么？”

“我没去练琴。”

“嗯。”

“那你今天回小楼，是不是……”

“你愿意这样想，也行……好了不说了，以后遇到啥事儿就给我打电话，多大点儿事儿。”

第七章　融化的苹果

若影的事儿还没落实，梅子就找雪芳说了小革子的事儿，不过她没说让小革子去山顶村苹果园，而是希望小革子去市内的牛顿苹果园。梅子说得很含蓄，没有使用命令的口吻，也没有强迫的意思，只是反复说，你老舅现在像丢在街边的流浪猫，有今天没明天，不知道能活多久。

雪芳对梅子的表达方式十分反感，她说："你除了 PUA 我，就是'卖惨'，每次我们俩谈话结束后，我都要 emo 一阵子。"梅子到网上查了 PUA 这个词，知道那个词是指关系中的"情感控制""情绪勒索"等，其本质，就是操纵，即一个人为了自己的利益，采用巧妙、不公正或者暗中的方式来控制或利用他人的行为。梅子当然不承认自己 PUA 雪芳，同时她也很伤心，无论怎么都想不到，她和女儿的关系会走到今天这一步。

雪芳回到山顶村后找二迷糊谈了一次，在事实和证据面前，他承认公鸡残体是他扔进院子里的，但他不承认此举是针对雪芳。他之所以这样做，是想吓唬雪芳，让她放弃老房子。关于老房子的归属问题，他仍有"保留意见"。他一直认为秀梅不能独占祖产，应该给他一个说法。

"我这样说不是我计较钱，我是个计较钱的人吗？不信你去问问我老舅，就是你姥爷……我并不计较钱，我只是要个说法。”

雪芳试探着找了表姨秀梅，秀梅以为雪芳是因为房价高的事儿找她，她有些不好意思，说：“老宅的价格的确是卖得高了一些，如果你反悔，我可以给你退钱。”雪芳说：“我现在装修得差不多了，如果取消了合同，我的损失更大。”秀梅说：“要不这样吧，以后你有啥事儿找表姨帮忙，表姨免费帮你。”雪芳笑了，说她来找秀梅不是为了钱的事儿，只是觉得表舅二迷糊对这个房子有自己的想法。一听这话，秀梅就炸了：“他有想法？我还有想法呢。他怎么好意思腆一张老脸说这样的话！”原来，老房子继承问题就是秀梅上辈儿留下的“公案”，雪芳的太姥爷和太姥姥在世时就拎不清，太姥爷要留给小儿子，太姥姥要留给大儿子。二迷糊父亲懂法，说子女都有继承权，无论男女都有份儿。太姥爷去世后，房子留给太姥姥住，那时房子已经不值钱了，加之太姥姥已经不能自理，子女凑到一起商定，谁赡养老人，老人过世后这房子就给谁。商量来商量去，秀梅父母接来太姥姥一起住，给她养老送终。按理说，房子的归属问题没有悬念了，可太姥姥去世后，家里居然留下了“房产遗嘱”，遗嘱是太姥爷在世时立下的，规定房产留给 3 个在世的子女，其中包括二迷糊母亲。本来，一件并不复杂的遗产继承“案”变得复杂起来，矛盾和纠纷也由此产生。

雪芳知道，她跟秀梅谈话并不能解决他们之间的问题，那些问题有如人的旧伤、树的老疤，何况她一个晚辈、一个外人。

那次谈话也不是一点儿收获没有，隔了两天，秀梅通过桃子给雪芳传话，大意是，她们是实在亲戚，表姨不该高价卖房子给你，之所以卖这么高的价格跟你老舅也就是小革子有关，当年小革子集资使她欠了一屁股外债，卖房子的价格，正好是小革子当年给她家造成的损失。

雪芳哭笑不得。

有一件事儿令梅子颇感意外，一个月后，小革子居然给梅子挂来电话，告诉梅子自己在山顶村苹果园，是雪芳请他过来的。

“雪芳请你的？”

“是呀，她三顾茅庐，我这个当老舅的，总得给她个面子吧。”

的确，小革子在山顶村帮雪芳看果园。雪芳承包的果园在山顶村东南方向的山坡上，现代化设施比较齐备，与人们印象中的果园不一样，并不需要专门的更夫看果园，从这个角度来说，小革子的工作等于是个闲差。

小革子看管苹果园并不是梅子安排的，更不是刘宝贵安排的，别说小革子去看管苹果园，就连雪芳承包果园的事儿刘宝贵都不知道。所有人都瞒着刘宝贵。倒不是大家嘴严，都“修炼”到密不透风的程度，而是怕担责任，刘宝贵一旦生气上火有个好歹，谁都担待不起。

一天，雪芳跟梅子轻描淡写地说起请小革子的事儿，梅子非常反感雪芳说话的口气，不管是多重要的事情，雪芳都是一副心不在焉的样子。

“我想让老舅给我看果园。”

“什么？”梅子大声问。

“他现在没啥事儿做，我请他去山顶村帮我照看果园。”

“我跟你说，你不是不同意吗？”

“开始是不想让他掺和来着，后来觉得还是帮帮他吧。”

“你找的他？”

“他先找的我，后来，我又主动找了他。”

“怎么可能！他还敢回山顶村？山顶村那些人找他还找不到呢，他还敢主动送上门？要是在市里工作还行。”

“你说的是采砂场的事儿吧？快二十年了，早翻篇儿了。”

“一辈子都不可能翻篇儿的，除非你老舅死了。”

“那件事儿法律已经有了定论。”

“法律是法律，人心是人心，山顶村的人一辈子都不会原谅你老舅的……你姥爷姥姥为山顶村亲戚做了一辈子好事儿，让你老舅一下子败祸了，还欠了人情债。”

雪芳笑起来：“你是说，姥爷、姥姥攒的积分，让老舅花光了，还产生了负值呗。”

“你还笑，现在你知道了吧，当初你姥爷为什么坚决反对你去山顶村种苹果，包括我也反对。”

“你们是担心我到了山顶村挨欺负呢，还是怕我也像老舅一样，再祸祸山顶村一次？”

梅子本想说什么，可到了嘴边的话又咽了回去。

雪芳说得没错，小革子的确主动找过她，她当时的想法跟梅子的想法差不多，觉得小革子没有颜面再见山顶村的父老乡亲，可小革子却满不在乎的样子，说，那有啥？老舅是帮你去管理果园，又不是去开采砂场。雪芳告诉小革子，她承包的果园是现代化管理，已经安装了覆盖果园的50套数据采集器，对果树的温湿度、空压、光照、测土配方、施肥、农机作业技能等进行数据采集，全程自动化控制，不需要人工管理。小革子说："你不用我帮你管理，就让我帮你看果园吧，你老舅我年龄大了，干不了什么，当个打更老头儿也行啊。"雪芳说："现在的果园跟过去不同了，果园周边到处是监视器，再说，现在哪有人偷果啊？"雪芳当场拒绝了小革子，小革子十分沮丧。

事后，雪芳想了想，觉得落了残疾的小革子没了医保和低保，实在有些可怜，就打算帮一帮他。怕小革子面子上过不去，雪芳又主动找了小革子，请他帮自己看守果园。

雪芳主动找小革子，小革子反而拿起把来，他提出一个要求：这个岗位虽然是看守果园的，但名分上要体面一些，比如叫保卫科科长或者叫保卫部部长。雪芳差点儿笑喷了，说，行，你想叫什么都行。

由于盗采矿砂和非法集资，小革子生命中的大部分美好时光都是在监狱里度过的。出狱之后，小革子去找当年合作过的李卫东和赵黎明。经过打探，小革子才知道当年采砂场出事儿，一方面是由于政策调整，另一方面是遭到了李卫东的陷害。反正光脚的不怕穿鞋的，小革子决心找李卫东复仇。经过一番筹划，小革子终于在县城一家酒店的门口堵到了李卫东。时过境迁，李卫东已经没有了当年的势力，身边前呼后拥的保镖只剩下两人。小革子冲到李卫东跟前，二话不说，上去就是一顿乱砍，不想，小革子实力不济，与两个保镖缠斗时，李卫东抽身上了轿车，一边喊叫着，一边开足马力向小革子撞来。小革子被撞飞了，造成大腿骨粉碎性骨折，还好没伤到腰部。由于治疗不及时，小革子落下了残疾，走路"地不平"，一瘸一拐的——小革子用自己伤残的代价，总算把李卫东送进了监狱。

出乎意料，小革子到了山顶村并没有受到征讨和围攻，此时的山顶村冷冷清清，年轻人都去城里打工了，剩下的大多是老人和孩子。近二十年时光流转，村里认识小革子的人越来越少了。二迷糊老了，脑血栓后遗症令他反应迟钝，行动不便。秀梅帮女儿桃子带孩子，一年中有大半年住在城里。时间真是个修复大师，过往的爱恨情仇仿佛都已烟消云散，或者一点点淡出了历史舞台。太阳每天照常升起，天空中游曳着形状不重样的云彩。

小革子刚去果园倒也不清闲，有时帮刘老蔫或临时雇佣的老头儿、老太太机械除草、运送有机肥，干了几天后没了新鲜感，就琢磨着用网罩鸟。听雪芳说有些鸟属于国家保护动物，他害怕了，就到西山水库钓鱼。除了钓鱼，小革子还去村里小卖店打麻将。开小卖店的村民叫“腰花”，属于村里少数化妆的半老徐娘，即便如此，她在村里也算是年轻的。腰花，本名耀华，腰花是村里人的叫法，也有人管她叫幺鸡。腰花娘家在隔壁县，她带了一个孩子过来，收到 8 万元彩礼嫁给了山顶村的老光棍孝文。孝文是二迷糊的外甥，论起来，小革子跟他们还沾亲带故。小革子的麻将打得并不好，做生意那段时间，他陪人打麻将主要是讨好客户，想方设法输牌——能不露声色地输牌也是一种技能。现在小革子打牌想赢了，可是在玩儿的过程中，不知不觉又习惯性地输了。腰花喜欢跟小革子打牌，主要是因为小革子“大气”，不计较输赢，另外，小革子当过“大老板”、蹲过监狱的经历也令她好奇，仿佛在沉闷压抑的荒山野岭中看到另一处风景。小革子知道腰花在村里名声不好，传说她年轻时在城里做过陪酒小姐，嫁到山顶村后也不老实，给孝文戴过好几顶绿帽子。小革子不在乎这些，相反，他觉得村里这茬人中，就腰花还算见过世面，跟他有些共同语言。小革子不打麻将时也泡在小卖店里，一包花生米、两根火腿肠、一瓶二两装的白酒，边吃边喝边吹牛。

雪芳带着缘圆回到老宅，缘圆刚刚做了绝育手术，脖子上还套着伊丽莎白项圈，不是防止它咬人，是怕它舔舐伤口。

雪芳问刘老蔫："我老舅呢？"

"他去西山水库钓鱼去了。"刘老蔫说。

"他过得倒是挺潇洒的。"

由于拟定本月底举行苹果园开业仪式，雪芳和水豚有很多工作要做，到时候诚磊、蜘蛛大侠等合伙人都过来，这可是他们回国后的第一次大团圆，雪芳想尽可能办得圆满一些。雪芳的工作计划表上排得满满当当，就连老宅装修验收她都得见缝插针。

老宅的装修已近尾声，因为是全屋定制，所以装修进度很快。雪芳委托桃子在县城保洁公司找人开荒保洁，所谓的开荒保洁就是装修后的第一次保洁，又脏又累，质量要求高，可价格也十分可观。桃子大概觉得打扫卫生的活儿不需要什么含金量，她本着肥水不流外人田的想法，在村里找了几个大嫂，连腰花都叫来了。然而，开荒保洁毕竟不同于一般的日常保洁，她们既无专业工具也无清洁试剂，那些油漆点儿、涂料点儿和玻璃胶都难以清理。世军正好进屋，他曾经在城里当过小区物业经理，他说你们这样不是胡闹吗？天黑也干不完，干不完不说，崭新的房子也让你们给抹花搭了。

桃子让世军指点指点，世军指着卧室的玻璃说："玻璃要光亮洁净，目视要无水痕、无手印、无污渍。"来到客厅，世军指着地面说："光泽度要高，木地板无胶渍、瓷砖无水泥渍、石材无污渍。"进了卫生间，世军说："墙体要无色差、无明显污渍、无涂料点儿、无胶迹，洁具洁净光亮，地面无死角、无遗漏、无异味。"世军对厨房的要求是："无胶渍、无漆点儿、触摸光滑、有光泽，排烟装置、空调口、排风口及各种不锈钢管件光亮洁净。"

桃子傻眼了。

第二天，桃子请来了专业人士进行开荒保洁，重新清理了一遍，好在雪芳太忙，第三天才和水豚带着一幅装饰画过来。雪芳带来的装饰画画的是苹果，并且是著名画家的仿制品。

雪芳把仿制的达利的"苹果"挂在客厅里，画上的那个苹果猩红，像融化了的苹果造型的蜡烛。桃子看不出所以然来，甚至怀疑雪芳的审美取向。雪芳问："怎么样？"

桃子看了看水豚，说："没看懂。"

水豚说："挺好的，有个性。"

雪芳说："这是萨尔瓦多·达利的'苹果'，他是著名的超现实主义画家，其作品扭曲变形，再以精细的写真技术加以肯定，使幻想具有真实性。你们见过他的作品吧？"

桃子摇了摇头，水豚点了点头。水豚说："我见过他画的那些钟表盘，软塌塌地挂在树枝上。"

"对，看来你真看过达利的画作。"

说着说着，雪芳兴奋起来，她打开手机，拨弄里面的图片。她说本来她选了好多画家的"苹果"，有印象派领导者莫奈的，"就是这个，改变了阴影和轮廓线的画法"；有伦勃朗的，"它的主要特点是，采用黑褐色为背景，将光线概括为一束束电筒光似的集中线，着重在画的主要部分”；有保罗·塞尚的，“他属于法国后印象主义画派画家，颠覆了以往的视觉透视点，空间的构造被从混合的色彩的印象里抽掉了”；有著名的后印象派画家凡·高的，“他强调的是神的传递，而非形的表现”；“他是挪威著名画家爱德华·蒙克，现代表现主义绘画的先驱，主要作品是苹果树”；有巴勃罗·毕加索的，“现代艺术创始人，重点是空间、色彩与线的创新运用”。

“如果让你们选，会选哪一幅？”

桃子翻了翻图片，指着毕加索画的苹果说：“这个苹果好奇怪呀，我看世上没有这样的苹果，像是用塑料模子雕刻的。”

“你呢？”

水豚看了看图片，她选的是蒙克画的苹果，那个苹果表面像西方小丑的条形裤子，被拧巴成了葫芦形。“看这个造型，我想起了小时候吃过的棒棒糖。”水豚笑眯眯地说。

雪芳说：“你们俩看好的图案我也留意过，以后等这里的面积大些，我会陆续买来挂一挂的。”

“你是开果园的，还是开美术馆的呀？”桃子说。

雪芳说：“苹果本来就是艺术品。”

那天晚上，雪芳和水豚就住在老宅里。水豚在屋里逗缘圆和边边玩儿，雪芳和桃子坐在院子里看星星。

雪芳说在市内看不到满天繁星，尤其是银河，真的像天上的一条河。桃子说：“这算什么呀，我们都习惯了。”雪芳说：“这里真好，安静，空气新鲜，以后我可要长住这儿了。”

桃子说：“你的房子装修改造得这么好，比城里的楼房都好，要是我有这样的房子，我也住这儿。”

“对了，”雪芳问，“为什么村里的姑娘都进城买楼了，好像没有一个住在村里的？”

“城里条件好啊，冬天有暖气，夏天有冷气，做饭有燃气，在屋里洗澡、上厕所。你不知道啊，在农村，冬天上厕所可遭罪了，真冻屁股哇……当然了，你的房子里什么都有。”

雪芳点了点头，老宅是按五星级宾馆的标准装修改造的，用钢材加固了房梁，挖了三级过滤的下水池，有现代智能的淋浴间、抽水马桶，取暖采用的是空气能热泵，降温有立式空调，连窗帘都是电动的。

雪芳问桃子：“如果这个房子是你的，你住县城还是回来住呢？”桃子毫不犹豫地说：“当然回来住了，这个房子的条件比我在县城的房子好了不知多少倍呢。”

“那你回来吧，把村里的房子装修改造一下。”

“不敢想啊，你装修改造的钱比房子可贵多了，在外面县城也可以买两套楼房了。”

“我们一起把果园建好就有钱了。”

桃子撇了撇嘴，不屑地说：“苹果能卖多少钱？我出生的时候村里就搞副业种苹果，可有几个发了大财？”

“要有信心。”

桃子疑惑地点了点头。

“问你个问题。”桃子说，“下那么大的功夫改造，你为啥还保留那么多石头墙呢？”

“不好看吗？”

“倒也不是。”

“那些老墙多有味道，是钱买不来的。”

“有钱啥买不来？”

“钱买不来岁月，也买不来记忆。”

桃子看了看雪芳，欲言又止。

一颗流星划过。雪芳问桃子：“我也问你一个问题，我小时候，姥爷跟我说，天上一颗星，地上一口丁，天空流星划过，地上有人死了，你听过这个说法吗？”

“这有啥稀奇的，俺们村的人都这样说，你姥爷就是从这儿学的吧。”

雪芳抬头仰望星空，直到望得脖子发酸。

吃晚饭之前，梅子对石青说：“大姐，求你个事儿呗。”石青问：“什么事儿？”梅子将乔老师借房子给她住的事儿对石青讲了。“住乔老师那儿也是没办法的事儿，可你也知道，小楼邻居专门长这样的精神头儿，好管闲事儿。我怕一个人住让他们猜忌，所以求你陪我住两个晚上，等老姑住上院了就解放你。”

石青当然不想在外面住，尤其还住在陌生人家里。说起来，石青和梅子已经多年没在一起住了，她结婚之后只有一年除夕夜守岁和梅子在一起住过。母亲去世之后，大家过年相聚就是看完春晚、半夜放过鞭炮、吃过饺子，凌晨一点多钟各回各家。其实，石青不想住的主要原因是她儿子力力这两天正在出水痘，尽管危险期已经过去了，可孩子发烧不舒服，母亲应该陪在身边。

石青本来想跟梅子讲明力力的情况，然而看到梅子可怜巴巴的眼神，话到嘴边又咽了回去。大林出海之后，石青看到仍寄居在娘家的梅子，心里还是有一定压力的。梅子和大林吵架时，她跟梅子说了“三个不”“一个必须”，会不会有一种情况：表面上她是偏向妹妹，帮妹妹出主意，可实际上却害了妹妹，以致梅子和大林的关系恶化而不可挽回？会不会有一种结果：梅子和大林真的离婚了，如果是那样，姐妹俩一辈子都回避不了这个问题，宁拆十座庙不毁一桩婚，她石青不就成了不可饶恕的罪人了吗？

石青想来想去，决定陪一陪梅子，寻机劝导梅子一番，起码给自己原来讲过的话淡化处理一遍，规避一下难以承担的责任。

石青对梅子说：“我一会儿跟你姐夫回家一趟，拿件睡衣就回来。”

梅子用感激的眼神看了看石青。

饭桌上，梅子宣布晚上和石青去二楼乔老师家借宿，乔老师的房子是空闲的，住几个晚上，等老姑住院了就回来。梅子说得比较详细，表面上是跟大家说的，其实主要是说给刘宝贵听的。

看得出来，刘宝贵并不太高兴，不过，当着宝珍和二迷糊的面，他也没说什么。

吃过饭，刘宝贵和老姑宝珍在里屋说话，梅子收拾东西时听了只言片语。刘宝贵大概是在埋怨老姑不注意照顾自己，老姑则强调家里的活儿太多了，她看不下眼儿，闲不住手。“活儿重要还是命重要？”刘宝贵大声训斥道。

梅子来到屋外，见二迷糊在整理庭院，他把小楼西侧的砖头整齐地码成了垛，还把楼东侧的坛坛罐罐归拢一番。

“别忙活了。”梅子说。

“我闲着也没事儿。”

“这才多大会儿工夫，就都给动了。”

“我没别的能耐，出点儿力还行。”

“我的意思是，那些东西最好别动，它们不是一家的。”

二迷糊愣了一下，好像明白一些。

天色微暗，梅子带着自己的被单上了二楼，顺利打开了乔老师家的房门。

房间里并没有男人的温暖味道，相反，由于长久不住人，加之连续雨天，房间里弥漫着浓重的霉味儿。

梅子在屋子里打量一番，床、椅子、书桌上都盖着白布，防灰尘的。这间屋子大概有 10 平方米，梅子对面积、距离没有概念，只是觉得比自己家的里屋稍微大一些。窗外是一个露台，露台的面积并不比屋子的面积小，那里应该搭建过简易房，还残留着一些不同的建筑材料。

梅子来到露台，这里视野开阔，可以看到南山街上的一栋栋小别墅，小别墅都掩映在刺槐和法国梧桐之间。向远处望去，一边是蓊蓊郁郁的南山，一边是高楼林立的街区，这里仿佛处于安静和喧嚣的边缘。太阳和月亮，从一边升起，至另一边落下。入夜前的南山街有些濡湿，显得格外幽静，不远处还传来海鸥的鸣叫。应该说，南山街离海港还挺远，在南山街是看不到海的，那些海鸥是从哪儿飞来的？山的那边，还是高楼大厦的另一边？梅子在露台上站了好一会儿，觉得身子有些发潮，才回到了屋里。

梅子将床铺做了清理，铺上自己带来的床单，坐在床边等石青来。

床头、地上堆满了书籍，可能是乔老师随手翻看的。梅子有些好奇，乔老师平时都看什么书呢？梅子蹲在床边翻看起来。那些书哲学类的居多，有冯友兰的《中国哲学史》、柏拉图的《理想国》、马丁·海德格尔的《存在与时间》、普列汉诺夫的《论一元论历史观的发展问题》；还有音乐理论方面的书，如李重光的《音乐理论基础》、雨果·平克斯特波尔的《音乐小百科：乐理》等；此外还有一些好像是从地摊上买来的杂志和小报，其中一份报纸引起梅子的注意，那上面被红色油笔画了很多痕迹，还有一排大字："南山街甲 57 号。"

梅子拿起小报仔细看着，下面有一排小一些的字："静雅还是静怡住过这个房间？"看到这里，梅子的好奇心更强了，难道这张小报写的内容跟自己住的小楼或者房间有关系？

小报写的是"大连十大典型鬼故事之七"。梅子躺在床上看了起来。

我第一次来月经的时候听到了 426 路公交车的事儿，那个时候 426 路还没改线路，走的是老城区那条线，路过毛纺厂和铁路司机学校。事故大概发生在黄昏时分，当时的公交车还是柴油机的，跑起来突突响。公交车到了毛纺厂铁道专用线交道口的时候，不知道什么原因突然熄火了，正巧这个时候，几节运载物资的火车气喘吁吁地开了过来。咣当，公交车被拦腰撞击，像崩裂开的香肠一样。事后有人说车上有 28 人，死了 23 人，也有人说车上死了 21 人，比较一致的说法是，8 名业余文艺宣传队的骨干全部遇难，其中 5 个女孩儿都刚刚经历初潮，正值豆蔻年华。

我介绍一下自己，我叫静怡。

现在，我女儿也到了遇见“大姨妈”的年龄了。有一天，她跟我说广播电台午夜节目播鬼故事，说的就是咱家门口的事儿，说当年426路公交车在毛纺厂的交道口出了大事故，一车人全部丧生。后来毛纺厂停产了，那个交道口也废弃了，那个地方成了堆积废旧物资的场地，但是有很多目击者称，他们在阴雨天的傍晚，看到已经淘汰了的老式公交车出现在那里，随着一声霹雳震响，之后就是鬼哭狼嚎和一些奇奇怪怪的声音。后来听说，有人去那个地方祭奠过，也请寺庙的大和尚做过法事。

我女儿信誓旦旦地说：“不信你到网上查一查，是个很有名的鬼故事，我说的是真的。”我对静雅说：“既然是故事就不要较真儿了，那些东西听多了不好，时间长了，你一个人都不敢在房子里住了……

看到这里，梅子头皮发麻，浑身发冷，她不敢看下去了，随手把小报扔掉。她起身下床，把屋子里所有灯的开关都打开了。

平静一下之后，梅子还是被好奇心驱使着下了地，捡起地上的报纸，继续看了下去。

女儿说：“我不信鬼不信神，只当是消遣娱乐了。”

我端起水杯喝了口水，然后把下午剂量的橘红色、霁蓝色药粒儿吃了。我对静雅说：“这样就好，这样就好！我之所以碎嘴子还不是为你好！”

静雅礼貌地对我笑了一下，露出一对深酒窝，那对酒窝跟我十分相像。

说起来，我也不相信什么鬼故事，不过坐426路公交车的时候还是不免有些联想，那些奇奇怪怪的想法像阳光下跟随你的影子，不注意也就罢了，一旦注意了，你会发现那个影子很麻烦，甩也甩不掉。

星期四起床，我觉得小时候摔伤过的腿有些酸痛，本来不想出门，想到有线电视已经停了，不去缴费，房间里就没有了声音和影像，还有，水费、电费和煤气费也该交了，辛苦点儿就辛苦点儿吧。就这样，我拿了一把紫花的折叠伞出门，坐上了426路公交车。

还好，公交车里的人不算多，没有平时那么拥挤，我居然得到一个座位，那个座位在前部第二排。车窗玻璃雾蒙蒙的，看不清外面的景色，只挂着游动着的小蝌蚪般的水珠。

车体摇晃着、颠簸着，我也不知不觉垂下头来，昏昏欲睡。随着一次突然的晃动，我睁开眼睛，现在车速很慢，车身发出呼呼噜噜的声音，像人的气管里有痰残留一样。我觉得好奇怪呀，车厢里怎么会变了模样呢？窄小了，方正了，朴素了，陈旧了，立柱不是发亮的白钢，而是剥落了油漆的白色，椅子也变了，不是硬塑的坐垫儿，竟然是木条儿的。

一个梳五号头的售票员走到我身边，说：“同志，你还没买票！”我目瞪口呆，车上是自动投币机，上车时我已经投币了，什么时候蹦出来个售票员呢？

我说：“已经买过了。”售票员说：“买过啦？拿出你的票给我看看，我现在验票。”我说：“我上车的时候已经投币了。”

售票员笑了起来，和车上的人交换着眼神，我听到车里人在哄笑、在议论。我回身巡视一下车里的乘客，觉得更加奇怪了，车里大多是年轻人，而我记得上车时见过的大多是老年人，虽然我没有刻意去观察和记忆，但我的记忆应该不会出大格儿，怎么一下子都换成了年轻人呢？更奇怪的是，人们的穿衣打扮都回到了过去的年代，蓝色卡其裤子、绿色的确良上衣，还有白色衬衫，那些衣服洗得发白起毛，有的领口和胳膊肘还打了补丁……我这是在梦里吗？我使劲儿掐了自己胳膊一下，很疼！我没在梦境里，那我在哪儿呢？我在426路公交车上，没错，我的确在公交车上。

售票员突然不笑了，她会不会认为我精神有问题？从她严肃的表情可以看得出来。售票员严肃地对我说，逃票已经犯错了，再抵赖狡辩属于错上加错！

我觉得自己被无端指责和冤枉了，心里愤愤不平，我理直气壮地和售票员争论起来，本来我没错我有理，可令我困惑和不解的是，不知道为什么，车上人都站在售票员一边。还讲不讲公理呀？我更加生气，与他们的争吵愈加激烈。

越来越多的乘客加入进来，有的劝导我，有的指责我，甚至上升到了思想意识、政治品质、个人素养等方面，情绪激动的乘客开始对我谩骂、吐口水，对我进行人身攻击。

我满头大汗，浑身发软，从座位上滑落下去，蹲在座位窄小的空当里，我双手抱头，高声地、歇斯底里地尖叫起来。

据公交公司退休的老人回忆，1971年，426路公交车的确发生过特大事故，当时很多人都为一对漂亮的双胞胎女孩儿惋惜，姐姐叫静怡、妹妹叫静雅，她们笑起来脸上有一对好看的酒窝。

文章读完了，梅子不知道什么时候已经出了一身冷汗，她呼吸困难地回忆着，原来二楼的确住过一个老太太，听说老太太的女儿出过车祸。那位老太太和小报上写的故事有什么联系吗？如果有联系，那对叫静怡和静雅的姐妹也在这个房间住过吧，可她怎么一点儿印象都没有呢？转念一想，没印象也正常，车祸是在1971年发生的，那个时候自己才3岁。这时，突然响起了敲门声，梅子吓得一下子滚到了地上。

石青推门进来。

“妈呀，你要吓死人哪！”

梅子和石青并排躺在床上，姐妹俩已经很久没在一张床上躺着了。

石青问了梅子和大林的情况，梅子本想轻描淡写地说一说，石青却刨根问底。无论怎么说，现在的情况都很麻烦，冷战的一方——大林出海要两个月后回来，主角退出了谈判，冷战只能拖延下去。如果梅子和大林在家里冷战倒也罢了，问题是梅子离家出走了，上不去下不来，端端正正地卡在了中间。娘家的条件有限，结婚的人长时间住在娘家总不是个办法，况且梅子有孕在身，在这期间发生点儿什么情况，谁都说不清楚。梅子也不是不能回去，从法律意义上讲，那里还是她的家。可她已经明确提出离婚了，怎么能放下面子回去呢？回去也只能是取自己的东西，像以往一样回家恐怕不行了。

石青也想不出什么好的办法，说到她和许红卫的关系时，只能原则性地说："夫妻之间闹别扭很正常，问题终归还是要想办法解决的，两口子吵架就像堵在独木桥上，一个侧一侧身子，另一个就过去了，当然了，最好是两个人拉着手，一起侧身子，那样就都过去了；说到和婆婆的关系，也比较笼统，儿媳妇毕竟不是人家亲闺女，现在的婆媳关系哪有处好的，有一家算一家，都明争暗斗的。跟婆婆斗争要讲究战略战术，要有理、有利、有节，我跟我婆婆也一样，该斗争斗争，该妥协妥协，有时候甚至哄哄她，媳妇是别人家的，孙子却是她自己的，累死累活她都情愿。"

梅子说："你不是说要坚持'三个不''一个必须'吗？"石青连忙说："那是大的原则，讲原则性的同时也要讲灵活性啊。就说你跟大林吧，如果大林不出海，你要讲原则性，可大林出海一走就好几个月，你就要讲灵活性。"

梅子说："绕来绕去，都让你绕糊涂了。"

石青说："总之，我对你可是好心，没想破坏你和大林的婚姻。"

梅子说："我知道。"

"我知道你的个性，别人说什么都没用，顶多做个参考而已。"石青说。

"应该是的，可大姐的话我还是比较重视的。"

"别这样说，你和大林有点儿啥情况，我可不跟着吃挂落儿。"

"看把你吓的，就是我跟大林真分了，也不会埋怨你的。"

"这还差不多！"

梅子思忖着说："这些天我想了很多，我跟大林之间的问题，表面看是婆婆挑拨的，加上我俩经常两地分居，婚后磨合不够，其实，这背后还是我和大林对生活的态度和追求有差异。我希望年轻人上进，趁年轻多学点儿东西，总觉得时间不够用；大林就不一样了，随遇而安，得过且过。正因为我学习和追求一些在他们看来不切实际的东西，占用了几乎全部的时间，所以矛盾冲突就出现了。"

"你还是要跟大林好好谈谈，让他充分了解你的想法和态度。"

"可眼下怎么办呢？"梅子问。

石青想了想，说了一句模棱两可的话："总会有办法的。"

梅子瞅了瞅石青，居然觉得这句话是答案，点了点头。

"不知道该不该问，那个……乔老师和你……"

"亦师亦友吧。"梅子说。

"你们俩之间，没那个吧……你可以不说。"

梅子说："怎么说呢，我是有夫之妇，他好像也有女朋友，我们之间的感情朦朦胧胧，或者说，我在精神层面跟他走得挺近……"

"那就是没有啦？"

"没有什么？"

石青两只手在一起拍了拍。

梅子的脸"腾"地红了，打了石青一下："你胡说什么呀你！"

石青的心结打开了，心情也随即放松了，很快就在梅子身边发出了鼾声。梅子却睡不着，她感到恐怖的氛围乌云一般渐渐地笼罩过来，身子一点儿一点儿变得阴冷。突然，一个黑影在窗外闪过，梅子战战兢兢地走到窗前，发现是风中摇曳的树影。梅子把窗帘拉上，连一条细小的缝隙都不放过，遮得严严实实。

梅子回到床上，紧挨着石青躺下。

石青睡眼惺忪地抬起头来，说：“几点了还不关灯睡觉？”

梅子说：“今晚就不关灯了，我害怕。”

石青嘟哝着，翻身睡去。

梅子紧紧挨着石青，石青翻过身来。她对梅子说：“红梅呀，咱都是大人了，挨这么近，不舒服。”

梅子羞涩地笑了一下，与石青拉开了距离。

平静并没有持续多久，梅子恍惚感觉到，那个飘忽不定的影子从窗外进到了屋里，在眼睛的余光里闪过，定睛看过去，什么都没看见。

观察了好一会儿，梅子才发现，是窗帘的下摆被风吹得时不时地飘动一下。

梅子不知不觉又靠在石青怀里，石青再次醒来，她盯着梅子看。

“你别挨我这么近，你的皮肤挨到我的皮肤麻酥酥的，不舒服。”

梅子几乎一夜没睡。

第二天早上，石青疲惫地伸着懒腰，对梅子说：“哎呀，一个晚上就要命了，今晚说死也不陪你住了。”

“那——我怎么办？”

“我给你开旅馆，钱我出。”

那天早晨，小革子回来了，站在厨房门口神秘地向石青和梅子招了招手。

“看，这是什么？”

“户口本！”

石青从小革子手里接过户口本。

“你还真办成了。”

“我是谁呀，说到做到。”

梅子擦了擦手，也接过了棕色的小本子。

“不对呀，我的户口在大林家，他们同意办迁移啦？”

“这个你不用管了，反正不是假的就行。”

石青仔细看户口本上的公章，确认不是假的。

小革子说：“我的事儿办了，你们该做你们的事儿了吧？”

“啥事儿？”

“好处费呀！”

“好处费不是给你了吗？”

“后来不是有人举报，又找了人，好处费又增加了吗？”

“增加多少？”

“也不多要，你们一人拿 500 块吧。”

石青说：“干吗呀，坐地涨价？”

梅子说：“我没钱，钱都给你投资了。”

“一码归一码，投资是投资，好处费是好处费。”

石青说：“这样吧，我同意给你 500 块，不过钱从我的投资费里出，不对，从投资利润里出。”

小革子一脸不高兴，说：“你们太不讲究了，言而无信！”

“没说不给你呀，等分了房子，大姐一高兴，说不准还要奖励你呢。”

“等着吧。”小革子说，“说不上还遇到什么事儿呢，说个惊掉你们下巴的事儿，知道是谁举报的吗？”

“不是崔胖子老婆吗？”

“后来搞清楚了，是咱亲哥。”

“谁？跃进？”

“是不是意外？是不是惊讶？”

“不可能吧。”

“我也认为不可能。”

梅子说：“怎么会这样呢？”

石青问：“你确定是跃进？”

“我只能说，有证据证明他的嫌疑最大。”

小革子走的时候心情很不爽，梅子追到门外，让他把二迷糊送的活鸡带走。小革子说：“我不稀罕，还是喂流浪狗吧！”

石青打心眼儿里不想陪梅子再住一晚了，她动员许红卫一起联系医院，一口气打了好几个电话。在石青的努力下，第二天下午老姑宝珍就被送到了医院。

送走宝珍和二迷糊，刘宝贵的心情刚有所放松，不想，晚上7点，二楼的赵黎明给刘宝贵捎来了信儿，说小革子出事儿了，在七七街烧烤店跟人打仗，被送到医院去了。

刘宝贵让梅子去医院看看，梅子问刘宝贵要不要跟她一起去。刘宝贵生气地说：“我是他爹，他不是我爹，是死是活看他自己的造化吧。”

梅子刚走没一会儿，一位从未见过面的中年男人来找刘宝贵。

“我是刘宝贵，你确定是找我吗？”

“没错，你不是刘维革的爹吗？”

中年男人说他是鲁迅路“海鲜小饭店”的经理，刘维革欠了他们3000多块钱的餐费，找不到他，只好到家里来了。

“这些是刘维革签字的条子。”

刘宝贵接过条子看了看，突然觉得眼前发黑……

中年男人说：“老爷子你不用吓唬我，欠账还钱天经地义。”

刘宝贵说：“不行，我得先回屋吃药。”

“你吃你的药，我在门口等。”

刘宝贵回到屋里，摸摸索索找到药匣子，找出10小粒速效救心丸嚼碎，含在舌头底下。

心脏绞痛缓解之后，刘宝贵来到屋外，中年男人仍在门口站着，大口大口地抽烟。

刘宝贵说：“你先回去吧，等小革子回来，我跟他说。”

中年男人说：“账是黄不了的，最好别弄得兵戎相见、刺刀见红。”

刘宝贵赔着笑脸，客客气气地说话，直到把中年男人送走。

“咚咚咚”，又有人敲门。

“谁呀？”

门仍继续敲着。

刘宝贵大声说：“门没锁！”

进来的是徐桢倜。徐桢倜站在门口，脸色发灰，目光呆滞。

“徐老师呀，”刘宝贵站起来，“快进屋里坐。”

徐桢倜坐在刘宝贵对面的椅子上，欲言又止。

“挺长时间没看见你了，出门了吧？”刘宝贵问。

“去了一趟天津。”

“不要紧吧？”

“我倒不要紧，这么大岁数了，活着也是累赘……是英子，我是为英子去的。”

刘宝贵心里咯噔一下：“英子怎么啦？”

徐桢侗的眼睛顿时红了。

刘宝贵屏住呼吸，静静地等待着。

徐桢侗长吸了口气，镇定了一下，说：“确诊是白血病，也就是血癌……没想到，我可能要白发人送黑发人哪。”

“不会是真的！”刘宝贵觉得鼻子发酸，一种突如其来的东西压得他透不过气来，“大夫也有误诊的时候……不会是真的。”

徐桢侗慢慢地说：“医生说得大量输血，还说她年纪小，骨髓移植兴许还有救……可我的情况你也知道，这些年治病，家里都掏空了。唉，真是应了那句老话‘福无双至，祸不单行’啊。”

“唉，也真够你呛的。”

“我来是想……先在你这儿，挪两个钱儿？”

刘宝贵说：“徐老师，我也不瞒你，我手里本来有 2000 块钱活钱儿，前一段老妹从农村来割瘤子，我给了她 1000 块。”

这时，梅子推门进来。

“徐老师在呀！”

徐桢侗要站起来，被刘宝贵阻止了。

“又不是外人，你不用客气。”

梅子对刘宝贵说：“拍过片子了，只是受了皮外伤，医生已经给他做了处置，不用为他担心了，没大碍。”

刘宝贵舒了一口气，嘴上却说：“我才不为他担心呢。”

梅子看了看徐桢侗，走过去倒水。

“他人呢？”刘宝贵问。

“去小朵那儿了。”

“你没带他回来？”

“他听我的吗？您不是不担心他吗？还管那么多。”

梅子端着水杯过来，递给徐桢侗，徐桢侗连忙站起来。

“她是晚辈，你不用客气……接着说咱的事儿。”

“要是这样，我就不给你添麻烦了。”

“怎么是麻烦呢？我的意思是，我老妹拿去 1000 块，家里就剩下 1000 块了。这样吧，你先把这 1000 块拿去，我还有 4000 块定期的，赶明儿我就去银行取出来。”

徐桢侗说：“这我可过意不去了。”

“说啥呢，几十年的老邻居了，跟一家人有啥区别？”

徐桢侗站了起来，紧紧握着刘宝贵的手说：“真不知道怎么说感谢的话了……我先代孩子谢你了。”

刘宝贵说：“没事儿，英子一准儿没事儿，像英子这么好的孩子，老天一定保佑。”

徐桢侗说：“回头我给你打条子，放心，这钱，我卖房子卖地也得还。”

“再说，再说！”

徐桢侗水都没喝，拿着钱就离开了。

梅子送走了徐桢侗，回屋劈头盖脸地问刘宝贵：“您怎么会有钱呢？”

“我怎么就不能有钱？”

“我们有事儿，从没听说您有钱，外人有事儿了，您倒是挺痛快的。”

“你的意思是，我现在连用自己的钱的权利都没有了吗？”

“我的意思是，您借钱给他不等于打水漂儿吗？您明知道徐老师得了不治之症，人一死，您跟谁要钱去？”

“不是徐老师，是英子。”

“还不都一样。”

“你们现在都怎么啦？心都长外边了吗？”

“心长不到外边！”梅子大声说，“您到医院看看去，令人同情的满走廊都是，您那点儿私房钱能干什么？拯救天下苦难众生？您自己有心脏病您不知道呀，到时候除了儿女，指望哪个外人来帮您呢？”

刘宝贵忍不下去了，脖筋鼓得老高，吼道：“你管得着吗？我乐意！”

“好，您乐意，我多余！”梅子转身跑回里屋，把自己摔在床上。

刘宝贵呆呆地坐了好一会儿。

刘宝贵想，也许自己的态度有问题，发火对象不对，这一整天，梅子跑来跑去，也真是不容易，即便自己心里积压了很多怒火，可与梅子有什么关系呢？不该把情绪发泄到她头上。

刘宝贵主动过去找梅子搭话：“红梅呀，我知道你是为我考虑，对我是好心，可就是……徐老师太可怜了，原来大家都认为他快不行了，谁想，英子又得了白血病，徐老师就这么一个闺女，我也帮不了他什么，就是借点儿钱给他，救救急。”

老爸很久不以这样的语气和态度同她讲话了，梅子坐起来，直直地盯着刘宝贵。

“人得讲良心，这些年徐老师没少帮咱们，你妈生维革早产，我在厂里加班，是徐老师两口子把你妈送到医院，救了两条人命。还有，你结婚时不是也跟人家借过 500 块钱吗？”

“我不过是给您提个醒儿，不想您发那么大脾气。”

“我没想冲你发脾气，是话儿赶话儿，赶到那儿了。”

梅子默默地望着刘宝贵，老爸那双浑浊的眼睛有如疾风暴雨摧残过的湖面，努力荡漾着光泽。不知为什么，梅子觉得鼻子一酸，连忙侧过头去。

刘宝贵沉默一下，小声说：“我存钱这事儿，你千万别告诉维革。”

“我知道。”梅子含泪微笑着。

第二天上午，刘宝贵去银行取存款，那张存单是 3 年期的，已经存了 22 个月。银行柜员看了看存单，问刘宝贵：“您知道提前支取利息按活期算吧？”刘宝贵说：“我知道。”柜员说：“大爷您都存这么长时间了，还有 14 个月就到期了，现在取款可惜了。”刘宝贵说：“没办法，家里有急用。”

柜员没能说服刘宝贵，只好给他办理提前支取手续。算完了利息，柜员伸了伸手。

“户口本呢？”

“不是有存单吗？还需要户口本？”

“必须有户口本。”

刘宝贵傻眼了，他压根儿就没想到户口本这码事儿。

白跑了一趟，刘宝贵不太甘心。他首先想到了石青，石青也在他存款的这家银行工作，只是不在一个支行。他本想给石青打个电话，让石青给通融通融，别让他老头子跑来跑去，可转念一想又觉得不妥。石青并不知道刘宝贵有这笔存款，能不能帮上忙不说，一旦石青刨根问底，多烦人。刘宝贵对柜员说："我闺女在你们银行工作，跟你干一样的活儿，能不能照顾一下？"柜员说："出示户口本是死规定，银行行长说话也没用。如果您闺女是银行的，更知道这个道理，不可能替您说话。"没办法，刘宝贵只好把存单收起来，小心翼翼地放进一个小塑料袋里。

出了银行，刘宝贵又折返回来，咨询柜员还需要哪些证件，他怕下次来再白跑。

中午时分，刘宝贵的身影出现在香炉礁侯二小区。早些年，那里是一片小平房，现在全是六七层高的红砖楼，其中一部分是政府新盖的解困房，另一部分是动迁后的回迁房。楼房一栋挨着一栋，让刘宝贵迷失了方向。

刘宝贵打听到了回迁楼的位置，回迁楼靠近车家村，有 3 栋楼，3 栋楼中一半住的是原来工厂的职工。刘宝贵本以为在那里会遇到很多熟悉的面孔，可在楼下转了两圈儿，一个熟人都没碰到。也有一种可能，老工厂职工人数众多，他认识的人毕竟有限，而老厂子的人几乎没有不认识他的。刘宝贵一个单元一个单元地走着，希望有人能认出他这位老劳模，跟他打个招呼，可回迁房那几栋楼的楼下没几个人，有的楼道口冷冷清清，只有西侧树荫下有几个老人在玩扑克。

刘宝贵想凑过去看看，还没走到地方，就认出了张发科——原来和刘宝贵一个车间的材料员，而张发科正是他今天要找的人之一。

刘宝贵没主动打招呼，他希望张发科先认出他来，不想，张发科的注意力都集中在手里的牌上，根本没注意到刘宝贵。

刘宝贵站在旁边看了一会儿，觉得三个老头儿、一个老太太挺有意思，你侧着身子偷看旁边人的牌，自己的牌也被别人偷看，螳螂捕蝉，黄雀在后。“不是干巴锅了吗？我眼见一个大令干巴底下了，怎么又出来一个大令？”老太太说。

“干巴锅”是指6张底牌里没有主牌，所以不能捡起来换牌。“大令”指大王。“打滚子”是大连特有的一种扑克牌玩法，3副扑克牌合在一起玩儿，很多术语掺杂了大连方言，外地人不容易懂。

张发科脸红脖子粗地叫嚷着：“放那儿放那儿，干巴锅是上把牌好不好？这把牌喝血了。”

“喝血”是吃贡的意思，输家将手里最大的牌贡献给赢家，赢家拣最没用的牌给输家。

“怎么是上把牌呢？你脑子有病啊？”

“咱俩谁脑子有病？大伙儿给评一评！”

打滚子在大连是一项普及性很高的群众活动，突出的特点是，有的地方打牌赌钱，大连人打牌赌气，谁都不服谁，都说对方打得臭。

张发科侧过头来问刘宝贵：“你给评评理，到底谁脑子有病？”

“你不用找帮手，我还不玩儿了呢！”老太太甩了脸子。

刘宝贵说：“张发科呀，你不认识我啦？”

“你是……”

“我是刘宝贵呀。”

“刘宝贵……哎呀，大劳模呀，你啥时候来的？”

“我来好一会儿了。”

“你看，我光注意牌了，没看见你。”

“没事儿，我闲逛来着。”

“我记得你住在桃源街吧？”

“我住在南山街。”

“还在那儿？”

“嗯。”

“对对，我想起来了，当初你高风亮节，分房子时把机会让给了别人。不过南山街的房子也快动迁了吧？”

“吵吵好几年了，谁知道呢！”

聊了半天，刘宝贵才想起此行的目的，他找当年的老工友是来要钱的。退休前两年，工友张发科跟他借了 500 元，马明骥借了 800 元，韩奇林借了 600 元。过去那些年，几个工友没一个主动还钱的，刘宝贵也不好意思要，一直等啊等的，转眼十八年过去了，一点儿动静都没有。那些钱大概是“瞎”了，刘宝贵想，瞎了就瞎了吧，反正都是工友，而且是在最困难的时候跟自己张嘴的。可眼下，他需要给得了白血病的英子筹钱，没办法，只好硬着头皮去找几位“沉默”的工友。也就是说，不到万不得已，刘宝贵不会去找他们要欠款的，尽管到了“万不得已”的地步，刘宝贵还是有些张不开嘴，好像欠钱的不是别人而是他自己。

“老马也住这儿吧？”

“谁？”

“马明骥。”

“老马呀，住下边了。”

“啊？他走啦？啥时候走的？”

“去年上秋走的。”

“真可惜，年龄也不大呀。”

“脑出血，到医院前就咽气了。”

“韩奇林呢？”

“韩大个子呀，他去南方了，帮他女儿看孩子去了。”

“去南方啦？什么时候回来？”

“那可说不好，你找他有事儿？”

“我是来找你的。”

“找我呀，有啥事儿吗？”

“还不是咱俩之间的事儿。”

“咱俩之间？咱俩之间有啥事儿呢？”

“你好好想想……”刘宝贵的两个手指在一起捏了捏。

张发科想了半天，摇了摇头。

刘宝贵本想直接提要账的事儿，可几番张口又咽了回去。刘宝贵很郁闷，跑了大半天毫无收获，好在回家之后听说宝珍后天就可以出院了，这个消息多少给了他一些安慰。

宝珍出院回家时，刘宝贵亲自去客车站送行，他对宝珍嘱咐过来叮嘱过去，甚至说出了重话：“这次回去一定要听医生的话，按时上药，按时吃药，千万不能下地干活儿，不能接触不干净的东西。”

“我知道，我知道了。”宝珍说。

“不能因小失大，你想一想，干点儿活儿才挣几个钱，住一次院要花多少钱？捡了芝麻丢了西瓜，哪头轻哪头重你不会算账啊？不是我说你们，干事儿只想眼前利益，不考虑长远利益，只做看到的事儿，不做想到的事儿。”

“我知道，我知道了。”宝珍说。

“你嫌我唠叨我也要说，下次你再不注意，再犯了毛病，就别来找我了！”

宝珍说：“放心吧，我一定听话，一定好好咂咕咂咕，再犯病，我没脸找你了。”

刘宝贵回家，见房门虚掩着，他以为是梅子回来了，推开里屋门，发现小革子正在翻箱倒柜。

“你找啥？”

“没找啥。”

“没找啥弄出这么大动静？”

“我找我自己的东西。”

刘宝贵瞅了瞅小革子额头上贴的纱布，纱布上粘着十字形胶布，他横了横眼睛，不想搭理那个臭小子。刘宝贵来到外屋，没多大工夫，小革子跟了出来。

小革子问：“咱家那把军刺怎么找不到了？”

“你找军刺干啥？”

“玩儿呗。”

“军刺是好玩儿的吗？”

“也不光是玩儿，现在军刺可贵了，找对了主儿，可以卖一个高价。”

“没了。”刘宝贵说。

“没了？咋会没了呢？它自己会长腿还是长了翅膀？”

“早处理了。”

“早处理了？我咋不知道？”

“10 年前收缴危险物品，我就交给派出所了。”

“10 年前？”小革子半信半疑。

“不信你就继续找。”

小革子没有继续寻找，翻腾了半天，他也不是一点儿收获都没有，虽然没找到军刺，却找到一把蒙古刀，那是石青在单位组织去昭乌达盟旅游时从牧民手里买的。小革子坐在床边，用蒙古刀削着苹果。

蒙古刀上有一些装饰，有种工艺品的感觉。

小革子说：“我听大哥和大姐说，小时候他们吃苹果得分份儿，咱这里可是苹果之乡，别的东西没有，咋苹果还不管够？”

刘宝贵说：“是苹果之乡没错，可苹果就少见了，摘下来的苹果都被装到纸盒箱里运到海港码头，出口创汇去了。”

小革子一边嚼苹果一边说：“我听说那时候的苹果都是国光，国光 1 号、国光 2 号，个头小，又酸又甜。”刘宝贵说：“现在市面上的苹果都是富士，很少能见到国光了，我还是觉得国光有味儿。”小革子说：“对了，我记得您说过奶奶家后院有苹果树，是国光吗？”

“我小的时候是有棵苹果树，但后来被生产队给砍了。”

“老姑回山顶村，您没跟着一起回去？”

“我回去干什么？”

“您对小时候生活过的地方一点儿都不留恋吗？”

“有啥可留恋的，你们小的时候，我做梦被下放回了农村，我都是哭醒的，第二天一天心里都不舒服。”

“您之所以做那样的梦，说明您心里是惦记的，只是您不承认罢了。”

“没啥好惦记的，我一辈子都不想回农村了。”

小革子递给刘宝贵一个削好的苹果。

“我不吃。”刘宝贵说。

“都削好了。”

“你怎么回事儿？为啥跟人打仗？”

“没啥，喝酒的时候，邻桌两个人找事儿，话不投机，发生点儿摩擦。”

“发生点儿摩擦？摩擦能头破血流？”

“一点儿皮外伤而已，您就别跟着操心了。”

“你都多大了，能不能给我省点儿心哪？”

“放心吧，我自己的事儿自己能处理好。”

“但愿吧……海鲜小馆是怎么回事儿？人家拿着条子找我要钱。”

“您别理他就是了。”

“3000 多块钱，你咋吃的呢？”

“做生意吃饭交际很正常，这里边情况复杂，我不跟您细说了，您也没必要知道，以后他来找您，您别搭理他。”

“欠钱还钱，别惹出大乱子。”

“放心吧，我能处理好。”

刘宝贵接过小革子削好的苹果咬了一口，没咬下来，牙实在是不给力了。

第八章　青春之果

筹备牛顿苹果园开业仪式最忙的时候，边边出了问题。

早晨，水豚给雪芳挂电话，说边边不太好，打蔫，拉稀。雪芳脑袋里蹦出的第一个念头是“细小”，边边 3 个月大，对细小病毒缺乏抵御能力。

“边边拉出的便便是什么样的？”雪芳问。

水豚说：“白色的，大米稀汤一样的呀。”

“便血吗？”

“好像……有血丝。”

完了，边边感染细小病毒了。雪芳立即从苹果园向老宅赶去。雪芳知道，对狗狗来说，细小病毒是除了犬瘟之外的第二号杀手，发病快，死亡率较高。如果治疗不及时，边边就没命了。雪芳匆匆忙忙赶回老宅，此时，水豚已经把边边安置在内室里。边边无精打采地趴在垫子上，看到雪芳，摇动几下尾巴，努力想挣扎着起来。

雪芳抚摸着边边，安慰着它。边边很通人性，安静地接受抚摸。安静下来的边边眼睛显得更大，瞪着大眼睛望着雪芳。“感觉它在发烧。”雪芳说。

“是在发烧呀！”水豚说，“我刚刚给它测过了，39.9℃。”

“你是今天早上发现有问题的吗？”

水豚点了点头。“昨天晚上它呕吐了，不过我没太在意。今天早上它不起来，不吃东西，好不容易起来也弓着背，尿尿是酱黄色的。后来我才发现它拉稀了。”

“粪便呢？”

“我处理了呀。”

“是不是有腥臭味儿？”

“反正不好闻。”

雪芳若有所思，按说边边打过细小病毒疫苗了，怎么还会感染病毒呢？水豚说这种情况也是有的。“三次疫苗边边都打过吗？”水豚问。雪芳说没有，本来这个月底要打第三针疫苗的，这回可好，不用打第三针疫苗了。

雪芳决定带边边去县城的宠物医院。水豚说：“你不是约了礼仪公司的人到苹果园吗？”雪芳说：“是呀，这会儿，礼仪公司的人应该已经动身了。”

“要不这样，你去接待礼仪公司的人，我带边边去县城。”

雪芳想了想，还是决定自己带边边去县城。

“你跟礼仪公司联系一下，告诉他们先别来，我到县城去见他们。”

“我觉得还是在果园接待礼仪公司好一些，有些问题可以现场解决。”

“如果需要他们过来，再约他们。当务之急是送边边去医院。”

雪芳和水豚把边边送到县城宠物医院，经过检查，边边果然感染了细小病毒。医生立即给边边输液治疗。“还好，我们来得比较及时。”雪芳对水豚说。

水豚说："边边住上院就放心了，咱们该忙啥忙啥，我听医生说，治疗周期怎么也得7天。"

雪芳叹了口气，说："这7天可是我最忙的时候。"

诚磊给雪芳发信息，说他和蜘蛛大侠过来了。

雪芳问："晚上要一起吃饭吗？"

诚磊说："应该不用了，他一来，人就没影儿了，现在不知道在哪儿呢。"

"要不，来山顶村吧，老房子装修好了。"

诚磊说："我联系他一下，看看他要不要过去。"

此刻，蜘蛛大侠正在中山广场地铁站等如影，如影从地铁口出来，隔大老远，蜘蛛大侠就认出了她。如影长裙飘飘，走路婀娜多姿。

"这么巧哇！"蜘蛛大侠说，"今天又碰到你了。"

"是巧合吗？"如影故意说。

"是缘分。虽然我们是昨天认识的，可我怎么感觉好像认识了好几年呢！"

"贫嘴。"

蜘蛛大侠说的昨天，就是来这个城市的第一天，他在中山广场看到有两对情侣在拍婚纱照，就过去凑热闹。这时，他看到延安路路边，一个漂亮女孩儿正在吃关东煮串串儿，于是，蜘蛛大侠连忙过去，开启了他的街头搭讪模式。

蜘蛛大侠在女孩儿身边弯腰拾起100元钱，说："美女，你的钱掉地上了。"

"谢谢！"漂亮女孩儿腾出一只手接过钱，随即转过头去。

蜘蛛大侠没想到女孩儿这么干脆，果断中断了他的搭讪。他不甘心，厚着脸皮问："好吃吗？"

"什么？"

"串串儿。"

"嗯，还行。"

"可以给我尝尝吗？"

女孩儿看了看蜘蛛大侠，大概觉得他挺帅的，慢慢地将装着煮串儿的纸杯递了过来。蜘蛛大侠接过纸杯，先拿出一串儿海螺片的，接着又拿了一串儿蚬子的。吃了一口，蜘蛛大侠说："这么美丽的街头，这么漂亮的小姐姐，这么美味的食物，我太幸运了！"

女孩儿斜了蜘蛛大侠一眼。

"刚刚下飞机就遇到这么美好的事儿，真是命运眷顾哇。"

"从外地来的？"

"是呀。认识一下，我叫蜘蛛大侠，你叫……"

"如影。"

"好名字，如影随形。我本行走江湖，可遇见你，觉得可以先停一停，就像经历了漫长的宇宙暗夜，终于遇到了一颗明亮的星星。"

如影用手背掩嘴，笑出声来："你这样搭讪，也太老套了吧！"

"我可是认真的，我总觉得你看起来非常熟悉，我们是不是在哪个地方见过？"

"还说你不老套？从你捡钱开始，我就知道你是个惯犯……实话跟你说吧，我身上没有现金。"说着，如影把100元递给蜘蛛大侠，"喏，还给你。"

蜘蛛大侠也笑起来，说："还是美女好啊，你肯定这样收过钱……那不过是形式，真相是，我在这里等了很久，终于等到了你的出现。我可以请你喝一杯咖啡吗？"

"我中午喝过咖啡了。"

"漂亮女孩儿就是有优势，连说拒绝的话都这么动听。"

"干吗呀？……"

"你有男朋友吗？"蜘蛛大侠突然问。如影愣住了。蜘蛛大侠说："没有的话想不想发展一个？"如影笑而不答。"有的话要不要换一个？不换的话，介不介意多一个？"

如影转过头去，哧哧地笑。

片刻，如影抬头问："你真是从外地来的？"

"难道你看不出来吗？我是第一次来滨城呢，你们这儿哪些地方好玩儿？"

"那要看你待几天了。"

"计划是两三天，不过，主要看心情。"

"两三天的话，市内可以去星海湾、东港；市外嘛，可以去金石滩、旅顺。"

"附近呢，有好玩儿的地方吗？"

"那要看你玩儿什么了。"

"逛逛街也行。"

"离这儿不远，那边，有南山风情一条街。"

"谢谢，美丽的姑娘一般都心地善良。"

"那边，胜利桥也有风情一条街。"

"可以邀请你一起走走吗？"

“我吗？我还有事儿。”

“要不这样，我们加个微信，我可不想把天上掉下来的缘分给错过了。”

如影说：“要是真有缘分的话，我们还会见面的。”

“茫茫人海，我怕把缘分弄丢了。”

“真弄丢了，那就不是缘分了。”说完，如影笑着离开了。

蜘蛛大侠不甘心，第二天上午他又来到中山广场地铁站等如影，他觉得如影对他印象不错，他预感如影一定会再次出现，如果她不出现，那他也没必要再下功夫了。

结果，如影如期出现了。

“本来，我今天要去金石滩的，刚刚到了这儿，你就出现了，天意呀！那就不去金石滩了，我今天的时间都给你，陪你。”

“干吗？我可没说跟你在一起。”

“天意不可违！”

“那，你想去哪儿？”

“去哪儿都行，只要有你，任何地方都是美丽的。”

“干吗呀？”

“走吧，你去哪儿，我跟你去哪儿。”

“走？我还没答应你呢，你哪儿来的自信呢？”

“我的自信来自你，你是个美丽善良的姑娘。”

“真是服了你了。好吧，看在你厚脸皮的分上，我这个热情好客的滨城人就陪你去东港音乐广场吧。”

就这样，蜘蛛大侠成功搭讪了如影，他们一起去了东港，参观了音乐博物馆，坐了水城里的“贡多拉”和游艇码头的游艇，喂了飞在眼前、令人眼花缭乱的海鸥。傍晚，他们在十五库的文艺餐厅吃了刚刚出锅的海鲜比萨。一路下来，蜘蛛大侠更是情话不断："你吃东西的样子真可爱，是练过吗？"如影摇了摇头。

"你脸上有东西。"

如影摸了一下说："没有啊，有什么？"

"有我离不开的目光。"

"贫！"

餐厅里，坐在同一个沙发上的两人还玩儿起了"真心话和大冒险"游戏——石头剪子布，输的人选择真心话或者大冒险。第一把，如影输了，她选择大冒险。蜘蛛大侠说："与一位异性——也就是我，十指相扣，对视 10 秒。"如影只好照着做了，对视还不到 10 秒，她扑哧一声笑了。第二把，蜘蛛大侠输了，他选择真心话。如影问："你喜欢裸睡吗？"蜘蛛大侠回答："裸睡是我的正常形态呀！"第三把又是蜘蛛大侠输了，如影问："一共恋爱过几次？最刻骨铭心的是哪段？"蜘蛛大侠说，没做过统计，不过下一次一定是刻骨铭心的。第四把如影输了，蜘蛛大侠问："你认为没有爱可以有性吗？"如影回答："我从来不设限。"

"那就是可以啦？"

"要看具体情况。"

真心话和大冒险不知进行了多少轮，后来蜘蛛大侠输了两次大冒险。如影一次让他给旁边桌吃饭的人立正敬礼，并大喊："燃烧吧，小宇宙！"另一次，如影让蜘蛛大侠去另一桌找人加微信，并让他当着人家的面把新加的微信删掉。

他们玩儿得很嗨。蜘蛛大侠做大冒险时，如影都用手机拍了视频。蜘蛛大侠趁机加如影的微信，如影犹豫时，蜘蛛大侠说：“不然，你怎么把照片和视频发给我呢？”如影只好加了蜘蛛大侠的微信。

蜘蛛大侠在微信里留言邀请如影去看电影。蜘蛛大侠说：“刚才去卫生间时接到公司的电话，让我急速赶回公司，我十分珍惜我们在一起的每一分钟。遗憾的是，我明天一大早就得离开了。所以，我想请你看一场电影。”

如影瞅着蜘蛛大侠怪笑，问：“为啥当着我的面在微信里说？”

蜘蛛大侠说：“你也可以在微信里回呀，这样可以避免尴尬。”

蜘蛛大侠又打了一串儿表情符号——求求你了。

如影在微信里回复：“好吧，看在你可怜兮兮的分上，我就尽一分滨城人的热情吧。”

两人回到中山广场的进步电影院，在朦朦胧胧的环境中，相互依偎着，如情侣一般，紧紧地牵着手，如影的手由开始的冰冷到慢慢渗出汗来。

夜里，蜘蛛大侠送如影回家。在如影家小区门外，如影对蜘蛛大侠说：“谢谢你，你让我体验了一回不单身的感觉。”蜘蛛大侠说：“我也是，我骄傲了十几年，可从看见你的那一刻起，我就尿了。”

“明天早晨几点的飞机？”

“早班飞机，8 点，我 5 点就得起床。”

“那就不送你了。”

“好，来个分别拥抱吧。”蜘蛛大侠说。

“那你得叫一声臭宝。”

“臭宝！”

两人拥抱，依依不舍。

转身之后，蜘蛛大侠又回过身来：“问你一个问题，如果为了我，你可以去成都吗？”

如影说：“我爸妈就我一个女儿，他们不希望我离开。”

“那，如果为了你，我来这个城市呢？”

“你？可能吗？”

“我要好好想一想，我要好好想一想……”

其实，蜘蛛大侠并没有离开滨城，第二天早晨，他就出现在如影家的小区门外，差不多上午10点，如影才从小区里走出来。

“嗨，臭宝！”蜘蛛大侠喊。如影扭过头来，愣住了。

“你不是上飞机了吗？”

“我不走了。”

“怎么啦？”

“我决定留下来，哪怕在这个城市流浪，只要有你。”

不知为什么，如影的脸色变了。

如影说：“干吗呀，你当真了？”

“我不应该当真吗？”

“是的。”说着，如影拿出了手机，将蜘蛛大侠的联系方式删掉了。

蜘蛛大侠苦笑着：“这么快就结束了？”

如影没说话，只留给蜘蛛大侠一个冰冷的背影。

牛顿苹果种植园合作社开业仪式如期举行，一大早若影开车，带着梅子和杨贵妃来了。雪芳看到梅子和杨贵妃，小声对若影说："你怎么把她俩带来了？"若影伸了一下舌头："我以为你请她们了。路上，她们还说，要见证一下。"

"我没请她们哪。"

"不好意思，给你添乱来了。"

"算了，来就来了吧。"

梅子和杨贵妃打扮得比较出位，都穿着艳丽的旗袍，一下车就开始拍照，摆各种各样的Pose（造型）。雪芳忙着接待客人，索性不去管她们。

客人来了很多，有乡政府的领导，有县果树科研所、水果合作社、罐头食品厂的负责人，也有会计师事务所、律师事务所、税务师事务所的代表。为了讲究排场，诚磊还租了两辆迈巴赫，诚磊和蜘蛛大侠从车里下来时，若影第一个就傻眼了。

是的，若影就是跟蜘蛛大侠偶遇的那个"如影"。若影拉着雪芳的衣角问："你认识那个男的？"雪芳以为若影说的是诚磊，说："我同学，咱这个苹果园的股东。"

"不是，我问的是那个'细狗'（瘦的）。"

"蜘蛛大侠呀，他可是苹果园最大的股东，想认识他吗？等忙完了，回头我给你介绍。"

"我们认识。"

"认识？看样子不像啊。"

若影躲在雪芳身后："别让他看到我，我得先撤了……"

"怎么回事儿？"

"三言两语说不清，回头跟你说吧。对了，两个老太太就交给你了。”

没等雪芳说话，若影躲躲闪闪地溜出人群，开车跑了。

雪芳忙着接待各路来宾。这时，十几个村民结伴而来。诚磊凑到雪芳身边，说：“韩大胆又搞什么节目了？不过，他们穿的衣服不像是秧歌队的呀。”

那些村民果然不是秧歌队的，他们甚至不是来祝贺的，领头的正是腰花的丈夫孝文。孝文说苹果园欠他们这些人的工资，他们来集体讨薪。

雪芳说：“我们果园今天才正式开业，怎么会欠你们工资呢？”孝文说：“欠我们工资的是苹果园，不是个人，谁接手了果园我们就跟谁要。”

一个村民加钢儿说：“对，跑得了和尚跑不了庙。”

雪芳四处寻找韩大胆，现场根本就没有韩大胆的影子。

诚磊小声问：“收购果园前，不是做过尽职调查了吗？”

水豚把律师事务所和会计师事务所的人都叫了过来。律师和会计师解释，调查程序和内容都没问题，包括财务文件、法律文书、运营、员工关系以及所有资产、产品和客户数据，尽职调查报告也没有瑕疵。

“那怎么会出现这种问题呢？”雪芳问。

律师和会计师一时无言以对。小革子凑过来说：“这属于看不见摸不着的‘坑’呗。”小革子挡在雪芳前面，对讨薪的村民说：“常言道，喜事叫、丧事到，哪有人家办庆典的时候来闹事儿的？”

“就这时候才能找到人呢！”孝文说。

小革子说：“今天大伙儿给我个薄面，先回去，有事儿过后再说！”

一个村民说：“你谁呀？给你薄面，谁给我们薄面啊？”

“我是果园的保卫科长，我看你们谁敢造次！”小革子大声说。

“一个小小的果园，还有保卫科长！”一个村民说。有人哄笑。

雪芳回头问水豚：“世军呢？”

“在果园里陪乡领导呢。”

“你快把他叫过来。”

诚磊匆匆过来，问村民：“那，你们想怎么解决呢？”

“拿钱。”

“不能你们说拿钱就拿钱呀。”

“做出承诺也行，立下字据，一个月内全部解决。”

小革子说：“不给钱又怎么样？谁欠你们的你们找谁要！再捣乱别说我不客气。”

“不给钱是吧？”孝文说，“不给钱好办，我们分树！”

雪芳和诚磊相互瞅了瞅，他们都不懂分树是什么意思，也第一次听到这个说法。

村民大概事先已经做了准备，他们拿出不同颜色的线绳，蜂拥进入果园。世军挡在果园大门口，大声喊：“你们干什么？还要抢树吗？”

雪芳明白了，孝文所说的分树，实际上是进果园抢树。

不知什么时候，小革子从库房里拿出砍树枝的斧头，他拎着斧头说：“冤有头债有主，谁要耍横的，看咱谁能横过谁！”

蜘蛛大侠走了过来，对雪芳说：“我已经报警了。”

“报警了？今天可是开业的日子呀。”

诚磊在一旁说："也好，让'叔叔'也来参加我们的开业庆典。"

小革子并没吓唬住村民，孝文一个箭步冲过去，将小革子连胳膊带身子一起抱住。

世军一哈腰，单腿跪下，讨薪的村民愣住了。世军说："你们都是我世军的长辈，咱能不能别给山顶村丢人？好几年了，山顶村好不容易招来了客商，就这样对待人家吗？前边承包商欠你们工钱，可以通过司法途径解决，人家雪芳初来乍到，咱凭啥难为人家呢？"

讨薪的村民都站着不动，过了一会儿，孝文说："让我们走也行，那你得做保证。"

世军说："我保证帮你们，明天就去乡司法所。"

本来精心策划的开业典礼就这样变成了一场闹剧，尽管后来也有领导讲话、代表祝词、燃放烟花礼炮，可大家心里都疙疙瘩瘩的，中午饭还没吃完，诚磊和蜘蛛大侠就走了。梅子和杨贵妃要留下帮着收拾收拾，雪芳眉头紧锁，让水豚安排返程车，硬生生把她俩送走了。

傍晚，雪芳一个人坐在老宅的院子里，一动不动两个小时，她想，人哪，真不能太理想化，做什么都没有想的那么容易。

缘圆悄悄走到雪芳身边，它似乎感受到了主人的失落情绪，一声不响，走过来转过去，时不时还用身子蹭雪芳几下。

"缘圆呀，你该节食了，你现在已经开始发福了。"雪芳对缘圆说，"你是不是想你儿子了？边边现在还在宠物医院里，它没有危险了，正在恢复期。过两天我就把它接回来，你们母子就可以团聚了。"

雪芳对缘圆絮絮叨叨，这时缘圆突然站了起来，向大门口冲去，一边冲一边叫。

门外站着的是诚磊。

“你怎么回来了？”

“送走蜘蛛大侠，觉得一个人没意思，就过来了。”

雪芳打开门，转身就走，诚磊跟在她身后。这个时候，雪芳并不希望诚磊安慰她，事实上，诚磊也没安慰她。

雪芳坐在木墩上，诚磊坐在雪芳对面的木墩上，他们之间隔着一张原木桌。诚磊说：“今天在果园里，看到绿叶中掩映着果实，我突然想起北欧神话中说，苹果属于青春之果。”

“我好像也听说过。”雪芳说。

诚磊说，传说中，诸神居住的阿斯加德园里有一对令人艳羡的夫妻。丈夫是众神之王奥丁的儿子布拉基，他是位诗神，经常手执竖琴，吟诵自己创作的诗篇；妻子是青春女神伊敦，她保管着青春之果——苹果，园中所有神祇都要定期到伊敦那里讨要苹果吃，因为吃了苹果，他们才能永葆青春，避免像凡人一样衰老死亡。

“没错，北欧神话中的神与希腊的神不同，他们并不是永生的，其实，即使能靠苹果续命，迟早有一天也要面临‘诸神的黄昏’。”

“所以，人们要不断地种苹果，并不断培育新的品种。”

“你这个说法，是我们种苹果最具疗愈性的理由了。”

“本来嘛，从根本上说，这个世界就是熵增的过程，所以，一代一代新生命的出现，就是在克服熵增。”

雪芳的眼泪还是流了下来，她并不怕诚磊看到，相反，她还把泪水抹在诚磊胳膊上。诚磊笑着说：“给你科普一个小知识。你知道吗，情感性眼泪的蛋白质含量比其他眼泪高 24%，类似天然止痛剂，也就是说，眼泪中有快乐的激素，流泪可以宣泄情绪。不过，眼泪流得太多，也会导致心力交瘁，甚至降低人的免疫力。”

雪芳嘟着嘴说：“跟蜘蛛大侠比起来，你总是一本正经，缺乏幽默感。”

当年，关于小革子打仗的事儿，梅子跟刘宝贵说的是另一个版本。小朵认识铁路医院那一带一个叫皮二的人，两人私下一起吃饭，被小革子撞上了。小革子见他俩眉来眼去的，就跟皮二火了，皮二也不是善茬儿，叫来小哥们儿打小革子，好在小革子反应快，厮打过程中趁机跑了，没造成严重伤害。事后，小朵主动找小革子检讨道歉，小革子原谅了她，他俩又和好了。

刘宝贵气得浑身发抖：“造孽，真是造孽呀！”

“我也不理解，满大街好女孩儿，您说他为啥非找小朵呢？”

“小革子也不是啥好饼，王八瞅绿豆——对眼儿了呗。”

“我见过小朵，也不像小革子说的那么漂亮，要我看哪，属于妖艳那一类的。”

“妖艳就是妖吧？”

“妖还谈不上，妆化得浓，就是……街头袒胸露背，踩箱套喝啤酒的那种，您见过吧？对，就是那样。”

刘宝贵点了点头，不知道脑子里的形象和梅子说的是不是一致。

梅子说：“我还注意到小朵的门牙，上面有个豁口。”

“她是豁牙子呀？”

“不是豁牙，是门牙上有个小小的豁口，一定是小时候葵花子嗑多了，磨的。”

刘宝贵说：“我是担心哪，小朵别是惹祸的根苗，小革子跟她早晚得倒大霉。”

“我看大概率是。”

“那怎么办？你能管住小革子，能让他跟小什么朵的断了？”

“要管也得您管，您是他爹。”

“我是他爹吗？我看他是我爹！”

一晃，梅子在家已经住了半个多月。

那天，乔老师回到小楼，他在门前的脚垫下没找到钥匙，就下楼敲梅子家的门，好在这个时候梅子在家。乔老师跟梅子说明了情况，梅子说：“坏了，我怕钥匙放那儿不安全，就锁到屋里了。您没带钥匙吗？”

“我以为你一直住着呢。”乔老师说。

梅子说：“我只住了一个晚上，后来老姑去医院住院，我就回家住了。真是太抱歉了。”

“没事儿，我办公室有备用钥匙。”

梅子看了看站在门口的乔老师，连忙把他让进了屋。刘宝贵去银行取款，家里只有梅子一个人。“您是专门回来看我的？”梅子笑嘻嘻地问。

乔老师有些不好意思：“我来看看……还有，单位的一个同事调走了，房产科说他的房子可以给我住，所以，我想看看哪些东西要搬过去。”

“您要搬家？”

“搬一些东西。”

梅子有些伤感地说：“这些年，总有人搬来，又有人搬走……”

乔老师说：“你想住就住，这个房子一时半会儿还不能收回。”

“这栋小楼还不知道能挺多久呢，听说也快动迁了。”

“在小楼住的这段时间，我挺难忘的。”

“人与人之间关键是相互信任、相互理解。”梅子说。

“对呀，生活是靠感受的。”乔老师说，“你感受好就会觉得生活中有阳光，相反也一样。”梅子叹了口气说：“我最羡慕你们大学生了，你们是幸运儿，能感受到阳光。”

“生活对谁都是一样的，谁都有苦恼，在我看来，解决问题的关键是如何对待它。我觉得，人有苦恼是正常的，有了苦恼才对生活有更高的追求，苦恼有的时候是动力。”

“您经常这么想吗？”

“也不全是，苦恼的时候也偶尔想不开，等事情过去了，又觉得自己挺可笑。”

“您这样的幸运儿还有苦恼？”

乔老师笑了：“我算什么幸运儿，再说，各人有各人的苦恼，你有这样的苦恼，他有那样的苦恼。也许，我的苦恼并不比你的少。”

“那怎么可能？”

“就说房子吧，我苦恼过；工作上的事儿也苦恼过；我在大学期间谈女朋友时，也苦恼过……后来我自己学会排解了，有耐心了，渐渐地，什么都好了，人生得一点儿一点儿走路，急不得。”

梅子点了点头。

乔老师笑起来："你可别听我瞎侃，我光有理论，实践上可能远不如你呢。"

梅子并没承接乔老师的思路，她觉得乔老师的每句话都那么打动她，那么有哲理，她有些惋惜又有些突兀地说了一句："唉，要是早些认识乔老师就好了。"

"现在认识也挺好哇。"

"我是说，如果我不是出生在一个普普通通的工人家庭，小时候有良好的教育环境，也能考上大学，碰巧还和老师您一个班……"

"每个人都有令人羡慕的地方，出生在普通家庭没什么不好，从某个角度说，我还羡慕你呢。"

"我没有可羡慕的地方。"

"起码，小的时候你有父母疼爱，童年生活是完整的……我虽然出生在知识分子家庭，可我父亲在我一岁的时候就去世了，母亲一个人把我带大，她是中学老师，对学生友善，对我却极其严苛，我几乎没有快乐的童年。"

"不好意思，我没想引起您痛苦的回忆。"

乔老师说："没事儿的，这个问题我早就可以坦然地面对了。"

"您不怪我就好。"

"不会呀！对了，等回头我把房间的钥匙留给你一把，你什么时候需要就去住吧，反正房子是空的。"

"那您，是不是会更少回小楼了？那样我更不容易见到您了？"

"你不是去练琴吗？那样我们就能见面了。"

"见面也隔着距离。"

“人与人之间的距离不是外在的，在于内心。”

梅子抿着嘴，偷笑一下。

梅子本想问乔老师关于小报上的鬼故事，就是交通事故遇难的静怡、静雅姐妹是否真的在他那个房间住过，话到了嘴边，刘宝贵突然推门进来了。梅子和乔老师都愣住了。

刘宝贵用目光审视着乔老师，从头顶打量到脚底，再从脚底打量到头顶。乔老师说：“大叔好，我忘带钥匙了，就过来坐了一会儿。”

刘宝贵对乔老师点了点头，又将目光移向了梅子，恶狠狠地瞪了她一眼，之后转身离开。

乔老师尴尬地对梅子说：“大叔一定是误会我们俩了。”

梅子捂住嘴巴，哑然失笑。

刘宝贵从屋里出来，迎面碰到老齐太太。

老齐太太对刘宝贵竖了竖大拇指。

“怎么啦？”刘宝贵问。

老齐太太说：“徐桢侗跟我说了，你真够意思！”

“没啥。”

“谦虚可不好。”

“本来嘛，远亲不如近邻，谁敢保证不求人呢？”

星期三中午，老齐太太家突然失火了，满走廊都是浓烟。

刘宝贵跑进厨房接水，水龙头水流太小，他只好把昨天夜里接的一缸水用上了。刘宝贵一盆水一盆水地朝老齐太太屋里泼去，辣眼睛的浓烟中，凡是能见到红光的地方，他只管泼过去。

这时，小楼里在家的人都跑出来了，一楼的徐桢侗，二楼的老马和崔胖子老婆，刘宝贵开始指挥着，让老马去拉电闸，老齐太太去打火警电话……水不够了，刘宝贵带头从家里拽出一床棉被，沾着地上的泥水，徐桢侗见状抢过潮湿的被子，朝火苗捂了过去……众人忙活了二十多分钟，总算把火给扑灭了。

大伙儿从小楼外的槐树下找到了老齐太太。大概由于紧张，老齐太太下台阶时一个趔趄，把脚脖子扭伤了，疼得不能走路，干脆坐在树下哭了起来。

徐桢侗和崔胖子老婆搀扶着老齐太太颤颤巍巍地回到小楼。看到自己家一片狼藉，冒着残烟，满是烧焦的煳味儿，老齐太太身子一软，险些坐到地上。

“人没伤着就是万幸。”崔胖子老婆劝慰道。

老马说：“还好，救得及时，不然，整个小楼都得着起来。”

徐桢侗说：“损失点儿不要紧，不是还有保险吗？”

老齐太太扭曲着脸说：“买保险就好了，我不是没买嘛。”

崔胖子老婆觉得不可思议：“你天天动员大家买保险，怎么到头来自己家没保？”

老齐太太没说话。

刘宝贵说：“到我家歇会儿吧。”

徐桢侗说：“你的脚不要紧吧？用不用去医院？”

“没事儿。”老齐太太说，“崴了一下，上点儿红花油就好了。”

“可别硬挺着呀，那样更耽误事儿。”刘宝贵说。

大家开始帮老齐太太清理烟熏火燎的东西，将烧坏的棉被褥子都扔了出去，被水淋湿的家具和生活用品也被搬到屋外，小楼外堆放得像个破烂市场。清理现场时刘宝贵才感觉到有些后怕，小楼是砖木结构，原来的消防系统早就没了模样，多年的私搭乱建，使得空间特别狭窄，棚顶、墙壁挂着粗细不同的电线和木条，很多间壁墙都是用木板搭的，一旦火势控制不住，整个小楼顷刻间就会成为一片火海，就是消防队的救火车来了也没办法。刘宝贵想，万幸啊，真是万幸！

傍晚，老齐太太的屋里传出断断续续的哭声，刘宝贵也跟着难受起来，他来到老齐太太门前，踟蹰半天还是没勇气敲门，主要是他不知道怎样安慰老齐太太，怕自己说错了话适得其反。犹豫之中，刘宝贵想到了募捐，可以通过募捐给老齐太太一点儿帮助，也可以给她一些安慰。以前，干这样的事儿都是老齐太太，刘宝贵不过是从她那儿受到了启发，有样学样罢了。

刘宝贵回到屋里找出一个小本子，准备让捐款人自己在上面写上姓名、金额。这个方法也是老齐太太以前用过的，不同的是，刘宝贵不会宣传，不像老齐太太那样总是振振有词。

刘宝贵刚要出门，梅子回来了。

梅子知道了失火的事儿，看到自己的被子堆在门口，已经没了原来的模样，她就猜到老爸干了些什么，但她没吱声。

刘宝贵告诉梅子，他今天没去买菜，老齐太太家着火了。

梅子笑着说："我还没进门就听人说了。"

"救火时，小楼的人都出来帮忙，没一个不拼的，如果不是大家齐心协力，差一点儿就按不住火苗……如果那样的话你今天就回不了家了。"

"我听说是您指挥救火的，冷静得像个指挥官。"

刘宝贵笑了："别听他们胡说，我不过有点儿经验，以前在车间里救过火。"

刘宝贵拿着小本子要出门，梅子问他干什么去，他说组织捐款。梅子问谁让组织的，刘宝贵说是自己想的。

梅子说："这么召集人捐款，不惹人反感吗？"

"我看救火时，大伙儿的心挺齐的。"

"那是救火，火大了谁家都得跟着遭殃，捐款可就不好说了。"

"谁敢保证一辈子不会遇到个灾呀祸的？相互帮助呗。"

"那您就去试一试，不过，您要有心理准备呀。"

刘宝贵从二楼开始，一家一户地为老齐太太募捐，刘宝贵每敲开一家的房门，说的几乎都是一样的话："邻里邻居的，老齐太太那么大岁数了，无儿无女，挺不容易的……"

那天晚上，白天没在家的也都过来找刘宝贵捐款，刘宝贵拿的那个小本子上写得满满当当：

马新生（楼上老马）100 元。

赵黎明 100 元。

徐桢侗 200 元。

崔跃华（崔胖子老婆代交）300 元。

看到崔胖子老婆的字迹，梅子觉得意外，她一向对崔胖子老婆有成见，没想到在这个节骨眼儿上，崔胖子老婆还真没含糊。

梅子嘟嘟哝哝，声音小得连她自己都听不清。

小楼的人都捐了款，一户没落，这令刘宝贵心里涌起一股热流。

刘宝贵在崔胖子的名字后边，规规矩矩地写上了自己的名字，在后面也写上了金额：300 元。写完，他问梅子："咱不能比崔胖子老婆少了，你说呢？”

梅子笑了，说：“这事儿，您不用征求我的意见。”

“我得打你那儿拿钱。”

“我就知道您征求我的意见准没好事儿。”梅子从皮包里拿出钱，“给您。”

“算我借你的。”

“钱倒不用还，以后别总看我不顺眼就行了。”

刘宝贵严肃地说：“两码事儿，原则问题还是要坚持的。”

梅子给刘宝贵竖了竖大拇指：“行，您厉害！”

刘宝贵去老齐太太家，老齐太太双眼红肿，呆呆地坐在地上的一堆行李上。刘宝贵进来一句话没说，把钱和小本子递给了老齐太太，老齐太太看着看着，泪水扑簌簌地落下来。

“不行，这个，我不能要。”

“那怎么办？一个一个退回去？”刘宝贵说，“权当一分人情吧，邻里邻居的，谁不需要谁呢？”

老齐太太沉默了。

刘宝贵换了一个话题，问老齐太太怎么起火的，老齐太太说是电褥子短路了。刘宝贵觉得奇怪，大热天的怎么还点电褥子呢？老齐太太有些难为情地说她有风湿病，到了晚上腰腿冰凉。“怎么也想不到电褥子还能出问题，怎么也想不到哇！”

刘宝贵回身，走到门口。“老刘大哥……”老齐太太在他身后说，“以前，我对不住你……一些叽叽歪歪的事儿……”

“有什么对不住的，住家过日子，哪有舌头不碰牙的？”

“不是，是……”老齐太太说，“举报的事儿。”

“举报什么？”

“迁户口。”

刘宝贵愣住了：“迁户口？什么户口？”

“我不该举报你家石青和红梅迁户口，坏了她俩的事儿。”

“还有这个事儿？”刘宝贵说，“我怎么一点儿都不知道呢？”

刘宝贵向门外走，听到老齐太太在里面说：“你别记恨我呀……记恨，也是应该的。”

刘宝贵回到家里，迟疑地问梅子：“你和石青的户口是怎么回事儿？”梅子愣了一下，说：“啊，我和二姐的户口迁回来了。”

“是想迁回来吧？”

“已经办完了。”

“办完了？”刘宝贵糊涂了，老齐太太说的是真话吗？被人举报了，户口怎么还办下来了？

“还有别的事儿吗？”梅子拿着茶缸子，准备去外面刷牙。

刘宝贵阴沉着脸说：“没经过我这个户主同意，谁的户口都不准迁回来，从哪儿迁来的迁回哪儿去！”

梅子笑了，说：“您别担心，我们是自己的户主，不需要您同意。”

在一片鼓噪的蝉鸣声中，梅子查到意料之外也属于预料之中的结果，上半年三科自学考试，她只通过了一科，另外两科，一科考了 57 分，一科考了 59 分。说意料之外，是因为梅子觉得三科应该能过两科；说预料之中，是因为她对考试结果是有心理准备的，尽管此次备考她投入的时间和精力并不少，但由于近段时间心情起伏变化太大，影响了学习效果。

考试结果的公布就意味着尘埃落定。梅子参加自学考试一年多了，对此她十分清楚，完全没必要再去懊恼，责怪自己也没用，最好的办法就是忘掉，重新开始，把心气放在下一次考试上。想是这样想的，可梅子心里还是酸溜溜的，一方面为59分惋惜，差一分就合格，那门课程就通过了，她就再也不用去复习备考了，如果差得多，比如3分以上，她就不会那么惋惜了，差了一分是不是也有运气的成分？另一方面为自己的状态而烦恼，备考期间她和大林闹离婚，说一点儿都不影响考试怎么可能呢！结果在那儿摆着了。下一步怎么办？妥协，灰头土脸地回家？刘宝贵这头她也坚持不了多久了，刘宝贵一定认为是她占了小苹子的地方而把小苹子赶到了小朵那里，搞不好连小苹子被打的账都会记到她的头上。现在她又多了一个选项：乔老师给她增添了勇气，刘宝贵再撵她，她就去二楼乔老师的空房子里住，就是有个小问题，她一个人敢住进那个屋子吗？上次石青陪着她，她都一夜没睡，就算她查清了小报写的故事的真相，摆脱了恐惧，敢一个人住进那间屋子了，恐怕她也不能去住。如果她继续住下去，小楼一定会引发舆论地震，唾沫星子都能淹死她。这样看来，她离家出走并不是明智的选择，倒不是说在夫妻较量中减少了筹码，而是她在承受压力的过程中变得难以获得理智，不自觉地把自己置于被害者的角度，将很多精力用以抗压和反击，从而错失了自我省察和妥协的机会。

梅子决定不去想不开心的事儿，当然，她也不想由此彻底妥协，把自己的奋斗目标降一个档，她还年轻，除非拼到头破血流还是不行，那再说㞞话也来得及。梅子调整心态的一个办法是去饭店吃一顿，平时她自己从不下饭店，自然也舍不得买贵的东西。其实，梅子要吃的好东西也不是什么山珍海味，只是这个城市里比较普通的两个菜，一个是炸蛎黄，一个是老板鱼炖豆腐。梅子来到位于五五路的大连园饭店，看到菜谱上的确有这两个菜，下决心要好好吃一顿，可不知为什么，当服务员真的来给她点菜时，她又犹豫了，想了想，还是点了两个韭菜合子、一盘煎焖子。煎焖子是当地的一种小吃，将淀粉做的焖子块儿放入平底热油锅里煎成两面金黄，蘸蒜泥、芝麻酱和酱油调的汁儿吃。只这两样东西梅子就吃得饱饱的，一共才花了 7 块钱。

梅子回到小楼，一家人正等她吃饭，跃进夫妇带着果果，石青带着力力，小革子也在家。

小革子说："我给你挂了三遍传呼，你也不回一个。"

梅子说："早晨去学校查成绩，把传呼关机了，结果一忙，就忘看传呼了。"

素芬说："快上桌吃饭吧，今天你大哥炖了鸡。"

梅子一下子想到二迷糊送的鸡，问跃进："你杀的吗？"

"我哪儿会？"

素芬说："鸡是咱爸杀的，是我和你大哥收拾的。红焖鸡，放了不少你愿意吃的粉条。"

梅子说："早知道这样，我就不在外面吃饭了。"

"你吃过啦？"

"吃得饱饱的。"

刘宝贵不满地瞅了梅子一眼，说："你不知道今天是周末呀？"

梅子瞅了瞅石青："知道，可不知道大家都回来呀。"

“吃饱了就少吃点儿，别让老爸不高兴。”

梅子说：“那我就吃点儿鸡肉吧，老姑来两次，送来两只鸡，头一只还没尝到味儿。”

“就是。”小革子说，“老姑家的鸡可是天价呀。”

刘宝贵瞪着小革子说：“愿意吃就好好吃，别没事儿找事儿！”

小革子瞅着哥哥和姐姐说：“本来就是嘛，我说错了吗？”

哥哥姐姐都低着头，没人声援他。

为了调节气氛，跃进提议喝点儿啤酒，素芬马上阻止他，歪着头说：“来之前我们不是说好了不喝酒吗？你是怎么答应我和果果的？”果果也歪着头说：“爸爸，你答应了我和妈妈不喝酒。”

石青在一旁说：“喝吧，做饭那么辛苦，不喝点儿酒哪够本儿。”

“你啥意思呀？”

“好意呗，帮你说话还听不出来呀！”

小革子在一旁说：“啤酒没事儿，只要大哥不喝白酒就不会那样。”小革子发现跃进瞅他的眼神有点儿不对，补充说：“只要大哥不喝白酒，就不会那样难受了，看他那遭罪样儿，我心里也不好受。”

“喝点儿吧。”刘宝贵说。

大家愣神儿的时候，刘宝贵对梅子说：“你去把我泡的酒拿过来。”

刘宝贵的举动令梅子和石青感到十分意外。

“今天我也想喝点儿，你们谁来陪我？”

大家将目光集中到跃进和小革子身上。

小革子说：“下午我还有事儿，用啤酒陪您吧。”

跃进瞅了瞅素芬和果果，素芬把头扭到一边。果果说：“你不许喝，你跟我和妈妈保证了。你还跟我拉了钩呢。”

刘宝贵拍了拍果果的头：“今天爷爷跟你求个情，让你爸爸陪爷爷喝两杯。”

“不行，他跟我和妈妈保证了，跟我拉钩在先。”

“爷爷说话也不行？”

“爷爷多啥呀？”

素芬立刻拍了果果一下：“你怎么跟爷爷说话呢？”

“本来嘛！”

“快向爷爷道歉！爷爷在咱家最大，他说话我们都必须听。”

“可是，爸爸跟我拉钩了。”

“现在听爷爷的，跟爷爷说对不起。”

果果咬着嘴唇儿，不说话。

素芬严肃地说：“不道歉就别想吃饭。”

果果看着桌子上的饭菜，想了想，小声说：“爷爷，对不起。”

“干吗呀？”石青将果果拉到身边，把鸡腿夹到果果碗里。石青对果果说：“你爸说的话还能相信哪？咱小孩子不管大人的事儿，该吃吃、该喝喝。”

跃进不高兴了，说：“石青你别这样跟孩子说话，对孩子影响不好。”

石青瞅着梅子说：“我说错什么了吗？我没说错什么呀！”

刘宝贵和跃进、小苹子喝酒，石青和素芬带孩子们吃饭，没多大会儿孩子们就吃完了，果果带力力到床上玩儿去了。

素芬坐在跃进旁边，监视着跃进，怕他喝多了。

石青说："你看着也没用，他不喝够本儿是不行的。"

素芬白了石青一眼，离开桌子看孩子去了。

石青对梅子撇一下嘴："我说错了吗？"

梅子笑了笑。

石青夹了一个鸡爪子，啃了几口没咬动。

梅子捂着嘴笑，说她最喜欢吃鸡爪子了，但今天没煮烂，因为农村小鸡是溜达鸡，爪子硬。

"应该叫凤爪。"小革子说。

"我炖了一个多小时呢。"跃进说。

石青说："记得小时候过年妈杀鸡，嘴里不停地叨咕着：小鸡小鸡你莫怪，你是阳间一道菜……老爸，您今天杀鸡叨咕了吗？"

"我没叨咕，我得给它一个痛快。"

"痛快好啊，就怕有人背后捅刀子。"

石青话里有话，刘宝贵看了看石青，跃进也看了看石青。

刘宝贵说："我割的是脖子。"

石青说："我没说您，我说的是有人。"

跃进问："有人是谁？"

"是谁，谁心里清楚。"

"你啥意思？有话明说。"

"我也没点名道姓，你心虚啥？"

"我没心虚。"

"你没心虚接啥话呢？"

刘宝贵大概觉得石青和跃进说话的语气不对，对石青和梅子说："吃饱了撑的？想消化食儿就出去活动活动，别没事儿斗嘴玩儿。”

梅子拉着石青离开饭桌。

来到屋外，石青小声对梅子说：“老爸今天咋啦？怎么喝起了酒？”梅子说：“心里苦闷吧，这段时间他没一件高兴的事儿。”

“那也不能喝多了，你得劝劝他。”

“你咋不去劝呢？”

“我又没惹他不高兴。”

“姐，你这话里带味儿呀，我可没诚心惹他不高兴。”

“算了梅子，你知道，我今天不是冲你使劲儿。我主要是看大哥不顺眼，一会儿你把酒瓶子收起来。老爸要是还要酒，冲着你发火，我帮你说话。”

梅子回屋把酒瓶子收了起来，心疼地看了看刘宝贵，看了看墙上挂得满满当当的奖状。刘宝贵并没有跟梅子要酒，他越来越不胜酒力，很快就进入了微醺话密的状态。

刘宝贵和跃进说起他当年的辉煌，说自己是提前跨世纪的人，全国机械系统没有不知道他“刘老模”的，刘老模是亲切的外号，老模既是劳模的谐音，也是老劳模的简称。“不是吹的，拿技术，我还真没服过谁！”梅子看在眼里，直想笑，仿佛找到了跃进酒喝多之后说大话的根源，只是跃进青出于蓝胜于蓝，不着边际而已。

过了一会儿，刘宝贵开始跟小革子说起小朵的事儿，没容小革子分辩，就满脸通红地发了脾气，骂小革子是孽障，忤逆不孝。小革子借口有事儿先跑了。

石青和梅子收拾碗筷时，刘宝贵已经浑身瘫软，被跃进扶到了床上。刘宝贵眼泪汪汪地对跃进说：“你妈死之前跟我说的话你还记得吗？”

跃进摇了摇头。

“不孝之子呀！”

跃进小声嘟哝：“本来就是嘛，她跟您说的话我怎么知道？”

石青和梅子在厨房刷碗，石青问梅子：“你说咱家谁喝多了像老爸？”梅子说：“小革子呗，喝多了脾气暴躁。”

石青笑起来，说：“我看你挺像的，喝多了流眼泪，属于哭酒杯型的。”

梅子拍打石青一下：“别胡说，我才不哭酒杯呢！”

刘宝贵上了报纸，对于这幢小楼来说，无疑是一则重大新闻。

最早发现这则消息的是崔胖子老婆，她上农贸市场买完菜，正准备坐车回家，忽然发现兜里没零钱了。无人售票的公交车上不找零，她又不甘心就那么把钱扔进投币箱。于是，从来不看报的她，为了兑零钱破例买了份当天的晚报。她信手一翻，发现两行醒目的标题：大学生徐小英患血癌无力医治，老工人刘宝贵慷慨解囊献爱心。

“哎呀，刘宝贵、英子不都是咱小楼的人吗？”崔胖子老婆快速浏览了文章内容，连车也忘了坐，呼哧带喘地跑回了小楼。

崔胖子老婆在小楼前亮起大嗓门儿，把二楼的老马都吆喝出来了：“都快出来看呀，老刘大叔他登报啦！”

刘宝贵毕竟年纪大了，基础代谢和新陈代谢都慢，前几天喝醉了酒，身体一直没恢复过来。他早晨出去遛弯儿活动，上午 9 点就又开始头晕，就在他躺在床上休息时，听见了窗外的吆喝，而且好像还与自己有关，便趿拉着拖鞋蹒跚地来到院子里。

崔胖子老婆迎上前去，把报纸递到刘宝贵手里：“刘大叔，您可真是个做好事儿不留名的活雷锋呀！都上报纸了，咱楼里的邻居还都蒙在鼓里呢。”

刘宝贵展开报纸，见报上有自己的名字，写的是小英子如何得了白血病，其父徐桢倜也患癌症多年无力医治，邻居刘宝贵知情后，即把自己多年积蓄、尚未到期的存款取出，无偿支援，云云。刘宝贵读罢，不由自主地眉头紧锁。登报纸对刘宝贵来说不是什么新鲜事儿，只是他没想到捐款这点儿小事儿会上报纸。

刘宝贵对门口的邻居说：“胡闹，胡闹！芝麻绿豆大点儿事儿也值得捅到报社去？”

崔胖子老婆说：“这是光荣的事儿，咱小楼都跟着沾光了。”

老马说：“还有救火的事儿呢，救火的事儿怎么没上报纸？”

刘宝贵思忖着，说：“这是谁干的呢？”

经刘宝贵这么一提醒，崔胖子老婆赶紧在报纸上找作者的名字，看到文章后面的括号里有“齐桐”两个字。

“齐桐？是老齐太太吧？”

老马摇头晃脑地琢磨着：“咱这楼里只有老齐太太姓齐，可老齐太太明明叫齐桂花嘛！会不会是老齐太太和徐桢倜两人一起写的呢？”

“对呀，徐桢倜，有个‘桐’字。”

“走，问问去。”

老齐太太和徐桢倜都没在屋里。

崔胖子老婆还在纠结：“我琢磨着，这篇文章一准儿是徐老师写的，人家有学问，‘齐桐’是起的笔名。因为这事儿他自己最了解底细。”

刘宝贵说：“这事儿也不算啥事儿，都别在这儿议论了，让人听见好像咋回事儿似的。”崔胖子老婆说：“这是好事儿，有啥怕人的？”老马说：“就是，做好事儿不丢人。”

临近中午，梅子回家给刘宝贵送饭，刘宝贵不舒服这两天，一日三餐都是梅子负责。吃早饭时，刘宝贵还对梅子说：“亏得有你照顾我。”梅子笑了，说：“这回不嫌我赖在娘家啦？”刘宝贵说：“我不是嫌你住在娘家，是怕你和婆家关系不好。”“已经不好了。”梅子说。刘宝贵问：“大林有消息吗？”梅子说：“嗯。他从国外给我单位寄过两封信。”刘宝贵叹口气，说：“差不多得了，凡事都有个度，过分就不及了。”梅子补充说：“那叫过犹不及。”刘宝贵冷着脸说：“你啥都知道，就是不做。”梅子说：“我不是不做，是没到该做的时候，再说了，我不在您身边谁伺候您呀？”刘宝贵说：“得了吧，我用不着你伺候，你和大林和好了，我啥病都没有了。”

中午饭是馒头、煎咸鲅鱼，都是刘宝贵比较喜欢的口味，用塑料饭盒装的。说起饭盒，刘宝贵家的饭盒最多，有普通铝皮饭盒、军用饭盒、不锈钢饭盒和塑料饭盒，刘宝贵在工厂上班那年月，房桂琴每天早晨最重要的事儿就是把盒饭准备妥当，玉米饼子加煎咸鱼。现在，刘宝贵不喜欢吃玉米饼子了，改成了馒头或者花卷。

刘宝贵正在吃饭，听到窗外传来一阵锣鼓声，由远及近，声音越来越大，一干人马最后停在了小楼大门前。梅子连忙走出屋子，见楼前围了一群人，最显眼的是老齐太太。老齐太太向梅子招手，

第一句话就问："你爸呢？"

"在屋里吃饭呢。"

老齐太太向锣鼓队摆了摆手，锣鼓停歇。老齐太太向梅子介绍，她身边站着的是街道办主任和居委会主任，两位主任一左一右擎着一面锦旗，上边明晃晃几个大字：助人为乐的楷模。紧接着上来两个人，一人手里拿着话筒，一人肩上扛着摄像机。

"电视台要采访刘宝贵。"老齐太太说。

梅子觉得有些意外，说："我老爸还不知道这事儿。"

街道办主任说："这不就知道了嘛！"

"可是，不知道我老爸接不接受采访……"

"我去找大刘。"说着，老齐太太就要进屋。

梅子说："还是我先跟他说说吧。"

梅子进屋刚要说话，刘宝贵说："我都听到了，我不接受。"

"为啥呢？"

"不为啥，就是不想被采访。"

梅子想了想，说："老爸，我知道您跟别人不一样，别人还没见过电视机的时候，您已经上过电视了。过去，报纸有字、广播有声、电视有影，您已经习惯了，您不应该怕采访呀。"

"我说我怕了吗？我是不想。"

"是不是这些年沉寂了，不适应啦？"

刘宝贵说："有啥适应不适应的，当初我就不愿意接受采访，是厂领导动员的，说是为了工作需要。"

外面的人大概觉得等的时间过长了，又开始敲锣打鼓，颇有催促之意。看热闹的大人和小孩儿越来越多，把小楼本就不大的庭院给挤得满满当当。

梅子说："我现在正动员您呢，接受采访也是工作需要。"

"啥工作需要？胡诌八扯。"

"您想过没有，您那点儿钱能解决英子的问题吗？就算把小楼邻居都动员起来，也是杯水车薪呀。"

刘宝贵翻动着眼珠。

"经报纸和电视一宣传，社会上的爱心人士就被动员起来了，说不准还会掀起向小英子献爱心的公益活动呢？这样，小英子兴许就有救了。"

刘宝贵看了看梅子，思忖着。

"从这方面来说，您接受采访算不算是工作需要？"

"真能有这样的效果？"

"最后达到什么效果我不敢说，有宣传肯定比没宣传好。"

刘宝贵终于点头首肯了。梅子赶紧打开衣柜，把刘宝贵只有大年初一才上身的一套西服拿了出来。

"换上这个。"

"我不换。"

"穿这件衣服精神。"

"我不穿，以前在工厂我都是穿工作服接受采访的。"

就在刘宝贵和梅子为换衣服一事争执时，老齐太太进来了。

"马上就好。"梅子说，"10分钟后请电视台记者进来吧。"

老齐太太说："楼里太乱了，还是到门外拍摄吧。"

梅子说："好，你们在外面等一会儿。"

10分钟后，刘宝贵出来了，穿了件洗得发白的工作服。大家都愣住了。梅子用无奈的眼神瞅了老齐太太一眼。老齐太太自言自语道："从哪儿找了这么件老古董？还好，穿着挺精神的。"

采访进行得挺快，刘宝贵却觉得时间很漫长。采访结束，刘宝贵却记不得自己到底说了些什么，只是觉着身上轻快不少，伸手朝怀里摸了摸，汗衫全湿了，大夏天捂一身厚布衣服，也难怪。

接着采访老齐太太。平时张张罗罗的老齐太太竟然晕镜头，她既紧张又局促，就连手脚都不知往哪儿放才好，不知不觉地往后缩："我叫……叫老齐太太，不对，我叫齐桂花，邻居们都叫我老……老齐太太……"

刘宝贵本来想尽快回到屋里换身衣服，可见老齐太太紧张地面对镜头，便站在旁边围观，老齐太太口吃了，他也跟着着急，但不便插话，只能暗自使着劲儿，没多久，腮帮子都有些发酸。

刘宝贵被动地出了个风头，奇怪的是，他居然感觉身子松快了。到了晚上他才回过味儿来，出这个风头是有成本的。本来，他拿出的5000元钱，说好了是借给徐桢侗的，不是他不肯"无偿援助"，实在是没有太大的经济实力，那些钱是他的养老钱。这下好了，经过这么一番折腾，不"无偿"也得"无偿"了。刘宝贵想，算了，只要能治好小英子的病，怎么都行。

刘宝贵一直怕小革子知道他有私房钱，不想这一下露馅儿了。小革子给梅子打来电话，说："老爷子是不是脑子有病？他寻思自个儿是百万富翁啊，还干起慈善事业来了！那钱给我投资不好吗？"梅子不高兴了，说："你不孝顺也就罢了，整天惦记老爸那点儿钱，那是老爸自己的钱，他想怎么用是他的事儿。"

第九章　苹果咬了一口

雪芳刚回到市内家里，若影就来拜访她。若影向雪芳道歉，说开业庆典那天她不该提前离开，遇到问题的时候，好朋友应该陪伴在身边。雪芳说没关系，谁都不知道会发生那样的事情。其实，那场讨薪事件对牛顿苹果园并没有产生实质性的不良影响，只是影响了大家的情绪，尤其令雪芳丢了面子。

若影认为，创业过程中经历挫折很正常，相反，没有挫折反而不正常。她对所谓的事业并不在意，她在意的是爱情。

若影对雪芳讲了她和蜘蛛大侠经历的脱单“两日游”，她说她尝试的是享受爱情，而不想把关系搞复杂。雪芳说，表面看你是享受爱情，其实本质上你是害怕爱情。

“我？害怕爱情？”

“是呀，不然你逃避什么呢？”

“我之所以逃避，大概是觉得自己已经没有了爱的能力。”

“你，才不是呢，跟你一比，我是不是该看医生啦？”

“讲讲你和诚磊吧，你们到底是怎么回事儿。”

雪芳沉吟一下，讲起她和诚磊的交往：“我们俩好像都想往前走一步，可又怕走得太近了，好像刺猬，对，有点儿类似刺猬，想在一起取暖，却又怕刺伤了对方。”

“你跟诚磊说过这些吗？”

“不需要说，我们什么都懂，一个眼神一个动作就明白对方的意图。”

“那可麻烦了，你们进入了疲劳期。”

“疲劳期？”

“我明白了，你那才是逃避、害怕。”

“害怕？我没觉得害怕。”

“我说不好你们的病根儿到底在哪儿，不过我知道，你俩的病不好治。”

“不需要治，现在这样挺好的。他只是我的男闺蜜，他可以找女朋友，我也可以找男朋友。”

“你现在想找男朋友吗？”

“现在我没那个心思，我只想种好苹果。”

一缕阳光挤过纷繁的云彩，透过厨房的百叶窗，正好照在餐桌上一个被人咬了一口的苹果上。雪芳说，那个苹果放在那儿十多天了，居然没有腐烂。

若影说：“打蜡了还是防腐剂太多了？”

雪芳说：“都有可能，不过我也听说过，有种天然的苹果是不容易腐烂的。”

“不会吧，天然的都是容易腐烂的。”若影说，“我妈买菜就愿意买烂叶边儿、带虫眼儿的，说不会有药物残留，还有，买胡萝卜也要带泥的，说是没经过化学试剂清洗。”

“我想有一天要种出不容易腐烂的天然苹果。”

若影说：“问你一个问题，苹果手机的 Logo 为什么是咬了一口的苹果图案？”

“你说呢？”

“我在问你呢。”

“应该跟一位科学家有关吧。”

若影说，苹果最早的 Logo 始于 1976 年，是苹果创始人之一罗恩 · 韦恩设计的。图案中心是孤独的牛顿在苹果树下读书冥思，边缘刻着英国诗人威廉 · 华兹华斯的诗句。后来到了乔布斯那会儿，因为英文中“咬”bite 的过去式是 bit，正好和计算机的最小单位 bit 是同一个单词，苹果最初是电脑公司，所以就由 Apple 变为 Apple Bite，苹果被咬了一口。雪芳说，她知道的却是另一个故事。20 世纪，一位数学天才用毒苹果结束了自己的生命，他就是数学家阿兰 · 图灵。他在 24 岁时就为计算机科学奠定了理论基础，38 岁时又成为人工智能理论开创者，然而，后来他被发现是同性恋，受到英国政府的迫害。1954 年，图灵在家中自杀，身边放着一个被咬了一口的苹果。法医鉴定，图灵死于氰化物中毒。直到 2013 年，英国女王才正式赦免了阿兰 · 图灵。

“咬了一口的苹果，也许还真有一定的联系。”

“那么，苹果公司为什么叫苹果呢？”

“据说起名时，乔布斯刚从苹果农场回来，而且那段时间他正在吃水果餐，所以‘苹果电脑公司’这一名字便诞生了。”

雪芳笑起来，她说：“所以呀，你不要小瞧了我们的苹果。”

周日，雪芳和水豚去刘宝贵家探望，她没告诉梅子。雪芳除了带过来一些好吃的东西，还带了一个特殊的礼物——边边，以及一大堆狗粮和狗狗用品。边边已经痊愈，雪芳想将它留给刘宝贵作陪伴犬。

刘宝贵见到雪芳十分高兴，对雪芳送给他的礼物也很是喜欢。

雪芳告诉刘宝贵，每天下楼去遛边边的同时也锻炼了腿脚。“刘老，尽管您是‘90后’，不算老，可锻炼还是有必要的。”

刘宝贵说：“你的意思，是它遛我，不是我遛它呗。”

雪芳掩嘴笑着，说：“有的时候人遛狗，有的时候狗遛人。”

“心里高兴就好，姥爷。”水豚在一旁说。

“它叫啥名？”

“边边。”

“便便？这个名挺怪的。”

雪芳向刘宝贵解释，边边是边牧的串儿，长了边牧的模样。

“啥是边牧？”

“边境牧羊犬的简称。”雪芳知道刘宝贵肯定还要问啥是边境牧羊犬，就主动向刘宝贵解释边境牧羊犬的来历以及这一品种的狗的特性，“边牧原产于苏格兰和英格兰边境一带……也就是英国的牧羊犬，边牧聪明、漂亮，服从性强，热情而谨慎。”

“边牧的智商在狗狗中经常排名第一。养狗圈有种说法，狗是狗，边牧是边牧。”水豚补充说。

刘宝贵说：“那么多中国土狗，为啥要养英国狗？”

“边边不是英国狗，它属于中华田园犬，是本土化了的英国狗。”

“给狗‘上户口’了吗？”刘宝贵问。

“厉害呀刘老，您还知道城里养狗需要养犬证。”

“你寻思啥呢，我不仅知道城里养狗需要养犬证，我还能看出来，这个狗属于大中型犬。”

“您是怎么看出来的？”水豚问。

“看它的腿和爪子就可以判断出来。”

“边边不是大型犬，顶多是中型犬。”

“坯子是大坯子。”

“还是刘老厉害！”雪芳大声夸赞。

刘宝贵说：“不瞒你说呀，我小时候养过狗，可惜，那只四眼长毛黑狗刚长大就被人杀掉吃肉了。”

“您对此心里有阴影吗？”

“啥阴影啊，七八十年了。”

雪芳从包里拿出一些材料，一边拿一边说：“亏得我早有准备了，这是养犬证，这些是防疫资料。刘老，出门遛狗时，可一定要牵着狗。文明养狗，遛狗拴绳。”

“放心吧，我小时候还驯导过小狗呢。”

“都训练了什么？”

“坐下，停，追！”

雪芳笑了起来，说：“就这些呀？”

山顶村苹果园有三分之一是早熟苹果，最早成熟的是美沙苹果，紧随其后的是嘎啦苹果和山沙苹果，接下来是红王将苹果，而村里果农的苹果更是品种繁杂，有辽伏、老笃、早黄、早生赤、黄姑娘等。早熟的苹果被陆续采摘，雪芳想尝试一下直播带货。

雪芳把这一想法在公司决策群里发布后，大家的反应并不热烈，蜘蛛大侠问："我们不是走区块链销售渠道吗？"雪芳说："是的，可任何一个平台都有一个培育的过程，况且，现在果园里苹果的老品种多，还有少量淘汰品种，这些都需要陆续更新。"诚磊不反对直播带货，他只是觉得这个赛道已经十分拥挤，而且发展高端苹果市场受限。雪芳说，目前果园早熟苹果开始落果，电商直播销售可以防止苹果因集中成熟而滞销，也可以扩大销售渠道，带动山顶村果农销售。雪芳在群里只是征求意见，大家也只是给出意见，具体怎么做还是由雪芳决定。

雪芳找村委会商议，世军觉得这是一项创新性工作，也是一件帮助村民增收致富的好事儿。"以前我想尝试过。"世军说，"可是靠果农自发操作难度很大，大家没有这方面的经验，再说，山顶村地处偏远，快递公司都不愿意上门。"

"地处偏远还有可能是优势呢。"

"这还算优势？"

"水质、土壤没有被污染哪。"

"可惜，地处深山无人知呀。"

"技术上可以请直播团队进入，直播带货，现摘现售，至于电信部门、快递公司，我负责联系。"

"那，我做什么呢？"

"需要村委会的大力支持，保证水电供应，最好能有一个免费的场地。"

世军问需要多长时间。雪芳说早熟的品种一个月左右，中晚期的品种一个半月左右。世军想了想，说："我想到一个好地方，山顶村小学怎么样？"

“当然好了，地方也够大。”

山顶村小学已经停办好几年了。村办小学是有达标要求的，即使只有一个学生，也必须配有 13 名教职员工，可连续好几年山顶村小学只有五六个学生，后来这所小学被合并到露水村中心校，山顶村小学就废弃了。

世军说，闲置归闲置，真要重新启用，恐怕需要走报批手续，因为学校的产权不属于村委会。

“报批要多久？时间可不等人哪！”雪芳说。

世军说：“你们先把事儿做起来，报批的事儿我来负责。”

雪芳让若影和水豚负责发布电商招募信息，没想到，3 天时间就募集完成了。山顶村果农种植的苹果多为中熟品种，主要为黄金、国光等。

进入 9 月，村里的苹果被陆续采摘下来，一直到电商进驻山顶村，世军还没有拿到县里的批件。世军急了，他说，别说给村民造福了，就算是养房子，免费使用也是应该的。他说的养房子是指房子不能总空着，得有人气养着，空时间长了就颓败坍塌了。

“县里如果不同意免费，费用我自己承担。”世军大义凛然地说道。

就这样，电商纷纷进入山顶村小学，现场直播带货，现场发货，仅用半个月时间，牛顿苹果园和山顶村果农小果园的苹果就全部售罄了。

一天，梅子梦见苹果园的苹果大面积烂在地里。第二天早晨，梅子犹豫再三，还是给雪芳挂了电话。雪芳告诉梅子，早熟的苹果全卖出去了。“全卖出去了？没赔吧？”

“还没算账，赔应该不会。”

雪芳跟梅子讲，他们不仅卖果园里的苹果，还帮山顶村的果农卖了苹果。这么多年来，果农第一次在半个月内就卖光了头茬苹果。

“你是用什么办法卖货的？”

“直播带货呀。”

“我知道直播带货，可我从没见你直播过。”

“不用我直播，我组织策划就行。”

“这么说，你还带领村民致富了？”

“这个功劳我不敢领受。”雪芳说，“他们的苹果本来就该卖那个价，物有所值。”

第一拨电商撤出时，县里的批件下来了，新闻记者也来了。乡领导和县记者来到山顶村时，山顶村小学已经人去楼空，记者为拍不到现场画面而遗憾，要采访雪芳，雪芳却坚持让记者采访村委会的人和果农。

村委会为采访现场装饰了彩旗并准备了果篮，世军接受采访时怕背不下来采访稿，让人用A4纸打印了提示词：山顶村苹果符合国家安全标准，土壤环境质量执行农用地土壤污染风险管控标准GB 15618-2018的要求，环境空气质量符合环境空气质量标准GB 3095-2012的要求，灌溉水质量符合农田灌溉水质标准GB 5084-2021；产品质量符合GB/T 10651-2008鲜苹果规定，病虫害防治符合GB/T 33311-2016规定，采收与贮运符合NY/T 983-2015技术规范的规定……世军和果农都对直播带货大加称赞，搞得像吉庆活动似的，轰轰烈烈。

牛顿苹果园的苹果主要有红富士、嘎啦和金冠，其中红富士品种比重最大，要10月中旬才开始采摘，然而，人们将苹果摘袋后，发现一些果实有暗红色至紫红色的斑点，少量果皮出现以皮孔为中心的圆形、稍凹陷的变色斑，个别干缩成海绵状。刘老蔫告诉雪芳，这是“苦痘病”，苦痘病很麻烦，它是苹果成熟期的最大杀手，直接影响一年的收成。

水豚请来了农科所技术员，技术员说主要是缺钙症，高氮低钙。施肥时氮肥偏多，或者施肥时间不当，偏酸的土壤中钙元素含量不足，是诱发苦痘病的主要原因。刘老蔫说，年年补钙，结果苦痘病还年年来。

不知道什么时候，二迷糊一瘸一拐地凑了过来。

刘老蔫说，今年改用了有机肥，从坐果开始，一个月追肥一次，按理来说，不应该缺钙。技术员说，要改善土壤的pH值，还应当加一些镁元素和硼元素。

二迷糊接过话茬儿，他说这个园子的苦痘病病根儿不在钙上，去年就有人跟他犟，说得苦痘病就是缺钙，大学里的论文都是这样写的，缺钙症是苦痘病的一个原因不假，但仅仅只是一个原因，树体养分、砧木种类、树龄、树势、修剪手法、树体负载量等都是原因，不能单纯迷信哪一个。这个园子的病根儿在剪枝上。

二迷糊把雪芳领到了东北角，指着果树说：“你看看这十几棵树，是不是一棵都没得病？”

雪芳查看一番，果真如二迷糊所说，一个得病的苹果都没有。

二迷糊说，这个地方是他修枝的，果园其他地方的果树留枝量大，树冠重叠严重，通风透光差，应该把过低枝、密生枝、平行枝、重叠枝锯除掉。“你发现没有，旺树比弱树发病重，那是因为树体生长过旺，枝条茂盛，所以，要尽量剪除多年生大枝，多保留一年生枝，就可以缓和树势。”

雪芳说：“想不到大舅还有这个本事，以前从没听说过。”二迷糊有些自豪地说：“不是吹的，在山顶村种果树，我排第二，没人敢说第一。”刘老蔫在一旁说：“别听二迷糊忽悠，他的水平比我高不到哪儿去。”

二迷糊说：“就说比你高不高吧？”

“要说高，也就高那么一小点儿。”

“哎，可就是那一小点儿，有人一辈子都弄不明白。”

雪芳说：“大舅呀，我请你来果园做技术指导吧。”二迷糊说：“我现在属于半个废人，就不过来拖累你了。”雪芳说：“您不用每天都过来，做技术指导就行，来一天给一天的费用，日清日结。”自从雪芳接手苹果园，她雇请村民都是日清日结，除了长期用工小革子和刘老蔫之外，概不赊欠。

二迷糊没有立即答应雪芳，却在树间指点着，告诉雪芳除草要沿着树冠投影及时拔除，尤其是豚草、苋菜、藜、苘麻等高大不友好的草，树行间覆盖防草布，秋果上色时覆盖反光地膜。如果树间人工种草，可以种马唐、光头稗、狗尾草。施有机肥，要在树趟子边缘顺行向挖施肥沟，两拃长左右，肥料与土壤混匀后回填。

二迷糊甚至还教雪芳摘苹果的方法：一手握住枝条，一手轻轻转动并向上托住苹果，使果柄与果台枝分离，摘下的苹果要轻拿轻放，不能倾倒，不然，受到磕碰的苹果不好保存。

小革子过来了，他神神秘秘地对雪芳说：“我有个好主意。”

“啥好主意？”

小革子四下瞅了瞅：“我单独跟你说。”

雪芳只好跟小革子走到一旁。小革子小声跟雪芳说：“山顶村有一个废弃的山洞，可以储存苹果。”

“山洞存储苹果？”

“对呀，冬暖夏凉，天然大冰库，可以省一大笔仓储费。”

刘宝贵的生日是阴历八月十七。梅子跟小革子说，想给刘宝贵过生日。小革子说老爷子66，六六大顺，应该好好办一下。梅子说：“咱俩张罗怎么样？”小革子说：“行倒是行，可从男的论有大哥，从女的论有大姐，咱俩张罗是不是越位了？回头人家挑毛病，一挑一个准儿。”梅子说：“上次大姐和大哥闹得不愉快，我怕他俩商量不到一块儿。”小革子说：“他俩之间有意见跟老爷子过生日有啥关系？”梅子说：“那好吧，我分头跟他俩说说，征求一下意见，如果他俩没积极性，那就咱俩办宴席。”小革子笑着问梅子：“你以前对这种事儿可是不怎么热心的，但现在……”梅子说：“这几个月老爷子的心情一直不好，前段时间上了报纸、电视后有了一些缓解。我想，趁他过生日，大家热闹热闹。我看得出来，他还是喜欢儿孙满堂、前呼后拥的感觉的。”

“二姐，”小革子说，“问你个事儿呗？”

“问吧。”

“老爷子上报纸的事儿，是不是跟你有关？”

“问这个干啥？”

“就是一问。”

“老爸以前热闹惯了，这些年突然被人淡忘了，加上这大半年来儿女都不省心，我怕他郁闷坏了，就想调节一下……当然，首先得有值得报道的事儿，知道小英子的事儿之后，我就用‘齐桐’的名字尝试着给晚报写了篇稿。”

“我明白了，你是因为自己的事儿吧？”

“我怎么了？”

“你跟姐夫闹离婚，让老爷子上火了呗。”

“别光说我，大家都有份儿，谁都不是省心的主儿……好吧，我承认，也有这方面的原因。”

“我就猜到这事儿跟你有关。”

“你是咋猜到的？”

“老爷子喝闷酒那天，你回屋收酒瓶子，专门看了看墙上挂的奖状。报纸和电视的新闻出来后，我第一个就猜到了是你。”

“哎呀老弟，你说你多聪明个人哪，要是把精力用在正经地方，你得出息成啥样儿！”

“谁说我没把精力用在正经地方？”

“好了，我说的话我收回。我没预料到晚报发表之后还把电视台记者给招来了，更没想到的是，报纸和电视台报道之后，在社会上引起那么大的反响，街道组织募捐活动，区政府也出面协调医院，真的把小英子的事儿给解决了。”

“老爷子的养老钱也搭进去了。”

“那不叫养老钱，是他的私房钱，养老不是有退休金和医保嘛！”

“这件事儿，对咱来说，是有心栽花花不开，对老徐家来说，是无心插柳柳成荫哪。”

“斗嘴皮子你一个顶俩！我跟你说个正经事儿，这回老爸过生日，你必须把小朵领回家。”

“她不能来。”

“为啥？你们处了那么久，你一次都没领回来呢。”

“小朵她，来过……”

“来过？”

“我们刚认识不久我就领她来过，在小楼外面看，她还以为咱家多漂亮呢，在她的想象里，老爷子是部级劳模，就应该住小洋楼，可进家一看，就两间破旧的老屋子。打那以后，我跟她说了好几次让她来家里参加聚会，她都找借口推脱，再也不来了。”

“不来也罢，嫌贫爱富、爱慕虚荣的女孩子咱还不想要呢！”

“也不光是小朵，咱这个城市里的女孩儿天生就有优越感，虚荣心强，都说哈尔滨和大连出美女，这十几年咱这个城市有多少女孩儿出国了！别处我不知道，南山街这一带十几二十个总有吧？”

“咱这儿的女孩儿个子高苗条，皮肤白净，可能跟吃海产品、吃苹果有关。”

“可外地人说，大连女孩儿虽然漂亮，但就是不能张嘴说话，一说话满嘴海蛎子味儿。”

“海蛎子味儿咋啦？我和大姐也是大连女孩儿。”

“不是我说的，是外地人说的。”

出乎梅子意料的是，刘宝贵对子女给他张罗办生日宴会并没有提出反对意见，他同意过生日，但条件是不请客、不祝寿。跃进和石青也积极赞成举办生日活动，尤其是跃进，表现出少见的积极性。跃进对梅子说："老爸生日那天我跟单位请假，下午过去做饭。"梅子说："不行就到饭店去吃，省得忙活了。"跃进说："老爷子最不愿意下饭店了，花钱多不说，吃得也不一定可口。你就负责订蛋糕吧，饭菜你不用管了，我全包。"梅子跟石青说时，石青说："你负责订蛋糕，我让红卫订'海味馆'。"梅子告诉石青，跃进要回家做饭，饭菜他全包了。石青沉默了一会儿，说："难得呀，抠搜人总算大方了一回，好，那就让他出点儿血吧。"

当天下午，梅子带着蛋糕回家，一进小楼就闻到了炖肉的味儿，梅子知道跃进如约而至。进了公用厨房，果然看到跃进和素芬正在忙活。跃进在灶台上收拾鱼，素芬则蹲在地上择菜。梅子主动打招呼："你们这么早就过来啦！"

素芬说："你大哥想早点儿把鸡炖上，怕时间短鸡爪子炖不烂。"

梅子对素芬笑了笑，转身回了屋。刘宝贵正陪果果在屋里玩扑克，果果见梅子拿着蛋糕进来，眼睛一亮。梅子把蛋糕放到了柜子上，转身返回厨房，准备给跃进打下手。

梅子系围裙时，小革子也回来了，他把海鲜塑料袋放在灶台上说："刚买回来的海鲜，都是活的。""我已经买海鲜了。"跃进歪头瞅了一眼，接着回头问梅子，"你没跟他俩说吗？饭菜我全管，买重了不浪费吗？"

小革子的一条腿搭在另一条腿上，靠在灶台边挖着鼻孔说："买重了？那可不一定……有大鲍鱼吗？"

跃进白了小革子一眼，没吱声。

梅子找了个面盆过来，将小革子买的海鲜倒到盆里，有活鲍鱼、海螺和海虾。

小革子说："咋样？不能重样吧？"

梅子又找来一个面盆，问跃进："你都买啥海鲜了？"

跃进说："鱼、虾爬子、蚬子、海螺……海螺不是重样了吗？"

梅子把跃进买的海鲜也倒到盆里，说："海螺没多哪儿去，挺好。"

梅子清洗海鲜，小革子就在旁边站着，跃进对小革子说："没事儿陪老爷子下盘象棋，别站在这儿碍事儿。"

小革子没理跃进，看到灶台上配菜用的胡萝卜，抓起一根，丢在嘴里咯嘣咯嘣嚼了起来。

"还没开席你就吃上了，真行。要不我给你拿盘花生米，你喝点儿呗！"

小革子瞪了跃进一眼，转身回屋。没多大工夫，小革子又出来了，他坐在梅子身边看梅子和素芬择菜。跃进端着马勺转身，差点儿将马勺里的热水浇到小革子身上。"起开！"跃进大声说。

小革子没起身，连身子带凳子移了移。

"你说你懒成啥样儿了！屁股上带胶哇？"

小革子向梅子使了个眼色，意思是，总算做了回主，嘚瑟得没谁了。

开饭之前，许红卫带着石青、力力回来了。许红卫楼里楼外跑着，先后搬进一箱牛奶、一箱啤酒、两箱苹果和一个大西瓜。

小革子小声对梅子说："看着大包小裹的，没啥值钱东西，真是送礼送爆米花——礼轻情意重啊。”

梅子说：“闭嘴吧你，大姐平时拿的东西还少啊？”

饭菜准备停当。梅子和石青往屋子里端着，一进门，看到果果和力力在吃蛋糕，梅子愣住了。两个孩子见状也愣住了，他们的脸被奶油抹成了鬼脸。

“谁让你们吃蛋糕啦？”石青喊。

刘宝贵说：“我给他们的。”

“老爸呀，哪有您这样惯孩子的！”

“小孩子本来就是惯的嘛。”

生日宴开始时，气氛还是挺和谐的，大家齐唱《祝你生日快乐》、吹蜡烛，每个人都敬酒，说一些祝福的话。后来，许红卫说起动迁政策的事儿，场面一度尴尬起来。

许红卫说新的动迁政策下来了，不再按户口分房，迁户口的都白费劲儿了。

石青瞅了瞅跃进，跃进瞅了瞅梅子，梅子瞅了瞅小革子。“你听谁说的？”跃进问。

许红卫说：“不是啥秘密了，大家都知道。”

“我咋不知道呢？”

石青说：“公示栏都贴告示了。”

“哪个公示栏？”

“街道，南山街口那个。”

“我说怎么那么多人围着看呢，我不爱凑热闹，没过去看。”梅子说。

“新政策咋说的？”素芬问。

“不按户口，按实际居住面积补偿，像咱家这样的情况，两间屋子加在一起有 35 平方米，能给个 70 多平方米的回迁房。”

“怎么算的呢？”

“乘以系数什么的，挺复杂，大体上是按现有住房面积的一倍左右计算，搞好了能分个两室一厅楼房。”

跃进愤愤不平地说：“这样不合理呀，以前都是按户分房的。”

“没办法，政府硬性规定。”

“没人提出反对意见吗？”

“那就不知道了。”

“文件正式公布了，就得照着办了。”石青说。

梅子感叹：“费好大劲儿办的户口，白办了。”

跃进问石青和梅子：“你们的户口到底还是办了？”

梅子说：“办了。”

石青没说话。

跃进有种被欺骗的感觉，喘气都呼哧呼哧的。

梅子说：“办也白办，最后落了个鸡飞蛋打。”

小革子看了看石青，说：“计划没有变化快，谁也没办法。”

大家七嘴八舌讨论动迁的事儿，刘宝贵放下了筷子，起身要走。跃进问刘宝贵去哪儿，刘宝贵说他吃好了。“您再坐一会儿。”跃进拉了刘宝贵一下，又对素芬说，“你带两个孩子去外边玩一会儿。”素芬看了看跃进，心领神会一般，拉着果果和力力出去了。

跃进说：“老爷子在这儿，石青、红梅、小革子都在，还有红卫，咱一起说说房子的事儿，免得以后牵扯不清。”大家把目光集中到了跃进身上。许红卫站了起来，说要出去抽支烟，便离开了餐桌。

屋子里就剩下刘宝贵和 4 个子女。

跃进说："在房子动迁这件事儿上，大家都有各自的想法，我觉得也很正常，如果能分更多的房子当然是好事儿，谁不希望得到房子呢？可如果新规定明确只能按居住面积算，也就是说将来只能分两室一厅的回迁房，我的意见是挂我的名下，给老爷子住……"

"你等等，凭啥挂你名下呀？"小革子打断跃进的话。

"我是长子。"

"哪条法律条文规定，老人的房子要挂在长子名下？"石青说。

"哪条法律条文规定，老人的房子不能挂在长子名下？"跃进说，"老传统就是这样的。"

小革子说："我没听说有这样的老传统，农村分家还一个儿子一半呢。"

"论贡献我也不差啥，咱家我第一个出去上班，把每个月工资交到家里，供养你们上学……做人得讲良心。"

石青说："就你给家里做贡献啦？我和红梅做的贡献还少吗？要不要算一算账？"

"动不动就想吃独食，大哥你咋想的呢？"小革子说。

"一定要说这事儿，我的意见是挂老爸名下，如果将来房子卖了，兄弟姐妹四个平等继承。"石青说。

梅子说："我退出，不参与了。"

石青拉住梅子的胳膊，仿佛梅子真要跑似的："你凭啥退出哇？"

"两室一厅的小房子，也不是座金山银山，有啥好争的？"

“不是争那点儿利益，是争个道理，争口气。”

“那我也不争了，你们谁爱争谁争吧。”

“红梅，你可一直跟大姐是一伙的呀。”

梅子犹豫了。

跃进压不住火了，一拍桌子，指着石青说：“石青你成心跟我过不去是不是？一个嫁出去的女人，还掺和家里的事儿，你要不要脸哪？”

石青也一拍桌子：“谁不要脸？你才不要脸呢，一个人想独吞家产，脸皮够做鞋底了！”

“你不要脸！”

“就你，就你！”

啪！刘宝贵一拍桌子。

刘宝贵说：“我还没死呢，你们就惦记继承家产了？这是给我祝寿还是给我送终呢？”

屋子里瞬间安静下来。

刘宝贵说：“房子还没影儿呢，我还没死呢，这就争上了、打上了？丢不丢人哪？我把话放这儿，如果分了回迁房，我没死就落我的名，我死之后你们再研究怎么分吧。”

跃进还想说什么，被刘宝贵摆手止住了。

刘宝贵说：“那还得说你们表现好，如果再像今天这样吵吵闹闹，我连分的机会都不给你们，死之前，我就把房子捐出去。”

兄妹四人都不说话了。

这时，老齐太太出现在门口，对梅子招了招手。

刘宝贵说：“老齐呀，快进来。”

老齐太太说："不进了，外头有人找红梅！"

大家一起向窗外看，小苹子跑到窗跟前，回头说："姐，你婆婆！"

石青推了梅子一把："还不快点儿把你婆婆请进来。"

"我不去。"

"这是多好的下台阶的机会呀。"石青说。

梅子对小苹子说："你去跟她说，就说我不在。"

刘宝贵站了起来，说："亲家来了，我去请。"走到门口，刘宝贵又回过头对梅子说，"老人都上门求你了，你还想咋的？别给脸不要脸！"

婆婆亲自出面请梅子，梅子总算有了台阶下，跟婆婆回了家。半个月后，大林从海上回来，两人又"交锋"了两次，最终冰释前嫌，和好如初。梅子和大林和好，与大林的妥协不无关系，大林认为他和梅子之间之所以产生矛盾，主要是两地分居的问题，他表示已经向公司领导打了申请报告，申请尽快调回陆地工作，那样他就有时间多陪陪梅子，尤其是梅子生了孩子之后，也能更好地照顾她们。此外，大林还表示支持梅子学小提琴，知道梅子对买小提琴心心念念，给了梅子1000元钱。

当时小提琴的市价最少2000元，高的上万元，1000元只能买半把小提琴，但不管怎么说，有了总比没有强，梅子想：自己节省一点儿，攒到年底，完全可以拥有一把属于自己的小提琴。别说拿到小提琴了，就是想一想，都觉得心里美。

雨季过后，梅子哼着曲子回家，一进门就被小苹子叫到了里屋。

小苹子神秘兮兮地说："二姐，有个发财的道儿你走不走？"

梅子说："你能有什么好道儿！"

"我说正经的呢。"

"我也说正经的呢，你说吧，投资买股票的钱啥时候还我？"

"我不是在等公司上市嘛。"

"啥时候上市？"

"应该快了……我估计，其中两只股票年底前怎么也有结果了。"

"我不等年底了，你把本金还我吧，利润我不要了。"

"可……本金，都押在股权证上了。"

"还不是的！空头支票呗。"

"不是空头支票，是远期支票，附带高额利润的远期支票。"

"多远？我小家小业的，看不了那么远。"

小革子说："这次可不一样了，纯粹赚现钱，不到半个月，我已经赚4K（千）了。"

"让我看看！"

果然，小革子从包里掏出一沓百元大票，梅子眼睛瞪得老大，忙问是怎么回事儿。小革子说是做直销业务赚的。"你知道商场怎么挣钱的吗？有批发的、有零售的，我就是赚这个环节的钱。明白了吧？"梅子说："不明白。""你怎么这么笨呢？这么跟你说吧，比如我就是生产厂家，我直接将产品卖给用户，中间环节的钱是不是全省了？这省的钱，也就是中间环节的钱，让我挣了。"

"你有商场？"

"我没有商场，我就是商场。"

梅子说："按你的说法，全世界的商店都该黄了。"

小革子做出一个无可奈何的手势："我真让你尅啦！"

小革子向梅子详细解释直销的含义，以自己为案例，滔滔不绝地讲自己如何买以色列钻戒，花了6000元，再往下推销，多一个客户就提一部分佣金，客户再发展客户，就像鸡生蛋、蛋生鸡一样，规模越发展越大。目前，他已经有了两个客户，也就是说，他已经开始领取固定的"工资"了。

"想一想，客户发展多了，每月都有固定的收入，而且还不断地增长，以后，你就在家里躺着，等着天上掉馅饼吧！"小革子说得两眼发亮。

梅子说："别到头来，天上没掉馅饼，掉地上的陷阱里了。"

"二姐，你一直是挺透亮个人，这回咋啦？"

梅子笑了，说："我听明白了，如果你发展了我，我就成了你的'下一级'客户。"

小革子说："不管你是谁的客户，反正都是下一级的，是我的又咋啦？自己家人不更好吗？肥水不流外人田。对不？"

"怎么才能不成为下一级客户呢？"

"那是不可能的，在这个网络中，你是别人的下级，别人是你的下级，分不清谁是谁的下级，总之，客户越多越好。"

梅子眨巴眨巴眼睛，寻思着。

"走。"小革子拉了梅子一把。

"干吗？"

"我领你吃烤串儿去。"

小革子连拉带拽，拖着梅子来到坡下儿童公园门口，在烟气袅袅的简易板房里，吃起了烤羊肉串儿。

“照你的说法，以后不用干活儿，坐在家里就行了？这不是不劳而获吗？”

“这有什么，这是靠智慧挣钱。不服？有本事你也坐在家里呀！”

“我没那个本事。”

“我带着你呀。”

“你？得了吧。”

“现在啥时候了？撑死胆大的、饿死胆小的，要敢想敢闯。”

梅子思忖着说：“我总觉得，这钱挣得太容易了。”

这次烧烤吃得十分必要。尽管小革子吃得满身大汗，梅子吃得牙根发黑，最终小革子也没说服了梅子，不过，梅子体内的活性元素还是被激活了不少。

梅子去学校练琴，她在走廊里等乔老师，见到乔老师时，走廊的日光灯管关闭了一半。梅子把大林回来、她和大林和好的事儿跟乔老师讲了，乔老师说好哇，如果大林能调回来，也许你们之间的矛盾就少了。梅子心想，大林调回来也许他们之间的矛盾会更多，她隐约地感觉到，她和大林之间的问题不是两地分居的“桥梁问题”，而是两个人对待“两岸风景”的看法不一样，她喜欢的是紫色，而大林喜欢的是灰色，这才是分歧背后的关键因素。桥是通了，但彼此都不愿意走过去怎么办？面对乔老师的回应，梅子嘴上却说，但愿如此吧。梅子还跟乔老师说起直销的事儿，征求乔老师的意见，乔老师说他不懂商业经营，总的感觉是，不熟悉的事情最好不做。

就在梅子犹豫甚至要放弃的时候，小革子给她打了电话。小革子说："你可以信不过我，可你得相信你自己呀，明天找时间，你自己去看一看。"

梅子太需要钱了，太希望早点儿把小提琴买到手了。于是，梅子跑到小革子搞直销的地方。那地方不过是几间小平房，三五成群的热心人在马路边讨论着，个个目光贼亮，神神秘秘的，在梅子看来，他们有点儿像老电影里的赌徒，好像随时等待着捞到大笔的意外之财。梅子走了两圈儿，就有不下七八个人主动跟她攀谈，鼓动她加盟，发展她入伙。

那天下午，还有一位港声港气、头发油亮的矮胖子讲课，那个人的口才不错，把梅子讲得心里直痒痒，好像有那么一瞬间，梅子发现了童话世界里的点金术，大把大把的票子在梅子的头顶上盘旋。整个下午，梅子周身的血液都在加速沸腾着。

不久，梅子就加入了直销的行列，成了小革子的下一级客户。

梅子参加直销起了"示范作用"，但并不等于说跃进和石青都顺利加入进来。小革子找石青谈了两次，还让梅子现身说法，梅子说："9000 块钱的以色列钻戒，5000 块就买到手里，东西实惠、便宜不说，关键是拿到了阿里巴巴咒语，打开了通往财富的大门。我在幼儿园发展了两个下级客户，月底已经收到 600 元的提成，才两个下级客户哇！随着时间的推移，下级客户再发展下一级客户，下一级客户的客户再发展再下一级客户……相信用不了两个月就能回本儿，剩下的是什么就不用说了。"石青动心了，回家跟许红卫说，许红卫听说要拿 5000 元出来，头摇得跟拨浪鼓似的，他开出租车都是十块八块地挣钱，深知赚钱不容易。一向强势的石青不高兴了，对许红卫说：“我主意已定，跟你说，不是征求你的意见，是告诉你一声。”许红卫立即改变了态度，说：“我倒不是反对你做什么，我的意思是，新鲜事物层出不穷，等等看不吃亏。”许红卫还列举了前些年经历的事儿。比如喝凉水治病，大家都喝凉水，早晨起来两杯，晚上睡前两杯，一连喝了几个月，他父亲不但没把哮喘病喝好，还喝出了胃病。比如红茶菌热，好好的茶不喝，非得放几天发酵，颜色酱红、长了白醭、黏稠了再喝。还有君子兰热，价格越炒越高，一盆君子兰卖到一万多，后来崩盘了，打回了原形，不乏上吊喝药的破产者。石青不愿意听他说这些，问他说这些是啥意思，许红卫说没别的意思，以他开车的经验，慢一点儿没坏处。石青心里惦记的是尽快发展下一级客户，尽快获得收入，所以她是慢不得的。小革子知道跃进对他高度不信任——凡是小革子反对的，他就拥护；凡是小革子拥护的，他就反对。所以他对石青和梅子说：“这事儿你们别跟大哥说，我根本就不想带他玩儿。”奇怪的是，这个话居然传到了跃进的耳朵里，他犹豫起来。前两年社会上刮起一股全民经商之风，人人做买卖“对缝儿”，钢材、水泥、石油、木材、玉米、豆饼等，啥都敢做。人们见了面就问：“需要水泥吗？我手里有货。”这两年那股风刮过去了，可人们发财的梦却没醒过来，跃进和素芬当然也不例外。跃进特别保守，按小革子的话说是针鼻儿心眼儿，“没格局”的人；素芬跟跃进基本在一个频道，相信“眼见为实”，梅子已经拿到钱了，符合她眼见为实的标准。于是，素芬出面找到小革子，跟小革子说：“这事儿我是背着你大哥做的，你别告诉他。”

小革子这段时间比较走运，以梅子作为突破口，石青、跃进都成了他的下一级客户。尽管石青和跃进比梅子还慎重，不过，在明晃晃的金钱的诱惑下，他们的防线一道跟着一道崩溃。这样，除了刘宝贵之外，家里人都被小革子发展成了“下线”，不到一个月，小革子就拿到了3000多元的佣金。

只是后来，素芬买的钻戒不知道怎么被跃进发现了，跃进死活逼她退货，素芬没办法去退了货，还搭上了5%的手续费。

小革子搞直销发财的事儿很快传遍了小楼，楼上的老马也来叩刘宝贵家的房门。

“第三次了吧？小革子回来没准点儿。”刘宝贵说。

“没事儿。”老马态度友善地说，“小革子回来就告诉他一声我找他。”

刘宝贵只用目光送走老马，他对老马的为人一向不敢恭维，认准这是个无利不起早的人。老马原来在单位烧锅炉，会点儿水暖手艺，重要的不在于手艺而在于他的脑子活泛，单位的人都说他“势利”，整天围着领导屁股转，靠打小报告、送礼，最后终于在锅炉房“脱产”了，一天晃晃荡荡。不过，领导家装修房子、改水道、安热水器什么的，他跑前跑后，累得满头是汗。小楼里的人求他可就难了。有一回楼里厕所水箱坏了，他硬是让老齐太太挨门逐户收一块钱，才动手给修好了。刘宝贵为了安装土暖气，跟他说过四五次，他总是找理由拖着，后来梅子给他送去一盒半干海参，他才痛痛快快地帮着安好了。

刘宝贵瞧不起老马，老马照样活得滋润，尤其是这一阵儿，腰板挺得更直了，原因倒也简单，因为他借了女儿马燕的光。

马燕从小就大大咧咧的，多少有点儿像老齐太太说的缺心眼儿。谁知，马燕偏偏交上了好运。职高毕业后她去了一家星级宾馆当服务员，别看她长得不漂亮，可是身材修长，皮肤白皙，待人也亲切，后来被常住宾馆的一位台商阮老板看上了。阮老板先是给她买了一些高档服装和化妆品，最近又传闻阮老板要娶她。

于是，老马也有了变化，笑的模样都跟以前不一样了，说话竟然也用“你这边，我这边”“哇，好酷哇”什么的。

老齐太太跟刘宝贵说，看老马那副德行，一下子就了不起了！

老齐太太只代表了她个人的看法，小苹子就不这么看，他认为存在的就是合理的，没什么好奇怪的。

小苹子得知老马主动找他，就一口气跑到楼上，屏住呼吸敲门——老马不在。

傍晚，马燕穿着洁白如雪的连衣裙，迈着模特步往家走。小苹子急急忙忙迎了上去。

小苹子故意操着伪台湾腔打招呼：“哇，马燕好靓啊！”

马燕一歪头，张口也是一句台湾腔：“少来啦！”

“你这衣服好好漂亮啊！”

小苹子伸手去摸马燕的衣服，马燕连忙躲闪了一下，到底还是让小苹子留下了手印子。

“烦不烦‘阴’（人）？”马燕一跺脚，把本地口音给跺回来了。

小苹子知道恭维的效果并不好，又怕马燕从他面前溜掉，就跟在马燕身后，口若悬河地讲他最近搞直销的收获。

“你爸找我好几天了。”

“推销啊！我们那儿天天有人去推销礼品。”

小苹子说：“不是推销，是直销。”

“直销？直销什么？”马燕停了下来。

“以色列钻戒。”

马燕神秘地笑了笑，继续朝家里走去。小革子并不甘心，紧紧跟在马燕身后。

马燕的脸上一直挂着神秘的微笑，回到家里，不一会儿的工夫，她拿出一个装饰考究的首饰盒，对着站在门口的小革子漫不经心地打开——里面五光十色，珠光宝气，令小革子眼花缭乱。

马燕对小革子说：“我劝你呀，省点儿工夫吧。”

小革子和马燕接触之后，放弃了发展老马加入直销的念头，所以即使见到老马也躲着。小革子越躲老马，老马越好奇。一天晚上，老马还是把小革子给堵住了。老马问小革子为什么躲着他。小革子说：“你找我加入直销的事儿我知道了，可我手里没指标了。”老马糊涂了，加入直销还需要指标？小革子说：“公司倒是没明确指标的问题，是我自己给自己规定的指标，这个月的指标完成了。”老马说：“那你就破个例，单独给马叔一个指标。”小革子知道老马上钩了，为难地说：“我给你破例倒是可以，可你家马燕反对咋办？到头来我费力不讨好。”老马说：“我是她爹，她不敢管我的事儿。”小革子说：“她是不敢管你的事儿，可她能骂我呀。”老马说：“这个好办，不让她知道不就行了吗？”小革子犹豫一番，算是勉强同意了。

发展老马的同时，小革子也找过崔胖子，崔胖子去南方购买汽车配件一直没回来。那几天小楼里也有传闻，说崔胖子老婆去派出所报了案，因为崔胖子计划一个星期后回来，但已经过去三个星期了，崔胖子仍音信皆无。

那天，他又去敲崔胖子家门，被楼下的老齐太太看到了。老齐太太挤着眼睛说："我知道崔胖子到哪儿去了。"

"去哪儿啦？"

"他准是出国了……说是出差，其实是做了个障眼法，说不准早把钱转到国外去了。这会儿，搞不好正吃喝玩乐呢。"

"你怎么知道？"

"哎，年轻人那点儿小心思……一撅屁股，我就知道他拉几个羊粪蛋儿。"

"可我不明白，出国这事儿用得着偷偷摸摸吗？"

老齐太太向楼上努了努嘴。

小革子捂着嘴笑了。

老齐太太仍板着脸说："钱哪，是把杀人不见血的刀。"

受到老马加入的鼓舞，小革子不会放过小楼里的任何一个邻居，他甚至认为这是给大家谋福利的机会，当然，他也是最大的受益者。

小革子抓住时机动员老齐太太加入直销，说这样可以赚一些养老钱，见老齐太太思想活泛了，便跟到她家里，喋喋不休地大讲直销的好处。讲了半天，老齐太太才说："好是好哇，可惜我手里没那么多钱。"

"不行先从别人手里倒腾点儿呗，几个月就回本儿了。"

老齐太太说："我手里那点儿钱都借给徐桢侗了，现在倒腾都没人倒腾了。"

那天晚上，小革子在楼前见到了崔胖子老婆。崔胖子老婆穿着入时，走近时，飘来一股浓烈的香水味。小革子心想，崔胖子老婆肯定知道崔胖子的事儿，不然，她怎么跟没事儿似的？

“大嫂哇，好长时间没看见崔哥了，他去外地了吗？”

“他到南方上货去了。”

“啥时候回来？”

“谁知道他上货顺不顺利……你找他有事儿？”

“有个好买卖，想跟崔哥说说。”

“有好买卖你早自己做了，还能想着你崔哥？”

“看你说的，我跟崔哥可是从小一起长大的，有好事儿能落下老邻居吗？”

“啥好买卖？”

小革子眉飞色舞地对崔胖子老婆讲起直销的事儿。

“我听说了，挣钱挺快的。那就等你崔哥回来再说吧。”

小革子说：“不知道他啥时候回来，早买早受益，时间就是钱哪。”

崔胖子老婆说：“可我手里的钱也不够哇。”

“差多少？”

“我还没算，估计差一两千吧。”

“你家那么大的生意，店里凑一凑也够了。”

“那我明天去店里看看，凑够了再找你。”

小革子高兴了，他问崔胖子老婆的衣服是什么品牌的。崔胖子老婆说：“我也不知道，都是洋字码。”小革子说：“嫂子你穿得真得体，跟贵妇人不相上下。”

崔胖子老婆笑了下，转身上了楼。上到二楼，崔胖子老婆又转过头来，对小革子说：“明天上午你有时间吗？带我去直销卖货的地方看看。”

不仅小革子，尝到甜头的梅子也在四处拉人参加直销活动。在练琴室见到乔老师，梅子眉飞色舞地对乔老师宣传起了直销活动。乔老师问梅子：“你买货了吗？”“买了。”梅子点了点头道。乔老师的笑容僵住了。梅子还把她发展下一级客户的情况和月底提成的收入告诉了乔老师。

“真收到钱啦？”乔老师问。

“收到了。”

“钱都买钻戒了，不买小提琴啦？”

“就是想早点儿买到琴，我才这么忙叨呢。”

“我能帮点儿什么忙？”

“你不用帮我，是帮你自己。这事儿几个月就能回本儿，以后就坐等收钱，搞好了比工资收入都高。”

乔老师见梅子格外认真的样子，忍不住笑了。梅子抬起头来，觉得乔老师的牙很白。

那段时间，梅子一有时间，小革子就拉着她出去拓展业务，见各色人等，而见面的地方通常在酒桌上。小革子介绍，这个是张总，那个是王总；这位是李总，那位是赵总，张王李赵遍地刘，老板也遍地有。那个时候到处是“老板”，有一句流行嗑儿：扔一块砖头砸 10 个人，9 个是老板，还有一个是副总。真的假的、大的小的，就姑且不论了。梅子参加酒局，最忌讳的就是喝酒，医生告诫她怀孕期间不能喝酒，所以她一直守着这个底线。小革子不好让梅子破例，就让梅子以水代酒，应付场面。以前，梅子很少参加社会上的酒局，那些天可真是长了见识。日本商人喝啤酒专喝沫子，还有的往啤酒里打生鸡蛋，兑着喝；韩国商人更生猛，将盛着白酒的小酒杯丢到大扎啤杯里，白酒、啤酒一起喝，美其名曰“深水炸弹”。为了表示自己喝干净了，喝完之后还在自己头顶上倒了倒。小革子也学对方的样子，喝完之后在头顶上倒了倒。后来，小革子经常在一些场合表演这样的动作，说是跟韩国老板学的。

周五，小革子给梅子打电话，让她参加晚上的聚会，说有香港老板和台湾老板。梅子说身体不舒服，就不参加了。小革子说：“这次参加酒局的人非常重要，你一定要参加呀。”梅子说：“哪次你都说重要，实际上就是胡吃海喝，最后一个客户都没发展，浪费了时间和精力。”小革子说：“做事不能只图眼前利益，要先建立感情联系，放长线才能钓大鱼。”梅子说：“放长线是你的事儿，我奉陪不起。”小革子央求起来，说：“二姐呀，你就陪陪老弟呗。”“我身子不舒服。”梅子坚持。

“可是我都跟人家说了。”

“怎么非得我去呢？”

“有女的陪我，我不是有面儿吗？”

“妈呀，你把我当成什么人啦？找女的陪，怎么不叫小朵陪你呢？”

“小朵不行，她太忙了。”

“我不忙吗？”

“跟你说实话吧，二姐，小朵不合适。”

“我也不合适。”

“你跟我一起做生意，而且你气质高雅。”

“少恭维我。”

“真的，我说的句句是实话。二姐，算我求你了。”

“不行。”

“我的好二姐呀，你不会卷我面子的。”

“求我也没用。”

“拜托拜托，下午我去你单位接你。”

梅子似乎明白了小革子的用意，他用一起做生意为诱饵来拉她撑场面，之所以不让小朵参加，大概是有他自己的小九九，他怕小朵接触一些大老板后动了心，也怕一些心术不正的老板勾引小朵。想到这儿，梅子心里“腾”地升起一股火，你知道保护你的女朋友，怎么不知道保护你姐呢？我可是你亲姐呀！梅子冷静了一下，心想，也许不是这么回事儿，小革子说得没错，小朵化浓妆，打扮得像个风尘女子，的确上不了正规台面儿，小革子之所以让她出场，的确是不二选择。当然了，最关键的是梅子自己也有意愿，想拓展业务，发展几个能尽快给她带来效益的下级客户。这样说来，她也没啥好抱怨的。

当晚的聚会在沙河口文化馆旁边的“满江红”举办，那个地方是在老俱乐部的基础上改造的，举架高，空间大，整个酒店是宴会大厅的格局，有舞台乐队，大厅中间摆着餐桌，两侧是带连廊的开放式包间。参加小革子酒局的有台湾来的林先生、港商潘老板、从事水产加工的安总和他的女秘书等人。一开始，几位客人以为梅子是小革子的女朋友，小革子摇头否认，介绍梅子是公司的助理，叫她梅小姐就行。林先生说：“梅小姐，名字好好听啊！刘先生，我顶羡慕你了，你的助理年轻漂亮，长得像一个大明星哟。”潘老板盯着梅子看，看得梅子很不好意思。潘老板说：“梅小姐长得跟刘总（小革子）很像，如果不介绍，我还以为你是刘总的妹妹呢！”梅子不自然地笑了笑。应该说，酒局初期大家喝得还算文明，尽管林先生和潘老板都对梅子表示了过度的热情，却还控制在不出格的范围内。后来舞台上音响劲爆，有说有唱，还有菲律宾演员表演节目，然后走下台来挨个儿酒桌敬酒，整个大厅的氛围热闹起来。

酒过三巡，大家开始互敬，你一杯我一杯，没多大工夫，林先生、潘老板、安总都喝兴奋了，他们分头过来向梅子敬酒。梅子喝的是假酒，被潘老板发现了，潘老板给梅子倒了一杯白酒，非逼梅子喝了不可。小革子连忙过去解围，替梅子喝了一杯。潘老板说：“不算数、不算数，如果你再怜香惜玉，我可就跟梅小姐喝交杯酒了……这杯不喝，肯定过不了关。”梅子瞅了瞅虎视眈眈的林先生和安总，说自己正吃中药，最多意思意思。几个人表示理解。梅子跟潘老板碰一下酒杯，又端着酒杯走了一圈儿，分别敬了酒。几个人喝了酒，然后把目光集中到梅子身上，无奈，梅子将酒喝到嘴里。酒在梅子嘴里并没有咽下，她紧紧地闭着嘴，想趁大家不注意的时候吐出去。不想，潘老板一直紧紧盯着她，坚持让梅子张嘴。梅子摇着头。林先生说：“不能欺骗我们哪！”梅子一张嘴，仓促地把酒咽了，呛了一口，接着咳嗽起来。安总的女秘书连忙过来拍梅子的后背，几个男人却在一旁开怀大笑。

梅子不小心喝了酒，郁闷地坐在那里，越想越憋屈，眼里慢慢溢出了眼泪。其他人继续喝酒，嗓门儿越来越高，后来，小革子发现林先生和潘老板都不见了。一低头发现了桌子底下的林先生，却没见到潘老板，小革子去卫生间找了一圈儿，仍未找到人。这时，大厅里人声鼎沸，不知什么时候，喝得满脸通红的潘老板出现在了舞台上。一位外籍歌手正一本正经地唱着，潘老板却走到演员身后，抽出自己的腰带，做起了滑稽的钢管舞动作。台下客人翻腾起来，大喊大叫，大厅似开了锅一般。

梅子悄悄离开了闹剧现场，晚上9点才回到小楼。刘宝贵见到梅子有些惊讶，忙问："又出什么事儿啦？"

"没事儿。"

"怎么这么晚才过来？"

"跟小革子参加活动去了。"

"小革子呢？"

"还在酒店，他不一定能回了。"

说话间，里屋的门开了，走出一个陌生的女人。

梅子看了看刘宝贵。

刘宝贵说："你大姐，不认识了？"

"大姐？"

"你二伯家的，秀梅。"

"红梅吧？不认识我啦？"秀梅热情地跟梅子打招呼，"我是秀梅呀，咱俩小时候在一起骑驴玩儿，你还吓尿裤子了呢。"

梅子并没有尿裤子的记忆，如果有，那也是6岁之前的事儿了。

二伯家的秀梅从山顶村来，带了一筐苹果。秀梅也是来找大夫的，好在她没有先斩后奏，没把刘宝贵的二哥直接领过来。秀梅跟刘宝贵说，她老爹走道扶墙根儿，尿尿带血丝儿，家里人怕把病拖严重了，议论来议论去，还是得到市里的正规医院看病。到市里医院看病，就得找刘宝贵。

趁秀梅回屋的工夫，梅子小声对刘宝贵说："这还有完没完了？”

刘宝贵叹了口气，说：“摊上这些亲戚，能咋办呢？”

秀梅从里屋出来，手里拿着一个国光苹果，热情地塞给梅子。

“现在家家都种富士，国光少见了……吃一个，这棵果树还是我老婶（房桂琴）回家那年种的呢。”

梅子接过苹果，在手里摆弄着。

刘宝贵问梅子：“你晚上怎么回去？”

梅子想，老爸这是下逐客令了。

梅子说：“放心吧，我一会儿给大林打电话，让他过来接我。”

第十章　苹果圆舞曲

小革子到了苹果园后并没守在果园，更多的时间是住在雪芳老宅旁边的一个农家小院里。他这个果园的看守，差不多成了雪芳住所的看守。由于地处偏远，山顶村有很多闲置的农家小院，租金很便宜。小革子就在老宅旁边租了个农舍，简单收拾一下，还在小院里种了很多花花草草，尤其是爬山虎，当年就爬满了院墙。

关于使用战备库储存苹果，还真是小革子出的主意，刚下来的苹果和储存后的苹果必然有价格差，而仓储公司是耗电大户，费用也不低。山顶村的战备粮库是 20 世纪 70 年代人民公社时期修建的，由于库区主体在山洞内，所以破坏程度并不大。这个战备粮库一度为无主山洞，后挂在山顶村集体资产账上，因没钱修缮，一直废弃至今。小革子对雪芳说，山洞里冬暖夏凉，是天然的大冷库，储存水果保鲜度高，还节约能源，使用废弃的山洞等于捡了一个大便宜。

事实上，并不是所有人都有健忘症，山顶村的亲戚如二迷糊、秀梅都对小革子“欺诈”过他们的事儿记忆犹新，以致影响到了下一代，比如世军和桃子。不过，他们把账记到了城里的刘家，说起那件事儿都说“老叔他家的”或者“老舅他老儿子”，刘宝贵难逃干系。雪芳不姓刘，可到山顶村不久，很多人就知道她是“老舅家的”，以为又一波的欺诈来了，对她保持着高度警惕。果园除了秋施基肥，每年对果树还要追肥3次，萌芽前后施以氮肥，果实膨大及花芽分化期施以磷钾肥，而果实生长期施以钾氮肥。参加施肥的村民要求工钱日结日清，从不隔夜，连负责日常管理的刘老蔫和有机肥制作的村民都要求预付工钱。可见村民对雪芳的不信任和防御心理到了何种程度。

雪芳请小革子来山顶村之前，小革子的状态非常不好，有时几天不出屋，有时白天黑夜都在街上晃荡。后来小革子找到雪芳，提出要帮她看守苹果园。雪芳想，人在哪里跌倒就在哪里爬起来，老舅既然敢到山顶村来，说明他还有挑战自我的勇气。于是雪芳接纳了小革子。后来，雪芳发现自己想多了，老舅似乎从未背负当年的心理负担，他只是想换个环境生活罢了。

雪芳和村委会商量使用战备库的事儿，世军几乎把战备库的事儿忘得干干净净，他自己先跑到战备库去查看了一番，确定那只是个废弃的山洞。战备库只是一种叫法，实际上并没纳入国家战备库的档案之中，而且，大概当年也没纳入。由于战备库挂在村集体的账上，世军觉得如果将山洞维修改造成仓储库，可以盘活村集体存量资产，大大增加村集体实力，意义非常重大。可惜，维修改造战备库需要投入巨额资金，村委会拿不出那么多钱，如果雪芳肯投入，可谓一举多得。

经过一番操作和必须履行的程序，世军代表村委会和牛顿苹果种植园合作社签署了15年承租合同。雪芳预付了租金，开始对山洞进行维修改造。

诚磊应邀来到山顶村，本来是看战备库改造的，由于山洞里施工，他只是在外面看了看，之后就去了果园。正值秋果摘袋上色，十几个村民在果园忙碌着。天气已经转凉，可“秋老虎”日头仍很热烈。诚磊试着跟村民摘苹果外层套袋，可没多大会儿工夫，衣服就贴在了身上，汗水从衣服里渗了出来。

从果园出来，雪芳对诚磊说：“其实我一直想找到一个纯自然的生态系统，就是让果树与其他植物和谐有序地生长，可目前的果树品种恐怕不行，不套袋会影响苹果的品相。”

诚磊说：“我理解你的想法，刚回国的时候你就有了这个想法，对不对？”

“我跟你讲过烂苹果的故事？”

“是，你说过，植物是有生命的。”

刚回国时，雪芳发现自己的包里有两个苹果：一个是烂苹果，一个是宁可干巴也不烂的苹果。一开始，雪芳以为烂苹果和不烂的苹果是人为干预的结果，比如有的苹果被涂上蜡层，有的苹果被喷过保鲜剂或呼吸抑制剂，有的苹果甚至被泡过防腐剂。后来雪芳发现，苹果的保鲜程度与苹果品种有重要关系。进而雪芳想到一个著名的实验：树枝被伤害而断裂时，通过超声波测试，可以听到尖叫的声音。雪芳认为，每个植物都是有生命的。

雪芳还跟诚磊讲过一个外国老头儿种“自然苹果”的故事。那个老头儿叫木村，种苹果不打农药不施肥，以生命平等的态度对待果树。艰难时期，老头儿一棵树一棵树地道歉和拜托，道歉自己不打农药让果树遭受了虫害，拜托果树不结果子也没关系，但千万不要枯死。一次，老头儿看到山里的野生橡树，在杂草丛生、昆虫遍布的环境里，照样枝繁叶茂，他恍然大悟，原来问题的症结在于树木的生命力太弱。经过 11 年的坚持和努力，他终于种出了世界上最好的苹果。人们为了能品尝到他种的苹果，不得不抽签才能买到。

诚磊说，世界上的苹果有一万多个品种，每天都有新的品种在培育，但总体上离不开富士、元帅、金冠、嘎啦四大体系。比如国光苹果，最早发现于美国弗吉尼亚州阿默斯特县的 Caleb Ralls 农场，国光苹果的特点是酸甜适中，贮藏时间长，但抗病性和抗雨裂能力较差，也缺乏香气；富士苹果就是从国光苹果中选育出来的，是国光苹果和元帅苹果杂交的结果。

“现在市场上比较火的乔纳金是哪个系列的？”雪芳问。

诚磊说：“乔纳金的亲本是红玉和金冠，是二者杂交选育后的新品种。红玉苹果的英文名叫‘Jonathan’，金冠苹果的英文名叫‘Golden Delicious’，取两者合一，命名为‘Jonagold’，中文翻译成‘乔纳金’。”

“现在的 00 后喜欢的‘小苹果’——新西兰的火箭果，据说是由嘎啦苹果杂交选育的。”

“是的，国内培育的金红苹果是金冠和红太平杂交选育后的品种，个头儿与新西兰火箭果差不多，比较适合寒地种植。”

雪芳笑了：“没想到你对苹果研究了这么多，我很欣慰。”

“干一行研究一行，怎么说我也是牛顿苹果园的大股东啊。”

“那，考你一个专业的问题，为什么有的苹果吃起来面，有的苹果吃起来脆呢？”

“面和脆的区别在于苹果细胞的不溶性果胶及纤维素的含量差异。”

“看来你是真懂啊。”

“让你这个生物学博士见笑了。”

“我学的是生物基础理论，你说的才是果树专业理论。”

其实，雪芳与诚磊的立场还是有区别的，如果说雪芳属于“自然派”，那么诚磊则属于“改良派”，但不管怎样，不同的看法并不影响他们之间的合作。

雪芳对诚磊说，埃及植物学家阿哈默德·赫加齐认为：从植物的角度出发，我们只不过是数千种或多或少无意识“驯化”植物的其中一种动物罢了。在这场共同进化的双人舞中，植物必须将它们的子孙后代散播到能够蓬勃生长的地方，并将基因世代传承下去。

诚磊笑起来，他说，让生物学博士研究苹果就对了。

回城的路上，车里循环播放着《伦敦德里小调》——我愿意做一朵小小的苹果花，轻轻落下，离开那弯树丫，沉沉地睡在你柔软的胸怀，睡在你柔软的胸怀，我更愿做一个光亮的小苹果，让你摘下……我永远是一个鲜嫩的小苹果，让你永远永远地陪伴我，这是我唯一的希望和要求，永远地传给人们芳香芬芳……诚磊说：“我听过女生独唱版的，童声合唱还是第一次听到。”雪芳问：“你更喜欢哪个？”诚磊难得地笑了一下，说：“都好听。”

明天就是梅子的生日，雪芳那头一点儿动静都没有，梅子的心越来越凉。想一想，梅子总是记得别人的生日：老爸刘宝贵的生日，女儿雪芳的生日，丈夫大林的生日。她不仅能记住别人的生日，还热衷给他人张罗庆祝生日，轮到自己了，没人惦记，别说张罗了，就连一句问候都没有。梅子为自己悲哀，似乎也为她那一代人悲哀，他们心里装的全是孩子，可孩子并不在意、不领情，甚至还当成了包袱。

“你说，我这不是犯贱吗？”梅子这样指责自己。

好在梅子能说服自己，让自己跟自己和解。她是这样计划的，明天上午去山顶村，跟女儿一起吃个饭，女儿不提生日她也不提，本来她血糖偏高，不能吃蛋糕，所以有没有生日蛋糕和庆祝仪式不重要，重要的是生日那天，她和雪芳在一起，就足够了。

当天晚上，梅子给雪芳留言，告诉雪芳她要去山顶村果园看看，顺便给姥爷摘点儿苹果。这次，梅子清晰地写明了“山顶村果园”。想了想，梅子也给小革子发了微信。

小革子知道梅子要来山顶村果园很高兴，一大早就给腰花打电话，说自己去西山水库钓鱼，中午去小卖店，让腰花给他炖鱼。

梅子在去山顶村的路上，给小革子挂了电话。小革子高兴地说：“二姐，你真有口福哇，我前天用有机肥喂了鱼窝子，今天就钓到了大鱼。”

收拾完渔具，小革子又给梅子回了一个电话，他说：“咱俩通完电话后，我又钓上来一条野生鲇鱼，有四五斤重，像专门给你准备的。鲇鱼炖茄子——撑死老爷子！今天中午我让腰花炖茄子。”

“谁是腰花？”梅子问。

“山顶村的，她炖鱼好吃。”

“雪芳知道这事儿吗？”

“我怎么知道？她也不在。”

“啥？雪芳不在？昨天晚上我告诉她今天我要来山顶村苹果园。”

“不对呀，她昨天傍晚走的。”

“回市里啦？”

“是呀，我送的呢。”

“那今天能返回来吗？”

“不可能，她今天上午给‘贵妃’看病。”

“哪个贵妃？”

“那条叫缘圆的母狗，我看那条狗越来越胖，就管它叫贵妃。”

“狗怎么啦？”

“那条狗绝育后，不仅长了一身肉，肚子里还长了个瘤子，雪芳带它去宠物医院做手术。”

梅子觉得眼前有些模糊，头有些晕。本来，她已经说过要来苹果园，与雪芳见面，雪芳却回了市内，回市内也不告诉她一声，明摆着放她“鸽子”。如果是特别重要的事儿也就罢了，雪芳丢下她去市内，竟然是给一只狗看病。妈妈和狗谁更重要？好说不好听，难道自己在女儿心目中的分量还不如一只狗？

这时，杨贵妃的电话打了进来。

“你在哪儿？”杨贵妃问。

梅子说自己在去苹果园的路上，快到鹿鸣山乡了。

“你坐谁的车？”

“网约车。”

杨贵妃说：“若影和我在一起呢，我们正要去接你。”

“接我？”

“早上雪芳跟若影联系，让我开车接你去果园，说是去摘苹果。”

“这个丫头片子，她怎么不跟我说呢？”梅子抱怨道。

梅子刚到苹果园，小革子骑着摩托车就到了。他下了车一瘸一拐地走过来，伸手要拉梅子上车。梅子大概闻到了小革子满身的鱼腥味儿，后退两步，说：“你要拉我去哪儿？”

“进村呀！”

梅子说：“我还是先摘苹果吧。”

杨贵妃和若影是中午过来的，她们摘了些嘎啦和黄元帅，之后随梅子姐弟去了山顶村腰花的食杂店，小革子用鲇鱼炖茄子招待了她们。吃饭过程中，小革子只是夸耀他钓鱼的本事，顺便还表扬腰花炖鱼的水平，他肯定不记得梅子的生日。

下午，若影开车拉梅子和杨贵妃返回市内，她没把梅子送到家，也没送到刘宝贵的住处，而是把梅子拉到了心悦酒店。梅子对那家星级酒店并不陌生，雪芳刚从国外回来时，她就在那里举办过家庭欢迎宴会。

进到酒店大厅，梅子看到包间指示牌上有自己的名字，原来，雪芳在这里为她举办生日宴。梅子的眼睛立时模糊了，泪水泉涌一般控制不住。

梅子努力控制着自己的情绪，故作镇静地随着杨贵妃进了包间。

工夫不大，雪芳、若影、水豚就进来了。雪芳说：“没想到水豚搞得这么大张旗鼓，本来想小范围聚会，给老妈单独庆祝一下。”

“我也不喜欢太大的场面。”杨贵妃说。

梅子说：“其实不用，我很少过生日的。”

“孩子的一片心意呀。”杨贵妃说。

梅子说：“那就一起吃个饭吧，别搞什么仪式了。”

“很简单，就一起吃个饭。”雪芳说。

话是这样说，基本的仪式还是有的。席间，梅子问雪芳战备库是怎么回事儿，因为中午见到小革子，小革子多次提到了战备库。雪芳说，山顶村有一个山洞，以前用作战备粮库，废弃几十年了，那个山洞的条件很好，冬暖夏凉，经专业机构检测，非常适合储存苹果，他们就租用下来了，这样采摘后的苹果可以存放在山洞里，在春节期间投放市场，提高产品附加值。

“主要是你老舅的功劳？”

“他跟你这样说的？”

“那倒没有。”

“你老舅提过，说正在给战备库升级改造。”杨贵妃补充说。

梅子说：“改造废弃的山洞得投多少钱哪……我不懂经营，可我总觉得果园已经上了那么多高科技设备，还使用有机肥，卖苹果能回本儿吗？”

“不能。搞好了勉强能维持运营成本。”

“做赔本买卖？”

“头三年肯定赔本，三年后应该能步入正轨。”

“那我就搞不懂了，你为啥要做这些呢？”

“也许，我想要的不单单是一种产品，而是一种生活。”

梅子眨了眨眼睛，没太听懂。

梅子说：“我虽然不懂经营，可毕竟是专业会计，我现在闲着没事儿，可以帮你管管账，节约生产经营成本。”

“我们已经请了专业会计公司。”

“花那冤枉钱干啥？我不要工资。”

“付出劳动就得支付报酬。”

“我明白了，你是不信任我。”

“不是不信任，是客观流程。”

“客观流程？”

梅子更糊涂了。

梅子吹蜡烛许心愿，切生日蛋糕时，雪芳接到世军的电话，世军告诉雪芳，小革子在他办公室里软磨硬泡，非要拿回战备库的租金。雪芳问，他要租金的理由是什么。世军回答，小革子说收拾战备库没钱了，要先用这笔钱。

雪芳说：“是我跟你们签的合同，你不用理他。”

“他说他是你老舅，可以代表你。”

“他代表不了我。”

“你什么时候过来？”世军问。

雪芳说：“明天早晨吧，我中午前就可以赶到。”

雪芳想不明白，小革子凭什么去跟村委会讨要租金，就因为这个项目是他提议的，他就责任感爆棚，以为他可以说了算？

梅子问雪芳：“有事儿？”

“没事儿，你别管了。”

“你老舅惹祸了？”

“没，是果园的事儿。”

梅子吃完长寿面，雪芳改变了主意，她不想等到明天，要连夜赶回山顶村。

刘宝贵是在早晨锻炼时碰到老齐太太的，火灾之后，老齐太太对刘宝贵分外热情。

“大刘，你听说没？”老齐太太总是无法改变那种神秘兮兮的样子。

“听说什么？”

“老马家的事儿呀！”

“是搬别墅的事儿吗？”

“你想，他哪来的钱……是他家马燕……”

“可别跟着乱说。”

老齐太太凑到刘宝贵跟前，小声说：“我可没乱说呀，楼里都传遍了。原来那个台商阮老板说要娶马燕，后来变卦了，人家在海外有老婆孩子。马燕也不是省油的灯，大闹了一场——那孩子小的时候一哭就没完没了，就比别的孩子厉害。我早就看出来了……估摸着马燕知道了那个老板的秘密，不然那老板就不会怕她，把自己的一栋小洋楼给了她。”刘宝贵说：“我听说是那个老板要跟马燕结婚才买的楼，后来老板出国了，就把小楼给了马燕，说是青春补偿费什么的。”

“现在的名堂真多，还有青春补偿费。”

刘宝贵讷讷着：“我是听……别人说的，我也不知道那句话是什么意思。”

老齐太太笑了，说：“咱没赶上好时候，人家光青春补偿费就值一栋小洋楼，咱那时候可惨了。”

“咱那是正道，心里透亮，没鬼，睡觉能打呼噜。”

“那是那是。”老齐太太说。

刘宝贵朝屋里走，老齐太太在旁边跟着。

老齐太太小声说：“亏得小革子没娶马燕。”

刘宝贵停下脚步：“啥时候有这一码事儿了？”

“你当然不知道了，你是厂里劳模，整天不着家，你家嫂子跟我说过。”

“她说过？小革子要娶马燕？”

“可不是嘛，那时候你家嫂子跟老马家里的关系好。”

“我还是第一次听说。”

“唉，你家嫂子和老马家里的都不在了……”

“她们在也没用，现在哪个孩子听父母的？不说别人，就说我家跃进、石青，还有梅子，哪个对象是我定的？”

“说得也是呀。”

刘宝贵的确从未考虑过马燕，如果让他给小革子挑媳妇，他唯一看好的是徐桢侗的女儿英子，可惜，两个孩子没缘分。

星期一，这座城市迎来难得的好天气，天空晴朗，云丝轻薄，小楼周边十分安静。那天上午老马家搬家，站在窗口向外张望的刘宝贵心想，老马这人真是好运气，连搬家都能遇到晴天。

老马像个管家似的，指挥着搬家公司的工人，自己楼上楼下来回跑。马燕却像个观众，家里搬家，她竟穿了一身白色的连衣裙，抱着胳膊晃悠着，东踢一脚，西踢一脚。

刘宝贵在窗里看得清清楚楚，他觉得应该去帮帮忙，用不用是一码事儿，帮不帮又是另外一回事儿，毕竟是几十年的老邻居了。

刘宝贵来到屋外，碰到从二楼下来的老马。

“这就搬走吗？”刘宝贵问。

老马说：“不全搬，只是给马燕搬点儿东西。”

马燕站在门口，没好气地说：“搬家有什么不光彩的？这鬼地方你还没住够啊？”

刘宝贵尴尬地笑了笑，说：“用不用我帮忙？”

“不用了，谢谢。”老马抹着汗说。

“别看我老末喀嗤眼的，我还有力气。”

“有工人师傅呢，我都插不上手。”

“千万别客气呀！”

“我说过多少次了？”马燕突然大嗓门儿喊，“一些没用的东西就不要搬了，不要了，怎么就是不听呢……人家外国人，10天用不着的东西就扔了，咱可好，专门收拾破烂儿！”说着，马燕用她的高跟鞋踢了踢一个鼓鼓囊囊的编织袋。

老马过去拎起那个编织袋，嘟哝着：“破烂儿？东西到用的时候就找不到了。”

马燕走了过去，一把将老马手里的编织袋夺了过去，扔到地上，揪起两个底角，开口朝下抖了抖，里面滚出五颜六色的东西来。

“这些东西有用吗？你说有什么用？破鞋头烂袜子有什么用？你还能穿啊……”

老马瞅了刘宝贵一眼，觉得有些丢面子，对马燕吼道：“你看好你自己的东西得了，我的东西你别管！”

马燕毫不示弱，和老马对吼：“这些东西就是不能搬进新楼，破破烂烂的，气场不好！”

不知道什么时候，老齐太太来到刘宝贵身边，手里拿了一把生了铁锈的斧头。

老马和马燕都看到了老齐太太手里的斧头，老齐太太把斧头递给老马，老马瞅了瞅马燕。刘宝贵帮老齐太太解释说：“按咱这儿的习惯，搬家送斧头是送福。”“是的。”老齐太太补充说，“而且，斧头越旧越好。”

老马接过斧头，点头哈腰地说：“谢谢，谢谢，等收拾利索了，请邻居到我家温锅。”

刘宝贵说：“好哇！去你家温锅，我带筷子和粉条。”

“把那东西放下！”马燕的喊声把三个上了岁数的人惊着了，尤其是刘宝贵被吓得一哆嗦，哆嗦过后，后背还麻酥酥的。

面对此情此景，刘宝贵的脑海里突然冒出一个自己都感到意外的奇怪想法：如果小革子跟马燕处对象并娶她做老婆，说不准马燕还真能驾驭得了小革子这匹脱缰的野马，一物降一物，正所谓负负得正。

搞直销的公司涉嫌传销活动被查，开公司的港商携款逃匿的第三天，小革子才得到消息。“妈的！”小革子骂了一句。

小革子心里明白，这回他麻烦大了，那个港商骗了他，而他也等于骗了别人，这别人恰恰是自己的亲朋好友，港商一逃，他不成众矢之的才怪呢。

按说，小革子对社会上的骗术是有一定辨别能力的，只是这次，他看到参与直销的大多是有文化的人，而且是从国外传过来的最新的“科学”营销方法，也就未加怀疑。中午，小革子本打算跟小朵一起吃饭，听到这个消息，他什么心情都没有了，自己去了烧烤店，要了 40 串儿羊肉串儿，开了 4 瓶啤酒。他一边喝一边想，越是怀疑被骗越没事儿，越是相信反而越有问题，真他妈的怪了。

如果不是石青找梅子，梅子也不知道直销公司出事儿了。

梅子不愿相信这件事是真的，她的发财梦才做了俩月，那个梦的后边可是她心心念念的小提琴哪，她眼前模糊的小提琴图像仿佛越来越清晰了。

梅子对石青说："这事儿就跟炒股票似的，得挺，塞翁失马，后果难料。"

石青说："人都跑了，还挺什么？"

梅子说："这主要是受市场管理的影响，一旦形势发生了变化，说不准我们还赚了呢。"

石青说："咱又不是大商人，自己那点儿血汗钱，挺个屁呀！"

梅子说："起码咱还有以色列钻戒，买得也不贵。"

"如果钻戒是真的当然不贵了，可我听说，那个钻戒是假的，跟以色列钻戒一点儿关系都没有。"

"假的？钻戒那么容易作假吗？"

"听说好一点儿的是锆石，差的就是玻璃合成的。"

"到哪儿鉴定的？"

石青说："我听说玻璃合成的叫水钻，自己回家就可以鉴别，把钻石放进一碗清水里，真钻石有清晰的轮廓，假的看不清。"

"你试了吗？"

"我还没试。"

梅子面不改色、十分沉稳地给小革子挂电话，问直销公司的情况。小革子说：“我也听到了一些谣传。”

“谣传？既然是谣传就是不属实喽？”

“据我了解，直销店临时关店，主要是供不应求，港商去海外联系货源去了。”

“那就好，都传外商卷款跑路了，吓我一跳。”

“现在我也没有准确消息，不过我相信，涉及这么多人，哪能轻易让那个港商跑了呢？”小革子说。

梅子从小革子那里得到了信心，对石青说：“你放心吧，涉及这么多人，管理部门不会让大家有损失的。”

坚持到星期五，梅子也稳不住了，她找来一个白瓷碗，盛满了清水，将自己直销来的钻戒投入水中，她仔细观察着，觉得钻戒的轮廓似有似无，或者说希望它有的时候，仿佛还是可以看得到的。梅子心里不免紧张起来，觉得十有八九是被骗了。梅子并不甘心被骗，匆忙地赶到了位于中山区的那个直销卖货的商铺。商铺已经被贴上了打“×”的封条，有人在维持秩序，不让梅子靠近。梅子问直销公司的情况，维持秩序的人摇了摇头，说他只是执勤的，别的事儿一概不知。梅子看到不远处有人三五成群地议论着，就走了过去，听到人们在议论“水钻”“铅玻璃”什么的，也听到有人在争论。“我们的损失你们不管吗？”“我们又没逼着你买，是你心甘情愿的，凭啥找我们？”“既然是假冒伪劣产品，你们为啥不管？”“谁说我们不管了？我们不是打击了吗？”“人跑了，损失由谁承担……”

梅子急急忙忙找小革子，可怎么都联系不上他，这时梅子才感觉到问题严重了。

梅子回到小楼，跃进、素芬和石青都没跟她打招呼，他们正在议论小革子。石青提高了音量说："小革子这个骗子，有本事去骗别人哪，骗自己家人算什么本事？"跃进说："咱有这么个弟弟，真是倒了八辈子血霉了。"

梅子不愿意参与他们的议论，径直向里屋走去，却被石青拦住了。石青问梅子："小革子呢？"

"问我吗？"

"那我问谁呢？"

"你问我，我问谁去？"

"这段时间你们不是经常在一起吗？"

"在一起怎么啦？"梅子明显不高兴了，"要说这事儿，也不能完全怨小革子，他也没上你手里抢钱，还不是你自己愿意的？"

"梅子，你这样说话就有问题了，我要是不愿意，那就不是骗而是抢了，小革子不说得天花乱坠骗我，我那么容易上当？"石青说。

跃进说："我就知道那小子肚子里没装什么好水儿，还好，我提早退了出来。"

素芬斜了跃进一眼："就你能，你本事大，能掐会算。"

"我不会算，本事也不大，可我不贪心。"

石青说："别在那儿幸灾乐祸、得便宜卖乖了。"

"维革不在，你们呛呛什么劲儿呢？"刘宝贵说。

石青说："现在想起小革子，我恨得牙根儿都痒痒，他倒是挣到钱了。"

梅子说："小革子挣的那些钱也捞不回本儿来。"

跃进说："你总帮小革子说话，他给你什么好处了？我怎么觉得你俩是一伙的呢！”

梅子说：“一伙的咋了？”

“你们能不能别呛呛了？”刘宝贵大声说。

梅子说：“本来嘛，真是不识好歹。我这么说还不是为大伙儿宽心嘛。钱已经损失了，埋怨也没用了，况且小革子也一样是受害者。”

“你用不着为他开脱，我就怨小革子！本来我的日子过得挺平静的，没有他，会碰到这么倒霉的事儿吗？”石青抱怨道。

“还不知道小革子现在怎么样呢？”素芬说。

“放心，他没事儿，你们在这儿发愁，殊不知他在什么地方胡吃海喝呢。”跃进说。

刘宝贵说：“这个败家子儿，一准儿是前世的冤家，来讨债的，不讨够本儿，是不会消停的！”

家里人正为小革子闹得不愉快时，老马来了，大概是他搬家之后第一次回小楼。刘宝贵连忙给老马让座，让梅子倒茶、跃进递烟。刘宝贵和梅子明白老马的来意，肯定是找小革子要说法的。果然，老马一坐下就东张西望地寻找着。

“找小革子吧？我们也找他呢。”刘宝贵说。

老马叹了口气，说：“我本不想来，可实在是心里憋屈。”

石青说：“大伙儿心里都憋屈呢。”

“小革子骗谁都行，就不该骗邻居，兔子还不吃窝边草呢。”

石青说：“你找我们也没有用，要找就去找小革子，要么就去法院告他。”

老马的脸有些扭曲，哭咧咧地说：“马燕说对了，她让我别和你们这家人打交道，我不听，这回可好……”

“会不会说话呀？”梅子站起来说，“说小革子就说小革子，怎么牵扯到我家了？”

“小革子不是你家的，难道是我家的？我怎么不去别人家，偏偏来你家呢？”

“这话怎么说呢，你家马燕给台湾老板当小的，能说你们老马家的人全都那样吗？”石青说。

刘宝贵对石青瞪起了眼睛：“怎么跟你马叔说话呢？”老马脸色涨红，强硬地说：“你们要是这态度，我还真要讨个说法了……”

梅子说：“好哇！最好把小革子法办了，那样也替我们解气了。”

老马说：“讨说法前，我得满楼里嚷嚷，让大家小心着点儿，以免上当受骗。”石青“腾”地站起来，大声说：“好哇好哇，欢迎您为民除害。等您嚷嚷完，我也去嚷嚷，把那年冬天那件事儿说一说，咱也来个为民除害。”

老马看着石青，立即傻眼了，像一个泄了气的皮球。

“我……也是在气头上，说几句气话，能真去嚷嚷吗？不看僧面看佛面，毕竟咱是几十年的老邻居。”

“是呀，出了这种事儿大家都有损失，都挺上火的，”跃进插话说，“不过，冤有头债有主。”素芬拉了拉跃进：“没你啥事儿。”

老马快速眨了眨眼睛，说：“老大说得对，冤有头债有主，骗我们的是个别不良港商，小革子也是受害人哪。”

刘宝贵说：“你不用替小革子打掩护，回头我得好好教训教训他。”

“教训倒不用，主要是大家得团结起来，心往一处想，劲儿往一处使，找那个港商讨回损失……你跟小革子说一声，需要他马叔配合的，他马叔一马当先，在所不辞。”

刘宝贵说：“谢谢老马这么大度、宽容。”老马说：“咱老哥儿俩还说啥，几十年的老邻居了。常言道，远亲不如近邻嘛。”

老马走了，充满疑惑的梅子偷偷问石青：“怎么回事儿呀？你一下子就把老马给拿捏住了。”石青说：“我没做啥呀。”

“得了吧，老马可不是个省油的灯，眼看着一场大战就要爆发，你一句话就把战火给浇灭了。”

“我哪有那个本事。”

“不说是吧，你不说，说明你俩之间有啥事儿。”

“别胡说。”

“那你解释解释吧。”

“我说完，到你那儿可就拉倒……那个老流氓，我要不点拨点拨，他还装正人君子呢。”

“他欺负你啦？”

“他敢！”

石青跟梅子说，有一年冬天的一个早晨，她发现老马在二楼走廊的窗口用一根竹竿绑了一个小镜子，向一楼的厕所里偷窥。小楼 7 户人家共用一楼一个厕所，早晨是使用高峰期。老马正聚精会神地看着时，石青走到了他跟前。

“偷看女人上厕所？”梅子大声说，“你怎么不告发他？”

石青嗔怪道：“小点儿声。”

“当时谁在厕所里？”

“崔胖子老婆。”

“崔胖子老婆知道就好了，非挠他个半花脸不可。”

“我没告诉崔胖子老婆。”

崔胖子老婆回屋之后，石青骂老马老流氓，要揭发他。老马吓坏了，他说他头一次干这事儿，让石青原谅他，以后绝对不敢了，还给石青下了跪。

“你就心软了？”

“都是邻居，闹大了不好收场。”

“报警啊。”

“时过境迁，警察询问他，他死活不承认怎么办？”

石青教训了老马一番，警告他如果再被她发现，她就报警。老马指天发誓，表示绝不再做了，同时对石青感激涕零。

梅子想不到心直口快的石青心里居然也隐藏了秘密，而且隐藏得这么深，不过，知道这件事之后，梅子心里还是很不舒服，她怀疑自己是不是也被老马偷看过“青春”。

“这个死不要脸的！”梅子在心里骂道。

这些天小革子一直没回家，他知道回家肯定会遭遇一场前所未有的暴风雨，从梅子和石青给他发传呼的频率，就可以想象场面的激烈程度。不仅梅子和石青，一些被他发展成为下线的客户、熟人也在找他，包括崔胖子老婆。小革子不仅不能回小楼，甚至得东躲西藏，所以他心情十分压抑。

那天上午，小革子想起好几天没见到小朵了，就偷偷摸摸溜到小朵的美容店，推开门，发现小朵和皮二正在掉了皮的沙发上坐着，你搂着我，我搂着你。小革子火冒三丈，一个箭步冲了过去，拉过皮二就是一记冲拳，正好打在皮二腮帮子上。猝不及防的皮二踉跄地后退了几步，待缓过神来，他大喊一声冲了过来，抱住小革子就是一个背摔，将小革子摔了个仰八叉。皮二练过摔跤，小革子不是他的对手。皮二根本瞧不起他眼前这个曾经的手下败将，他将小革子拉了起来，想给小革子来一次二度重摔。不想，这时的小革子已经红了眼，死死地抱住皮二的后腰。皮二正琢磨着给他来个夹头摔的时候，突然觉得自己的肚子针刺一般，他低头一看，鲜血冒了出来。皮二松开手，小革子却不肯罢手，用那把工艺品蒙古刀连刺皮二两刀——皮二倒在血泊之中。

小朵吓坏了，扑通一声跪在小革子面前。

小革子用滴着血的刀尖儿指着小朵说："你，好自为之！"

说完，小革子大摇大摆地离开了美容店。

小革子出事儿的消息很快传到了刘宝贵耳朵里，先是一个脸上有疤的人带着三四个人在小楼下边转悠，后来警察找上门来，没找到小革子，临走告知刘宝贵，配合公安机关办案是公民的责任和义务，容留藏匿犯罪嫌疑人、协助犯罪嫌疑人逃跑都触犯国家法律，小革子一有消息必须立即向公安机关报告。刘宝贵这回真蒙了。

梅子带回来的消息更令刘宝贵震惊，梅子说案发现场在小朵的美容店，现在美容店已经被警察封了，听说是发生了命案。

"命……案？"

刘宝贵眼睛发直，嘴唇发紫。

"他人呢？"

“不知道，听说跑了。”

“天罗地网……跑？”刘宝贵眼前一黑，摔倒在地。

刘宝贵住进医院，心脏病发作，必须做支架手术。

手术之前，刘宝贵把跃进、石青和梅子叫到跟前，留下了遗嘱。

刘宝贵清醒过来，问的第一句是：“有消息吗？”

梅子说：“你问的是哪个消息？小革子吗？”

刘宝贵合一下眼皮：“有消息吗？”

“没有，音信全无。”

刘宝贵有气无力地说：“听说……人没死，这样，小革子也不至于是死罪，判几年将来还能出来。”

跃进说：“您安心养病，别管他的事儿了。”

石青补充说：“您放心吧，我和梅子打听消息了，构不成重伤害，问题应该不大。”

刘宝贵说：“我这次不一定能挺过来……我要是死了，最放心不下的就是小革子……你们三个听好了，我死之后，你们都要帮小革子，你们就他这么个弟弟，他再不让人省心，也是你们的亲弟弟……帮他还饥荒，帮他找份正儿八经的活儿谋生，帮他娶媳妇成家……不然，我死不瞑目哇。”

“别想那么多，小革子也不小了。不用替他操心。”

“我说的话你们记住了吗？”

石青和梅子都说记住了。

“跃进？”

“记住了。”

刘宝贵的眼角流出了眼泪。

“梅子！”刘宝贵轻轻唤了一声。

“我在，老爸。”梅子带着哭腔应着。

“有个事儿委托你，我……我还有点儿钱……在钟后面，是为小苹子结婚准备的，小苹子一结婚，我的任务就……就完成了，也对得起你妈了。”

石青也忍不住了，开始哭天抹泪。

刘宝贵所谓的遗嘱，只叮嘱了小苹子这一件事儿。

第二天上午，梅子回小楼拿刘宝贵的换洗衣服，进门看见了跃进。

“大哥，你干啥呢？”梅子问。

跃进正在整理刘宝贵的证书、奖章和当年的一些旧资料，有些证书已经装到他带来的背包里。

“我帮老爷子整理东西。”跃进说。

梅子似乎明白了什么，说：“大哥，你这是干啥呀？”

“我帮老爷子保护好。”

“大哥，冲这一点，我真瞧不起你！”

跃进急了，大声说：“你想哪儿去了？这些东西又不值钱！”

直销老板跑路之后，梅子一直不好意思见乔老师，她没去学校练习室练琴，乔老师发来的传呼她也没回。

那天，天下着蒙蒙细雨，下班后梅子在幼儿园门口看到了黑色大伞下的乔老师，显然，躲避是来不及了。

乔老师走到梅子身边，笑吟吟地说：“今天有高兴的事儿，走，请你去吃日式料理。”

梅子迟疑一下，说："我今天，家里有事儿。"

"那就改日吃饭，我送你回家，路上说说话。"

没办法，梅子只好跟乔老师沿街走着。梅子工作的幼儿园在胜利路和高尔基路之间的一条小街上，从小街走下来就拐到了高尔基路上。高尔基路的两侧栽满了法国梧桐，树荫浓密，人行道上已经感觉不到雨了，小雨被树叶遮挡，偶尔滴下的是大颗的雨滴。乔老师和梅子都收起雨伞，这样彼此能更清楚地看到对方。

"对不起。"梅子说。

"怎么对不起了？"

梅子眼里噙满了泪水，她喃喃着："我知道你是为了帮我才买钻戒的，可我没成心骗你。"

"这个事儿呀，我说你怎么不跟我联系了呢？我还以为你身体出了状况。如果是因为这个事儿难过，可就得不偿失了，况且，我也有了钻戒。"

"钻戒是假的！"

"你检测了？"

"嗯，我找人做了检测，结果是仿钻的铅玻璃。"

乔老师说："是，铅玻璃的折射率在1.70—1.85之间，色散值0.06左右，仿造的水平不低，从外观看还真是难辨真假。"

"你早就知道了？"

"我也是这几天才知道的。"

"你发展下级客户了吗？"

"没有。"

"还好，这样我的心理负担能小一些。毕竟，我只欠你一个人的债。”

“你不欠我的，你也是受害者……我们都不是专业人员，无法判断钻戒是真是假。”

“就是呀，还有鉴定证书，盖着钢印，谁能相信是假的呢？压根儿也没往那上面去想啊。”

“人愿意相信他相信的，对信息是有偏好和选择的，我也一样。”

“你说得真对，我就信以为真，尤其是后边还跟着利益，从没想过要去做鉴定，况且，买货的大多是普通老百姓，鉴定也找不到门路哇。”

“所以就不要在这事儿上纠结了，吃亏增智吧。”

“这个亏真是吃大了。”

“也不好说，中世纪之前的琉璃，也就是现在常见的玻璃，比真的宝石还值钱呢，假钻石也一样，存货肯定越来越少，好好保存，说不准哪天还值钱了呢。”

“你真会安慰人。”

梅子挺着大肚子，大概觉得累了，她停下了脚步。

“没事儿吧？”

梅子抬头问乔老师：“你刚才说要去吃日式料理……是这样，家里的事儿也可以明天做。”

乔老师笑了，说：“那我们就去‘割烹清水’。”

新开的割烹清水在民航大厦里，应该属于合资的日式料理店。梅子头一次吃正宗的日餐，走进餐馆，不免有因陌生而带来的局促感。餐馆的装修十分高档，却比较亲民，暖黄色的灯光，白底黄框的木质窗扇、拉门，小包间门口的灯笼和布帘，墙壁上挂着的小伞、扇子、卷轴字画等，给人一种质朴的乡村感觉。还有，进包间必须脱鞋，在榻榻米上席地而坐，给人一种回家的错觉。

乔老师让梅子点菜，看到菜单上的价格，梅子有些犹豫："还是你点吧。"

乔老师点了生海胆、生鱼刺身、烤秋刀鱼、干锅牛仔骨、天妇罗和寿司卷。"喝一点儿日本清酒吗？"看到梅子的表情，乔老师说，"对了，你现在不适合喝酒。"

梅子说："没事儿，你可以喝，我喝点儿柠檬水就好。"

小包间里就梅子和乔老师两人，吃饭过程中，他们交流了没见面期间各自的情况以及小楼邻居的情况。梅子并没有跟乔老师说小革子逃跑和刘宝贵住院的事儿，她努力表现出心情很好的样子。事实上，见到乔老师之后，她郁闷的心情的确得到了极大的改善。

梅子和乔老师之间隔着一张小木桌，他们的脚在桌子底下很容易就触碰到了一起。开始触碰时，梅子有种触电的感觉，马上收了回来，后来不经意地触碰多了，就不再敏感了，尤其是乔老师喝了两杯啤酒之后，他的脚搭在了梅子的脚上，梅子没有移开。

乔老师瞅了瞅梅子，梅子笑了一下。

"我要是早认识你就好了。"乔老师说。

梅子记得以前她也说过这样的话，觉得自己的脸有些涨热。

"现在认识也好哇。"梅子说。

"如果我不是出生在另一个城市，而是小的时候就生活在南山街的小楼里，我们从小一起长大，那该有多好。"

"谢谢。"梅子的眼圈又红了，"您这样说我已经很满足了。"

乔老师不说话，静静地看着梅子，梅子也静静地看着乔老师。

这时，乔老师似乎从虚幻中回到了现实，他偷偷擦了一下眼角，微笑着问梅子："预产期是什么时候？"

梅子先是一愣，然后回答说："应该是 11 月初。"

乔老师说："一定要保重好身体，生一个健健康康的小梅子。"

梅子紧闭着嘴唇，用力点了点头。

刘宝贵出院后，在梅子的陪同下回了山顶村。自打从山顶村出来，40 年来，刘宝贵几次回老家都蜻蜓点水一般，父母去世、第一个侄子结婚、回家开证明材料等，都是当天去当天回，一刻都不想在老家停留。

这次，从鬼门关走过一遭的刘宝贵居然有了一个强烈的愿望，突然想回老家去看看。当刘宝贵把他的想法说给跃进、石青和梅子听时，跃进支持刘宝贵的想法，只是他不能陪刘宝贵回去，现在他请半天假都困难。石青说："你不是说这一段工厂生产任务不饱和、经常停工吗？"跃进说："生产任务是不饱和，可在厂里闲着行，请假不行，请假半天就扣工资。"石青说："扣的工资我给你补上，你是长子，你陪老爸回去一趟吧。"跃进说："不是钱的问题，是请不下来假。不如你请几天假，陪陪老爷子，你是长女。"石青说："我可是站柜台的，每天 8 小时，上厕所都不能磨蹭，远没你的岗位灵活机动，况且，这一段我没少请假。"梅子说："你们俩不用瞅我，我一天也是 8 小时。"跃进说："你有假期，可以串休。"梅子不高兴了，说："我挺着大肚子，就是去了，是我照顾老爸，还是老爸照顾我呢？"

刘宝贵眼睛花了，但是耳朵不聋，隔远听到儿女的议论，他大声说："你们谁都别为难，我本来也没打算让你们陪着去！"

最后，还是梅子陪刘宝贵回农村老家的。石青也算作了贡献，让许红卫开车去送，既风光又减少了等车、换车的折腾。临走前跃进过来送行，送给刘宝贵一根不锈钢的拐杖，那根拐杖肯定是他在车间里加工的。跃进说，那里山路多，拐杖有用。刘宝贵阴沉着脸，对梅子说："把那个，扔一边去！"

刘宝贵不喜欢拐杖大概觉得自己还年轻，还没到七老八十、走路需要拄拐的程度；另外有一种说法，即使需要拐杖也得是木质的，铁拐是不能轻易用的，用了就扔不下了。还有，刘宝贵是不是觉得跃进用工厂的材料做了拐杖，占了公家的便宜？

跃进耷拉着脑袋，脸拉得老长，他还以为刘宝贵是因为自己不陪他，跟自己生气呢。

陪刘宝贵回山顶村不仅是照顾他那么简单，路上梅子问刘宝贵打算住在谁家，刘宝贵不说话，走了一大半的路，梅子又问刘宝贵，刘宝贵说谁家也不住。

"亲戚知道了不挑礼吗？"梅子问。

刘宝贵说："先不告诉他们，知道了再说。"

"那，我们住哪儿呢？旅馆吗？"

"旅馆太贵了。"

"我们总不能住露天地吧。"

"不是说农村有农家乐吗？"

梅子咯咯地笑了起来，说："没想到老爸一点儿都不落后，连农家乐都知道。"刘宝贵没笑，说："住农家乐不贵，还省得叨扰人家。再说了，山顶村那么多亲戚，上谁家，不上谁家？更主要的是我不想找麻烦。”梅子问：“是怕麻烦别人，还是怕咱招惹麻烦？”“都有吧。”刘宝贵说。

在这一点上，梅子的想法可能与刘宝贵相同，也可能不同。梅子不想见村里的亲戚——准确地说是刘宝贵的亲戚，哪怕见过面，一起吃过饭，日后都会找上门来，一个跟着一个，排着队来麻烦你。

梅子说：“这样挺好，可是，回山顶村一个亲戚也不见，那你回去干什么呢？”刘宝贵说：“去给你爷爷奶奶上个坟，如果有时间，也愿意动弹的话，就到处走走，看看我小时候玩儿过的地方、上学的地方、干活儿的地方。”

“如果碰到熟人怎么办？”

“我离开老家这么多年了，没几个人认识我。”

“碰到亲戚呢？”

“那就再说。”

这一带的农家乐大多是饭店，很少有能住宿的，梅子只好把刘宝贵领到鹿鸣山乡的一家小旅馆。她对刘宝贵说，农家乐的房费比小旅馆的还贵，这儿的小旅馆便宜，住一个月也用不了多少钱。刘宝贵不放心，自己偷偷找旅馆老板娘核实，问清了价格。安顿好刘宝贵，梅子把许红卫放了回去，毕竟许红卫要靠开出租车养家糊口。

当天下午，梅子雇了一辆小三轮车，拉着她和刘宝贵去了西山。西山坡有一片坟茔地，他们在那里找了半天，好不容易才找到梅子爷爷奶奶的坟墓。祭奠一番之后，刘宝贵就坐在坟前的一个土包儿上抽烟，一支接一支地抽。

刘宝贵对梅子说：“你爷爷奶奶肯定是怨我了，怨我这么多年不回来给他们上坟，不然这块巴掌大的地方找起来怎么这么费劲呢？”刘宝贵还对梅子说：“十几年前殡葬改革，实行火化，有的已经都下葬了，镇里的工作组又派人挖出来火化。”梅子问：“我爷爷奶奶也火化了吗？”刘宝贵说：“他们俩没赶上火化，不过也都迁坟了，从家族坟茔地迁到了这里。”

回镇里的路上，刘宝贵看到几个干农活儿的老头儿，他情不自禁地笑了。梅子问他笑什么，刘宝贵说有两个人是他小学同学。梅子十分惊讶，说：“这都多少年了，您还能认出小时候的同学？”刘宝贵笑着跟开三轮车的师傅核实：“前边碰到那个，是刘喜贵吧？”师傅说：“对对，是他，刘大脑袋。”“后边碰到的那个是韩永发吧？”师傅说：“是他，韩大白话。”

梅子觉得刘宝贵真厉害，问他怎么做到的。刘宝贵笑而不答，一直到晚上在小旅馆吃晚饭，刘宝贵才对梅子说：“这么多年了，我怎么可能认出他们呢？而且，刘喜贵和韩永发长得比我还老，我认不出他俩，可我认识他俩的爹呀，他俩跟他们的爹当年几乎一个模子扣的。”梅子扑哧一声笑了，将嘴里的小米粒喷了出来。

第二天上午，梅子陪刘宝贵去了北山山洞，那里是刘宝贵离开山顶村前最后劳动过的地方，原来是为公社粮库修建的战备库，现在洞口的大铁门已经锈蚀，门前杂草丛生。刘宝贵在山洞口站了半天，他告诉梅子，修山洞时后村老曹家的孩子偷工地的雷管，准备去河里炸鱼，结果放在自家仓房里溅了火星，把家里的房子抹掉了一半。

“人没事儿吧？”梅子问。

“人怎么能没事儿呢！他姥姥被压在了下面。”

“他呢？后来怎么样了？”

“你说的是老曹家孩子吧？后来修水坝的时候出事儿了。”

接着，梅子又陪刘宝贵去了水坝，水坝面积不算大，如同一个大水泡子，水泡子四周干涸龟裂，形成了密密麻麻的龟纹，这里好像已经丧失了水库的功能。刘宝贵感慨地向梅子介绍，当年公社从 12 个生产队抽调青壮劳力，在这里举行大会战，那时这一片儿搭了很多工棚，可热闹了，红旗招展，人山人海。刘宝贵在工地吃住了两个月，他说工地的伙食好，主食是白面馒头，菜是大白菜炖豆腐。“那年我刚刚 16 岁，一顿能吃 6 个馒头。”“馒头多大？”梅子问。刘宝贵比画着：“这么大。”梅子说：“这么大的馒头，我一个都吃不了。您当时没把胃吃坏吧？”刘宝贵笑了，说：“那个时候就像饿死鬼托生的，怎么吃都吃不饱似的。”

“您说过，修水坝的时候老曹家孩子出事儿了。”梅子对偷雷管的曹家孩子念念不忘。

“修水坝，前前后后死了 3 个人。”

“有老曹家孩子？”

“他是其中一个。”

“跟爆破雷管有关？”

“不是，聚众斗殴，对方失手了。”

水坝西侧有一片荒芜的盐碱地，刘宝贵指点着对梅子说：“这一片儿叫西塘，这地方邪性，连蒿草都不愿意长。三年困难时期，村里人到西塘挖野菜，只有零零散散的龙须菜。挖野菜的人说，在西塘地里待时间长了，脑袋直打旋儿。”“啥是直打旋儿？”梅子问。“就是天旋地转，迷糊了呗。”刘宝贵还告诉梅子，西塘里边埋着横死的人和早夭的孩子。梅子问：“横死是指不正常死亡对吧？”刘宝贵点了点头，说：“水淹的、上吊的、车压的……都埋在了西塘。”梅子观察了一圈儿，并没有看到坟墓。

“没有墓碑呀？”梅子说。

“横死的一般不立碑。”

“也没看到坟头啊？”

“坟头应该有，可能年头儿长了，坟头平了。”

“是呀，一个都没看到。”

“白英当年就埋在这里。”

“白英是谁？”

“咱家对面房，邻居家的小孩儿。”

刘宝贵在西塘里找了起来，转了两圈儿，然后对梅子说：“你到路口去等我吧，我自己在这里待会儿。”不知道是不是受到了某种暗示，梅子觉得自己的头有点儿迷糊，她不放心刘宝贵，就在刘宝贵不远处等着。梅子叮嘱：“在这里待的时间别太长了。”

刘宝贵蹲在地上扒拉着荒草找了一会儿，有些累了，就坐在石头上抽烟，嘴里嘟嘟囔囔地叨咕着什么。梅子听不清刘宝贵说什么，她也不想过去打扰他，只是小心翼翼地在远处观察着。刘宝贵眯缝着眼睛，仿佛回到了小时候，回到了那个阴雨天的傍晚——他光着屁股和白英在泡子里玩水，听到远处有人喊：“谁家的小孩崽子，不要命啦？”后来，每次听到村里的小伙伴唱童谣“小丫蛋儿，梳俩辫儿，搭个伴儿，上河沿儿，挖俩坑儿，下俩蛋儿”，刘宝贵一下子就想到白英，想到他们在泡子里玩水。“下雨了，冒泡了，老头儿戴着草帽了……”那时刘宝贵家跟白英家两家的关系很好，两家父母还开玩笑说，等两个孩子长大了就让他俩成亲，两家亲上加亲。论起来，白英的妈妈是刘宝贵妈妈的表妹。这样的话，刘宝贵和白英都听过，他们再见面就有了羞涩感，而且白英好像还故意躲着他。刘宝贵 16 岁时，一次村里放露天电影，他正聚精会神地看着时，身边飘来一股香草味儿，黑暗中他发现了站在他旁边的白英，不知不觉紧张起来，他们就那样若即若离地站着，刘宝贵心里充满了幸福感。突然，刘宝贵感觉到自己的手里伸进一只手来，他知道是白英的，他一点点把那只手攥住了。刘宝贵的身子开始发热，呼吸有些急促，时间仿佛在他和白英之间停止了。电影结束，刘宝贵醒过神儿来，白英早已不知去向，只有自己汗津津的手，让他相信刚才的一切的确发生过。后来刘宝贵去城里干临时工，他本想跟白英告别，后来想，还是等挣了工资买个礼物再见她吧，然而还没等刘宝贵回来，白英就出事儿了。

午后太阳西斜，梅子陪刘宝贵去了他读过书的小学，当年的教室还在，只是已经荒废了，偏居一隅。现在的教室都是后建的，宽敞明亮的大瓦房，操场也很大，四周还加筑了围墙。小学大门是铁栏杆焊接的，两侧的大门柱装饰着磨砂水泥的菱形套环。门卫是个年轻人，他问刘宝贵和梅子找谁，梅子说不找人，随便看看。看门的说，现在学生正在上复习课，学校是不准进入的，让他们还是去别的地方看看吧。刘宝贵隔着大门向里面瞅了瞅，对梅子点了点头，大概觉得满足了。

路上，梅子拉着刘宝贵的手：“老爸，可以问您一个问题吗？”

“啥问题？”

“当时您拼命离开农村，是受不了农村的苦日子吗？”

“这是一方面，但不是主要方面。”

“主要方面是啥呢？”

“我就梦想当工人，因为工人阶级是先进的、是领导阶级。”

梅子笑了，说：“没想到老爸年轻时也是有追求的。”

刘宝贵说：“追求啥的我倒不懂，可对先进的东西倒是打心眼儿里向往。那时候我们这儿偶尔会有拉大货的汽车路过，等汽车过去了，我们几个小孩儿就跑过去闻路上的汽油味儿，觉得那个味儿真好闻。那是先进的味儿，不是我们整天闻习惯了的泥土味儿。”

梅子默默地看着刘宝贵，想不到老爸内心还有那么柔软的部分。这时，对面突然来了几个人，隔老远就吆喝起来。

走在前面的是二迷糊和二伯家的秀梅，后面还跟着老姑宝珍等人。二迷糊吵吵嚷嚷地埋怨刘宝贵和梅子回山顶村没告诉他们，拉着刘宝贵和梅子去家里吃饭。刘宝贵回家乡“微服私访”，还是被发现了。

那天晚上，二迷糊在自己家院子里摆了两桌欢迎刘宝贵。村里的亲戚大部分都来了，男人一桌，女人、孩子一桌，大家的热情令刘宝贵难以招架，他们还排号要请刘宝贵和梅子，一排就排了7天。关于刘宝贵和梅子住谁家，他们还争了起来。二迷糊希望刘宝贵住他家，秀梅希望刘宝贵住她家。其实，刘宝贵很想回老房子看看。

老姑特别关心梅子的身体，告诉梅子几个农村保胎的偏方，尽管梅子不会用那些偏方，可心里还是感谢老姑的，只是老姑的一句话令她心里不爽。老姑说："梅子呀，你这个名得改了。"梅子问："怎么了？"老姑说："梅子不就是'没子'嘛！不吉利。"

夜里躺在小旅馆的床上，梅子还想着老姑说过的话，心里一直不舒服。

梅子跟刘宝贵商量，准备一大早就离开小旅馆回城，不想，天刚刚亮，秀梅就带着孩子堵在了小旅馆门口。秀梅软磨硬泡，非要拉刘宝贵和梅子去她家不可，无奈，他们又在山顶村多住了两天。后来梅子给石青打电话，想了个计策，在许红卫的配合下，终于金蝉脱壳，回到了城里。

回城里的路上，刘宝贵一直闭眼眯着。梅子望了刘宝贵好几次，她知道刘宝贵并没有睡实，这几天折腾得够厉害了，也挺疲劳的，不过亲戚们的热情还是让梅子觉得心里暖暖的。

小楼动迁的事儿终于确定了，动迁办要求在 10 月 30 日以前动迁完毕。

令刘宝贵感到意外的是，动迁办考虑他是部级老劳模，在计算回迁面积时多给他奖励了一间房，也就是说，刘宝贵将得到三室一厅的新房。这个消息让一家人都很高兴，石青和跃进张罗着，说搬家时一定要隆重一点儿，石青还让许红卫组织开出租的哥们儿，开 10 辆车送刘宝贵。

刘宝贵赶紧说："你们成心丧门我呀，还开 10 辆车送我，摆那么大谱，想'烧'死我不成！"

虽然嘴上这么说，可刘宝贵还是挺乐和的。唯一的遗憾是小革子不在，这小子已经消失好几个月了，音信皆无。

那天，刘宝贵去了一趟中山广场。中山广场改建后，他还是第一次来这里，眼前的广场显得愈发宽敞、明亮，鳞次栉比的高楼大厦直耸云天。这次病重，他有一段时间没出门了，苍老了许多，眼神儿也不够用了，洁白的大理石地面，在阳光的照耀下直晃他的眼睛；绿茸茸的草皮和点缀其间五颜六色的鲜花充满了勃勃生机。广场上，男女老少，有散步的，有照相的，还有陪孩子放风筝的，都显得那么怡然自得。忽然，一阵悠扬的乐曲在耳边响起，他四下里寻找着，硬是没找到播放音乐的喇叭。刘宝贵抬头朝广场四周望去，想想这几十年，这座城市发生了多大的变化呀！要是在广场的人群里能见到小革子，那该多好！

此时，温暖的阳光正抚摸着刘宝贵，他觉得自己还是赶上了好时候，他没有理由放弃活下去的信心和勇气，他一定得住上新楼。

11 月 27 日，雪芳降生。雪芳出生那天下大雪，大林给女儿取了个名字：雪花。

刚刚听说自己生的是女儿，梅子立即联想到老姑说的话——“没子”。她的确没生儿子，可是，“子”就是指“儿子”吗？她并不是“没子”，她有子嗣，子嗣当然包含女儿。

第十一章　棒棒糖果

水豚陪雪芳回山顶村，一路上，雪芳眼前仿佛出现了幻觉，时不时跳跃出爱德华·蒙克笔下的苹果，就是那个让人联想到棒棒糖的苹果，斜条长纹，像西方小丑肥大的裤腿。蒙克是挪威表现主义画家，他的绘画一向带有强烈的主观性和悲伤压抑的情调，有趣的是，他画的苹果却带有戏剧色彩。

雪芳知道做任何事情都不容易，尤其是想往深度去做，就说日常生活中司空见惯的苹果吧，它与人类之间发生过的悲喜交加的故事不胜枚举。雪芳想到了另一位科学家瓦维洛夫，这位揭开了苹果起源之谜的大师，所学的遗传学是西方刚刚兴起的孟德尔—摩尔根学派，认为生物的性状由染色体上的基因决定，环境虽然可以改变基因的表达程度，但不可能从根本上改变生物的性状。现代遗传学理论为他揭示苹果起源奠定了基础，1943 年，长期营养不良的瓦维洛夫死在监狱之中，终年 55 岁。瓦维洛夫离开了，苹果发展史上却永久浇铸着他不朽的名字。

回到山顶村老宅，雪芳就给世军挂了电话。世军接电话的嗓门儿挺大，口齿却含混不清。雪芳猜测世军喝了不少酒，忙客套几句就挂断了电话。

第二天一大早，雪芳匆匆忙忙来到山顶村村部，看到世军和桃子正站在村部大门外说话。世军看到雪芳说："你专门为你老舅的事儿跑回来的？"

"你给他钱了吗？"

"怎么可能！我想给他也给不了啊，用钱都要走账。"

桃子走到雪芳身边："放心吧，现在谁也不傻，不会轻易动钱了。"

雪芳问桃子："你怎么也过来了？"

桃子说："我是过来帮忙的。现在村里就一个黄花大闺女，结婚要进城买楼。你说现在怪不怪？农村的闺女结婚都进城，你这个城里的大闺女却跑来农村。"

"这也符合人员流动规律呀。"雪芳笑着说。

桃子说："要是农村和城里一样好，那谁还往城里跑呢？"

世军说："雪芳不是在帮咱们建设呢嘛！"

"不就一个雪芳嘛！我要是有雪芳那样的房子，也不去城里住了。"

"那个标准可高哇，雪芳装修的房子比星级宾馆都好……要住那样的房子，还得继续努力呀。"

雪芳问世军："今天我老舅还能来找你不？"世军说："不可能，我已经封口了，苹果园的事儿必须见到你才算数。"桃子在一旁说："老舅好像回市里了，可能是老舅妈找他。"雪芳说："怎么可能呢？老舅现在还独身呢。"

"是吗？"桃子有些疑惑地看了看雪芳，自言自语道，"我怎么觉得有个老舅妈呢？我见过他跟城里的老舅妈通电话。"

世军说："雪芳说的能有错吗？"

桃子点了点头："也是，老舅来咱这儿挺长时间了，一次也没见有人找过他。"

世军问雪芳："今天你去战备库工地吗？"雪芳点了点头。世军说："我陪你去，看看有没有啥事儿需要解决。"桃子在一旁嬉笑着说："你这个村支书还挺像样儿。"

这时，在一旁接电话的水豚走到雪芳身边，小声对雪芳说："缘圆的状态不太好。"

"不是还没手术吗？"

"突发情况，有生命危险。"

刘宝贵偷偷去了山顶村一次，除了小革子知道，其他人谁都没告诉。

小革子开着一辆二手客货车，陪刘宝贵先去了牛顿果园。刘宝贵牵着边边从车上下来。小革子说在村里不用遛狗。刘宝贵说那可不行，怕它跑了。小革子说村里的狗大多都是散养的，跑不了。刘宝贵还是不肯放开手里的牵狗绳。边边对果园似乎有些熟悉，东闻西嗅，十分兴奋。刘宝贵没想到果园的面积这么大，居然没见到几个人，除了苹果套袋需要人工外，其他工作都是自动化作业。

刘宝贵说："这得花多少钱哪！"

"老鼻子了！"

"村里人投钱了吗？"

"没听说，果园投资巨大，村里人那点儿钱都不够塞牙缝儿的。"

"巨大？雪芳哪儿来那么多钱？"

“那我就不清楚了，好像是她同学集资的。”

“集资？集资合法吗？”

“不叫集资，好像叫众筹股份啥的。”

“雪芳也没多少钱哪！”

小苹子的电话响了，是雪芳打来的。雪芳要刘宝贵接电话。

“她怎么知道我来果园了？”刘宝贵警觉地问。

小苹子笑了，说：“果园发生啥事儿，雪芳在市里都了如指掌，连果园里的温度、湿度和果树的养分度都一清二楚，何况咱们两个大活人，她能不知道吗？”

刘宝贵接起电话。雪芳说：“欢迎姥爷到果园考察指导，今天下午我还有一个线上会议，就不能去山顶村陪您了，看出啥问题，请留下宝贵意见。”刘宝贵不好意思起来，说：“我一块老咸（闲）肉，还考察指导啥，你该干啥干啥，别为我分心。”雪芳说：“晚上您就住在山顶村吧，咱家的老宅子被我买下来了，装修改造后，条件不比城里住得差。”刘宝贵说：“不麻烦了，傍晚我就回市内……还有，我来山顶村的事儿千万别跟外人说。”

雪芳咯咯地笑，让刘宝贵把电话给小苹子，叮嘱小苹子别来回折腾她姥爷了，一定要留他在山顶村老宅住。

在果园里走了一会儿，刘宝贵突然想起什么，问小苹子：“老宅？哪个老宅？”

“老刘家的老宅子呗，我爷爷奶奶结婚那个老宅，说是你在那里出生的。”

“被雪芳买去啦？”

“嗯。我在老宅旁边也租了一个院子，说是老姑奶原来的房子。”

“老姑奶？我记不太清了。”

出了果园，刘宝贵看到路边有一个木碑，上面写着：缘圆之墓。

“还是个新坟呢？这个地方让埋坟吗？”刘宝贵问。

“埋的不是人，是一只叫缘圆的狗。”小革子解释说。

“狗还有坟？”

“一定是雪芳干的，缘圆原来是一只流浪狗，也就是边边的妈妈。”

刘宝贵松了松牵狗绳，边边围着坟包转着，嗅来嗅去，不知道它知道不知道那个土堆下埋的是它的妈妈。

“雪芳给缘圆绝育后，它发福变胖，浑身滚圆，我管它叫贵妃。”

“怎么还给狗立了个墓碑？”

“年轻人的事儿，我也不太理解。”

不仅对缘圆好奇，刘宝贵对它的死因也充满困惑。据小革子讲，那只叫缘圆的狗由于过度肥胖，患有多种疾病，高血压、糖尿病、脂肪肝、心脑血管病，肚子里还长了肿瘤。刘宝贵纳闷儿那些人得的病，怎么能长在狗身上呢？或者说，狗怎么能得人得的病呢？小革子说，狗跟人一样，也能检查出那些病来。前不久雪芳带缘圆去市内宠物医院，要给狗的肿瘤做切除手术，谁知道，还没等手术开始，缘圆的并发症犯了，造成了肝破裂内出血。刘宝贵直摇头，说理解不了。

小革子说：“确实是肝破裂，没抢救过来。”

刘宝贵说：“让我无法理解的是，狗的病，怎么会诊断得这么精细？”

“因为有科技呗。”

世军骑着摩托车过来，下了车就叫刘宝贵“舅爷”。小革子连忙介绍：“这是世军，我老姑的孙子，二迷糊的儿子。”

刘宝贵明白了。他瞅了瞅小革子，那意思是，我不是不让你告诉别人吗?

世军看出了门道，解释说，现在山顶村都数字化了，不管村里发生什么重要的事情，他都知道。

小革子在一旁帮衬道：“世军现在是村主任，也就是过去的村长。”

刘宝贵说：“我知道，你真以为我老了，连村主任都不知道了？”

世军说：“舅爷正好回村看看，我爹在家等着呢。”

“惊动你爹干啥？”

“不仅我爹，听说您来了，大姑也要从县城里赶回来。”

刘宝贵猜到，世军说的大姑是秀梅。

“不行不行，下午我就往回走了。”刘宝贵说。

“不能让您走啊，您可是我们的大恩人哪！”世军说，“再说，您多少年没回山顶村了，怎么也得看看村里的新变化呀！”

世军连拉带扯，把刘宝贵让到村子里。世军对刘宝贵说：“您上次回村时还是土道，天旱时扬尘暴土的，下雨天就成了烂泥塘，现在村里的主道都是水泥路，便道改成了砂石路，主道上还安装了太阳能路灯。”

刘宝贵说：“没想到这几年变化这么大。”

世军还介绍了村里的数字化建设情况，说村委会与电信公司合作，电信公司出设备，村里只承担光纤宽带使用费。村里的山林防火、河道防汛、道路安全、垃圾投放等实现了一站式监测。

刘宝贵说："好哇！新鲜东西我懂得不多，我最关心的是雪芳，她来山顶村种苹果，没给村里带来麻烦吧？"

"哪儿能麻烦呢？都是我们麻烦她。"

"她没祸祸村里就好，不然，我这张老脸……"

小革子瞅了瞅世军。世军笑起来，说："要是多来几个像雪芳这样的'祸祸'，我们求之不得呢！"

二迷糊在家门口翘首以盼，刘宝贵一下车，他立即上前拉住刘宝贵的手："老舅呀，您可想死我了。"

小革子捂嘴笑着。刘宝贵从敞开的大门向里面望了望，说："你家的大院套拾掇得不孬哇。"

二迷糊说："入秋才改造的，都是跟雪芳学的。"

小革子在一旁插话说："村里很多家院套都是模仿雪芳那个院子建的，跟一个模子扣的似的。"

世军说："农村就是这样，信奉眼见为实，看谁家修得好就跟着学，比动员都齐整。"

二迷糊打量着刘宝贵说："您老都这个岁数了还这么硬实，比我都硬实。"

"唉，马屎外面光——里面一包糠。"

"那可不是，您那一辈儿，可就剩下您了。"

在二迷糊家院子没坐多久，桃子兴高采烈地进来了。桃子说："三姥爷来得正好，我现在开直播卖苹果，您可以做我的嘉宾。"刘宝贵不知道直播带货是怎么回事儿。桃子跟刘宝贵解释：上次雪芳招来了电商，帮山顶村卖夏果，电商走了之后，火种却留了下来，她也跟着学直播带货，不仅帮村里的果农卖应季水果，还扩展到了周边乡镇。“现在山顶村的苹果有名了，好卖！”

刘宝贵说：“光靠名不行，还得货真价实。”

“本来就货真价实嘛，村里果农的果树品种都改良了。”

“你姥爷家那几棵果树还在吗？我小时候吃过那树上结的果子。”

“那些果树哇，在我妈小时候就被淘汰了。”

世军指着刘宝贵对桃子说：“舅爷担心雪芳来祸祸咱们，我说我们不怕雪芳那样的祸祸。”桃子说：“就是就是，雪芳那样的多来点儿吧，来呀，祸祸我们吧！”

傍晚，雪芳返回山顶村，把刘宝贵接到了老宅。刚一进院子，刘宝贵就认出了自己家的老房子，那个房子的轮廓和老墙没太大变化，里面的变化可就大了，完全是现代化装饰材料和设施。声控电灯、电器，连窗帘都是声控的。刘宝贵赞叹不已：“这比大酒店都高级呀。”

雪芳说还不止呢，她把刘宝贵领到东屋，东南方那面墙变成了一面落地窗，远处蜿蜒的小河、山峦，近处台地上的树林，尽收眼底。“大酒店里有这样的风景吗？”雪芳问。

刘宝贵摇了摇头。

雪芳说：“山乡悄无声息地发生巨变，很难分清城里人还是农村人了，您的老观念过时了。现在，城市里有村庄，村庄里有城市。”

刘宝贵思忖着，一时还反应不过来。

刘宝贵暗访山顶村果园的事儿变成了公开的、大张旗鼓的行动。第二天上午，得到消息的梅子，带着跃进、石青一起来到老宅小院。石青对花木葱茏的小院十分喜爱，她想和许红卫来过一过田园生活，让雪芳也帮她租一个。梅子说："这事儿你可得跟姐夫商量好，别三分钟热度，租了房子又不来住。"石青说："反正租金便宜，扔在这儿也无所谓。"

很多事情都是事后总结的。退休后石青不知不觉成了"富人"，在兄弟姊妹四个当中算是最有钱的。当初，只要手里有钱她就买房子，本来是为了防止许红卫赌钱和小革子借钱，买房子算是被动的行为，不想，搭上了房地产高速发展的快车，倒来倒去，实实在在赚了钱。后来儿子出国留学，她又开始卖房子，房地产形势变化之前，石青已经将房子清盘，现金为王了。石青说，她没有经济头脑，也不爱动脑筋，却实实在在赚了钱，奇怪的是，那些有经济头脑、精于算计的人，忙到头也没挣到钱。对于解释不了的事情，只能归结到命运上了。

石青对雪芳说，你这里哪儿都好，几乎挑不出啥毛病，就是"老宅"这个名字太土了，应该叫庄园，比如清山庄园。跃进说一栋房子叫庄园，是不是有点儿叫大了。石青说关键要看品质，这个房子比咱路上看到的庄园装修品质好多了。雪芳说她考虑过，想叫"品红苑"。梅子说不好不好，品红院，让人一下子联想到《红楼梦》里的怡红院。雪芳解释说，"品红苑"的这个"苑"字是草字头的"苑"，不是院子的"院"；品红是我给新培育的苹果起的名字。

"已经培育了？"石青问。

雪芳说："刚刚开始。"

石青说："你这样一说，我就明白了，不管是叫'品红庄园'还是'品红苑'，起码在山顶村不土气。"

跃进对来农村种地这件事十分感兴趣，提出让雪芳帮他找块荒地，他要种土豆茄子、豆角辣椒、黄瓜西红柿。素芬说："你快得了吧，前年你不是尝试过了吗？跟工友去郊区种地，买种子、买秧苗、买架条，买了一大堆农具，种了一年，连种子钱都没收回来。"

跃进说："我种地不是为了收成，而是锻炼身体。"

"不是为了收成？你忘了自己的承诺了？谁说的要让我吃上不施化肥、不打农药的纯绿色蔬菜的？结果怎么样，说好的土豆茄子、豆角辣椒、黄瓜西红柿呢？我看哪，你就是退休妄想综合征，眼高手低，半途而废。"

"我小时候也没种过地，可以慢慢学嘛，山顶村的农民都能种好地，我不信我比他们差啥，要干肯定比他们干得好。"跃进说。

雪芳对跃进和石青那种高人一等的傲慢态度有些反感，不知道谁给了他们蔑视农村人的资本和信心。其实，山顶村人同样不怎么待见城里人，租房子、租地并不像农贸市场上买菜那么容易，听说跃进和石青想租房子，立刻抬高了价码。果不其然，石青回城之后就再没提租房子的事儿，跃进到山顶村种地的事儿也不了了之。这是后话。

刘宝贵离开山顶村前，专门把雪芳拉到一边，说："我仔细想了想，还真是那么回事儿。"

"什么呀？"

“你说的呗，现在真是城里有村庄、村庄里有城市了。”

“对呗！”雪芳笑着说。

牛顿苹果园的苹果集中成熟，雪芳事先预租了采摘机器人。然而，人算不如天算，气象台预报接下来三天有大风和寒潮，对于成熟的苹果来说，算是30年难以遇见的灾害天气。这次气象台的预报非常准确，大风来到苹果园时，雪芳预租的采摘机器人却来不了了，有的中途被别的果园截留，有的联系不上。雪芳紧急动员，小革子、若影、水豚、刘老蔫、桃子……能动员来的都来了，满打满算不足10人。雪芳心里阴云遍布，她知道这次肯定栽了，这几个人多数是新手，不可能抢收完那么大面积的苹果，只能眼睁睁地看着苹果被大风刮掉，掉落满地。

雪芳焦急地联系采摘机器人的过程中，世军的电话打了进来。

世军告诉雪芳，他领着人伙儿已经到了果园大门口。

雪芳一路小跑，距离大门口十几米处，她看到苹果园门口站满了人，闹闹哄哄的，起码有四五十人。世军跑了过来，气喘吁吁地说：“山顶村能动弹的全到了，一定要抢在苹果落地前摘完。”

雪芳傻愣愣地向人群里扫了一圈儿，她看到了二迷糊和秀梅，还有在苹果园开业时闹过事儿的那些人，其中就有腰花的丈夫孝文。雪芳还看到了韩大胆和腰花……雪芳突然觉得鼻子一酸，眼泪差点儿掉了下来。

当年，小革子所谓的“亡命天涯”，不过是混迹在喧嚣的城市里。为了生存，他打过短工、捡过垃圾、睡过涵洞。那段时间他不敢跟家里联系，不敢接触熟悉的人，不敢到正规单位应聘，自然也无法知道自己那个案子的情况。转过年，小革子在广州车站做“黄牛”，总算立住了脚跟，可还是过着有今天没明天、提心吊胆的生活。就在小革子艰难度日时，他倒票倒到了强子手里。强子是小革子的小学同学，在一个叫“大漠孤狼”的摇滚乐队当贝斯手。强子见小革子衣食不周，经常被站台管理人员驱赶，还要受黄牛头儿的盘剥，就推荐他到乐队里当勤杂工。

于是小革子有了艺名“风萧萧”，跟着乐队到处跑。渐渐地，他也留了胡子，头发梳起了马尾巴，一个城市一个城市跑下来，居然也能敲几下架子鼓，关键时候搭把手，救个场。

一天，在海口的一家宾馆门口，凑在一起抽烟的强子对小革子说：“我看门口站着的小姐像咱老乡。”

“别胡扯，你怎么知道？”

“听口音能听出来。”

小革子移步过去，从侧面一看，觉得那人十分眼熟。

那位小姐见有客人来，忙转过身来，笑着搭腔。

小革子的眼睛直了——是小朵，无论小朵怎么浓妆艳抹，小革子还是可以认出小朵。小朵却没认出小革子。

小革子小声对小朵说：“小朵，我是小革子呀。”

小朵愣住了，端详了好一会儿，才认出了小革子。沉默了一会儿，小朵说：“先生，你好。”

小革子支支吾吾：“你怎么到这里来了？”

小朵苦笑一下。

小革子说：“小朵，是我不好，我一时冲动害了自己也害了你，本来你的美容店开得好好的，可你为啥要到这里干这个呢？对不起，小朵，走，我带你吃饭去。”

小朵斜了小革子一眼，摇了摇头。

小革子说：“我现在在乐队干活儿……来我们乐队好吗？”

“别逗了，我能干什么？”

小革子说：“原来我也啥都不会，现在正是缺人手的时候，我还可以顶顶呢。”

小朵说：“你是你，我是我。”

“小朵，”小革子说，“算我求你了，我犯的错，后果我来承担，你跟我走好不好？咱们有福同享有难同当……”

“我不叫小朵，以前的小朵已经死了，现在没有小朵了。”

“小朵，我给你跪下行不行？我……”

小朵连忙向后退了退，严肃地说：“我和你说过了，先生，我不是小朵，如果你不跟我做‘生意’，就别缠着我！”

小革子呆呆地站在那里，傻了。强子走了过来，问小革子怎么回事儿。小革子沉吟一下，说：“没事儿，我以为见到了熟人，认错人了。”

打那之后不久，摇滚乐队内部闹起矛盾，小革子干脆想离开，毕竟自己没有演艺才能，跟着人家混口饭吃不容易，而且，隐姓埋名地逃亡总不是个事儿。此时，小革子已经逃亡了半年多，他有点儿想家了，想老爷子，想哥哥姐姐。小革子决定回家一趟，偷偷看看家人，实在不行，就算被抓伏法他也认了。

那天傍晚，刘宝贵在小楼前碰到了崔胖子，这段时间很少看到崔胖子的影子了。

“刘大爷。”崔胖子走到刘宝贵跟前，热情地打招呼。

“有日子没看到你了，忙吧？”

崔胖子说：“是呀是呀，这段时间生意扩大了，由原来的汽车配件升级到汽车代理，在外面艰苦地谈了半个多月，回来后又到处找场地，办理各类工商税务手续，招员工，上设备，总算是忙活开业了。刚刚消停点儿吧，家里又买了一套商品房，开始装修房子。”

“好哇……可喜可贺！”刘宝贵说。

崔胖子喜滋滋地说：“房子在三八广场南面，三室两厅，120多平方米，就是装修太贵了，加上装修费用，平均每平方米一万块都打不住。还好，一分钱一分货，那地方风景不错，推开窗户就能看见明泽湖。”

“离咱这儿挺近。”

“是呀，我这个房子还留着，啥时候想回来，就回来看看。刘大爷，家里人都还好吧？”

“都好。”

“梅子也好吧？”

崔胖子老婆不知怎么闻声出来了，她从二楼噔噔噔下来，亲热地挽起崔胖子的胳膊：“老公，你咋才回来呀，我炖的鱼都凉了。”

崔胖子对刘宝贵笑了笑，说：“过些天我们搬家，还得请小楼的邻居一起温锅呢。”

崔胖子老婆说：“对呀，到时候我通知老邻居，一个都不能少。”

崔胖子和他老婆说说笑笑上了楼。望着两人的背影，刘宝贵不由得想起了小革子，小革子这个兔崽子现在还不知道在哪儿呢。

不知道是不是冥冥之中的安排，小革子居然在广州的一家茶楼里邂逅了住在小楼二楼的邻居赵黎明。小革子走到赵黎明面前，问：“你是赵大哥、赵黎明吧？”赵黎明抬头瞅了瞅，愣住了。“我是一楼的，小革子。”赵黎明对小革子端详一番，爽朗地笑起来。一开始，赵黎明还以为撞上了坏人。小革子自进了摇滚乐队就留起了披肩发，离开乐队后虽然刮了胡子，可又黑又瘦的他确实变了模样。赵黎明连忙拉小革子坐下，他俩你看看我、我看看你。

说起来，小革子和赵黎明虽然是生活在一个小楼里的邻居，但对彼此的了解并不多。小革子脑海里的赵黎明只是一个大概的轮廓。赵黎明是下乡知青，因为下乡找了对象结婚，所以到 1978 年落实政策才回到城里。他回城一年多也没找着称心的工作，就一天到晚闷在屋里背外语，到底是功夫不负有心人，后来竟考进一家外贸公司的复印社，负责打印外贸订单合同。那些年正是外贸业蓬勃发展的时候，赵黎明自然不能满足整天坐在复印社里跟复印机、打印机打交道，可要想进到公司业务部门又没有大学学历，于是他处处留心，网罗人脉。等到时机成熟了，他开始四处联系买卖，扮演“中间人”的角色，天南地北，常年在外面跑业务。因此，赵黎明在小楼住的时间并不长。此次来广州，他是帮一个港商联系一批出口服装。

小革子说：“真是巧合呀，没想到能在广州遇到你。”

赵黎明说：“可不是嘛，我也觉得意外。你知道吗？你家里人找你都快找疯了。”

“我也不想逃跑，可有什么办法呢？”

“嗐，也不是啥大事儿，跑几天就得了，还能从此无影无踪，生不见人死不见尸？”

“等等，你说没啥大事儿……我的事儿你都知道？”小革子说。

“听说过。”

“那个皮二没死？”

“没死。那小子命大，不仅没死，还没造成重伤，听说就住了半个月医院。”

顿时，小革子的眼泪就下来了。

“真的吗？你没骗我？”

“骗你？有必要吗？我又不是公安局派来的，想把你诓回去。”

“赵大哥，你别介意，我知道你不是骗我。”

“真怪了，这事儿都过去这么久了，你一点儿都不知道？”

“我真不知道，如果知道这样我早就回去了。”

“我听说，那个皮二还到小楼找过你，说是要和解。我估计是想讹几个钱。”

“只要不进监狱，赔几个钱倒也没啥。”

赵黎明一出现，仿佛成了小革子的救星，小革子对赵黎明充满了感激，赵黎明也觉得小革子在外逃亡这么久挺可怜的，坚持要请小革子去吃一顿“正经饭”。中午，赵黎明领着小革子进了一家餐馆，要了五六个粤菜、半打扎啤，外加一盘炒米粉。小革子有些饿了，更主要的是紧绷了大半年的神经一下子放松了，所以连句客气话都没顾上说，就风卷残云般吃喝起来。转眼间，他便将一桌饭菜和 5 杯扎啤全都倒进了肚里，把邻桌的广东人看得目瞪口呆，一双筷子举在半空，老半天都没动弹。

赵黎明看着小苹子，不由得心生怜悯，盘算着要不要介绍他和伍老板见面。生意人有做生意的规则，不轻易把客户介绍给别人。

小苹子抬起头，擦一下额头上的汗：“谢谢赵大哥，我好久没吃过这么好吃的东西了。”

赵黎明心里微微一颤，问：“你什么时候回大连？”

“今天就走。”

“空手回去吗？”

“买点儿礼物的钱还有。”

赵黎明说：“也许我可以帮帮你。”

“帮我？帮我什么？”

“你认识港宏国际的伍先生吗？”

“港宏国际的伍先生？我好像不认识。”

“我现在正给港宏国际供货，老板伍先生跟我提过你……”

小苹子思索着，伍先生……伍先生，以前倒是接触过一个姓伍的小老板。“他提我干什么？我不记得我欠他的钱。”

“听说你帮过他的忙，他至今念念不忘。”

“你说的那个人，是不是小个子，眉毛上有颗黄豆粒那么大的痣？”

赵黎明说是他。小苹子想起来了，几年前，伍老板跟大连一个倒爷做了笔上百万的皮装生意，说好货到付款，谁知大连这个倒爷从境外倒腾旧服装犯事给抓起来了。伍老板头一次到内地做生意，两眼一抹黑，抓瞎了。无奈，他就四处联系客户，消息传来传去，传到了小苹子这里。小苹子跟几个哥们儿一合计，压了压价，就帮伍老板把这批货接手了。通过这笔生意，小革子和几个小哥们儿还真赚了一笔。小革子对赵黎明说：“记得后来伍老板塞给我一笔回扣，我没要。他已经赔得够惨了，咱哪能干落井下石的事儿呢？”

“如今的伍先生可今非昔比，买卖做大了，我这次来广州就是跟他洽谈一笔生意，昨天刚签完合同。”

“那，我跟伍老板有什么关系吗？”

“对你来说是一个绝好的机会。”

“好机会？”

“你想啊，他那么大的老板，要想帮你，洒洒水啦，就是小意思啦。”

“可是，他凭啥帮我呢？当年我们一起做生意，各得其所。”

“难得的是患难之交，毕竟他还记得你。”

“我……我还是有点儿不好意思，好像硬往上贴似的。”

“什么风浪你没经历过？还在乎面子？如果你真在乎面子，那就拿点儿成绩回家，那样家里才风光不是？”

“可是，伍老板能平白无故给我钱吗？”

“想什么呢？无功不受禄，他是商人，不会没缘由地给你钱的，再说了，给你能给多少？我的意思是，如果伍老板肯帮你，给你点儿订单，就够你用的了。”

小革子连连点头，说：“明白了。”

赵黎明在餐馆里给伍先生打了电话。伍先生一听挺高兴，邀请小革子晚上在白天鹅宾馆见面。赵黎明兴高采烈地要领小革子去修理修理脑袋，再去买套好点儿的衣裳，免得晚上见了伍先生掉了咱大连人的价。一路上，赵黎明还反复叮嘱小革子要注意说话的分寸，见机行事。小革子都听进去了，说都记在心里了。赵黎明感慨地说：“真是应了那句老话：积德前程远，施仁后步宽。人哪，还是得多做好事儿。”

当天晚上，小革子和赵黎明在白天鹅宾馆的一间豪华包间里见到了伍先生，伍先生以上宾之礼款待了小革子。伍先生频频地举起“人头马”向小革子劝酒，小革子一直保持矜持，礼貌有度。喝开了，伍先生讲起自己的奋斗史，说他原本就不是家资万贯的阔商巨贾，那次到大连做生意是倾其所有的一次冒险尝试，谁知，险些阴沟里翻船，若不是遇上小革子拉了他一把，他还真有破产跳楼的可能。随着内地经济的快速发展，这两年他的生意越做越红火，有的时候就想起当年第一次做生意的往事。伍先生问小革子现在做什么，小革子说都是一些跟贸易有关的事情，不过他不满足于现状，所以到南方来找机会。赵黎明在一旁帮衬着，说他们是老邻居，两家的关系也不错。伍先生说：“好啊，我正好要在北方拓展业务，我们可以找机会一起合作。”

听伍先生这样说，小革子和赵黎明都很高兴，他们一杯接一杯地敬酒，敬完伍先生，又互相敬，没多久就进入了状态。进入状态的小革子把赵黎明的叮嘱忘到了脑后，开始吹嘘自己在大连的人脉，什么事儿他都可以轻松地搞定。“小 case，没问题啦。”赵黎明提醒了小革子几次，但毫无效果。伍先生也喝兴奋了，搂着小革子的肩膀，凑在他耳边说：“酒逢知己千杯少，刘先生，不不，请允许我叫你刘老弟，今晚我们一醉方休啦。”

那晚，小革子和伍先生真是喝得烂醉如泥。

第二天早晨醒酒，小革子找赵黎明道歉，赵黎明说：“不用道歉，你挺厉害的，歪打正着，伍先生约我们11点去吃早茶。”

“11点的早茶？”

小革子和赵黎明见到伍先生，伍先生开门见山，说他想在大连开设一个办事处，邀请赵黎明和小革子帮他出面操持。赵黎明特别赞成在大连建办事处，说了一些宏观的必要性和可行性，还夸赞伍先生有战略眼光，感谢伍先生的信任等。他转弯抹角地说到自己，说他现在挂在老朋友的公司名下，不能忘恩负义炒了老板，不过，他也不能辜负伍先生的期望，会兼职帮着做事。赵黎明建议小革子当大连办事处主任，负责日常管理，他帮着打理外贸业务，不当甩手掌柜的。伍先生很满意，问小革子怎么样。

对于小革子来说，这样的好事儿无异于天上掉下的馅饼，感激还感激不过来呢！于是，小革子连忙表态，一定不会辜负伍先生的期望。

事后，小革子问赵黎明：“伍先生建办事处不出钱，做成一笔业务给一次业务补贴，这跟业务合作提成没有太大区别呀？”赵黎明说：“你别傻了，有了这个外商办事处，就有了金字招牌，比给你一两笔订单的含金量高多了，关键看你自己的本事了，如果能干，上不封顶，要是不能干，那也没办法了。”小革子信誓旦旦地说：“赵大哥，你还不了解我吗？我要是啥也不是，你也不能推荐我呀。”

赵黎明沉思着说：“本来想要一笔订单，没想到，把事儿整大了。”

崔胖子搬家前几天，挨个儿拜访老邻居，小楼里的人对崔胖子的变化感到奇怪。他把桌椅、柜子等给了老齐太太，正好老齐太太的家具在火灾中损失了，老齐太太一直没舍得再买。他把沙发给了刘宝贵，刘宝贵不要，崔胖子坚持，说不要就是瞧不起他。刘宝贵家的沙发的确破得不成样子了，最后刘宝贵半推半就地收下了。崔胖子还分别给了其他邻居一些东西。于是，小楼的人都改变了对崔胖子评价的口气，说起崔胖子的好来。

老齐太太说："上头来信儿了，崔胖子还向希望工程捐了款呢。"

刘宝贵说："你这回不说他为富不仁啦？"

"那是两回事儿……看问题要实事求是，一分为二。"

梅子得知刘宝贵收了崔胖子的沙发很不高兴，说："人穷不能志短，再说，咱也不至于连个沙发都买不起。"刘宝贵说："这和穷不穷的没关系，人家送上门来，我能给扔出去？"

"不管怎么说，崔胖子的东西就是不能要，不能让人家瞧不起。"

"那你给送回去吧。"刘宝贵闷闷地说。

梅子还真想给崔胖子送回去，去了崔胖子家几趟都没见到人。

崔胖子搬家的前一天，梅子终于看到了崔胖子。崔胖子似乎也希望见到梅子，笑盈盈地迎着梅子走了过来。

梅子说："崔胖子，你给我老爸一套沙发是啥意思？"

崔胖子愣了一下，继而笑着说："没啥意思，不喜欢就扔大道上。"

"那好。"梅子说，"别说我丢你的面子。"

梅子说完，转身就走。

崔胖子上前想拉梅子，回头瞅了瞅，怕人看见，快步跑到梅子前面，挡住了梅子。

“这是干啥呀？好像我俩有多大仇似的。”

“还有别的事儿吗？”梅子严肃地说，“没有就让开。”

“我这几天正要找你，梅子，这么多年……”

“你要是说这些，就请收回吧。”

“梅子，”崔胖子拉住梅子的胳膊，声音有点儿变调儿，“我说认真的呢。”

梅子有些紧张地左右张望一下。崔胖子说：“梅子，我说认真的呢！我年轻时就想娶你，到现在都没变……可惜，我没那福分。看到你现在的处境，我心里着急，现在哥条件好了……你别举手打我，别误会我的意思，我是说，到啥时候你哥我都是你强大的后盾，啥时候找我都好使，真的！”

梅子瞅了瞅崔胖子，在微弱的光线下，她似乎看到了崔胖子眼睛里的泪光。梅子的心软了，叹息一声，说道：“都过去了。”

“啥时候都不晚，只要你认可我，上刀山下火海，我都愿意！”

“你的心意我早就知道，10年前我就考虑过，只是，什么事儿都可以商量，这事儿不行，太迁就了对你不公平。”

“没有公平不公平，有钱难买我愿意，为了你，我怎么都愿意。”

“问题在我这里，不在你那里。”

崔胖子眨了眨眼睛，目光有些灰暗。

梅子转身就走，走了两步，回头说：“不管怎么说，还是要谢谢你。”

那一夜，梅子辗转反侧，她反复想着自己与崔胖子的谈话，想着往事，泪水不知不觉流到了耳根，痒痒的，也许是伤感自己曾经的青春，也许还有别的什么。不过梅子心里清楚，即使当初她接受了崔胖子，顶多算是同情，根本不是爱情。可是，爱情就等同于婚姻吗？

第二天早晨，梅子对刘宝贵说："昨天我对老爸的态度不对，我道歉，沙发的事儿，您愿意留就留下吧。"

刘宝贵没说话，眼睛发直地望着窗外。刘宝贵嘟哝着："我是眼花了吗？"

梅子向窗外望了望，外面没有人。梅子刚要说话，门开了。小革子露出头来，笑嘻嘻地说："各位，好久不见！"

尽管医院尽了最大的努力，还是未能把小英子的生命从死神的手里挽救回来。不过，由于得到了社会的广泛同情与援助，小英子深切地体会到了人间的温情，走的时候神情是安详的，几乎看不到痛苦的痕迹。小英子火化那天，刘宝贵和老齐太太等小楼的老邻居都参加了告别仪式。不知道是不是因为见不得小英子小小年纪便离开了人世，刘宝贵十分伤心，感觉前胸后背都隐隐作痛，回到家就倒床上了。

小革子中午回家，见刘宝贵没吃午饭，想拉他出去下馆子。刘宝贵表情麻木，冷冷地说："这次回来好好做个人吧，抬头三尺有神灵，人在做，天在看。"

小革子的热情被刘宝贵的一瓢冷水浇灭，不过他的脾气比以前有了很大改变，点着头说："老爷子说得对，说得对。"

小革子一路风尘仆仆地回到了家，回家后才知道小楼发生了那么多的变化。见到小楼的邻居，小革子主动打招呼，一句都不提伤人逃跑的事儿，只说自己在广州做生意，这次回来建外商办事处。外商办事处在特定时期有着特别的含义，甚至比合资企业都有名气，因为那些办事处都在最好的酒店里办公，说外语，吃西餐，用车都是黑色牌子的免税进口车。可小楼的邻居并不知道外商办事处的地位，甚至不知道是干什么的。后来，小革子就把外商办事处说成了外商的分公司。

梅子晚上回家，单独把小革子叫到了门外。借着清朗的月色，梅子发觉小革子瘦多了，不自觉地鼻子有点儿发酸。小革子把离家这些日子的遭遇一段一段地讲给梅子听，包括遇见同学强子、赵黎明和伍先生，除了没提小朵，其他事儿包括打零工、捡垃圾、睡水泥管道，都一五一十地说了，听得梅子一脸泪水。小革子说："等我把办事处戳把起来，跟伍先生挣了钱，你们的钱我一定还。你别不信，我一定还。"

梅子拍了小革子一下："净说傻话，好歹我们是你哥哥姐姐，再怎么着也不能把你怎么样。你有这份心，能上进有出息，我们比啥都高兴。"

姐弟俩坐在楼前的石阶上，微风吹来，小楼周围的洋槐叶子低声絮语，沙沙哑哑。月光透过浓密的叶片，在小楼的阶前投下一片斑驳陆离的影子。

从小楼向东走 200 米就是树林逶迤的山岗，虽然看不见海，却可以闻到腥丝丝的海风味儿。刘宝贵拖着气喘胸闷的身子，又熬过了一个冬天，春天的到来使得他的生命充盈着鲜活的绿色元素。掩映着小楼的洋槐，又到了花开时节，四处飘荡着清新的花香。从阴暗潮湿的小楼里出来，刘宝贵真实地感受到了生命的律动。

小楼动迁的事儿又搁浅了，因为市里的一位领导陪外宾在南山街一带考察，那位领导被这一带幽雅的环境所感染，随口说："谁说我们这几年缺乏开发规划？其实不然，这里就是保护性建筑群。"事后，有人将开发商正要开发南山街旧区的事儿对领导讲了，据说那位领导皱了皱眉头，打了一通电话，还召开了一个会议。就这样，小楼动迁的举动戛然而止。

小革子以港商代理人的身份正式亮相，成立了"香港港宏国际集团大连办事处"，转眼间成为小楼瞩目的人物。一如老齐太太所说："这年头儿，乌鸡变成金凤凰，你瞅瞅，这才几天，老马家住洋楼了，崔胖子搬新家了，小革子又成了国际公司的大老板。还别说，我早就看小革子这孩子行，你看他的眼睛，小是小了点儿，但有神！"

刘宝贵却不理会这些，一方面他为小革子能有一件正经事儿做而感到高兴，一方面又为小革子暗自担心，他了解自己的孩子，这几年外头的事儿他不懂的地方越来越多了，不过他还是心有忧虑，怕小革子把事情搞糟了。

小革子不会去想这些，他梳着时下老板阶层流行的板儿寸，穿着白色的西服，将小巧的大哥大拿在手里，坐一辆本田免税车。由于常去美容院美容，他的面色白皙、细嫩了不少。小革子有了钱之后，出手变得大方起来，时不时就给跃进的女儿果果、石青的儿子力力以及梅子不到一岁的女儿雪花买礼物，而且都是平时哥哥姐姐不舍得花钱买的高档礼物。这一招儿挺灵，很快哥哥姐姐都对他刮目相看。

小苹子买车的第二天，跃进就求小苹子送他去女儿的小学开家长会。从车里出来，跃进四处搜寻果果的老师，等了好一会儿，果果的班主任才从对面走过来，他赶紧上前介绍：“这是我弟弟刘维苹，在外企公司当老板。”

果果老师来与小苹子握手。小苹子说：“俺哥血能泡，谈不上什么老板，我就是给香港老板打工的。”一句话便把跃进给噎住了。跃进张了张嘴刚想说话，不料小苹子手里的大哥大响了。小苹子把大哥大往耳朵上一贴，立马蹦了高儿：“什么？税务局把办事处给封了？”

小苹子立即钻进车里，一溜烟儿开跑了，愣是把跃进和果果老师闪在那里。

“我弟弟在香港港宏国际集团大连办事处当一把手。”石青对同事介绍。同事问：“是你以前常骂的、骗你买以色列钻戒的那个弟弟吗？”石青面色酱红，支支吾吾地说：“我的另一个……就是一个弟弟又怎么啦？人总是在变化的。”

梅子见了小苹子，则故意用普通话的腔调说：“你好，刘老板。”要么就说：“哎，最近港湾桥新开了一个酒店，啥时候宰你一顿？”梅子说的是“宰”。

从小苹子的角度来说，和哥哥跃进、姐姐石青和梅子都是一奶同胞，可他还是觉得跟梅子更亲近一些，梅子说他什么，轻点重点他都不往心里去，这或许与梅子和他年龄差最小有关，他小时候——依恋人的阶段，跃进和石青都长大了，他们之间缺少共同语言，也少有关爱，梅子就不一样了，或许还有小革子自己说的原因：我和二姐就是对撇子。他说大哥跃进是丧门星，那天拉他去果果学校开家长会，一下车就接了个“税务局要封办事处”的电话，你说晦气不晦气？其实那不过是小革子晚交了印花税，税务员找上门，手下人又跟人家吵了起来，收不了场了，才夸大其词地给他打电话，让他回去。

星期六上午，小革子又将他那台本田车停在了小楼门前。昨天小革子在皇家娱乐城请外地来的一位客户吃甲鱼、喝“人头马”，又唱又跳，一夜折腾了一万多块钱，还好最后生意谈成了，他算了算，少说也能赚个三五万的。值！小革子认为。由于心情好，小革子一宿没睡觉也精神头儿十足。

小革子从轿车里下来，人还没出来，大哥大先出来了。

“小革子！”石青在门口的台阶上喊。小革子一边往家走一边问：“二姐回来了吗？”

石青说：“你眼里只有二姐，就没有大姐？”

“我找她有事儿。”小革子嘟哝一句。

“我找你也有事儿。”石青说。想一想，石青又补充一句：“正经事儿。”

小革子只管往屋子里走，开门时正好碰到给花浇水的刘宝贵。

“老爷子心情不错呀！”小革子说。

刘宝贵白了他一眼，没理他。

石青紧跟在小革子的身后：“小革子……”

“你说吧。”

“是这样，我想让你姐夫去你公司上班。”石青说。

小革子笑起来，大声说：“大姐夫来我公司？他能干啥？”

“哟哟，两天半就不知姓啥啦？你说你姐夫能干啥？他开车不比你强啊？”

“开车呀，到我那儿开车有啥意思。再说，他现在开出租车不是挺好的吗？”

“好个屁！”石青说，“我整天提心吊胆的，一天 12 个小时，钱哪儿那么容易挣的。”

小革子神秘地笑了笑，说：“我看这不是主要原因。”

“是，我承认。”石青说，“我就是对他不放心，整天在外面转，谁知他会变到哪儿去？以前，红卫不抽烟不喝酒，现在呢，特别是晚上，经常拉一些陪舞小姐，有的小姐还不给钱，你说，能白拉吗？”

小革子叼上一根烟，歪着嘴说：“你怎么知道？”

“他自己说的呗。”

“他能跟你说这些，说明他没问题。”

“常在河边走，哪有不湿鞋的？”

“大姐，不是我说你，现在都什么时代了，你还一副旧脑瓜骨，姐夫不是那种人，你就别怕，如果他是那种人，你能看得住？”

正说话间，石青的儿子力力在屋里一声喊：“妈，爸来电话找你。”

不久前，小革子为了跟家里联系方便，由不得老爷子同意不同意，硬是在家里装了部电话。石青三步并作两步跑进屋，对着话筒“喂喂”了两声，脸色顿时变得煞白，见小革子进了屋，拽着小革子的胳膊大声说：“真是怕什么来什么，红卫他出事儿啦！”

小苹子先是一惊，随后镇定下来，问：“啥事儿？你先别急。”

“红卫的车让警察给扣了！”

小苹子禁不住笑出声来，说：“我当出了什么大事儿呢，扣个车算得了什么？我分分钟就给你搞定。”说完，他先是联系许红卫了解了情况。据许红卫说，昨天夜里乘客不多，他跟朋友喝了点儿酒。喝完出来，就碰上两个打车的，看上去像是外地人，他就给绕了点远儿，不想，人家把车号给记下了，告到了交警大队。结果，今早一出车，他就让警察在路上给拦住了。小苹子对许红卫说：“你又喝酒又宰客，这不是找死吗？”弄清真相，他就又嘻嘻哈哈地给他的一个交警大队的朋友挂电话，果然，小苹子放下电话不久，许红卫就打回电话来，说是没事儿了，让石青好好谢谢小苹子。

小苹子本以为石青会感谢他，不想，石青连一句谢谢的话都舍不得说，只顾着骂许红卫了。

这时，梅子进了屋，一进门梅子就说：“我看到门口的车，就知道俺家大老板回来了。”

小苹子用生硬的粤语腔调说：“毋客气啦！”

石青跟在小苹子的身后：“一天到晚为你姐夫提心吊胆，这日子我是过够了，让红卫给你开车，你到底答应还是不答应？”

小苹子回过头来：“让姐夫给我开车，你心理平衡吗？”

“那有什么，只要工作清闲、不少拿钱就行。”

小苹子连忙摆手，说：“这个，我可不敢保证。”

“我不管！”石青干脆地说，“反正我把你姐夫交给你了。”

“你不管才好呢，反正我比姐夫坏多了，到时候他学坏了，你可别来找我。”

刘宝贵拎着水壶回来，听到小革子的话，将水壶重重地蹾在地上。

小革子与两个姐姐交换了一下眼神，小声嘀咕一句：“老爷子又犯神经了。”

梅子从背后踢了小革子一脚。

傍晚，跃进一家子也回来了。这次跃进什么也没拿。

梅子瞅刘宝贵的脸色不好，就准备去山坡下的市场买点儿东西。

小革子凑过去对梅子说：“二姐不是总想宰我一顿吗？今天我请客。”

梅子说：“你的饭可不太好吃，你不是又打什么鬼主意了吧？”

石青和跃进觉得这个主意不错，都说应该轮到小革子请客了，不吃白不吃。

不想，刘宝贵出乎意料地放开了音量，大喊着：“我不去！”

小革子摊了摊手：“这不怪我吧？”

石青瞅了瞅刘宝贵，不满地说：“本来一家人高高兴兴的，总是在您这儿出问题。”

“没事儿，我来做老爷子工作。”说着，跃进走到刘宝贵身旁，笑着说，“这一大家子人，得忙活半天，您不嫌闹得慌吗？再说，小革子回来之后，您一次饭店都没去，有人请客不是好事儿吗？”

刘宝贵狠狠地瞪了跃进一眼：“你们去你们的，我不去。”

“您怎么这么不开面儿呢？您不去，我们能去吗？”跃进精瘦的脖子暴起了青筋。

梅子拉了一下跃进，对刘宝贵说：“大哥说得对，老爸，您挺长时间没出去了，就当看看城市的变化。再说，小苹子也是好意，他只是不善表达。其实，他主要是想请您。我们都是跟着您借光的……对不对？”

小苹子连忙说：“对。”梅子似乎觉得小苹子的回答有些勉强，又拉了小苹子一下。

“老爷子，您就是老脑筋看人，其实我不是坏人，您不是一直希望我出息吗？现在我有正经事儿做了，您不高兴？大家一起高兴高兴嘛。好了，老爷子，我现在正式邀请您老人家，出席本公司的午宴。”

“滚一边去。”刘宝贵说。不过他的口气已经说明问题解决了。

于是，大家开始收拾东西。跃进推了一下石青：“给红卫挂个传呼，一家人聚会，少了他多不好。”

石青一瞪眼睛：“美得他，他来了就少挣 3 个小时的钱，你不用管，他不亏嘴，动不动就和小哥们儿吃馆子。”

刘宝贵一家人呼呼啦啦地向饭店进军了。小苹子开一辆车，后面跟着一辆出租车。小苹子还真大方了一回，把一家人领到了富丽大酒店。

富丽大酒店是一家五星级酒店，一进酒店大堂，跃进和素芬就有点儿眼晕了，那大厅装饰得富丽堂皇不说，还萦绕着缕缕钢琴声，仿佛进了宫殿一般。跃进和素芬小心翼翼地领着果果，跃进回头瞅了瞅刘宝贵，刘宝贵走起来战战兢兢的，仿佛担心明晃晃的大理石地面会让他滑倒，素芬示意跃进去照顾一下刘宝贵。跃进走到刘宝贵跟前，扶着他的胳膊说：“没见过这阵势吧？”刘宝贵抬起头来，问：“你说什么？我没见过？我啥没见过？当年我还去过人民大会堂呢。”跃进看了看身后偷笑的石青和梅子，脸臊得发热。

在一个叫“世外桃源”的包房里，一家人坐了下来。刘宝贵四处瞅了瞅，问梅子：“这要花多少钱哪？”

梅子说：“您别管，反正是小苹子拿钱。”

“他拿钱？没见他一天干什么，他哪儿来那么多钱？”

石青说：“现在不同以前了，靠脑子挣钱。那些出大力吭哧吭哧干活儿的能挣几个钱？”

刘宝贵说：“我还是觉得干活儿赚钱牢靠。”

跃进不参与他们的谈话，他把小苹子的大哥大拿了过来，看了看说：“这里能打电话吗？”

“当然。”小苹子说。

跃进一口气按了几个键，在耳边听了听：“没声儿。”

素芬说：“别出洋相了，不会用就别装大瓣蒜。”

“没你的事儿。”跃进对素芬说。

石青一手端着茶杯，一手指着大哥大，内行似的问小苹子：“这个得两三万吧？”

“多少？”小苹子立起了眼睛。

“四五万？”

“早都降价了，刚九千多。”

“这么贵！”素芬拿过大哥大，小心翼翼地端详着。

小苹子说：“现在的事儿就是怪，原来大哥大紧俏的时候五六万，现在邮电局的线路多了，价就落了，我这个电话还买亏了呢。”

石青和素芬都嘁了一声。

梅子问小革子："办公司费了不少心吧？"

"倒没费什么心。原来我听说这么费事那么费事的，其实，使上钱，就有人给你跑了。现在，钱这东西是爷。"说着，他瞅了刘宝贵一眼。刘宝贵把头扭了过去，看房间里的那些塑料花。

素芬对小革子说："不如这样吧，让你大哥去你公司干，现在厂子里效益不好，我们要求不高，比厂里工资高一倍就行。"

石青说："高一倍工资？你们咋想的呢？"

素芬说："本来就是嘛，工厂毕竟是大型企业，工资虽然低一点儿，但有基本保障啊。"石青对小革子说："听到没？人家可要高一倍的工资哟。"没想到小革子说："行啊，关键是看我哥同不同意。"跃进说："我不同意。"素芬说："那你就囚死在厂里边吧，油水越来越少了。"跃进说："油水少了好哇，油水大了容易滑倒。"

小革子哈哈大笑，说："我对我大哥还是了解的，别说一倍工资，就是给三倍工资他也不会跟我干的。"

菜上来了，档次不低。有红烧海参、油焖大虾、清蒸螃蟹、葱油海螺、皮匠鱼炖粉皮、椒盐老板鱼等。酒水上的是一瓶古井贡和一瓶长城干红，外带本地产的真爱果汁。刘宝贵愿意喝酸辣汤，小革子就给刘宝贵单独点了一份。

大家说了一番常规的客气话后就只管照顾自己，争先恐后地吃了起来。

席间，素芬说："咱楼的崔胖子家和老马家搬走了之后，也不知怎么样啦？"

石青一边咔咔地嚼着螃蟹腿，一边说："崔胖子现在卖汽车，听说是发大发了。”

小革子小声问：“二姐，是不是有点儿后悔？”

“后悔个鬼，崔胖子就是有座金山，我也没兴趣。”

“马燕现在也行了。”素芬说，“她在公园对面开了一家鲜花店，就是公园门口的那个红房子，挺洋气的那个。”

“马燕彪乎乎的，还真有命。”小革子说。

梅子说：“这叫小富由俭，大富在命。”

下午 1 点，一家人的聚会热热闹闹地结束了。小革子结账，花了一千多。刘宝贵不胜酒力，几杯酒落肚，早就成了红脸关公。这顿饭他吃得并不开心，主要是心疼钱。他看小革子一张一张往外数票子，立刻就不高兴了，把筷子往桌子上一摔，闷闷地说：“真是败家子儿。”

小革子听刘宝贵这样说，心里不痛快。昨晚几乎一夜没合眼，今天又多喝了几杯，小革子情不自禁地撑起刘宝贵：“我图个啥呀？花钱买您不高兴？”

刘宝贵和小革子的不良情绪很快传导到每一个人，大家吃饭前高高兴兴的，吃完饭后却成了霜打的茄子——蔫巴了。

第十二章　蓝苹果

雪芳记得她读过林清玄的《光之色》，林先生说塞尚画过蓝色的苹果。雪芳找到那篇文章，文章这样写道："当塞尚把苹果画成蓝色以后，大家对颜色突然开始有了奇异的视野，更不要说马蒂斯蓝色的向日葵，毕加索鲜红色的人体，夏卡尔绿色的脸了。"雪芳看过塞尚画的苹果，但凡能找来的她都十分仔细地欣赏，可她并没有找到所谓的蓝色苹果。有人说，塞尚画的蓝色苹果，是因为早上的光，空气里水汽较大，颜色折射成了蓝色。雪芳觉得，正如塞尚在油画创作中大量使用蓝、绿和靛色来起稿和铺色，因此他画的苹果会带有一种蓝色调，但那只是色调，并不是说苹果是蓝色的。

果园里的苹果大多采摘完毕，分拣装箱，偌大的果园里只剩下十几棵 20 年树龄的"寒富"果树。看到满载丰收果实的车一辆辆开进维修改造后的"储备库"，雪芳的心里涌起一种莫名的喜悦感。也就是那几天，蜘蛛大侠跟雪芳线上交流，他告诉雪芳，又募集了一大笔投资。本来，雪芳以为在果园的开业典礼上，诸多事项给蜘蛛大侠的印象不太好，加之他又被若影耍了一下，离开的时候很郁闷。不想，蜘蛛大侠好像早就把那次不愉快忘掉了，他开发的基于区块链技术的手持 IOT 设备已经上线，并且，云认养果树活动也开展起来，信息一经发布，山顶村果园的果树就被纷纷领养。

现在，雪芳可支配的资金很宽裕，按她的话说，她现在考虑的不是如何赚钱，而是怎么花钱。

由于心情好，雪芳还参加了山顶村孝文办的“大席”。孝文张罗这次大席的名义是小卖店装修了新门脸。农村办大席是常事儿，山顶村不说隔三岔五有人办大席，一周肯定能轮上一家，只要有个由头就办大席，挖空心思收份子钱。红白喜事自不必说，孩子百日了，学生升学了，老人过寿了，甚至有母猪生崽的“下崽酒”，赌博输了的“落难酒”。

以前，雪芳从不参加山顶村的吃席活动，她对复杂的人情往来保持着警惕，可这种警惕都是在理性的状态下，或者说不太顺利的时候。现在的雪芳不一样了，她克服了创业中的困难，承包果园第一年就取得了成功，她觉得自己还是很有能力的，事实胜于雄辩，事实已经摆在那儿了。自豪感和虚荣心一股脑儿地冲上了头顶，加上身边人的恭维，雪芳不免有些飘飘然。

桃子的主要营生是“跑大席”，就是“一条龙”服务。15桌酒席，桃子和丈夫两人就可以完成，所说的完成，主要是大厨的工作，至于搭大棚，摆桌椅板凳，帮厨洗菜、切菜，端盘子端碗都有村民帮忙。商业化一条龙之后，办席的成本也降了下来，很多菜都有配套的，打个电话就有人送过来，大多是半成品，比如冷盘——肉肠、粉肠、猪头焖子、酱肘子、肉签子等，热菜——四喜丸子、红烧鲤鱼等，都是提前做好的，回锅加热即可。帮忙的不用给工资，每次给一双手套和一个围裙。雪芳之前听桃子说过，这两年办酒席，一般情况下一桌400元，扣除所有成本，一桌可以赚100元，15桌就是1500元。雪芳说，收入不低呀。桃子说一个月平均“跑大席”4次，他们夫妻二人赚五六千元，没有城里打工赚得多。而对于办酒席的人来说，一桌10人，平均份子钱200元，一桌就可以收到2000元。桃子说，这样一比，还是办酒席的人收得多。雪芳说是，可你的收入是纯收入，办酒席的是毛收入，因为他还要还人情的。

雪芳以成功人士的精神面貌出现在孝文办的酒席上，她看到很多熟悉的面孔，世军、二迷糊、秀梅、韩大胆、腰花、刘老蔫……还有小革子，她等于是深入到了村民之中。雪芳表面上谦虚地向村里的父老乡亲致谢，感谢大家在她困难的时候支持帮助苹果园，实际上，谦和中多少隐含着骨子里的傲慢。大家对雪芳更是恭维有加，都把她当成了大老板。孝文和腰花觉得十分有面子。

过去办酒席要登门邀请或者捎话，现在方便多了，短信、微信“盘人”就行。酒席开席以鞭炮为号，原本应该晚上放的一盒礼花乒乓作响，宴席正式拉开序幕。世军等少数几个人属于“吃冷席”，通常跟大伙儿打个招呼，放下份子钱就走。这次，由于雪芳参加，世军也留了下来，大伯大娘、叔叔婶子地挨个儿桌敬酒。

雪芳在大席上还真吃到了从未吃过的东西，像农村的扣肉，扣肉下面是葫芦条，还有西葫芦炒猪心猪肺，那个冷盘“肉签子”，是干豆腐包肉馅儿蒸出来的。席间，大棚里熙熙攘攘，场面十分热烈。雪芳想，如果不在农村生活，无论怎样都不能理解这种生活方式，吃席的过程图个热热闹闹，之后互相欠下人情债，彼此都有所牵挂。

当然，现场也有不吃亏的，宴席还没结束，每个桌都有“打包”能手，当地人管那叫“折菜”，就是几种菜倒在一起，回锅也好吃。

雪芳是下午回市内的，中午吃席被人灌了几杯酒，她余兴未尽，晚上又邀请若影和水豚去东港吃海鲜烧烤。雪芳叫了一笼啤酒，带有喝庆功酒或者答谢酒的意味，嘴上却说："累这么长时间了，应该放松一下，今天咱姐仨敞开了喝。"

受到雪芳情绪的感染，若影和水豚很快进入状态，不大工夫，三个人就喝了三瓶啤酒。若影属于喝酒上脸型的，桃之夭夭，灼灼其华。水豚说："影姐真漂亮啊，难怪那么多小哥哥喜欢，别说小哥哥，我看了都心动。"若影说："要是有小哥哥陪咱喝酒就锦上添花了。"雪芳问若影："跟蜘蛛大侠还联系吗？"

若影摇了摇头说："故事都是一段一段的，我从不在一件事、一个人身上纠结。"这句话仿佛是说给雪芳听的，雪芳立即想到了诚磊，她和诚磊认识 10 年了，他们之间时断时续，藕断丝连，纠缠不清。

水豚讲起家长催婚的压力，前不久相了亲。

"谈恋爱了？"若影问。

"黄了呀。"

"谈多久就黄了？"雪芳问。

"不到两个月。"

"这么快？公司的工作没影响你们吧？"

"是我自己的问题，"水豚说，"说来我挺羡慕你们的，能自己交男朋友，相亲不好。"

"怎么不好？我认识好几对都是相亲成的。"若影说。

"不对呀，相亲认识的特别容易挑剔对方，属于扣分模式。自然认识的就不一样了，越处越容易发现优点，属于加分模式。"

若影扑哧一声笑了，说："小妹妹，你不是喜欢与纸片人谈恋爱，玩乙女游戏吗？现在能去相亲已经是巨大的进步了。"

"实践证明，相亲失败了呀。"

若影说："我觉得你已经过了对爱情充满浪漫向往的阶段了，玩乙女游戏的是 14 岁到 18 岁的女孩，而二次元动画'纸片人'也不香了。"

水豚说："我的心还是少女心呀，相反，现在 18 岁以下的小女孩儿却在装成熟，耍酷。"

"我呢，活在三维空间里，不会拒绝激情上头的感觉，不过，我是不会深入的，不然，谈下去就谈出真感情了。有了真感情就复杂了、麻烦了，最后劳燕分飞。恋爱没有好下场。"

"浅社交呗。"雪芳说。

一杯酒喝下，雪芳叹了口气，她说其实很多问题的根源是我们自己。很多时候，我明明知道不喜欢而假装不知道，做一些不快乐的事儿，恨它，还得坚持下去；尝试着做自己喜欢的事儿吧，又会碰到困难，带来麻烦。有没有完美的事儿呢？

水豚疑惑地摇了摇头，若影则诡异地笑了笑。

若影用酒杯碰了一下水豚的酒杯，说："有人说我们 90 后是闷骚，你们 00 后是明骚，见到帅哥会主动追求。"

水豚抛了一个无主的媚眼儿，说："那我应该属于 90 后的呀。我的原则是，谁对我好，我就对谁好。"

若影说："我的原则是，真爱很重要，自由价更高。恋爱与婚姻无关，用一个新词概括的话，可以叫'本能恋爱'。"

"芳姐，你呢？"水豚问雪芳。

“我没有明确的爱情观，半糖主义，那些不要事业，不要家庭，甚至连命都不要的，我不认为是好的爱情观。”

“不说爱情了，喝酒吧。”若影端起酒杯。

“你还行吗？”

“把‘吗’去掉好吗？”

水豚还沉浸在爱情的话题里，她嘟哝着，恋爱就不要怕结局，不管是虚拟还是现实，付出真心，就一定有美好的结局。

雪芳回到家中已经午夜，她本来是要回自己租的房子的，可不知道为什么，竟鬼使神差回了梅子家。梅子见到雪芳有些惊喜，可表现出来的却是严格母亲的惊喜方式。她扶着一身酒气的雪芳进屋，换衣服，倒蜂蜜水，一边忙碌着一边嗔怪，絮絮叨叨。梅子说：“前两天我去你住的地方打扫卫生，看到卫生间里有很多长头发，你要是再不注意身体，早晚得出问题。”雪芳说，忙过这一段能好一些。“忙过这一段？每次你都这样说，关键是你的生活方式，你不能少摆弄手机、少熬夜，有规律地生活吗？”雪芳情绪高涨地跟梅子讲起苹果园最近的业务，区块链设备已经上线，认养果树的资金也已进账，她准备扩大种植园规模，开发西塘。梅子立即拉下脸来，说：“怕什么来什么，现在的果园还没赚钱，你又开发新的果园，不是说西塘是盐碱地吗？为啥有大道不走，非要走山路呢？”雪芳说：“生物学理论告诉我，选择难的，比选择容易的更接近成功。”梅子说：“说起来容易做起来难，别最后弄得鸡飞蛋打。当年，你老舅比你……”

“别拿我跟老舅比好不好？”

“我最担心的就是这个呢，生怕你遗传了你老舅的基因，大手大脚糟蹋钱，最后把身边人都坑了。”

“老妈！”

“我一直想问你个问题，装修山顶村老宅的钱是从哪里来的？”

“我自己的，没用公司一分钱，那是我回国后攒的钱。”

“就算是你自己的钱，可你刚刚创业，一切都在起步阶段，用得着装修得那么奢华吗？”

“算不上奢华吧，城里这样装修的多了，你是不是认为农村不该这样装修？”

“我认为不重要，关键是，你要树立勤俭节约的观念。”

“我不想活在观念里，该省的钱，省；该花的钱，花。”

“你这是要气死我呀！”

“我可不想气死你，老妈，其实我也挺节俭的，就说我买的衣服和包吧，我都是在商场里先选好，然后去网上找同款。吃东西也是，在网上看大众点评，做攻略……”

“你不跟我提大众点评还好，我跟你去了两次都踩坑了。”

突然，梅子坐到雪芳身边：“你的眼睛怎么肿了？”她伸手要摸雪芳，雪芳警觉地挪开了。梅子气呼呼地说：“怎么，你就这么讨厌你妈吗？”

“我没有，我爱我老妈，但是，我要跟你保持……”说着，雪芳把水杯放在她和梅子之间，“我需要跟你，保持一个杯子的距离。”

雪芳决定去西塘盐碱地种苹果，山顶村几乎没人能理解她的想法。一方面，山顶村不乏经济林地，雪芳傻了吗？为什么专门去西塘那块已经废弃的贫瘠之地冒险呢？另一方面，雪芳承包的苹果园设施投入巨大，果园处于亏损状态，现有的果园还没经营好，又去开辟新的战场，这种打法没人能看懂，除非她是开造币厂的，不然，多少钱都不够祸祸。不仅山顶村人不理解，就连诚磊对雪芳开发西塘都有不同意见。

那几天，雪芳与诚磊在网上多次讨论盐碱地种苹果的事儿。雪芳认为，盐碱地作为一方无污染的净土，种出的水果会格外甜，甜度平均会超过 15 度，虽然先期投入改造土壤和后期管理的成本高了些，可土地成本低，竞争力强，客观上扩大了资源有效利用。诚磊说，在盐碱地种苹果的风险是大家的经验不足，他查过资料，盐碱地种植苹果，有三分之二的苹果树被“齁”死了。雪芳之前做了不少功课，她认为还是科学种植的问题，在西塘盐碱地应该采取大沟起垄、埋设排碱沟、淡水压碱等措施，水往低处流，盐往高处走，通过修筑台，使斗渠连支渠、毛渠连斗渠，加快盐分的渗透、冲洗、外排。盐碱土不利于果树根系生长，栽植前挖定植穴大坑，在坑底先填一层作物秸秆等有机物，对于含盐量较高的土壤，还要换一些地表土。另外，要选用耐盐力强的砧木，比如以海棠树为砧木，不仅可以提高果树成活率，而且有较强的耐盐碱、耐低洼潮湿的能力。还有，可以通过果园生草、施生绿肥等来增加土壤的有机质，比如在沟渠边缘种植紫穗槐等，树盘下覆草，可以减少土壤水分蒸发，起到增温、保湿、增加土壤有机质、促进微生物活动、改善土壤理化性状的作用。雪芳说：“现在山顶村的苹果品种过于单一，我想在西塘开发高价值的最新苹果品种。”

诚磊说："这件事儿能不能暂缓一下，我们好好讨论讨论？"

雪芳说："主要是农时不等人，秋季定植是最好的时机，根系恢复期长，土壤封冻前幼苗压倒埋土，防寒，果树成活率高，春季恢复生长快。"

诚磊说："我跟你说实话吧，我不想你在一个地方陷得太深了。"

"可你是支持我种苹果的呀。"

"你要做实实在在的事儿我很赞成，不过，别局限在一个地方，世界是大的，生活空间也是大的。本来，我想牛顿苹果园试验成了，我们就在国内外再建几个苹果园。"

"这不矛盾呀！"

"一旦陷在盐碱地里呢？"

"别人对我没信心，你还没信心吗？"

诚磊不说话了。雪芳问诚磊现在在哪个城市，她希望诚磊近期能过来一下，到西塘现场看一看。诚磊回复："再找时间吧。"

其实，诚磊已经回来了，就在市内，他犹豫一番还是没见雪芳。水豚把见到诚磊的消息告诉雪芳，雪芳顿时傻眼了。

"他在公司？"

"是呀，我还给他打了一杯咖啡呢。"

"他为什么不告诉我呢？"

水豚习惯性地摇了摇头。

雪芳立即给诚磊挂电话，问诚磊在哪儿，诚磊说他在机场。

"你回来为什么不告诉我？"

诚磊说："我本来是想去山顶村看看的，可突然有了别的事儿，只好以后再说了。”

放下电话，雪芳觉得心里像堵了一块毛糙的巨石。

那天傍晚，小革子敲开“品红苑”的大门。

“老舅呀，有些天没见到你了。”

小革子认真地对雪芳说：“西塘是盐碱地，什么都不长。”

雪芳笑了，问小革子：“啥是苹果？”

“苹果就是苹果呗。”

雪芳一本正经地说：“苹果是蔷薇科、苹果属、落叶乔木植物，含有苹果酸、胡萝卜素、抗坏血酸、钙、铁、锌等人体必需的物质……”

小革子不高兴了，说：“你给你老舅上课呢？”

“这样理解也行。”

“啥意思？你在暗示你老舅是白吃饱，啥也不懂，到你这儿混饭吃的吗？”

“你是苹果园的职工，应该知道这些基本知识。”

“现在我不以员工的身份，而是以你老舅的身份问你：‘为啥要去盐碱地种苹果？’”

“盐碱地种的苹果好。”

“好？我还是头一次听人这样说。果树需要的是营养，不是垃圾场。”

“这个世界上没有垃圾，只有放错地方的资源。”

“雪芳啊，老舅的故事你也听说过，要说敢想敢干，你老舅我不输给任何人，可再怎么样，也不会去西塘盐碱地种苹果。”

“行了，老舅，我的事儿……这个心你就别操了。”

“是，我没资格操这个心，我就是一个打更老头儿。”

“别这样说，工作之外您还是我老舅。”

“我是你老舅吗？”

“当然了，这个无法改变。”

“那好，老舅有点儿事儿求你。”

“啥事儿？不会是借钱吧？”

“是借钱。”

“你借钱干啥？”

“我想在水库那儿盖个小房子……你知道的，以前我在那儿的河道挖过砂子。”

“没有宅基地手续，不能随便盖房子。”

“我不盖住房，是搭两间简易房，随时可以拆卸移动那类的简易房。”

雪芳明白了，说：“老舅你也知道，在西塘开发果园需要很多资金，而且，资金是向公众募集来的，不是我的。现在，每一分钱都得用在刀刃上。”

小革子沉下脸来：“没钱你还养了两台车？我帮你个忙，帮你卖一辆，凑个十万八万的借给我。”

“我为什么要这样做？”

小革子说：“我可是你的长辈呀，你不该孝顺长辈吗？”

雪芳哭笑不得，她想起梅子曾经抱怨过的话，小革子在哥哥姐姐面前以小自居，觉得哥哥姐姐都欠他的；现在，小革子在她面前以老自居，好像她也欠了他的。雪芳后悔当初同情小革子，把他安排在自己公司。

如果小革子单单向她借钱也就算了，一次，雪芳去山顶村食杂店买东西，腰花对雪芳说，你老舅可欠了我不少钱呢，我跟他要，他说你这几个小钱算啥呀，我外甥女是苹果园的大老板，还怕黄了你的吗？腰花试探着问雪芳：“你老舅欠我的钱，我可以跟你要吗？”雪芳说：“你觉得你有权利跟我要吗？”腰花似乎在雪芳的眼睛里读到了什么，仿佛也读懂了什么，没再说话。

雪芳把腰花对她说的话转述给小革子，同时也借机敲打小革子，请小革子好自为之。

事后，雪芳想到这样一个问题：如果从基因的角度说，自己跟小革子一点儿关联都没有吗？

小革子办公司的时候，第一个想到的就是梅子。那天，梅子下班刚走出幼儿园大门，就看到小革子站在路对面的车前。

梅子坐到副驾驶座位上，一边拉安全带，一边笑着说：“你是来给我充面子的吧？”

小革子说：“我想找一个财务人员，想来想去，还是想在自己家找一个人。你的会计证不是拿到了吗？”

“我可没干过会计。”

“那有什么关系！”小革子说，“我还没干过老板呢，不是一样干了！”

“我倒是不怕，我的学习能力你是知道的，只是……都是家里人，好吗？”

“有什么不好？自家人放心。”

“可我不放心。”梅子说。

小革子转头面对着梅子说："不放心我？"

"对，你那两下子，别人不知道，我还不知道吗？"

"这就怪了，我信任熟人，你却不信任熟人。其实，那些外企老板都一样，你以为他们就没有比我差的？凭外表谁能看出来？你想去应聘还应聘不上呢。我前几天发了一条招聘广告，应聘财务的有几十个人，本来选了两个，后来还是想到了你。"

"反正这不是小事儿，如果你干不好，之后我去哪儿？连幼儿园都回不去了。"

"得！"小革子一撇嘴，"整天唠叨幼儿园不好，动真格的又舍不得幼儿园了。"

"不是舍不得幼儿园，是怕你的公司没几天就黄了。"说到这儿，梅子自己笑了起来。

"有什么好笑的？"

梅子还是笑，一边笑一边说："原来一直以为外企公司是神圣的，看电视也好，听人说也罢，在外企公司工作的人都令人羡慕。如果我在你们公司工作，整天看你的脸色，听你发号施令……总是有点儿不像！"梅子越笑声音越大。

"别笑了！"小革子大声喊。

梅子果然止住了笑声。

小革子说："这样吧，我也不勉强你，给你 3 天时间考虑。过了 3 天，不管你怎么想的，我都另外找人。"

梅子眨了眨眼睛，她突然觉得小革子有点儿像个成熟的男人了。

把梅子送回了家，小革子就驱车去了石青说的公园对面的红房子，到鲜花店看一看马燕。自从小革子在南方看到已经堕落的小朵，他的心绪一直很乱。不管怎么说，他跟小朵还是有过相当长的恋情的，虽然谈不上特别喜欢她，可她的影子总在他眼前转悠，挥之不去。不记得是哪本书上说的，“初恋是难以忘怀的”，小革子对这句话终于有了体会。原来，几乎可以说小革子只是胡乱抛洒青春的莽撞小伙子，当别人传闻中的事发生在他身上时，他被无情的现实打得发蒙，不由得不去思考了。

在南方见到小朵之后，小革子便对男女之事麻木了，这次去看马燕，也许仅仅是好奇心驱使，也许完全是另外的一些东西，比如，马燕是被台商包养又被抛弃的二奶，她也有过美好被毁灭的经历。说起来，小革子从小就看不上马燕，觉得马燕傻乎乎的。小时候，马燕没少受小革子的欺负；长大之后，小革子也一直对马燕以嘲弄的语气说话，主动去看马燕还是第一次。

小革子把汽车停在“勿忘我鲜花店”的门口。马燕看到门口停了一辆车，忙迎了出来。

马燕见车里下来的是小革子，愣住了：“真稀罕，你怎么会来我这儿？”

小革子想，几年不接触，马燕还真长了不少本事。女人最擅长用软绵绵的方式对付男人了。

“开花店不就是欢迎人来的吗？”小革子说。

“欢迎，怎么不欢迎？就是你这样的贵客迎不来呀！”马燕嘤声嘤语地说。

“少客气啦。”小革子拉着长音，说话的工夫，自己叼上了一根烟。

马燕凑到小革子身边说："听说你现在发达啦？"

"马马虎虎啦！"小革子说，"不过给人家打工而已。不像你，给自己当老板。"

小革子这样说，马燕大概听得舒服，她笑了笑："别谦虚，给一张名片。"

小革子在口袋里摸了摸，掏出一张名片递给马燕："受骗可别怪我呀，你主动要的。"

"瞧你说的！"马燕一抿嘴，"咱谁不了解谁呀。"

小革子叼着烟进店，坐在椅子上跷着二郎腿，仔细地打量起马燕的这间花店。这间屋子充其量不过十三四平方米的样子，被五颜六色的鲜花塞得满满当当，就连空气中也弥漫着幽幽香气。小革子逐一观察插在红色塑料桶里的一束束鲜花，以及挂在花上的标牌。那标牌上分明写着玫瑰、百合、康乃馨、弗朗、满天星、勿忘我、水晶、情人草、八角金盘、巴西叶等。一朵朵水灵灵、娇艳艳的。说心里话，要不是到了马燕这间花店，这些花除了少数几种常见的以外，大部分他都叫不上名字来。不知为什么，小革子忽然有了一种怅惘的感觉，甚至觉得尽管自己也念了十几年的书，可这世上，他不知道的东西实在太多了。还有，人真是个怪物，别人都说不好的人，你一接触，还真发现对方有不少优点。就说眼前的马燕吧，卖花还真有一套。而人们都说好的人，你接触一下，反而发现对方有很多缺点。

"难得见到老邻居，一会儿我请你吃饭。"马燕说。

"我刚结束饭局。"

"那你带我去兜风怎么样？"

小苹子说："你那么有钱，没买一辆车吗？"

"原来想买一辆跑车来着，可我不敢开，就没买。"马燕仍嘤嘤地说。

"我开你敢坐？"

"敢。"

"真的？"

"熊你不是'阴'（人）。"马燕带出一句本地方言。

接触马燕这段时间，马燕操着带南方口音的普通话，小苹子也搞不懂正宗不正宗，反正挺好听的。他也在南方混了大半年，却还是一口地道的海蛎子味儿。

晚上6点，小苹子和马燕去日本料理店吃了一通半生不熟的东西，是马燕请客。小苹子觉得自己怎么也算个小老板，占别人"二奶"的便宜实属不妥，就领马燕去了一家练歌房。进了卡拉OK厅，马燕如鱼得水，唱了粤语歌又唱英文歌。小苹子知道，马燕不过混了高中，她怎么会唱英文歌呢？这人真是个谜。不管怎样，他还是被马燕唬住了。

"你还真有两下子。"小苹子说。

马燕说："没有的啦！"

"常来吗？"小苹子问。

"很少到这里来，不过我每天都去游泳馆游泳，不游泳我都没办法活了。"

小苹子觉得马燕说得有点儿言过其实，不过他还是觉得马燕有许多地方是他所不熟悉的。

唱了两个多小时，小苹子有点儿累了，要送马燕回家。马燕也说该回家了，今天没跟家里请假，老爸不知急成什么样了。

然而上了车，马燕又让小革子拉她去兜风。小革子那根特殊的神经立刻动了动，他用手在马燕的胳膊上掐了一把，说：“你真不是好东西！”

马燕把他的手按住，把嘴凑过来，说：“你也不是好东西。”

那天夜里，小革子拉着马燕去了临海的一条路，在一处岩石边的草坪上停了下来，关掉车灯，四周一片漆黑……

从山坡那条道回来，小革子有些懊悔，一路上都沉默着。马燕却相反，嘴里哼着卡拉 OK 厅里的曲子，还将肩膀靠在小革子身上。

马燕家到了。下车前马燕在小革子的腮上亲了一口。“哥，明天别忘了给我挂电话呀！”小革子的头皮有些发麻。

小革子回到家已是凌晨一点，他蹑手蹑脚地打开房门。突然，刘宝贵咳嗽了一声——他还没睡。

小革子躺在床上，辗转反侧，怎么也睡不着。小朵的影子又浮现在眼前，明明知道他跟小朵缘分已尽，可一想起马燕，不知怎么就有一种罪恶感。他骂了自己一句：“妈的，这哪是我小革子的脾气！”可过了一会儿，两个人的影子又出现了，一会儿是小朵那张冷漠得近乎麻木的脸，一会儿是马燕那张亲热得几近谄媚的笑模样……小革子刚刚迷糊过去，又做了个噩梦，梦见伍先生挥舞着一把日本军刀，不由分说地向他的头顶砍来……直到天都快放亮了，他才勉强入睡。

第二天早晨，刘宝贵去公园晨练，8 点钟回家，见小革子还在呼呼大睡，刘宝贵没叫他，去楼下买了油条和豆浆。

9点，刘宝贵忍不住叫醒了小革子："你该上班了。"

小革子伸了伸懒腰，说："不要紧，我下午再去。"

刘宝贵深吸一口气，转身出门去找徐桢侗。

徐桢侗家的房门虚掩着，刘宝贵从门缝望去，见徐桢侗正坐在地上打坐练功。说来也怪，小英子去世之后，徐桢侗仿佛一夜之间修仙得道，当老师养成的严谨作风和谦虚态度都不见了，反之表现出了无所畏惧的气度。

一段时间以来，徐桢侗每天就做两件事：白天拼了命地四处讲课；早晨和晚上拼了命地练功。据说，徐桢侗的癌症已经不治自愈。这算是小楼里的一个奇迹——把传言变成事实的奇迹。

关于徐桢侗病愈的问题，邻居们说法不一。有人认为是误诊，本来徐桢侗就没有得癌症，是医院诊断出了问题；也有人认为徐桢侗一直患有癌症，是医院误诊癌症消失了，这样的事儿常有；还有的人认为是徐桢侗长期练气功的结果，气功可以治看不见摸不着的病；而老齐太太则认为是小英子的关系，小英子在阴间为徐桢侗求了情，所以徐桢侗的病无影无踪了。

不管怎么说，徐桢侗癌症消失这件事儿还是极具影响力的，越来越多的邻居加入练功的行列，就连平素一向不参与热闹事儿的刘宝贵也按捺不住了。年龄是大了点儿，可好奇心还是有的。

刘宝贵去找徐桢侗就是想了解关于练功的事儿。昨天晚上他听老齐太太说，今天徐老师要去面见大师，心思就活泛了，几经犹豫，他最终下了决心。

徐桢侗发现了刘宝贵，连忙站起来邀请他："刘大哥，快进屋。"

"不了。"刘宝贵说，"我没什么事儿……"

“有什么事儿尽管说。”徐桢侗乐呵呵的样子。

“是这么回事儿，我听老齐说，今天可以拜见气功大师……”

“是呀。”

“是这么回事儿，我能不能……也去看一看？”

徐桢侗说：“没问题，就是只给我一个名额，也得保障您哪。”

刘宝贵回到家，觉得浑身轻松、如释重负。听老齐太太讲，你只要心里想着气功大师，大师就能给你发功。刘宝贵想，这或许就是因为自己想到了气功大师的结果，于是，他做了一个太极拳推球的动作，把门打开了。

太阳已照在小革子身上，他还在酣睡，大概是睡热了，半个身子露在被子外边，加上他的内裤小，屁股显得明晃晃的。刘宝贵一边替小革子盖被子，一边朝小革子屁股上拍了一巴掌，嘴里喊了声：“起来吧，大少爷！”

小革子嘟哝一句，翻了个身，又睡了过去。

刘宝贵见小革子赖着不肯起来，就过去搬他的头：“不起来，就把你掀海里了。”这句小革子小时候赖床时他总爱挂在嘴上的话，恐怕有十几年没说过了。小革子睁开眼睛，瞪了一眼刘宝贵，把被子蒙在头上。

刘宝贵正好坐在小革子的床对面，一边吸烟一边端详着小革子。别看小革子如今长得五大三粗，可在老子的眼里，他的模样还是小时候的，总也长不大似的。突然，小革子从床上坐了起来，毛愣愣地对刘宝贵说：“您怎么不喊我？今天和韩国的老板谈生意。”

“喊你几次啦？你起来吗？”

“这回问题大了，倒霉……”小革子抓耳挠腮，颇有些焦头烂额。这笔生意可是小革子费了九牛二虎之力才联系上的，若是失约了，岂不前功尽弃了！

“那就快起来吃饭吧。”刘宝贵说。

“还吃什么饭？”小革子把裤子一提，胡乱抹了一把脸就跑出了门。刘宝贵见小革子把大哥大落下了，捡起来就撵了出去，他出门时，小革子的汽车已经踪影皆无了。望着空落落的街道，刘宝贵心里挺不是滋味，心想：孩子为了生计而奔波，连早饭都没吃，也真不容易。

刘宝贵回到屋里，端详着手里的大哥大，直犯嘀咕：现在这玩意儿都造绝了，就这么丁点儿个东西，也不连根线，却一打就通。可话又说回来，那价钱也吓人哪，他两年的退休金都买不来。掂量着手里的大哥大，刘宝贵犯了愁，这么金贵的玩意儿往哪儿搁是好哇？想来想去，觉得还是锁进自己的小箱子里比较保险。

梅子晚上 6 点回家，她听单位同事说今天是父亲节，受了同事的影响，她也有了给刘宝贵送礼物的想法。自从女儿雪花降生之后，梅子回娘家的次数少多了。下班前，外面下起了雨，小雨淅淅沥沥，类似牛毛细雨那种。梅子对于雨天有一种特别的感觉，但又说不出是一种什么样的感觉。不过，那种感觉十分强烈，在她身体深处一波一波地涌动着，这或许来自她已有的生活经验，比如触发了童年的某一段记忆，或者来自生命底层的某种暗示。这种暗绿色的小雨，会令她莫名其妙地伤感起来，比如让她莫名其妙地想起了乔老师，不知道乔老师现在在哪儿，他们又有一段时间没见面了，有了女儿之后，她的小提琴训练也中断了。一想到乔老师，她的心里总会漾起一种说不清楚的异样感觉——一种酸楚、一种失落，抑或一种忧伤？不过梅子知道，既定的现实已经不可能使他们走得更近。

梅子一路想着心事，不知不觉就来到了花店。梅子买了一篮鲜花，她常暗自希望有人送她一束缤纷艳丽的鲜花，她喜欢鲜花的色彩、鲜花的活力，以及鲜花所给予的那种情调……可当梅子真的讨价还价，把花80元买来的花篮拿在手里时，她才从幻想回到现实中来。老爸见了这篮鲜花还不知怎么恼火呢，一定会认为她瞎花钱。就像小革子请客那次，花钱买老爸不高兴。不过，梅子又从另外的角度想，所有人都不会拒绝美好的东西，美好的生活是通过对现状做一些改善获得的，情趣需要慢慢地培养。这样一想，梅子觉得心情放松了许多。

梅子抱着花篮回到了小楼，在小楼门口她意识到：这鲜花，也许一半是送给从未收到过鲜花的老爸的，而另一半则是送给自己的。梅子推了推家门，没推动，她看到门上挂着一把铁牛牌旧锁。

梅子的心咯噔了一下，随即，心吊在空空落落的区域，扑腾扑腾地跳起来。刘宝贵的气管和心脏都不大好，除了一大早出去遛弯儿外，晚上一向是不出门的。老爸不会出什么事儿吧？

梅子去敲老齐太太家的房门，老齐太太家的房门也上了锁。老齐太太家旁边是徐桢侗家，他家的门也锁着。梅子的心跳进一步加速，她急匆匆跑到小楼外庞奶奶的食杂店，给小革子办公室挂了电话。

“咱爸可能出事儿了！”梅子说。

庞奶奶跟梅子比画着，说：“没啥事儿，你爸跟徐老师、老齐太太他们听课去了。”

“听课去了？什么课？”

“气功大师讲课。”

深夜11点钟，刘宝贵强打着精神回到家，一进家门，见梅子和小革子在桌子边正襟危坐。

“老祖宗，您可回来了。”梅子说。

“谁让你来的？”刘宝贵一脸不高兴。

“以为您出了什么事儿。”小革子说。

“难道我出去一趟的自由都没有吗？”刘宝贵居然用了“自由”这个词，本来这个词是梅子最爱使用的。

“您的年龄和身体都不允许这么晚回来。”梅子说，“我们还不是为您好。”

小革子在一边嘟哝：“今天真是倒了血霉。客户客户吧，谈了一半；手机手机吧，还丢了。”

刘宝贵吓了一跳，赶紧从怀里把钥匙掏了出来，去开他的那个小箱子，拿到大哥大之后，才长出了一口气：“哪丢了，这不是吗？”

“您真是个祖宗啊，害得我上了一天的火！”小革子说。

刘宝贵不乐意了，骂道：“小鳖羔子，这么金贵的东西你就随手乱扔，我给收拾起来还来罪了！”

刘宝贵气哼哼地回了里屋。梅子和小革子对视一下，小革子问梅子：“我说那事儿，你考虑得怎么样了？”

“啥事儿？”

“看看你的脑子，一天都想什么啦？到我公司上班的事儿呗。”

梅子沉思一下，说：“先干几个月也行，我请病假试几个月，不过，你可得接受我的监督。”

“没问题。”小革子面露喜色，痛快地说。

小革子开车送梅子回家，一路上谈了他的一些想法，关于公司的发展、关于人际关系的摆布、关于下一步的业务拓展，等等。“二姐，我还想请个人，你猜猜是谁？”

“没边儿没沿儿的，你让我上哪儿去猜？”

“在小楼邻居里猜，包括从前的邻居。”

“从前的邻居？崔胖子？”

“不是。”

“要么，是马燕？”

“她算老几？你也太小瞧我了。告诉你吧，是二楼的乔老师。”

“乔老师？”梅子怔怔地望了小革子一眼，“请他出来敢情好，就怕人家不稀罕跟你干。”

小革子嬉皮笑脸地说：“不是还有你吗？你出马，还怕请不动他？”

梅子戳了小革子一指头，说：“你个小鬼头，拉上我不算，还想拖人家乔老师给你垫背。”

“不好吗？”

“他不可能过来，而且你也别指望我给你出面。”

小革子送完梅子回到家，刘宝贵已经洗漱完毕，正慢腾腾地收拾床铺。小革子笑眯眯地问刘宝贵：“收获怎么样，见到大师了吗？”

“什么大师，就是一个骗子！”

“您还能受骗哪？”

"闭嘴吧，没事儿干就去蹭墙皮。"

小革子吐了吐舌头，没敢言声，快速闪进了里屋。

刘宝贵则自己坐在床上生闷气。

吃过晚饭那会儿，徐桢侗约好刘宝贵、老齐太太，还有后楼的几个老头儿老太太一起去国际大厦拜见气功大师。到了国际大厦后院停车场，他们本以为来早了，不想，小广场上挤满黑压压的人群。

一直到了晚上 7 点，一个瘦长脸、40 多岁的人才出现，来人用本地口音说："今天来的人太多了，场地有限，只能进 100 人，每人 100 元。"刘宝贵没带钱，加上场地上有几百号人，他觉得见大师的希望不大了。不想，老齐太太带了不少钱，她和徐桢侗一起商量了一番，就为刘宝贵买了"入门证"。

刘宝贵随着众多的大师崇拜者进入了国际大厦地下室，那里原来是歌舞厅，大概被组织者临时租了下来。人们就挤在歌舞厅里嘁嘁喳喳地议论着，一直等到晚上 9 点多钟，大师才在一群人的簇拥下走了进来。大师一露面，如老电影中的领袖人物出场一般，场内顿时掌声雷动，经久不息。大师挥了挥手，大腹便便地坐在早已准备好的台子前，抹一抹油津津的嘴，打了一个饱嗝儿。这时，刘宝贵才感觉到肚子空空荡荡，嗓子也有些发紧。

信徒的掌声停了，毫无架子的大师说："我们一起放松一下，来——"大师又对站立两旁的服务员说，"点几个歌唱。"

接下来，大师唱了一首《绿岛小夜曲》。大师的嗓音不错，感情也十分饱满。

大师大概心情不坏，又一块一块地给信徒分西瓜，大概分了十几块，得到西瓜的人荣幸、兴奋、激动，有的还感动得流下了热泪。分过了西瓜，大师接着唱歌。大师每次唱，都获得了隆重的掌声和赠花。那些 50 元一束的假花的周转率，大概是歌舞厅开业以来最高频的一次。

刘宝贵越来越觉得这一幕像在什么时候见过，他的额头汩汩冒汗。大师唱了十多首歌，大概觉得过瘾了，就把麦克风让给了信徒，信徒们又开始唱了。刘宝贵看了看徐桢侗和老齐太太，咬了咬牙，努力坚持着。

一直到晚上 11 点，大师问众信徒："你们觉得放松吗？"

"放松啦！"下面齐声呐喊。

"你们觉得后背发凉吗？"

"发凉啦！"

刘宝贵的确感到后背发凉，回头看了看，发现身后是两台立式空调。

"好，今天就到这儿吧。"大师说。

到此，刘宝贵有一种被愚弄的感觉，越想越气，拥挤着向门外走的时候，身子有些颤抖。

回家的路上，徐桢侗说："气功和所有的科学一样，有人会利用它，那个人不一定是大师，可能是那个中间的掮客。"

刘宝贵说："太深的咱看不出来，受骗咱可知道。"

老齐太太回头看了刘宝贵一眼，小声说："可别胡说，信息传到大师那里，大师一发功，你的脑袋就得两半。"

刘宝贵见了气功大师之后，病了半个多月。

星期五，梅子起了个大早，给刘宝贵炖了天麻乌鸡汤，用文火炖了两个多小时，送给刘宝贵时，见他精神状态很好。喝汤时，刘宝贵问梅子："这几天又耽误你工作了吧？"

梅子说："单位没什么事儿。"

"总请假不好，领导会有想法的。"

梅子笑了，说："小革子现在是我的领导了，不过，他可管不了我。"

"哪个小革子？"刘宝贵问。

"还有哪个小革子？你小儿子呗。"

"你怎么能去小革子那儿？"刘宝贵砰的一声把汤碗放在桌子上，汤水溅了出来。

梅子连忙走到刘宝贵跟前，皱着眉说："这是干啥呀？小革子又不吃人，就是吃人，他也不会吃他姐吧。再说了，我只是试一试，工作也没辞。"

刘宝贵这才松了一口气，慢慢地说："小革子那小子做事没根儿，说话也没个准儿。"

"所以，我去帮他把把舵。"

"单位那头能行？"

"什么行不行的，大不了我把人事关系放进人才交流中心，反正现在人们对人事关系无所谓，挣钱多就行。"

刘宝贵喝着喝着，觉得汤味儿有些苦。他不理解，怎么连梅子也这么活泛啦？会不会又是小革子背后搞的鬼？真是一条臭鱼腥了一锅汤。

梅子为了给刘宝贵宽心，解释说："其实小革子最近成熟了不少，您也别总拿老眼光看他。前不久他还跟我商量，要把原先住咱楼上的乔老师请来帮他经营呢。”

刘宝贵沉吟了半晌，点了点头：“乔老师行，别看人年轻，可有学问，还稳重，不过人家是大学教授，放着好差事不做，能跟你们蹚这湾浑水？”

这时，老齐太太敲门进来，手里端着一大碗饺子：“我包的，小白菜、粉条、虾皮馅儿，知道你好这口儿。”

“这多麻烦人。”梅子说。

“一个人是包，两个人也是包，麻烦啥呀！”说着，老齐太太从怀里拿出练气功的书和录音带，“这是我帮你代买的，你这点儿小毛病，练练气功就好了。”

“气功？”刘宝贵说，“要不是气功，我还不会气病呢。”

“我老爸可能属于不能练气功的那类人。”梅子说。

“谁说的？”老齐太太严肃起来，“徐老师说了，理论上谁都可以练气功。”

刘宝贵说：“你倒是练了一冬天，你的老毛病怎么还犯呢？”

老齐太太说：“如果不练气功，还不知道我能不能活到现在呢！”刘宝贵无言以对。

梅子端起碗，故意把话岔开，对刘宝贵说：“趁热尝尝。”

老齐太太说：“对，你尝尝咸淡，若是不合口，我再另给你包点儿，也不费啥事儿。”刘宝贵推让不过，只好捏起一个饺子放进嘴里，一边嚼一边称赞：“合口，真香啊。”

老齐太太向梅子挤了挤眼睛，转身走了。

梅子把老齐太太送到门外，老齐太太轻声对梅子说：“我故意气他的，不管怎么说，练功就是活动筋骨，人老了，出去呼吸点儿新鲜空气，运动运动，没啥坏处。”

梅子笑着点了点头。

老齐太太神秘地朝楼上指了指：“老马回来了。”

“搬回来了？”

“没全搬回来，说是住不惯别墅，回来跟大伙儿一起练功。”

“可能是太寂寞了吧。”

“啥寂寞呀，我听说别墅让法院给封了。”

“有这样的事儿？”

“说是台商欠了一大笔货钱，老也不给人家，人家翻脸了，把他告上了法庭。听说，马燕也被赶出了别墅。”

“不会吧，前几天我还到她开的花店去过，没听她说这事儿呀。”

“傻闺女，好事儿跟你说，这样的事儿，能跟你实话实说吗？”

小革子的香港港宏国际集团大连办事处执照批下来之后，他居然挺顺利地做成了两笔买卖，虽说赚头不大，却坚定了他把办事处发展起来的决心。由此，他的想法也与四处打游击做买卖那时不同了，他觉得无论哪方面都应该提高档次，比如他喜欢吃烧烤，有的时候看见烧烤心里直痒痒，最后还是忍住了。他还想将公司的形象和运作方式都拉齐到其他商社的水平，于是在日报和电视台发布了招聘广告，招聘业务人员和财务人员。广告发出之后，他一连忙了一个星期，每天都有一批应聘人员登门，大学生比例较大，漂亮的、口才好的、英文流利的、字写得好看的，比较一下，小革子觉得都比自己强。后来，他在应聘者中初选了 4 名业务员、2 名财务人员。考虑到人多费用大，又狠了狠心，将业务员圈掉2名，将财务人员圈来圈去，只剩下一名。待到正式通知的时候，小革子的想法还是变了，什么新的管理方式，什么现代企业用人制度，统统不重要了。他还是觉得自己家里人放心。于是，财务人员选定了梅子。

这样，办事处共4个人，小革子、梅子，还有两名女大学生，小革子是唯一一位男性，成了“代表”。

离公司正式开业的时间不远了，小革子有些犯愁，开业仪式那天，怎么也应该有政界领导出来撑撑门面。香港的伍先生对他很信任，其中也包含他自己说的“无论哪方面都摆得平”。然而，小革子的圈子离政界较远，他还真找不到有头有脸的人物。

那天上午，小革子正在指挥搬家公司的工人抬沙发，突然灵感闪现，他想到了乔老师。乔老师在大学里工作，接触的层面广，说不准还真能帮上忙呢。问题是，乔老师肯帮这样的忙吗？虽然乔老师在小楼住过，可毕竟接触很少，都不一定认得他，好在有梅子的关系，他也曾听到过关于梅子和乔老师交往的传闻。小革子立即去找梅子，走到门口他又犹豫了，一旦梅子不同意怎么办？干脆来个先斩后奏吧，小革子回屋查了大学的电话总机，直接给乔老师挂了电话。

小革子先是介绍了自己。果然，提到梅子，乔老师才想起他这个人。小革子说有事儿要向乔老师请教，还约定晚上见面。放下电话，小革子的两条腿从大班桌上移下来，扭肩送胯地在地上舞动了两圈儿。

那天晚上，小革子在国际酒店宴请了乔老师。两个人点了一桌子菜。乔老师不胜酒力，又不好意思驳小革子的面子，菜还没动，小革子一连敬了乔老师3杯。各种招式轮番轰炸过后，乔老师已经脖子发红，眼睛发直。

乔老师说："没……没问题，请人的事儿包在我身上。"

小革子觉得自己很成功，只是剩了一桌子饭菜。临别，他硬塞给不吸烟的乔老师两条"红塔山"。

小革子找乔老师还真找对了。乔老师用心为小革子操办着，联系了有关部门的领导，并通过文艺界的朋友请了喜欢书法的退休副市长，那位前副市长还送了两幅字："厚德载物""上善若水"。还有新闻界、文艺界的人士。需要准备35份纪念品。小革子当然高兴，觉得乔老师的能量不小。他不怕多准备几份纪念品，就怕送不出去。总之，小革子认为这个"买卖"划算，投资少，收益大。

正式开业的日期是伍先生选的，他笃信风水，选的是黄道吉日、黄道吉时。大连办事处在震耳欲聋的鞭炮声中正式隆重开业。伍先生对小革子的工作十分满意，同时，对协调联系的乔老师也十分看好。小革子借机向伍先生推荐了乔老师，说乔老师是大教授、年轻专家。伍先生说："人才难得，人才难得呀。"

开业仪式后，小革子陪伍先生四处转了转，体会这座开放城市方方面面的特色。在这方面，小革子较有专长，而且十分胜任。

伍先生一走，小革子就找到乔老师，他告诉乔老师，是他极力向伍先生举荐的。"开始伍先生对你印象不深，后来禁不住我反复念叨，再后来，对你的印象绝了。怎么样，想不想来我们公司？"

乔老师笑了："暂时还没有这个想法。"

"你这么有才能，到商界闯两年多好，现在各个大学都在经商办企业，还有不少机关干部下海呢。"

“那倒是。”

“再说了，就算栽了跟头也不怕，年龄就是资本，再回去也不晚。”

“有道理。”乔老师说。

“如果你同意，我和伍先生说一说，请你当办事处副主任，月薪 5000 元。怎么样？”

乔老师笑了笑，没言语。

“5000 元不少吧？”小革子问。

“不少，比我的工资高好几倍。”

“既然如此，还有什么好犹豫的？”

“我觉得自己不适合。”

“我觉得挺适合，开业仪式上你的表现已经通过了我对你的测试。”

乔老师忍不住笑出声来。

“你笑什么？觉得我们商社配不上请你这样的大教授？”

“我哪是什么大教授哇？我是觉得我的专业不对口，我不懂贸易。”

“我是啥专业？我还没专业呢，不一样当办事处主任？乔老师，你也见识过，我这人说话直，商社现在可是社会的热门儿，想来我们这儿的人多了，包括机关干部。”

“不不不，你别误会，感谢你好意邀请我。可现实情况是，我正承担教育部的科研课题，而且单位刚刚给我分了房子，这时候走人不讲道义。”

“现在都什么年月了？”小革子甩了一下胳膊，“不是我说你，读书人有时候就是愚蠢。”小革子本来想说迂腐，结果说成了愚蠢。说完，小革子察觉自己有些失言，补充说：“我这人直性子，不太会说话，有不妥当的地方，还请你别介意。”

乔老师说：“我就喜欢直性子的人。”

当天下午，梅子找小革子问乔老师的事儿。“开业时乔老师过来帮忙，你是不是打着我的名号找他的？”

小革子矢口否认，说：“我们认识好不好！”

“你跟我说实话。”

“本来就是实话，不信你问乔老师去。”

“他跟你从没打过交道，凭啥为你跑前跑后的？如果是因为我，我可不想欠他的人情。”

“我跟你说过了，我根本就没提你，一个楼住的邻居，帮忙很正常。况且，他给我办事儿，我也没亏待他。”

“你给他什么了？”

“这个，就不必跟你说了吧。”

“还有，你跟他说那个事儿了吗？”

“哪个事儿？”

“你不是想请他来商社吗？”

“这个呀，以后再说。”

“人家乔老师跟你不是一样的坯子。”

“你这样说我就不愿意听了。他是啥坯子？我是啥坯子？”

“我是你姐，不愿意听也得听。”

“有没有搞错？我是你老板，听我的还是听你的？”

小革子的办事处在国际酒店六楼，有一个大小适中的套房。

说来邪门，没正式开业的时候，小革子还做成了两笔小生意，可现在摊子铺开，正式营业一个多月了，除了香港方面来往的传真和电话，就是上楼来推销各种办公用品和商品的推销员，真正找上门来谈业务的一个都没有。唯一一单贸易还是赵黎明负责的，走走办事处的账目而已，收入跟办事处没啥关系。小革子仍旧混在原来的圈子里，当年一起做买卖的朋友整天找他喝酒娱乐。

办事处没业务，梅子的工作更清闲，甚至可以说无所事事。这样的状态对于梅子来说简直是梦寐以求的，这么多年，头一次有这么宽松的学习时间，所以，梅子的时间饥渴症复发了，整天埋头苦读，办公室成了她的学习室兼复习室。梅子一方面复习自学考试题，一方面学习注册会计师知识。与此同时，她还重新学习外语。梅子认为，在商社工作必须要懂外语，尽管她是财务岗位，可还是要熟练掌握一门外语的。说起来，梅子是有相当的语言天赋的，中学时她的外语成绩就很好，可惜，靠单科高分成绩是进不了大学的，她只好对心目中的外语学院望洋兴叹。

吃过午饭，先是小革子回来，接着，业务员林湄和芳芳也回来了。

林湄进了屋就喊：“二姐，展览中心正在处理紧身衣，料子不错，都抢疯了，你还不快去看看？”说着就从购物袋里掏出一件内衣给梅子看。

梅子回头望了一眼里间，见小革子正朝外张望，心想，现在的女孩子都怎么了，居然当着男人的面就把女人的贴身内衣给抖搂出来，便没好气地说：“我现在还没有买紧身衣的闲钱。”

“钱不花就是废纸，会花钱才能赚钱。”芳芳在一旁说。

梅子说："你们可别向他——咱头儿灌输这个思想，他想找这个理论还找不到呢。"

"这是新观念。"林湄说。

叫芳芳的业务员进了里间，她同小革子说着什么，不一会儿，哧哧的笑声便从里面传了出来。

梅子听到，心里愈发不舒服，连忙走进里间，对小革子说："主任，我找你有点儿事儿。"

小革子站了起来，业务员芳芳只好退了出去。

梅子关上门，忧心忡忡地对小革子说："我现在真有点儿为你担心了，你说你招的这两个人，一天到晚无所事事，还挺新潮的，这样下去肯定会招惹麻烦。"

小革子摸着下巴说："现在的女孩子都挺开放，有几个能坐得住的？你也不用担心，等公司业务忙起来，自然就好了。"

"你就等着瞧吧，到时候别怪我没提醒你！"

小革子说："二姐呀，你是财务，操该操的心，不该操的心别操。"

"你是不是在提醒我你是老板？"

"我是不想让你烦心。"

"那好，以后你的破烂事儿我不管了。"

梅子赌气离开了里间，回到自己的座位上学外语。没多大一会儿，小革子从里间出来，给梅子端来一杯咖啡。

"二姐，我知道你对我好，行了，别生气了。"

梅子戴着耳机，坐在套间的椅子上听录音，不知道听见了还是没听见。

小革子皱了皱眉头，不好说什么，夹着公文包准备离开。

小革子刚走到门口，林湄在他身后喊：“主任，电话！”

“问一下是谁。”

林湄捂住话筒。

“是位小姐，她说叫马燕。”

“就说我不在。”

这时，小革子手里的“大哥大”响了起来。小革子不耐烦地按了取消键，没接电话。不一会儿，大哥大又响了。小革子嘟哝一句，返身回了里间。

隔着套间的房门，梅子隐隐约约听到小革子时高时低的喊声。

第十三章　苹果的味道

刘宝贵搬到山顶村来了，他不是一个人来的，而是带着边边和家当过来的。刘宝贵来的时候住在隔壁小革子家，雪芳知道后，立即跑过去接。

刘宝贵说：“我住在你老舅这里挺好的，方便。”雪芳说：“您的意思是，小儿子是自己人，外孙女是外姓人，小儿子更亲呗。”刘宝贵说：“我不是那个意思。”

“既然不是那个意思，你就跟我过去。”

刘宝贵有些迟疑，说：“你家里装修太讲究了，我不习惯。”雪芳说有什么不习惯的，现在城里的房子不都这样装修嘛。雪芳开始撒娇，用命令的口气对刘宝贵说：“走不走？”

刘宝贵只好跟着雪芳搬进了“品红苑”。

雪芳向刘宝贵介绍，淋浴房没安门槛，主要是防止不小心绊了脚，浴缸可以自动升降，淋浴器是坐式的，浴室地面防滑防摔。雪芳一边介绍一边示范着。“还有这个马桶，带手柄的马桶座，稍一弯腰下蹲，就可以坐上去，起身时，两只手还能得到支撑。您没看出来吗，之所以这样装修，是专门为您设计的。”

“我腿脚挺麻利的，用不上这些。”

“这叫有备无患。”

“这样装修是不是多花不少钱？”

“没花多少。”

“你不该这样……”

“为啥呀？”

“你怎么知道我来住？就是现在，我也没答应呢。”

雪芳在和刘宝贵对话的过程中，她一句都没说房子是为刘宝贵装修的，也没提为啥要买这个老宅——刘宝贵出生的老房子。刘宝贵不傻，他能体察出雪芳的良苦用心。

刘宝贵故意岔开话题，对雪芳说：“买这么个又老又破的房子，不是花冤枉钱吗？”雪芳说：“有钱难买我愿意呀，只要心里觉得舒服就好。”“有房证吗？房证上写了谁的名字？”刘宝贵问。

雪芳说没有房证，有租房合同。

“租的房子？那还花钱装修？”

雪芳解释说，农村宅基地不能随便买卖，不过，长期租用跟买没啥区别。刘宝贵想了想说：“房子是我家的，我就在这里出生，按说我也应该有份儿。”雪芳说：“可以呀，不行您把户口改回来吧，改成农村户口，那样就真的落叶归根了。”

刘宝贵翻了翻眼睛，没说话。

边边跑了过来，在雪芳跟前跳来跳去，将她白色的衣裙印上了黑灰色的爪子印。

刘宝贵说：“我原本没打算来山顶村，是因为边边。社区派人找过我，说边边属于大型犬，不能在城区饲养，把边边给你送回来吧，我又有点儿舍不得，所以，只好带它过来住几天看看。”

雪芳笑起来，说：“好哇，到这儿，边边不用拴着了，可以自由自在地到处跑了。”

然而，没想到获得自由的边边突然失踪了。房前屋后找了个遍，还是没有边边的踪影。雪芳动员村里的邻居，也没有结果。边边不见了，刘宝贵很是上火，连续两天都没睡好觉。刘宝贵找小革子想办法，小革子本不喜欢狗，但在刘宝贵的催促下，还是骑着三轮摩托围着山头大地跑了两圈儿，仍无斩获。

雪芳对刘宝贵说：“您真是难为老舅了，我知道他比较讨厌狗。”

刘宝贵说：“他不喜欢狗，可是喜欢吃狗肉。”

雪芳心里咯噔了一下。

就在大家焦急甚至无望的时候，第三天早晨，边边自己回来了，同时，还赶回来两只山羊。大家都觉得奇怪，因为山顶村没有人养山羊，边边是从哪儿赶回的山羊呢？更令雪芳吃惊的是，边边从小跟着她长大，后来进了城，没有机会接触山羊，也没受过这方面的训练，难道是边边体内那一半的边牧基因苏醒了？

刘宝贵爱怜地教训着边边，同时对雪芳说：“让你老舅赶快给羊找主人，别把祸惹大了。”

雪芳自言自语：“基因真是太强大了，不是想改变就能改变的。”

“你嘟哝啥呢？”

“没啥。”雪芳说。

刘宝贵住在“品红苑”的第五天，初冬的第一场雪来临。雪花纷纷扬扬，但是下得不大，白雪勉强把大地遮盖住了。

世军开车过来，从后备厢里拿出一个编织袋子，袋子里的东西还扭动着。世军说："我给舅爷送来一只大鹅。咱这儿有讲究，下雪天铁锅炖大鹅。"

雪芳有些为难地看了看袋子里的大鹅。世军说如果不会炖，他处理完事情就过来帮忙。雪芳说主要是不知道怎么杀鹅，不会处理……"没事儿，我有办法了。"雪芳突然想到了小革子。

世军说："要不我拿走吧，炖好了再送过来，但有点儿小缺憾是，打包过来的菜就没气氛了，味儿也差点儿劲儿。"雪芳说："一会儿我老舅回来，他能处理。"

小革子回来了，三下五除二就把大鹅给宰了。接下来，他也发蒙了——不会给大鹅煺毛。

雪芳在一旁上网，正在学习炖大鹅的方法。雪芳对小革子说，原来，炖大鹅的秘诀是先用冰糖中火翻炒，之后再加葱段、姜块、八角、料酒等调料，焖煮时要经常翻一下，防止煳锅底，一小时后加入洗好的酸菜，加热水，加盐，大火烧开，小火炖到软烂即可。小革子说："我会炖，但没拔过毛。"

小革子想到了腰花，打电话把腰花请过来帮忙。

中午，雪芳去找刘宝贵吃饭，刘宝贵正在房东头的菜园子里站着。雪芳叫了他两声，刘宝贵才回过头来。刘宝贵说："原来房后有条小河，常年流水，鹅和鸭子在里面叽叽嘎嘎的，我还在草窠里捡过丢蛋。"

雪芳说："这条河改道了。"

刘宝贵问："改哪儿去了？"

雪芳说："我也不知道。"

刘宝贵说："不是改道了，是没了。小河干了，我也老了。"

雪芳笑起来，说：“姥爷您没老，现在科技发达了，超过100岁的老人可多了，一点儿都不稀奇。”

刘宝贵思忖着，问：“小河还能回来吗？”

“能，一定能。”雪芳说。

吃饭的时候，桃子过来了，她把雪芳拉到屋外，问雪芳：“刘老蔫要办酒席，告诉你没有？”雪芳点了点头，说刘老蔫好像跟她说了一嘴，但好像时间还没定。桃子说定了，大后天。“刘老蔫为啥要办酒席呢？”雪芳问。

桃子说：“就是呀，为啥要办酒席呢？说来都是个笑话，他前几天不是在乡卫生院割个粉瘤嘛，说是要办‘康复酒’。”

“他割粉瘤了？我怎么不知道？”

“没啥大事儿，上午割的，下午就能外出干活儿了。”

“在果园工作，没听他说过粉瘤的事儿。”

“他说屁股上长了个粉瘤，好几年了，长得跟鸡蛋那么大。”

“割个粉瘤也办酒席，够逗的。”

桃子说：“就是啊，纯属找机会收份子钱。”雪芳说：“我明白了，刘老蔫大概很久没办酒席了，总往外拿钱也不是事儿，就想办法收一收钱，对不对？”桃子说：“你看他蔫了吧唧的，心里那个小算盘打得可好了，噼里啪啦直响。”

桃子对雪芳说，刘老蔫办的酒席你就别过去了。雪芳问为什么，桃子说刘老蔫这次没找她办“一条龙”。雪芳明白了，她说不找就不找呗，那么多人找你，也不差他一家。桃子说，别人不找她，她不挑，可平时她对刘老蔫不薄，两家关系也挺近，关系好体现在哪儿？就体现在相互关照上。有困难了找她，有好事儿把她忘了，够意思吗？

“要不，我跟他说一下？”

“不用说了，我找过他了。”

“质问他了？”

“你猜他说什么？他居然说我做菜不好吃！”说着，桃子哇的一声哭了。

雪芳连忙劝导桃子，说算了算了，众口难调，好吃不好吃也不是刘老蔫一个人鉴定的，少他一个酒席，你也没受到啥影响。

“怎么不受影响？这个月孩子辅导班的钱还没交呢。”

雪芳说：“没想到你也缺钱，要不这样，你有空就去西塘果园帮帮忙，虽然工程用的都是大型设备，可边边角角的，还有一些零碎活儿。我按天给你付酬。”

桃子说：“钱是一方面，我主要是生气，不找我已经让我下不来台了，居然还说我做菜不好吃，不是败坏我声誉吗？像我这么漂亮的美女，做的饭菜怎么可能不好吃呢？起码，还秀色可餐呢。”

雪芳笑出声来，心想，想不到桃子也是个普信女呀。

桃子抬起头来，眼泪还挂在下眼帘上，她认真地问雪芳：“难道不对吗？”

雪芳回到市内梅子家，梅子正在做苹果醋。

“你怎么回来了？”

“不欢迎我吗？”

“不是不欢迎，你应该打个招呼。”

“我回自己家还打招呼哇？”

“这不是你的做法吗？要有边界感。”

雪芳嬉笑着说：“嗯，老妈的变化很大，这样，我们之间沟通起来更容易。”

梅子说：“你少绕我，我没觉得我有什么变化。”

“不是吗？”雪芳说，“最近你跟我不怎么说口头禅了。”

“我还有口头禅？”

“怎么没有？像‘我都是为你好’‘我可是过来人’‘不听老人言，吃亏在眼前’……”

“你这是表扬我还是讽刺我呢？”

雪芳笑了笑，讨好地走到梅子身边，在她身后拍了一下：“老妈就是心灵手巧，来，教教我怎么做苹果醋吧。”

梅子看了看雪芳，觉得她没有嘲讽的意思，把玻璃罐递给雪芳：“拿着。”

雪芳接过玻璃罐。

“拿稳当了！”

梅子告诉雪芳，做苹果醋前，要用盐搓洗苹果，去掉苹果表皮的脏物和果蜡，把皮自然晾干，将苹果去核，切成薄薄的斜片。然后，放到开水煮过的玻璃罐里，按一层苹果一层冰糖的顺序往上码，码到瓶口，将剩余冰糖全放进去。然后，倒入米醋，米醋要淹过苹果片。最后盖上盖子，在瓶口缠上保鲜膜，常温放置三个月以上，等苹果全都变成黄褐色、干枯状，而且浮于醋中，醋也呈现清亮的金黄色时就好了。饮用之前，要用多层纱布过滤两遍。雪芳听着听着，微微皱眉，这个细小的表情还是让梅子注意到了。梅子说：“怎么，嫌我絮絮叨叨了？”

雪芳摇了摇头。其实，令雪芳感到不舒服的，不是梅子的讲述，而是客厅里播放的音乐，那首歌曲正是梅子喜欢的《听海》。还有一些梅子喜欢的歌曲，比如《香水有毒》《谁的眼泪在飞》，雪芳都不喜欢。雪芳不喜欢并不是因为她们母女之间的文化代差，而是对歌曲的内容反感。像歌词里的“你身上有她的香水味……擦掉一切陪你睡”，像“满天都是谁的眼泪在飞，哪一颗是我流过的泪”等，雪芳认为这些都是忍辱负重的怨妇心态。

雪芳说：“老妈，今天过来给你送一瓶香水，是苹果味儿的。”

“还有苹果味儿的香水？”

“是呀，我精挑细选的呢。”这款香水味道不浓，闻起来是清甜爽脆的苹果香，仿佛置身苹果园里，看到光晕里摇曳的苹果的影子。

“你断定我喜欢苹果味儿？”

“上次你去果园摘苹果，说苹果的味道真好闻。”

梅子不说话了，她没想到雪芳还能记住她随意说过的一句话。

雪芳说，苹果香气的主要成分有酯类、醛类、醇类和烃类，目前已检测出的350余种挥发性香气成分，大部分是酯类，少部分是醇类与醛类。

梅子说：“我听说有一种毒气就是苹果味儿的，是酯类还是醇类？”雪芳说这个她没研究过。梅子说，据说糖尿病酮症酸中毒患者呼出的气体就有一股烂苹果味儿。

“老妈，你知道得还挺多。”

“我喜欢苹果味儿，可如果问我最喜欢什么味道，我还是最喜欢玫瑰花的味道。”

“那我下次给你买一瓶玫瑰花味儿的。”

“别糟害钱了……我问你，到目前为止，苹果园投入多少钱了？”

“200 多万了。”

“多少？”

“200 多万。”

“我听说 1000 亩的果园投资不到 90 万，你吃钱哪？”

“那不一样，我投入的是现代化果园。”

“投资那么大，卖苹果能赚回来吗？”

“要从长计议。”

“要是亏了，这个窟窿可就大了。”

“亏了也正常。”

“你别跟我嘴硬，要真亏了，咱家砸锅卖铁也不够。”

雪芳说：“你别担心，不会让你砸锅卖铁的。”

“我看啊，就是请补天的女娲来，也补不了你这么大的窟窿。”

世军跟雪芳说了几次，要到市内的牛顿苹果园参观。直到大地冰封、果树冬眠的时候，世军的这个愿望才得以实现。世军对远程监控并不陌生，他当了村主任后就尝试打造数字村庄，初步形成了山林防火、水库上下游防汛、道路安全等监测系统，不过，深入到果业具体生产管理上，他还没真正见识过。

值此时节，山顶村牛顿苹果园处于休眠状态，可那些数字设备仍旧运行着。雪芳打开大屏幕，千余亩苹果园区一目了然，首先映入眼帘的是堆放在一起的机器设备，有四轮驱动割草机、履带式旋耕机、微耕机、打药机等小型机械。这没什么呀，就是个监控器呗，世军想。没想到，一会儿的工夫，各种数据上传过来，土壤温度2℃，湿度45%，风力3级，以及时下的风向、风速、光照强度等。雪芳向世军介绍，果树生长期可以依托农事采集终端、微气象在线监测系统、土壤墒情系统、虫情监测系统等设施设备，构建起集数据采集、种植指导、病虫害防治、智能管控等为一体的数字化管理平台。雪芳说："过去靠经验，现在靠数据。从上个年度情况看，园区节水、节肥、节药可达40%以上，每亩降本增效1500元以上。"

世军傻眼了，更令世军大开眼界的是雪芳演示的区块链系统。雪芳介绍，通过物联网和区块链的结合，能够推动智能农业的转型。物联网传感器负责收集和生成重要数据，如土壤温度和湿度、pH值和水位、农药和肥料信息，计算所需的水和肥料的数量和成本，并计划在特定时间点需要多少劳动力。每一棵树都有一个"身份证"，并且身份证不可复制，拆卸即销毁。在区块链上记录的每一笔交易都有时间戳，并由多个参与者进行验证，降低了伪造的可能性。引入区块链技术后，可以在农产品交易中使用加密货币，这将显著降低交易成本。

世军说，山顶村有农民合作社18家，大多是小果园，加工转化率不到10%，每家用肥不一样，浇水不一样，种出来的苹果一家一个味儿，难以形成规模和品牌效应。而且，现有的果树一大半是20世纪90年代栽种的，管理模式传统，劳动强度大，生产效率低，收益低，一年下来，亩均纯收入不足4000元。关键是上一代果农都老了，干不动了，新的果农接续不上来。"替农民种果、帮农民养老"一直是困扰我、折磨我的问题。我琢磨，开春前对村里的果园进行股份制改革，引导果农以土地经营权的方式入股合作社。雪芳说："你可以推广'龙头企业+合作社+农户+数字化'产业组织模式，前期我做过测算，新模式可以提高10倍人工效能，节水、节肥、节药20%以上，优质果率达80%，还能实现果园远程诊断、远程控制、灾变预警等数字化管理。"世军说："哎呀，这正是我朝思暮想的呀。那就拜托牛顿果园做产业组织模式的龙头企业吧！"

雪芳说："我现在的主要精力在西塘盐碱地上，入冬前栽培自根砧苹果，早、中、晚熟品种各栽2—3个。新果园最佳优生区以晚熟为主，优生区或适宜区以早、中熟为主。公司正处于调整阶段，我怕发挥不好龙头作用。"

"西塘果园栽种的都是什么品种？"世军问。

雪芳说："早熟品种选择嘎啦优系的巴克艾、施纳克和我们自己培育的新品种'品红'，中熟品种选择鸡心果、中秋王等，晚熟品种选择瑞香红、维拉斯黄金。"

"这么多价值高的优质品种啊，要我看，这些正是村里小果园更新换代的首选。"

"一旦有闪失，我们都担负不起责任，我可不想重蹈老舅的覆辙。"雪芳说。

世军说："还有我呢，我也不会蛮干的。你别有顾虑，要是真干起来，村委会集体研究决定。"

雪芳迟疑一番，说："这样行不行？给我一年的时间，如果西塘的苹果移栽成功，我们明年秋天推行新的产业组织模式。"世军说："好哇，让大家都关心、都参与，不断进步，才能真正实现乡村振兴啊。”

这时，雪芳的手机响了，她拿起来一看，是山顶村桃子打来的。桃子说不好了……雪芳连忙到门外接听电话。

“怎么了？桃子姐。”

“边边不见了。”

“啥时候的事儿？”

“刚刚三姥爷找我了，他说昨天晚上就没见到边边，他以为夜里边边能自己回来。今天早晨还是没见到它，三姥爷到处找，找了一上午也没找到。”

“它能跑到哪儿去呢？”

“刚才路过食杂店，我闻到大铁锅焖肉的味道，看到腰花和老舅在那里忙活，我怀疑……”

雪芳顿时觉得身子有些发软。

雪芳被小革子困扰很久了，别的事儿她还可以斗争、妥协和迁就，如果小革子趁她不在把边边杀了吃肉，那样就彻底突破了她的底线。

雪芳给小革子打了电话，问小革子在干什么呢。小革子说正准备吃饭。

“吃狗肉吧？”雪芳说。

“是呀，你怎么知道？”

“是……边边吗？”

“是。”

“刘维革，我现在正式通知你，你被公司开除了！”

“等等……”小革子说着什么，雪芳根本不听。

雪芳蹲在地上，抱着手机哭了起来。

小革子被苹果园除名之后并没有离开山顶村，他偶尔住在“品红苑”隔壁的大院里，更多的时候则住在西山水坝。小革子在那里搭建了3间集装箱简易房，安装了太阳能设备，在那里钓鱼、种草，他说他要把当年挖砂的地方都用绿色覆盖上。

暖冬的一个下午，刘宝贵跟小革子去了一趟西山水坝。说起雪芳开除小革子的事儿，小革子满腹牢骚，他说雪芳不分青红皂白，冤枉了他。那天，小革子吃的狗肉的确是边边的，但边边的死跟小革子无关，边边是被一辆路过的货车撞死的，小革子发现时，边边的尸体还温乎，他觉得埋掉浪费了，就拖着边边的尸体去了食杂店，扒皮开膛，炖了狗肉。

“那你没跟雪芳说呀？”刘宝贵问。

“我跟她解释了，可她听不进去。”

“怎么听不进去？”

小革子说，雪芳虽然觉得对他的处罚严厉了一些，但她还坚持认为他有错，雪芳说边边虽然不是他杀死的，可他应该把边边埋了，而不应该吃它。“这是什么逻辑？”

刘宝贵想了想，说：“我也说不好。”

雪芳去西山水坝找刘宝贵，在集装箱简易房一侧见到了正在晾被子的马燕。马燕笑眯眯地看着雪芳，眼角布满了皱纹。马燕对雪芳说：“苹果属蔷薇科、苹果属、落叶乔木，含有苹果酸、胡萝卜素、抗坏血酸、铁、锌、钙等人体必需的物质……”

雪芳问马燕是怎么知道这些的。

马燕说：“你老舅天天叨咕，连我都会背了。”

雪芳没找到刘宝贵，刘宝贵已经回到了市内的房子。

只花钱不赚钱的日子不可能长久，3 个月后，小苹子实实在在地感觉到坐吃山空的危机降临了。梅子告诉小苹子，办事处下个月就发不出工资了。

小苹子给香港的伍老板发了请款传真，伍先生迟迟没有答复，只是让赵黎明转达集团董事会的意见，让办事处按管理规程办事，全力拓展本地业务。一段时间以来，日子好过时，小苹子对赵黎明有着微妙的防范行为，怕赵黎明“功高盖主”，抢了他的风头，因为具体业务都是赵黎明做的。从赵黎明的角度来说，他本来就是兼职的，除了协作业务之外，从不干预办事处的经营，他本人几乎不到办事处来。现在小苹子遇到难题了，不得不低眉顺眼地讨好起赵黎明。赵黎明还是一如既往的姿态，对小苹子说：“办事处嘛，应该服务集团总部的发展战略，主营业务收入毫无疑问应该能够支撑日常开销，如果另外开辟新业务则属于额外收入。”

小苹子叹了一口气，说：“从理论上讲都对，但事实又是另一回事儿。伍先生在我们这儿开办事处，主要是占地盘，我理解他的意图，他给我们牌子，我们做生意，他分成。”

“那当初你应该同他谈清楚。”

“谈是谈了，我当时想先把他的投资拿到手，把办事处建起来，如果到时候办事处遇到什么困难，他不能眼睁睁看着办事处办不下去吧？”

“唉，你这种套路早过时了，对付资本家更不好用。”

“所以，我们也不能光指望他，是不是？”

“商界没有免费的午餐，做生意要靠自己。”

小革子对赵黎明连连作揖：“谢谢赵哥，以前你提携我，今后还要多帮我。你放心，我绝对有信心把办事处搞得红红火火。”

那天下午，小革子在办事处开了一个会，他讲话时有点儿模仿电视里领导的讲话方式。梅子在一旁皱着眉头，林湄和芳芳表面认真，实则在看热闹。

小革子说：“目前，我们公司的前途和命运全掌握在各位手里，我们要努力工作，努力努力再努力，渡过目前的难关，用优异的成绩迎接挑战。”

说完，小革子瞅了瞅梅子，梅子也瞅了瞅他。

“我哪块儿说得不对吗？”

“都对。”梅子说。

“你们俩呢？”小革子问林湄和芳芳。

林湄和芳芳都说：“说得好，说得好。”

“那，为什么不鼓掌？”

林湄连忙鼓掌，芳芳也跟着鼓掌。

“好了，大家都说说吧。”

芳芳认为可以从香港进一些服装，分级批发给零售商，那样赚钱快，还可以把集团公司牵绊起来。小革子觉得有道理，不过，他担心大批量购进服装风险过大，他对服装生意还是懂一些的，他曾在街头倒腾过服装，效益并不像人们期望的那样乐观。

林湄则认为可以介入股票和期货生意，用公司 1/3 的业务额度从事股票和期货，属于合理的风险范围。股票和期货来钱快，收入可以起动态平衡的作用。小革子觉得这个想法令人振奋，他说应该考虑。不过，小革子担心股票的本金投入会有问题。

梅子没发言，生意上的事儿她不太懂，更重要的是，她不想让小革子挑剔她“越界”。

说起来，小革子在商场一线摸爬滚打过，他知道挣钱不容易，可在那么高档的办公环境里，头脑反而是最发热的。讨论结束，小革子在本子上写下：进出口 100 万，服装 50 万，股票 50 万，其他 50 万。光看那些数据，小革子的心情就非常好，下班前，他高兴地宣布：“今天的收获很大，是值得纪念的一天，我请大家去吃饭。”

几个人刚要出门，梅子接到了一楼大堂经理的电话。

“马燕。”梅子指了指话筒，小声说，“马燕在一楼大堂等你呢。”

小革子不耐烦地摆了摆手：“你告诉她，我去香港了。”

梅子不愿意帮小革子撒谎，什么都没说，直接把电话扣下了。

小革子的心情受到了破坏，把今晚请客的“今晚”换成了“改日”。

第二天上班，一脸憔悴的小革子却打了一条十分艳丽的领带，召集大家继续开会。因为昨天会议研究的项目都需要资金，而目前办事处最缺的就是资金，没有资金什么都是空谈，都是画大饼。所以，小革子希望大家能想出不花钱、少花钱、能赚钱的办法。

会议模式同上次如出一辙。小革子仍旧在本子上记着：联系外商合资收入 50 万，联系出国考察收入 60 万，介绍劳务中介费收入 20 万，参加市里大型活动收入 30 万。

联系业务就得有客户光顾，否则哪来的业务呢？小革子第一个想到的就是广告。广告刚发出去的那几天，的确有不少电话打过来，不过头两天，真正来谈业务的并不多。

那天，林湄领来了一个客户，来人虽然穿着土气，却有傲视群雄的眼神。他与小革子见面时自我介绍："我姓甄，法院的甄院长你认识吧？那是我大哥。海关的甄关长你知道吧？那是我二哥。经贸委的甄主任你也听说过吧？他是我三哥。你叫我甄老板就行。"

小革子还没见过这么有背景的主顾，连忙倒茶让座。

来人坐定之后，目光逡巡一周，皱着眉头问小革子："贵公司的实力如何？"

小革子也不含糊，说："我们是跨国集团公司，总部在香港，在世界各地都有分公司。您说实力怎么样？"那人说："这我就放心了。"于是，甄老板从一个磨白了的公文包里拿出几张图纸："这是碧海湾的住宅小区，目前没资金了，要卖。一平方米600块就行，他们开发时还1200多块呢，要债的太多，没办法，只好杀血本。"

"还有这个。"还没等小革子对第一个议题反应过来，甄老板又拿出一幅图来，像开机关枪似的说，"这是月亮湾改造工程，也是因为没钱，停了。如果你存1000万元，当然，钱是存在银行的，没有风险，利息一分钱不少。月亮湾改造工程部另外给你200万，也就是20%的好处费。当然，这20%也包括我那一份。"

小革子高兴了，没想到碰到这么牛的客户。"我的命就是不错！"小革子想，小时候算命，就说他命好，总是危难中出现转机，福大命大，逢凶化吉。小革子决定抓住这条大鱼，他立即吩咐林湄联系饭店，他要好好宴请这位甄老板。

小革子花了大本钱，在一家还算高档的酒店里宴请甄老板，甄老板似乎对小革子选的酒店不够满意，说：“丽华 22 楼的菜口味不错。”

小革子不敢怠慢，依旧对甄老板毕恭毕敬。

席间，甄老板说他很少跳舞，不过心情好的时候也不妨试一试。小革子立即示意林湄陪甄老板跳舞，甄老板推托了一番，最终还是恭敬不如从命了。

一曲下来，小革子向甄老板敬了一杯酒，并讨论起收入的分成比例。甄老板坚持要收入的 50%，并且坚持在业务开展初期要小革子先付一点儿现金表示诚意。小革子眨了眨眼，说他们是正规公司，有国家工商局注册，给的提成不能超过 15%，并解释公司的费用有多大，目前的困难有多大，公司的规定如何严格等。

甄老板说：“刘先生说了这么多，我们又是朋友，就 30% 吧，不能再少了。跟你说实在的，星星集团你知道吧？他们给我 30%，我理都没理他们。”

小革子感觉还有谈的余地，偷偷对林湄说：“快，陪甄老板跳舞。”

小革子让林湄陪甄老板跳舞，跳着跳着，甄老板的动作有些出格，舞曲结束，林湄的脸色有些难看。甄老板的心情却很好，他主动给小革子敬酒，一仰脖把满杯的酒干了，说：“看你喝酒的劲儿就知道你是个实在人，这样吧，我提成 25%，再少，就免开尊口。”

小革子暗自高兴，表面上不露声色，慢慢地说：“我也为难哪，公司的规定太死板了。”一边说一边向林湄使眼色。

林湄坐在椅子上，用一块手帕使劲儿地扇着，挺不情愿地站起来斟酒，走到小革子身边时，她俯身在小革子耳边小声说：“这个甄老板挺色的。”

小革子把手圈在林湄耳边：“这是任务，完成有奖励。反正有我在，他也干不了什么。”

“你们搞什么阴谋诡计？”甄老板问。

“没啥。”小革子咧了咧嘴，“我和林小姐商量，还想让你多喝一点儿，林小姐有意保护你。甄老板真有魅力呀！”

甄老板大笑，一双眼睛恨不得长出两只手来，在林湄的脸蛋儿上直转悠，连连说：“没问题，我的酒量，白酒一斤半，啤酒随便灌。”

在小革子的一再示意下，林湄只好陪甄老板翩翩起舞，跳了一曲又一曲。甄老板大汗淋漓，出汗之后，又增加了酒量。小革子感觉自己不是甄老板的对手，酒喝得里一半外一半的。

甄老板俨然一副胜利者的姿态，他高高举起酒杯，对小革子说：“你这个哥们儿我交定了。这样吧，我提成 20%，再给你让 5%，5% 可不是小数目哇。”

小革子的舌头有些大了，摇晃着手里的酒杯，硬充门面：“就几十万块钱呗，我还真没看在眼里。”“就是就是。”甄老板大声说，“钱是什么？是纸！大丈夫怎能让钱捆住了手脚？来，咱们接着喝！”小革子说：“喝，就是个喝！”

两人把酒杯碰得叮当作响，又把杯中酒一饮而尽。

“我看再来一瓶吧。”甄老板说。

“不！”小革子醉眼迷离地说，“来两瓶，咱俩一人一瓶。谁他妈不喝谁狗熊。”

林湄说：“我看你们都醉了。现在我说了算，就瓶中酒，不拿了。”

小苹子趴在桌子上，嘟嘟囔囔，口水流了出来。

甄老板冲着林湄说：“我说他不行吧，你看他是不是醉……醉了？让他歇一会儿，就……就好了。”说完，硬拉着林湄继续跳舞。

小苹子在桌子上趴着，甄老板和林湄在旁边跳舞，一点儿都不受影响。两个人跳累了，就在旁边的沙发上坐下来，甄老板开始笨拙地向林湄表达爱意。林湄只是微笑着，不作任何反应。甄老板的胆子大了起来，两人推推搡搡，弄出了一些声响。

小苹子被两人推推搡搡和唇部发出的声音唤醒了，他口齿含混地叫着林湄。林湄连忙走了过来。

小苹子说：“再来一瓶！”

甄老板说：“算了，你醉了。”

“我没醉，你才醉了呢！”小苹子迷迷糊糊地抬起头，眼睛发直地瞅着甄老板：“只能15%，多了就做不成了……”甄老板的眼睛瞪圆了，大声说：“不做就不做，我再说一遍，低于20%不行！”小苹子说：“那就算了。”

小苹子晃晃荡荡站起来，踉踉跄跄往外走，走到门口，又折了回来，对林湄比画着：“结账时，别忘了给甄老板拿两条烟，生意不成仁义在。”

甄老板似乎被小苹子的气度所感染，狠了狠心说：“行，算我交个哥们儿了，就按你说的，15%！”小苹子说甄老板真仗义，又回来同甄老板喝“成交”酒。喝完酒，小苹子彻底趴桌子上了。

林湄去送甄老板，一去就是半个多小时。她回来时傻眼了——

小革子正坐在沙发上吃西瓜。

林湄问："你不是醉了吗？"

小革子嘟囔一句："谈生意，真他妈的累！"

第二天10点多，小革子才来到办公室，一进屋就兴致勃勃地跟梅子讲昨天晚上的收获。梅子十分冷静地听着，等小革子说完，她若有所思地说："我怎么没听说法院有个甄院长呢？"

"还能有假？我辨别真伪的经验可以了。不会错……"小革子说，"绝对不会错。"

梅子拿起电话，拨通法院办公室电话，要找甄院长，对方回复说，没有姓真的院长，假的也没有。再向海关核实，海关也说没有甄关长。

"经贸委就不用问了。"梅子说。

小革子这才蒙了，连忙去找甄老板的名片，按名片上的电话挂了过去。电话那端的人说没有姓甄的。

"你们不是红楼贸易公司吗？"小革子问。

"你打错了，我这儿是邮电局。"

这回小革子真傻了。他呆坐了一会儿，心中的怒火越烧越旺，一连给林湄挂了3个传呼。

林湄一副没睡醒的样子，进门就问："谁总给我挂传呼？"

"我！"小革子在里间说。

梅子正在接待一位由广告引导来的客户，两人正在谈专利产品转让的事宜。梅子看林湄一副有功之臣的样子，不满地白了她一眼。

"你怎么认识那个甄老板的？"小革子问。

林湄含蓄地说："你问这么多干吗？"

"干吗？"小革子火了，"他是个大骗子！"

"骗子？"

"我刚调查完。"

林湄从小革子的眼睛里看出了什么，低下头，嘤嘤地哭了："我也不认识他。他是看了广告找来的。"

小革子气汹汹地问："不说是你的客户吗？"

林湄进而放声哭了起来，哭得十分委屈。

这时，门外传来了梅子和那位客户的争论声，来人大吼："你胆大包天，敢怀疑我的专利？我的专利是联合国秘书长加利授予的，昨天晚上我还跟俄罗斯总统叶利钦通过电话，研究产品开发生产的问题……"

"你精神有问题！"梅子说。

小革子出了里间，对来人吼道："滚！你要是不滚，信不信我废了你？"

不想，那人毫无惧色，哈哈大笑："雄鹰不畏风暴，青松不怕严寒！"

小革子气得五官搬家，哭笑不得。他心里暗骂自己晦气，妈的，这天下的骗子、彪子怎么都到我这儿报到了呢！

楼门前的洋槐又挂满了洁白的花蕾，人们已经嗅到了幽香的气息。这天早上，刘宝贵到底还是到家附近那桃花烂漫的植物园去练气功了。除了练气功，他还真找不到可以打消寂寞的事儿。从这方面来说，他特别羡慕徐桢侗，徐老师的年龄比他小不了多少，可徐老师有很多事儿做，出去代课，在家练书法，画竹子、兰花什么的。刘宝贵没有这些本事，在工厂干了一辈子，车钳铣刨，甚至铆焊他都可以，技术还算令他骄傲，可年龄大了不行，没力气干了。要是重新活过，他一定找一点儿什么爱好，那爱好不是用来安身立命的，能丰富生活就够了。

刘宝贵回家路过菜市场，知道儿女今天回来看他，就买了排骨、土豆、芸豆，还有一块水豆腐和一条新鲜的老板鱼。走到小楼前，发现自己家的窗户都敞开着，刘宝贵知道已经有人来了。

回家的不只跃进和素芬，石青也回来了。石青接过刘宝贵手里的东西，说："买啥东西告诉我就行了，您不在屋里，害得我们瞎担心。"刘宝贵说："早晨去植物园练气功去了，回来顺路就买了点儿。"跃进有些责怪地说："明明知道气功骗人，你咋还去练那玩意儿？真邪门儿！"刘宝贵不高兴了，说："我愿意练啥练啥，不用你批准，你管不着。"

素芬见公爹火了，赶紧打岔说："算了，咱爸回来就没事儿了。我看咱爸学气功也是好事儿，听说旁边徐老师把癌症都治好了。说不准咱爸的哮喘病和心脏病也能好呢，省得报销药费那么困难。"

跃进听出素芬话里有话，说："不是我愿意抬杠，咱厂子效益虽然不好，可从没说不报销医药费呀。"

素芬嘟着嘴说："是没说不报销，可无限期地拖着欠着。你说话容易，以后你自己去报，我可不愿看财务处长那张驴脸。"

石青插话说："时候不早了，让老爸休息一会儿，咱动手做饭吧。"

跃进噘着嘴，在生闷气。

石青说："大哥，你炖鱼，你炖得好吃。"她又看了看刘宝贵买的东西，说："大嫂做土豆、芸豆炖排骨，大嫂做菜的味儿，绝了！"

跃进冷冰冰地说："你挺会安排呀，这个做这个，那个做那个，那你做啥呢？"

素芬轻轻推了跃进一下，小声说："石青不是买东西了嘛。"

石青大声说："一会儿我焖米饭。你们做菜我做饭，这样总行吧？"

梅子和小革子仿佛赶着点儿回来的，他们进屋时，饭菜已经齐备。

"闻着味儿回来的？"跃进说。

小革子说："是呀，大哥做菜好，我在坡下就闻到味儿了。"

梅子看了一圈儿，问："今天孩子怎么都没来？"素芬撇了一下嘴，说："孩子大了，不听摆弄了，果果跟同学玩儿去了。"石青说："力力奶奶带他去绘画班了。""姐夫呢？一大桌子菜，把他叫过来吧。"

石青说："他得干活儿挣钱啊。"

"你真是个刘扒皮，干活儿也得吃饭哪。"梅子说。

"吃饭在哪儿不能吃，折腾过来一趟，一来一去，少说也得损失 100 元。损失你给补吗？"

小革子说："叫姐夫回来吧，损失我补。"

石青说："哎哟，忘了咱家还有个大老板……我看哪，有钱还是先把借俺们的钱还了吧。"

小革子自讨没趣，嘟囔一句："狗咬吕洞宾，不识好人心。"

吃饭的时候，大家你一句我一句地交流各自的情况。素芬问梅子："大林调动的事儿怎么样了？"梅子说："一波三折，开始说年前调回来，后来又说 3 月份，到了 4 月中旬才借调回了陆地。本以为借调了，就此能留下来，不想，'五一'过后，远洋船上缺人手，又把大林抽回到船上。你说大林这命吧，我也真是剋了！"

素芬说："还好你有老人帮着带孩子，要不然，一个人既要工作还要照顾孩子，那倒霉滋味儿，我深有体会。"梅子说："老人带孩子是可以帮咱腾出一些精力，可也有问题，我婆婆是个粗粗拉拉的人，带孩子也带得马马虎虎。说她吧，婆媳之间就有了矛盾；不说她吧，我又看不下眼。昨天晚上，我回家发现雪花的屁股淹得通红，我婆婆好几个小时不给孩子换尿布，孩子的屁股能好才怪！"

"大林早点儿调回陆地，还能帮帮你。"素芬说。

梅子叹了口气："希望越大失望越大，不指望他了。最近我一直琢磨租房子，等下个月雪花进长托了，我就搬出来自己住。"

"你又跟婆婆闹别扭了？"刘宝贵问。

梅子说："不是我跟她闹别扭，是实在生活不到一起去，她看不上我，我也看不上她，哪哪儿都不对劲儿。"

"一个巴掌拍不响，你肯定也有毛病。"刘宝贵说。

"我承认，我承认我有毛病，所以才要搬出来住的。"

刘宝贵说："有现成的房子住，还要出来租房子，这是让钱烧的呀？"

素芬拉了梅子一下，不让她继续跟刘宝贵争辩。

石青问："你真想租房子？"

"已经考虑挺长时间了。"

“我在白云新村有套房子，离你单位不算远。”

“你啥时候又买了一套房子？”

“上个月买的，刚刚收拾完，本打算这个月租出去。”

“领我去看看。”

“老房子，面积小了点儿。”

“我不用多大的地方。”

“你能看好就行，租金给你优惠。”

“不用优惠，亲兄弟明算账。”

素芬把话题转到跃进身上，说厂里都传疯了，一部分车间合并到铁岭，一部分改制分流。听说跃进所在的车间要整体搬迁。跃进说：“不是我愿意抬杠，既然是传言，就不要太当真了。”素芬说：“大多数传言最后都变成了现实。”跃进说：“我跟你说过多少次了，不要听信传言、不要听信传言，要真合并搬迁，厂子会正式通知。”

“我不管。”素芬说，“反正我不同意你去外地。”

“如果厂里安排必须去呢？”

“要去你自己去，我跟果果肯定不去。”

跃进为难地说：“不服从安排就得下岗。”

“下岗咋啦？干点儿啥还活不了？”素芬瞅着小革子说，“咱家还有开公司的呢，怎么还不给你点儿事儿做，对不对维革？”

小革子正在啃排骨，啃了一半卡住了。

“你怎么不接嫂子的话？”

“我哥自尊心强，不可能跟我混。”

“啥自尊哪，吃不上饭的时候，自尊顶饿呀？”

“哪至于吃不上饭呢？我哥最知道攒钱了。”

素芬说：“钱不靠攒，要靠赚，我们省吃俭用这么多年，攒那点儿钱还不够人家倒腾一次买卖。依我看，还是石青有正经精神头儿，攒了钱就买房子了。”

小革子说：“房子够住就行呗，多了就成房奴了。”

梅子说：“这话让你说的，怎么叫房奴呢？如果房子多了叫房奴，我情愿当那样的奴隶。”

“本来嘛！”小革子说，“房子不需要去打理呀？办理各种手续，交物业费、水电费，贷款的要缴房贷，整天为房子忙乎，不是房奴是啥？”

石青说：“其实我买房子没你们说得那么复杂，别看我在银行工作，还真不会理财，那些理财的道理都是说给别人听的。跟你们说实话吧，我要是不把钱放在房子里，早晚得让红卫给输光了。”

大家都愣住了，几双眼睛盯向石青。

石青说：“我也不瞒着了，红卫自打开了出租车，抽烟喝酒不算，现在还赌博了。”

“姐夫赌博？他赌什么……博？”小革子问。

梅子说：“打麻将？他哪有时间打麻将啊？”

石青说：“他是不打麻将，原来偶尔在台球厅打台球，赌个小输赢，可从去年冬天开始，他参与赌球，大进大出。原来我一直被蒙在鼓里，以为他晚上出车挺辛苦，半夜还给他煮鸡蛋……等我发现，已经晚了。”

刘宝贵表情严肃地说：“赌博可不行，搞不好会倾家荡产、妻离子散。”

跃进说："我一直认为红卫好，人老实，不抽烟不喝酒，我常对人夸奖他是百里挑一的。谁知他变得咋这么快？"

"老实人变了更坏。"石青说。

"钱用来买房子对，没钱了看他用啥赌！"素芬说。

石青说："家里钱我可以看住，可如果他在外面借债，我就没辙了。"

"那怎么办？咱分头做做红卫的工作吧。"跃进说。

小革子说："做工作管用？想什么呢！要我说呀，你们就别管闲事儿了，等有一天姐夫折腾大了，会有人教育他的。"

"你啥意思？"石青问。

"触犯了法律，他就知道回头了。"

刘宝贵说："你闭嘴吧，犯法就晚了。"

这时，外面有人敲门。梅子打开门一看，是马燕。

梅子吓了一跳，连忙用身体将门挡住，手在背后将门关上。

"我找小革子。"马燕说。

"找他有事儿吗？"

马燕微笑着说："我告诉他一个好消息，我有了他的孩子。"

梅子的头"嗡"地一下，她怕刘宝贵和屋里人听到，连忙把马燕拉扯到小楼门口的槐树下。

"这是干什么？"马燕甩开梅子的胳膊。梅子四下瞅了瞅，怕小楼的人看见，尤其怕老齐太太看见。"你……"梅子有些紧张地问马燕，"你刚才说的，是真的？"

马燕笑了，说："什么事儿都可以假，这事儿能闹着玩儿吗？"

梅子觉得自己的身体在微微颤抖，她尽力平静一下，问："啥时候的事儿？”

“昨天，我昨天去医院化验，尿检是阳性。”

“不是问你这个。”梅子说，“我是问你，你和小苹子是什么时候开始好的。”

“我也记不清是几号了，反正他是我和小苹子爱情的结晶。”马燕的声音大起来，梅子吓得要去捂马燕的嘴。

这时，老齐太太从山坡下走上来，梅子的身子骤然发冷，真是越怕见谁越能见到谁。

老齐太太的眼力不错，人还没上来，就看见了梅子和马燕。“哟，梅子回来了？和谁说话呢？哟，这不是老马家闺女吗？”

“齐大婶，是我，马燕。”马燕伸过头去，娇滴滴地说。梅子好像做了见不得人的事儿，满面羞红。

“你俩怎么凑到一起了？”老齐太太问。

“没什么。”梅子说，“我俩说公司的事儿呢。”

“公司？”老齐太太走了过来，有些警觉地打量着梅子和马燕，“你们俩一个公司？梅子，你不会去了那个台湾老板的公司吧？”

马燕似乎听出了老齐太太的弦外音，刚要说什么，梅子灵机一动，抢过话头说：“不是，是另一家公司的业务，我们正急着走。”

马燕不解地瞅了瞅梅子，梅子已经拉着她向坡下走去。走到坡下的横道上，梅子回头看了看，老齐太太还在后面张望着。

梅子把马燕拉上了一辆出租车。上了车，马燕已经不高兴了，她噘着嘴问梅子：“你这是干啥？像做贼似的。”

梅子比刚才清醒了一些，她反问马燕：“你不是找小苹子吗？为什么不去公司找他？”

“他没在公司。”

“你去公司了？”梅子问。

“看你吃惊的样子，我就是在公司没找到他，才到家里来的。”

梅子明白了，马燕绝不是表面上那种大大咧咧的人，她来小楼亮相是早有准备的。同时，梅子觉得问题来了，她慌慌张张的行为进一步证明了马燕这一方法奏效了。梅子似乎想化被动为主动，她对笑微微的马燕说：“我以前听到小楼里的一些传闻，好像你有对象，是一个台湾老板。”

“你奇怪为什么我又和小革子好上了，是不是？”马燕笑眯眯地反问梅子。

梅子瞪着眼睛，没吱声。

“以前那个早断了，现在我只跟小革子一个人交往。”

为了稳住马燕，梅子把她领到国际酒店对面的一个小饭店里。安顿好马燕，梅子到吧台给小革子挂了电话。

“你怎么突然失踪了？家里还等你刷碗呢！”

梅子急促地说：“出大事儿了。”

小革子问：“你在哪儿？”

“你先别管我在哪儿，我问你，你和马燕怎么回事儿？”

“怎么了？”小革子一副满不在乎的样子。

“怎么了？”梅子压低了声音说，“马燕找到咱家了，她说怀了你的孩子……”

“怀了孩子有什么大惊小怪的？”

梅子一下子哽住了，忍了忍，大声说：“你快来吧！”

“你少命令我。”小革子不满地说。

“我就命令你！”

“你，多余了！”

梅子气得想哭。过了一会儿，她还是把电话拿了起来。梅子告诉小苇子，马燕已经到小楼去了，如果不是她挡驾的话，马燕怀孩子的事儿就得搅得一家人鸡飞狗跳，就得在小楼传得沸沸扬扬。“小苇子呀，这两年你说你惹了多少祸？上次因为你，老爸差一点儿……老爸做了心脏支架手术，你已经把老爸搞得精疲力尽了，再折腾，老爸还不得有个好歹！小苇子，就算二姐求你了，我和马燕在国际酒店对面的饭店里等你。”

梅子放下电话，长吁了口气，抬起头来，见马燕坐在她旁边的椅子上。她想，坏了，搞不好她跟小苇子说的话，全让马燕听到了。

马燕对梅子神秘地笑了笑，说：“谢谢二姐，你心眼儿真好。”

小苇子风风火火地推开饭店的门。等在门口的梅子连忙把他拉到了小包间里。小苇子进了包间，冲着马燕张口就骂。梅子觉得自己在场更麻烦，就独自退了出去。

这个时候，梅子不敢离开，她守在包间的门口，像一个警卫人员。包间里传来小苇子和马燕断断续续的吵嚷声，门外的梅子焦灼不安，走过来，走过去。

大约过了 40 分钟，马燕眼睛发红地从包间里出来，她几乎无视站在门口的梅子，一口气跑出了小饭店。小苇子随后出来，他怒气未消，见到梅子理也没理，大步向外走去。梅子追着他问，小苇子才气呼呼地说：“妈的，想要我？我可不像台湾老板那么笨，谁知道她真怀孕还是假怀孕？我可不当‘骆驼祥子’！”

“她想跟你结婚吗？”梅子问。

“谁知道！我看她主要是想在我这儿诈点儿钱罢了，诈我可没那么容易。我让她生，看她怎么办！”

发生在刘宝贵家里的不愉快，冲淡不了这座城市每年一度的“赏槐会”所带来的欢乐气氛。但是，对于普普通通的本地市民来说，他们对槐花的感受与那些来自海内外的旅客不尽一致，也许他们感觉到的就是日常的气味儿，以及槐花在他们平凡的生活中所产生的记忆。

槐花飘落时，雪花就被送到了全托班，而梅子也搬到了白云新村新家。

乔老师是梅子新家的第一个访客，并且给她带来了一个贵重的礼物——一把小提琴。

梅子房间的摆设虽然比较简单，却十分整洁，空气中还飘浮着一股淡淡的幽香，那幽香让乔老师想起小时候在河边折断的红柳的清新气息。梅子说，那是槐花的味道。

乔老师说，这把琴是二手的，不过算是一把好琴，出身名门，辗转到他手里不知经过多少人，然而通过声音可以判断，这把琴的主人都十分珍惜它，没有让它受到大的伤害。

梅子嗫嚅着：“非常抱歉，让你失望了，我已经好几个月没摸琴了，女儿出生之后，我一次琴都没练过。”

乔老师说：“我能理解。”

梅了说：“我不是因为忙，而是受到了环境变化的影响，你不会觉得我是个朝三暮四的女人吧？不会因此而瞧不起我吧？”乔老师说：“哪儿会呢？音乐是镶嵌在灵魂深处的记忆，也许某一天你会突然想起它，到时候你会找小提琴，特别想拉一首曲子。”

“可是，这个礼物太贵重了，我不能接受。”

“二手的，没那么贵重。”

梅子这才注意到没给乔老师让座，连忙拉过椅子。乔老师发现屋子里只有一把椅子，用目光征询着梅子。梅子说：“没关系，我可以坐床上。”

梅子想给乔老师倒水，却找不到水杯，她把自己的保温杯冲洗一下，倒了杯水。

“刚刚搬过来，东西还没置备齐，不嫌弃的话，你就将就一下吧。”

乔老师笑了，说：“荣幸之至。”

梅子的写字台上摆了一些书，还有稿纸，稿纸上写着英文。

“可以看看吗？”说的时候，乔老师已经将那些稿纸拿了起来。

梅子翘了翘嘴角，说：“你已经看了。”

稿纸上是翻译的英文《诗经》：“谁谓河广？一苇杭之。谁谓宋远？跂予望之。　谁谓河广？曾不容刀。谁谓宋远？曾不崇朝。”

“《国风·卫风·河广》，是你译的？”

“学习训练，随便写的。”

“为什么要译古汉语？翻译古汉语可不是一般的难度。”

梅子说她没想那么多，可能因为小时候听邻居徐老师读《蒹葭》——蒹葭苍苍，白露为霜；所谓伊人，在水一方；溯洄从之，道阻且长；溯游从之，宛在水中央。从那时候起，她就对《诗经》

产生了无限的遐思。上中学时，她曾想自己译《诗经》，被同学知道了，好一顿嘲笑；后来读幼儿师范，接触外语少了，工作后又世事繁杂，就放弃了。“现在去商社工作，重新学习外语，又把早年的愿望捡了起来。”

乔老师翻了翻手里的诗稿：“你译了多少了？”

“差不多有 20 首。”

“真了不起！”乔老师说。

“哎，不许嘲讽人，我说过了，我是学英语练习的。”

“练习就这么厉害？我记得我们第一次见面，你找我翻译手提包的产地。”

“别说了！”梅子的脸“腾”地红了。

乔老师望着梅子的眼睛，梅子也望着乔老师的眼睛，他们都没说话，却清楚地看到对方瞳孔里的无奈和忧伤，并且，对方眼睛里的液体在一点儿一点儿地增加。乔老师猛然醒悟一般，说：“对了，我今天来还有一件重要的事情。”

梅子怔怔地看着乔老师。

乔老师告诉梅子，西南一所大学要挖他过去，可以破格提拔他为正教授。“当然，我并不是急于要教授职称，而是那里的科研氛围和教育环境可能更适合我。”

“你真的要走？”

乔老师点了点头。

“什么时候走？”

“顺利的话，一个月之内。”

“这么快？以前没听你说过。”

“我们一直没见面……”

梅子点了点头，笑着说：“好，只要对你发展有利，只要……人生不易，当然要选择最好的。”

在小革子的印象中，梅子在办公室里除了工作就是学习，从没见她浪费一点儿时间。今天真是奇怪了，梅子居然在办公室打起了毛衣。

小革子什么都没说，径直走进里间，屁股还没坐稳，就听到梅子叫他。

“有事儿吗？”小革子有些心不在焉。

梅子靠在门框上，问：“你腰围多少？”

“问我腰围干什么？你要给我织毛裤？”

“快说，多少？”

“我不知道。”

“你站起来，我给你量一量。”

梅子手里拿的不是皮尺，而是一根毛线。

“现在谁还穿毛裤哇？我可不要。”

“想得美，我说给你了吗？”

“那就是给大林织的了，对，海上风大，可以穿毛裤……不对呀，姐夫的腰围你不知道？”小革子比画着。

梅子打了小革子的手一下：“你别动！谁知道他的腰围有没有变化？”

“你多长时间没见到他了？”

“三个多月了。”

“这么长时间没看见他，按我的标准量能行吗？”

“我说给他织了吗？”

“那，给老爷子？给他织找他量去呀。”

“行了，这个心你就别操了。”

梅子为了赶时间，利用三天三夜打了一条毛裤。那天下午，她顶着骄阳赶到大学教学楼，在楼外等着乔老师。梅子给乔老师带去一条她亲手织的毛裤，还有5000元钱，5000元钱是买小提琴的。小提琴是乔老师送她的礼物，估计他不会收钱，毛裤应该能收下吧，那一针一线里可凝聚着她的心血和情谊呀。按说钱和毛裤是相互矛盾的，人家收你的礼物还怎么收钱？其实，梅子希望的并不是这些，而是希望乔老师能留下来，可她凭什么让乔老师留下来呢？别说不知道怎么开口，就是在心里想一想，都觉得自己太自私了。

等了差不多两个小时，乔老师出来了，他身边一直有学生围着，其中还有两个漂亮女生，梅子几次想走过去，可突然没了勇气，眼睁睁地看着乔老师在她的视线里消失。

傍晚，余晖中的枫林街上，梅子踽踽独行。她下意识地走进一间名为“紫罗兰”的咖啡屋，坐下来要了一杯哥伦比亚黑咖啡。

这是一间颇有情调的小店，门面不大却布置得古朴典雅。左侧墙面上斑斑驳驳，挂着一只18世纪欧洲骑士常用的盾牌和两支长矛；右侧墙面上，却是一幅优美的田园风光壁画。中间空地上五六张情侣桌交错摆放着。客人们听着悠扬的钢琴曲，轻声细语地交谈着，这里毫无一般酒店里的浮华与喧嚣。

梅子坐在靠窗的一张桌子前，品了一口苦咖啡。她朦朦胧胧地记得好像跟乔老师来过这里，也是靠窗的这个位置，那天窗外的光线无比温暖，有一对老夫妻牵着一条导盲犬从他们的眼前经过。梅子移动一下身后的抱枕，仿佛沙发上还保留着乔老师的气味，这算是一种幻觉吗？如果他们真的来过这里，她是故地重游还是重温旧梦呢？梅子觉得自己如同一只受了伤的猛兽，在厮拼之后想找个去处来舔舐自己的伤口。梅子打小就是个不肯服输的人，她心里充盈着那么多的理想和抱负，遇到什么困难都不会轻易放弃、堕落，可这次她真的觉得自己浑身瘫软、没了力气，心里被那股强大的、让她痛苦的涌流四处冲击着，找不到任何通道和出口，她只想肆无忌惮地、痛痛快快地大哭一场。

“好苦的咖啡！”梅子一扬脖，将杯里的咖啡一饮而尽。

与梅子的困境不同，小革子陷入的却是一场危机。7个月没有收入，突破了伍先生的忍耐极限；拖欠3个月的工资，内部员工也开始“暴动”了。

第一个找他叫板的是芳芳。

芳芳下午两点才晃晃悠悠来到办公室。小革子见到芳芳，大声责问：“这是外资公司，不是过家家，想来就来，想走就走！”

小革子以往一发火，芳芳会很害怕，不想，今天芳芳出奇地冷静。她走到自己的座位前，从容地坐下来，蔑视地瞟了小革子一眼，慢悠悠地说：“我跟你的想法正好相反，我越来越觉得，我们这儿就在过家家，什么外资公司，自欺欺人罢了。”

“你说什么？再说一遍！”小革子没有任何准备，被芳芳搞得措手不及。

“我说得很清楚哇。”

小革子火了：“你他妈的不怕我炒你鱿鱼？”

“等一下。”芳芳说，“我得说清楚了，要炒也不是你炒我，而是我炒你的鱿鱼。”

“你炒我？”

“是的，不过在我炒你鱿鱼之前，请你把拖欠我的工资付清。”

“你还有脸要工资？混了快一年了，你说你创造了什么价值？我不让你退工资就不错了。”

“你有没有搞错呀？我是雇员，我只负责你安排给我的工作——公司发展不关我的事儿，你赔了赚了，跟我有什么关系？”

小革子无论如何也没想到，芳芳的口气这么硬气，而且口才这么好，以前她怎么没发挥出来呢？无可奈何中，小革子拿出了他多年在街头上练就的一套，吼道：“你他妈找事儿是不是？你给我滚，不然我就废了你！”

芳芳似乎早有心理准备，笑着说：“你这个办法谁都吓唬不了。我得跟你说清楚，10天之内，如果我拿不到工资，我就到外企办告你，到法院告你，你不怕被封门就好。”

小革子傻眼了，感觉自己处在劣势地位，只能声嘶力竭地喊：“滚！”

“你不累吗？”芳芳嘲讽了一下，开始收拾自己早已准备好的东西。

临走时，芳芳对小革子说了一通外语，小革子似懂非懂，直翻白眼儿。出门前，芳芳终于说了一句汉语：“你就是个滑稽的小丑。”

小革子在后面骂着。骂也没用，他面对的是大铁门。骂累了，小革子给自己倒了一杯茶水，喝一口又吐了出来，烫得直吐舌头。

小革子反复琢磨芳芳说的他能听懂的那句中文。滑稽的小丑？这句话可谓伤害性不大，侮辱性却很强。

第二个回来的是林湄，看见林湄，小革子的气就不打一处来。“你还笑，有什么好事儿让你那么高兴？”

林湄收住了笑容：“如果我连笑的权利都没有，那还能活吗？”

“你什么意思？”

“我的意思你还不明白？”

“我明白什么？”

林湄又笑了：“你说呢？”

小革子努力控制自己的情绪，站了起来，问林湄：“你干什么去了？”

“做业务去了呗。”

“做什么业务？”

“你说什么业务？你安排的业务呗。”

“天天看你们出去做业务，几个月了，也没见你们做成一笔业务！”

“哎！”林湄抢过话头，“这你可别怪我们哟！你是老板，你决策的。”

“我让你们死，你们怎么不去死？”小革子的火还是没压住。

“哈哈，你可没这个权力。”

“那我有权炒你鱿鱼吧？”

很显然，林湄已经跟芳芳做了充分的沟通，她看了看芳芳的办公桌，一瞬间就明白了。“看来，芳芳已经和你谈过了，这样也好。”林湄说，“我们可以谈得痛快一点儿了，我和芳芳的要求一样。”

小革子的头涨得老大，吼叫道：“那我也像对芳芳一样，送你一句话：你他妈的给我滚！”

林湄说：“你想得挺美，我可不像芳芳那么好打发，除了与芳芳同等的条件外，我还要你对我另有考虑。”

小革子冷笑了一声：“我考虑什么？”

“我手里有办事处的执照正本，还有合同公章。当然，现在已经转移到了一个比较安全的地方，在你付清我们工资，还有给我的额外补偿费之前，我会好好保管它们。”

“你想讹诈我？”

“放心吧，我研究过法律，构不成讹诈的。”

“额外补偿费，指的什么？”

“你说呢？你是明白人。为了所谓的公司利益，让乱七八糟的人占了我的便宜，我觉得十分耻辱。按理说多少补偿费也是不够的，但事已如此，奉劝你考虑好、安排好。”

小革子彻底被林湄激怒了，拎起桌子上的水壶直奔林湄而去。正当小革子手里的水壶就要砸向林湄的时候，梅子猛然间推开了房门。梅子看到眼前的一幕，本能地冲上去死死抱住小革子。梅子大声喊：“干什么你！”

“我要杀了她！”小革子被梅子阻拦着，显得越发愤怒。

林湄根本不在乎，她坐在原来的位置上没动地方。

梅子对林湄说：“你快走呀！”

“我不走，我倒要看看，他是真英雄还是狗熊？”

梅子的汗下来了，她知道小革子的秉性，小革子禁不住叫号，真让小革子失去了理智，他就成了一头野性的狮子，后果不堪设想。

梅子到底还是敌不过小革子的蛮力，小革子手里的水壶已经砸向了林湄。林湄一闪躲了过去。梅子又对林湄喊：“林湄，我求求你，你先走，有天大的事儿，过后解决不行吗？”

林湄也看出小革子失去了理智，她闪身向外走去。走到门口，她点着手指说：“姓刘的，不给我解决好，有你哭的时候！”

小革子又抓起一只水杯向林湄砸去，啪一声，砸在了门边的墙上。

小革子脸色涨红，坐在沙发上直喘粗气。梅子在他对面站了好一会儿，想了想，给小革子倒了一杯水。“这是干吗呀？天翻地覆的！”

小革子做了个深呼吸，独自发狠道：“真是反了，我就离开了几天，她们就搞政变！”

梅子说：“你以为你是谁，是帝王啊？还政变，啥是政变？”

“这不是政变是什么？简直反了！”

梅子坐在小革子对面，心平气和地对他说：“按理说，咱也是有责任的，好几个月没给人家发工资，人家能没想法吗？”

小革子说：“只是暂时没发工资，有钱了不就发了嘛！现在我是老板……没听说过还有炒老板的！”

梅子说：“都指着工资生活呢，想一想，换了我们，不也一样有想法吗？”

小革子冷静多了，他问梅子：“二姐，你不会也炒了我吧？”

梅子苦笑着，说：“我是你姐，我能把你炒到哪儿去？怎么炒你也是我弟弟呀！”

小苹子心里也难受，说："对不起了，二姐，我们一起共渡难关，相信公司会有转机的。"

赵黎明那头也顶不住了，约定第二天到公司和小苹子见面。赵黎明和小苹子交谈时梅子也在场，她在一旁端茶倒水，看似漫不经心，实际上，小苹子和赵黎明的谈话她听得一清二楚。赵黎明说他现在也陷入了被动状态，如果办事处维持不下去，他也失去了伍先生的信任，无法维持贸易订单，现在唯一的办法是开辟新的增长点。小苹子说："我整天都冥思苦想，也想有新的增长点哪！"赵黎明说："不识庐山真面目，只缘身在此山中，要跳出困境看问题才行。"小苹子央求道："赵大哥呀，现在咱俩可是绑在了一条船上，要沉一起沉，要死一块儿死，你不能见我掉海里了不救是不是？"赵黎明说："据我所知，这一年来，受亚洲四小龙经济波动影响，伍先生的生意也不太好，他也在考虑往实体企业上转型，我觉得这是一个机会，或者可以说是你我唯一的机会。"小苹子急了，拉住赵黎明的手问："啥机会？你别兜圈子了。"赵黎明说："我们可以帮伍先生办一个合资企业，办事处嘛，还可以保留一个名分，主要精力都投到合资企业上。"小苹子说："办企业好啊，有实实在在的抓手，可办什么企业呢？服装厂？"赵黎明摇了摇头，说："要干就别大帮哄，挤在一起多难受，做那些别人没做的事儿才算厉害。"小苹子思忖着，问赵黎明："你都想好了？"赵黎明说："还没，只是有初步的想法，以前我在鹿鸣山公社下过乡，知道那里有什么资源优势。对了，听说你老家在鹿鸣山乡山顶村？"

"山顶村是我家老爷子的老家。"

"我知道那里曾经是古河道，砂子资源丰富，而且质量很好。

你也知道现在到处都是工地，对砂子的需求量非常大，如果开个采砂场，保准赚钱，甚至可以说是一本万利。”

“对对对。”小革子拍着脑门，“砂子没啥成本，雇一些挖掘机、运输车就行，这个主意太好了。”

“我觉得这个想法伍先生会感兴趣的。”

“那就快点儿办吧。”

“磨刀不误砍柴工，还是得筹划好，一步一步来。”

小革子兴奋起来，不停地对赵黎明竖起大拇指，佩服得五体投地：“赵大哥，你就是我的老大，今后小革子死心塌地跟着你，你打哪儿我指哪儿，不对，你指哪儿我打哪儿。”

赵黎明说：“凡事我们一起商量着办。”

小革子对梅子说：“你去订一个好点儿的饭店，今天中午我跟赵大哥好好庆祝一下。”

赵黎明说：“还是先做事吧，等新企业办成了，再庆祝也不迟。”

送走赵黎明之后，小革子在楼下大堂坐了好一会儿，仿佛压在他头顶的乌云终于散了，见到了阳光，看到大堂里出出进进的人都觉得顺眼了。突然，小革子想到了马燕，自从马燕找他闹过之后，他再也没见到她。

小革子开车去了公园对面的红房子，那个“勿忘我鲜花店”。小革子从车上走下来，抬头一看，鲜花店已经换了牌子——“心跳酒吧”。

小革子推开门，立刻传来一股粉质浓香，还掺杂着地下室的霉味儿。

“欢迎光临！”一位中年女子微笑着迎了上来。

“我来找人。”小革子说。

“找哪位？”

“原来这儿的老板，开花店的马燕。”

“她不在了。”

“不在了？她怎么了？”

“啊，我的意思是她不在这儿干了，转给了我。”

“本来干得好好的，怎么不干了？”

女老板撇了撇嘴：“唉，碰到一个坏男人。”

小革子嬉皮笑脸地说：“现在世界上还有好男人吗？”

女老板瞅了瞅小革子，问：“你是她什么人？”

“同学，我是她小学同学。”

女老板似乎放心了，有些愤慨地对小革子说：“听说还是什么香港公司的老板，把马小姐的肚子搞大了，然后就把她踹了。”

小革了愣住了：“有这样的事儿？”

“可不是嘛，马小姐去做人流，得了病。”

“马燕现在在哪儿？”

“前一段听说去上海治病了，这一段可能在家。”

“你能告诉我她家的地址吗？”

女老板有些警觉：“你是她同学，还不知道她家在哪儿？”

“小学同学，多年没联系了。我要是知道还来问你吗？是不是大姐？”

女老板已经警觉了，说什么也不肯告诉小革子。“马小姐有交代，不让我随便告诉别人。”

小革子很无奈，央求道：“拜托你了，我找她真的有事儿。”

“你找她到底有什么事儿？”

“我欠她的钱。”小革子随口编了个理由。

“现在还有主动还钱的？”

女老板突然觉得小革子挺不错，为了还钱费这么大的周折，这样的人现在不多了。

出了酒吧，小革子就给马燕挂了一个电话——电话没有人接听。

赵黎明带着小革子和梅子去鹿鸣山乡跑了3次。鹿鸣山，地名好听，可不但没有鹿，就连林子都被砍得差不多了，山头光秃秃的，是典型的贫困山区。在这期间，梅子几乎承担起办事处所有的工作，跟小革子操了不少心，一方面要找有关部门了解相关政策，办理合资企业的流程、手续；另一方面还要跟香港的伍先生传真往来，发送资源勘探报告、投资预算报告、投入产出分析报告、生产经营评估报告等。一开始，伍先生对建采砂场的提议很感兴趣，表示可以投资，过一段时间又变卦了，觉得这个行业技术含量低，竞争风险高。传真回复董事会意见，一共4个字：暂不考虑。

梅子在山顶村大坝上找到了小革子和赵黎明，那天风很大，堤坝下大片被称为细茎针茅的草一波一波地起伏着，有如海潮浪涌。接到消息，小革子傻眼了，对赵黎明说：“折腾了一个来月，换来这样的结果，咱前期的心血都白费了。”赵黎明也感到为难，说：“我对伍先生还是有些了解的，他是从底层打拼出来的，相信眼见为实，一般是不会根据分析报告和评估报告做决定的。以前每一笔订单伍先生都亲自到源头工厂看货。”

“他那么大的老板还亲力亲为？”小革子不解。

“这是他的风格，也是他的精明之处。”

梅子问：“没有别的办法了吗？”

赵黎明说：“除非他亲自来看看。”

梅子说：“你的意思是想办法把伍先生请来，让他到鹿鸣山乡尤其是山顶村的古河道现场看看，他才能下决心？”

“他能不能下决心我不敢保证，起码可以争取一下，总不能眼看着采砂场前功尽弃吧。”

梅子说：“我觉得有点儿难了，‘暂不考虑’是董事会的意见。”

赵黎明笑了，说：“伍先生有个特点，他想做的事儿就是他的意见，他不想做的事儿就是董事会的意见。”

“那就把他请来。”小革子说。

“怎么请呢？”梅子说，“人家董事会刚刚做了决定，咱请他来，他能来吗？”

赵黎明说：“梅子说得对，我看还是顺其自然好，下月中旬有一单服装贸易，如果他能过来，我们顺便邀请他来现场看看。”

小革子说：“有一点我没太想明白，既然采砂的生意这么赚钱，为啥咱不自己做呢？求人不如求己。”

梅子说：“说得轻巧，你有那么多本钱吗？现在到处都是生意，关键是缺钱哪。”

赵黎明笑了，说：“开一个采砂场，没有八九百万的投资是下不来的。”

梅子拍了小革子一下：“别说八九百万，就是拿出八九万也得砸锅卖铁呀。”

赵黎明说：“所以得找外商合资，投资肯定是主要原因，可也不是最主要的原因，税收优惠也是重要因素，3 年免税，3 年后减半。当然了，看不见的好处也不少，有了合资企业的牌子，方方面面办事都方便，吃拿卡要的那些小鬼儿一般也不来纠缠。”

“听明白啦？”梅子问小革子。

小革子说：“我明白有啥用，得让伍先生明白。”

赵黎明望了望天，嘟囔一句：“云往西，披蓑衣，要变天了。”

梅子没听清赵黎明说的什么，问：“你说啥？”

赵黎明挥了挥手：“要下雨了，得赶紧走啦。”

顺着堤坝往下走，风吹乱了梅子的头发，她将柔软的头发捋上去，没多大一会儿，头发又耷拉下来。

小革子对赵黎明说：“老爷子的亲戚都在山顶村，中午咱去那儿吃农家饭，让他们给咱炖一只大鹅。”梅子说：“最好别去麻烦他们。”小革子说：“麻烦他们也是应该的，过去我们没少帮他们。”梅子说：“你去招惹他们一次，回头，他们不知道要麻烦咱们多少次。”小革子说：“咱不去麻烦他们，他们麻烦咱还少吗？”赵黎明笑了起来，说：“我理解梅子的意思，我岳丈家很多亲戚还在鹿鸣山，这几次过来，我一个亲戚都没见。”梅子说：“要说亲戚也是老爸的亲戚，可老爸上次回山顶村谁都不见，我陪老爸就住在鹿鸣山乡的小旅馆。”

小革子说：“我就不信邪了，今天咱就去二迷糊家吃饭，他不给咱铁锅炖大鹅，那杀只鸡，做个小鸡炖蘑菇总行吧？”

梅子叹了口气，说：“都啥情况了，你还有心情想吃的。”

“民以食为天嘛。”小革子说。

从山顶村回城后的一周，小革子一直郁闷，就在他一筹莫展的时候，突然接到了伍先生的电话。伍先生告诉小革子，他人就在丽华酒店，让小革子和赵黎明过去见他，中午他请吃饭。

小革子有些吃惊，问：“您什么时候来的？怎么没告诉我一声？”

“现在不是告诉你了吗？”伍先生说。

“要请客也得我们请您哪。”

“洒洒水了。”

小革子说：“我马上通知赵大哥，我们一会儿就到。”

伍先生说：“对了，把经常跟我联系的梅小姐也一起带过来。”

小革子、梅子和赵黎明，在酒店的包房里见到了伍先生。伍先生红光满面，精神头儿十足，见了面就说：“采砂场是个好项目，我已经说服董事会了，决定投资采砂场。”小革子当时就傻了，意外来得太突然，而且是一百八十度大反转。小革子瞅了瞅赵黎明，赵黎明也一脸蒙。

伍先生说：“昨天我去了山顶村，那里的砂子质量很好，取不尽挖不绝呀。我研究了内地的政策，从山坡取砂只要不破坏河床，审批应该不会太困难。”

小革子明白了，伍先生已经做了实地考察，肯定了他们的建议。

小革子立即恭维起伍先生，说他决策英明，并大谈开采砂场的好处，现在正是时机，一本万利。伍先生亲切地拉着小革子和赵黎明的手说：“我们边吃边谈。”

伍先生坐下来，向梅子招手："梅小姐坐我旁边。"

梅子有些迟疑，小革子推了梅子一把："伍先生叫你呢。"

梅子只好挨着伍先生坐下，坐在伍先生右边。

赵黎明主动坐在了伍先生对面，小革子只好坐在伍先生左边。

"前段时间你们很辛苦，今天我犒劳犒劳你们。"

"伍先生辛苦了，您来我们这儿，哪能让您请呢？"小革子说。

梅子一向看不惯小革子打肿脸充胖子的样子，瞪了小革子一眼。伍先生笑着对小革子说："刘先生，我嫉妒你有这么漂亮、温柔、能干的姐姐。"小革子和梅子都愣住了，瞅了瞅赵黎明，赵黎明一脸无辜，那意思是：你们的关系，可不是我泄露出去的。

伍先生解释说："你们俩一个办事处主任、一个副主任，我却邀梅小姐坐主宾位置，一方面她是唯一的女士，女士优先嘛。另外，采砂场的项目，梅小姐的报告做得很好、很准确，几乎没有差错。"

小革子和赵黎明连连点头称是。

梅子不好意思，说那些都是请专业人员做的。

服务员开始上菜，海参、龙虾、鱼翅、石斑鱼，还有烤小牛肉、烤小鲍鱼、烤鱿鱼花。伍先生请客头一次这么高档。席间，伍先生表示可以保留办事处的名分，全额投资采砂场，办事处和采砂场继续由小革子、赵黎明打理，总部会派人参与财务和经营管理，伍先生还邀请梅子加入管理团队。梅子讲了自己家里的困难，爱人常年在海上工作，孩子小需要她照顾等。伍先生说，公司可以出面为她请全职保姆，帮她照顾家庭。梅子说，对孩子来说，谁也代替不了母亲，不过请伍先生放心，她会一直协助采砂场建设，直到采砂场投产后再离开。

“遗憾，真是太遗憾了。”伍先生说。

中午的饭局持续到下午 4 点，由于心情好，大家喝了不少酒。梅子喝了两杯酒，她怕自己一旦“哭酒杯”难堪，找了个理由提前溜走了。剩下的 3 个男人已经喝得勾肩搭背、说话舌头发直。

伍先生去卫生间，回来时略显踉跄，他走到靠墙的玻璃柜子前，打开门，从里面拿出一个酒杯。小革子走过去对伍先生说：“桌子上有杯。”

“我知道。”

赵黎明也走了过来，对小革子说：“伍先生有收藏酒杯的雅兴。”

伍先生说：“什么他妈的雅兴，常年在外面消费，他们可赚了我不少钱，我拿个酒杯算什么，他们亏不着。”说着，伍先生把酒杯揣到口袋里。

赵黎明小声对小革子说，伍先生家里有个酒柜，收藏了各种酒杯，琳琅满目，没有 1000 个，估计也有七八百。

回到座位，小革子仍有些发愣，他百思不得其解，一个亿万富翁竟然贪一个小酒杯的便宜。

办理采砂场的各种手续时，小革子又拿出了办事处开办时的劲头儿，像打了鸡血一般，东奔西跑，除了将独资企业改为合资企业，一切都按计划进行。将独资企业改为合资企业，主要是考虑两个因素：一方面是减少审批环节和审批难度；另一方面是调动属地政府的积极性，鹿鸣山乡政府占股 15%，这 15% 是伍先生让出的，鹿鸣山乡政府并没有出钱。

两个月后，采砂场正式投入生产，5 辆拉满砂子的货车，车前披挂大红花，整整齐齐地停在遍插彩旗的场地上，良辰吉时一到，货车在鞭炮的硝烟中驶出砂场，离开了古老的河道。

开办采砂场之所以能够顺利进行，小革子立下了汗马功劳，并不是他本事大，而是他调动了爱好书法的那位退休副市长，方方面面的关系得到了协调。

采砂的成本低到可以忽略不计，从投产的第一天就开始赚钱，过去有句话叫花钱如流水，采砂场却是进钱如流水。小革子终于松了一口气，他可以舒舒服服、潇潇洒洒地当他的总经理了。

天有不测风云，就在采砂场干得热火朝天时，却突然停工了——运送砂子的路被封禁了。从采砂场到县城有一段路是当地“农民企业家”李卫东修建的，李卫东给出的理由是，当初修路是为造福山区的老百姓，企业的载重卡车不能从那条路上通过。小革子去找李卫东，李卫东点名要见赵黎明，除了赵黎明他谁都不见。

秋雨缠绵，赵黎明垂头丧气地回到了采砂场的简易板房。小革子预感到他和李卫东的谈判并不顺利。

“怎么样？”小革子问。

“这个混蛋，简直是强盗！”赵黎明骂道。

“他有什么要求？留下买路钱？”

“李卫东不要买路钱，他要我们的股份。”

“股份？要多少？”

“狮子大开口，要 40%。”

“多……多少？”

“40%，少一点儿都不行。”

“扯淡！40%，修条路都够了。”

“十多公里呢，况且，修路可不是小事儿，能不能批下来不说，时间也耗不起呀。”

“咱去找乡政府。”

“我找过了，李卫东是个无赖，拿当初和乡政府的协议说事儿，乡政府现在也没啥好办法。”

“这个李卫东挺阴损哪，我们大张旗鼓地建采砂场，他按兵不动，等我们投入生产了，他突然冒了出来，一招儿掐住我们的脖子。我听说他是这一带的黑老大，我就不信邪了，不行我找人会会他！”

“咱是合法企业，不能私底下好勇斗狠。再说，咱还不一定能斗过他，毕竟在人家地盘，强龙不压地头蛇呀。”

小苹子倒吸一口凉气，心想，螳螂捕蝉黄雀在后，不知道还有多少难以预料的圈套和陷阱在后面等着他们呢。

小苹子问赵黎明：“你和李卫东早就认识？”赵黎明叹了口气：“说来话长。”

赵黎明也是小楼的老住户，用刘宝贵的话说，这孩子命苦；用老齐太太的话说，这孩子命硬。赵黎明的父亲和刘宝贵原来是工友，赵黎明 8 岁那年，他父亲因工伤不幸去世，他随母改嫁，初中还没念完，就赶上上山下乡。赵黎明小时候性格谦和内向，从不跟别的孩子打架，在知青点更是离群索居，落落寡合，很少与人来往。为了排解心中的孤独感，他用省吃俭用攒下的钱从老乡手里买下 10 只鸡雏喂养，1 只公鸡、9 只母鸡。经过赵黎明精心饲养，小鸡长大了，开始下蛋。每日收工回来，看到知青点院子里的鸡，赵黎明心里喜滋滋的。他盘算着，等把鸡蛋卖了，攒几十块钱，过年给母亲买件新褂子，也算尽了一份孝心。不料，他梦想的火苗被李卫东浇灭了。李卫东是邻村知青点的，曾是赵黎明的校友，比他高两个年级。在校时，李卫东仗着自己长得人高马大，飞扬跋扈，经常欺负小同学。下乡后他积习难改，经常干些偷鸡摸狗的勾当。一天早晨，赵黎明照例起来喂鸡，一数，发现少了一只。他院里院外找个遍也没找到，猜测是让黄鼠狼什么的给叼走了。当天晚上，赵黎明把鸡窝堵得格外严实，不想，没过两天又少了一只。接下来，小鸡一只接着一只失踪，半个月下来，丢失了近一半，而且有的是大白天失踪的。赵黎明以拉肚子为由向队里请了假，决心要抓住这只黄鼠狼。

果然，不出三天，躺在知青点大炕上的赵黎明听到院子里鸡叫，趴窗一看，见一个大个子正在抓鸡。那人抓鸡很熟练，他不抓鸡腿而是专抓脖子，把鸡头朝后一拧，麻利地装进背包。赵黎明推开窗户大吼："站住！"接着从窗台跳到院子里。大个子没跑，嬉皮笑脸地对赵黎明说："我知道是你的鸡，你哥我今天过 20 大寿，算你贡献的寿礼了！"赵黎明和李卫东一向没有交情，也知道那小子心黑手毒，气得七窍生烟："以后你再来糟蹋我的鸡，别说我对你不客气！"李卫东哈哈大笑，说："你个小样儿吧，还敢威胁我？那咱就骑毛驴看唱本——走着瞧！"李卫东自然不会把赵黎明的警告当回事儿，何况他又吃腥了嘴。没过几天，他又大摇大摆地来抓鸡了，由偷偷摸摸变成明目张胆。赵黎明思前想后，一宿辗转反侧。次日，赵黎明把仅剩的 4 只鸡宰了 3 只，加上土豆炖了满满一大锅，请知青点的知青开荤。起先，大家还以为他被气"彪"了，都不敢动筷儿，后来见他笑眯眯的样子，才放松了心情，何况这帮年轻人有日子没见到荤腥了，早已馋得不行，于是就不客气地狼吞虎咽起来。

太阳还没出来，知青就都出工去干农活儿了，唯独赵黎明留在了知青点。他把最后一只鸡从鸡窝里放了出来，自己就坐在门槛上，两眼发呆地望着那只形单影只的鸡在院子里啄食。夏日的小山村，除了鸡鸣狗吠之外，显得十分宁静。临近中午，李卫东出现了，进了知青点小院大门，就满院子寻找着，不知是自言自语，还是在问赵黎明："怎么就剩一只鸡了？"赵黎明没应声，仍木讷地坐着。"哑巴啦？你怎么不吱声？"说话间，李卫东已经张开双臂，呼呼啦啦地抓鸡了。那只鸡很灵活，跑来跑去，把李卫东闪了一个跟头，最后，李卫东把鸡堵到院子一角，那只鸡又飞向木杖子，可惜没飞过去。李卫东终于将鸡扑住，麻利地把鸡脖子掐在了手里。李卫东洋洋得意地瞅着手里的鸡，一转身，赵黎明挡在他面前。"滚开！好狗不挡道！"李卫东说。"小偷，我警告过你！"赵黎明压低声音说。李卫东用拎着鸡的胳膊去推赵黎明，赵黎明突然从后腰摸出一把镰刀，二话不说，就朝李卫东的头顶抡了过去。李卫东没有心理准备，本能地一闪身子，可还是让镰刀砍到了肩膀，鲜血瞬间涌出。此时，赵黎明已经杀红了眼睛，又抡起了第二刀。李卫东捂着胳膊撒腿就跑……

李卫东在县医院住了7天，赵黎明被公社保卫组关押了7天。两个人同一天出来，邂逅于鹿鸣山乡街头，四目圆睁、虎视眈眈地望着对方，大有一决雌雄之势。然而，得道多助，失道寡助，看看双方的阵容，输赢已成定局。李卫东平时倚强凌弱、偷鸡摸狗，几乎成了“万人恨”。出院这天，他胳膊上还挎着绷带，活像一名刚从战场上下来的伤兵，接他出院的是他的两个小兄弟。而赵黎明这边，虽然他砍人行凶，但在知青和老乡眼里，那是为民除害，大快人心。所以，不仅知青点的全体男生都来接他，为了防止李卫东领人报复，村里还特意加派了两名身强力壮的基干民兵，如同迎接凯旋的英雄。所谓“软的怕硬的，硬的怕横的，横的怕不要命的”，李卫东表面上不可一世，本以为赵黎明软弱可欺，没想到赵黎明会跟他对命，心里已经怯了三分。他见对方人多势众，不敢逞强，只是嘴上还不肯服输，叫号道：“赵黎明你等着，君子报仇，十年不晚，我早晚要找你算这笔账！”昔日默默无闻的赵黎明，一下子声名鹊起。不仅知青点里的知青对他另眼相看，就连村里的老乡也对他抬爱有加，夸他敢于“仗义除奸”。

秋天，赵黎明被推举为知青点点长。当了点长的赵黎明还真办了不少好事儿，利用业余时间领大伙儿把房前屋后的荒地开垦出来，种上了苞米和蔬菜，养鸡养猪，知青点的伙食大幅改善。转过年，“算盘一响，就换队长”的穷困小山村又推举赵黎明，“三结合”当上了生产队长。他兢兢业业、不贪不占，口碑很好，也正因如此，赵黎明在当地结了婚，以至知青返城时，成了最后一个离开的知青。

赵黎明对小革子苦笑一下，说：“想不到山不转水转，这么多年过去了，我还能遇到李卫东，真是不是冤家不聚头哇。”

小革子安慰赵黎明说：“没事儿，咱逢山开路，遇水搭桥，我就不信那个李卫东有三头六臂能挡住咱们。”

回小楼的第二天早晨，小革子在公用厨房磨菜刀，老齐太太从屋里出来，问小革子磨菜刀干什么，小革子说："没什么，老爷子让我磨磨刀，说了挺长时间了，我工作太忙，一直没顾上。"老齐太太说："今早晨练，你爸说你晚上不睡觉，为运砂子的事儿发愁。"小革子说："没事儿，早晚得解决。"老齐太太很愤慨的样子，说："当地不是有人民政府吗？一个地痞流氓能反了天不成？"小革子安慰老齐太太一番，请她劝劝刘宝贵，不该操的心就别操了。

小革子和赵黎明带着伍先生派来的"专员"去拜见李卫东，梅子也要跟着去，小革子不同意，拉着赵黎明和"专员"就出发了。李卫东的"卫东房地产开发公司"在县城的"卫东大厦"，说是大厦，其实就是一栋砖混的三层小楼。

小革子一行人在卫东大厦被公司门卫挡在外面，过了好长时间才有一个自称金秘书的人露面，把他们领到了会议室，说李总正在接待一位重要的领导，要等一会儿才能过来。年轻漂亮的金秘书还指着墙上的照片逐一介绍，洋洋得意地宣传公司的发展成就，经过十几年的努力，卫东房地产开发公司资产过亿，已经发展成集农、工、商于一体的集团。介绍完了，金秘书让小革子一行人在公司会议室等候。等候期间，梅子来了。

小革子把梅子叫到一边，责怪她不应该过来。梅子说她有些不放心。

小革子说："我们是来谈判的，有什么不放心的？"

梅子说："我也不知道，就是有不太好的预感。"

"你放心吧。"

"我放心才怪，你的脾气别人不了解，我还不了解？"

"操你该操的心吧。"

"你这是什么话！"

"还有，采砂场的事儿你跟老爷子说啥了？搞得他也跟着操心。"

"不是我主动跟他说的，是他刨根问底，我又不会撒谎。"

"唉，真让你剋了！"

"怎么，嫌弃我了呗？你放心，等这件事儿处理完了，我就离开公司。"

"我可没撵你的意思呀！"

"不用撵，我有自知之明。"

"说啥呢？我是不想让你掺和男人之间的事儿。"

"别人的事儿我不掺和，你不一样，你是我弟弟。"

"我知道了，一会儿你先回公司吧，家里得有人看家。"

金秘书又过来了，说接到了李总的电话，要请赵黎明一行人去家里做客。小革子对金秘书说他们是来公干的。金秘书笑了笑，说李总吩咐过，赵先生是他的老朋友。赵黎明对小革子说，既来之则安之吧。

小革子开车随卫东公司的"宝马"停在了西山别墅区的一幢小楼前。这是一幢绿荫掩映的小楼，但比起南山街的小楼，总是有种暴发户的感觉，小革子尤其不喜欢它的围墙，围墙上还有监狱那样的铁丝网。

司机按了一声喇叭，大铁门便缓缓地自动打开了。汽车在院里停了下来，小革子从车里一下来，就看到一个穿了一身皮尔·卡丹款爷模样的人，他身后站了六七个身强体壮的小伙子，其中一人手里还擎着大哥大。小革子知道那个人肯定是李卫东，不过他的阵势摆得有点儿大。李卫东显得十分热情地过来跟大家握手。赵黎明一一介绍了小苹子、梅子和“专员”，李卫东说：“好哇，来的都是客，请——”

一行人进了一楼的客厅。李卫东对赵黎明说：“俗话说得好，两座山碰不上头，两个人总会有机会见面。”赵黎明说：“士别三日当刮目相看，今天的李卫东与当年的李卫东不可同日而语了。”李卫东说：“哪里哪里，十几年惨淡经营，小买卖滚雪球似的滚到了今天。”

不消一刻钟，一名女佣托着个大方盘进来了。方盘里有一把锃明瓦亮的银质咖啡壶，还盛着荔枝、杧果和黄金瓜等少见的水果。女佣给客人分别倒了一杯咖啡，说声“女士、先生请用咖啡”。

李卫东指了指豪华舒适的意大利真皮沙发，对站着的梅子说：“别站着，到家了还客气啥？”

说话间听到楼梯响，一位身着礼服的少妇从楼上款款走下来，大家目瞪口呆——这不是刚才那位金秘书吗？怎么这么快就换装回来啦？李卫东向赵黎明介绍：“这是你小嫂。”接着介绍小苹子：“这是我经常跟你念叨的恩人赵黎明的朋友——刘老板。记得一次我多喝了点儿酒，还是人家把我送回来的。”

小苹子忙站起身，谦恭地回答：“跟李总比，我算什么老板，做点儿小本生意罢了。”

金秘书启齿一笑，说：“本人金萍，在公司，我是金秘书；在家里，我是操持家务的。”

小苹子端详一下金秘书，觉得她至少要比李卫东年轻 20 岁。

李卫东说：“赵黎明啊，这才叫踏破铁鞋无觅处，得来全不费功夫。没想到20年后你到了我的地盘！还记得20年前我跟你说过的话吗？”

赵黎明说：“君子报仇十年不晚。好吧，有仇有恨冲我一个人来，跟我们公司无关。”

李卫东大笑，说：“你真以为我李卫东那么小肚鸡肠？如果我没点儿心胸，怎么可能有今天的家业？看看我，再看看你，你觉得应该怎么报这个仇？”

小革子说：“一看李总就是大人物，当然不能为当年的几只鸡计较。”李卫东说：“是呀，我不会为当年的几只鸡计较的。”小革子说：“今天我们来拜访，主要是为了公司运输的事儿，您看这样行不行，先把栏杆打开，让车通行，钱的事儿我们慢慢商议。李总，我们非常有诚意，您看，香港伍先生的代表都来了。”

“伍先生应该亲自来。”

“我是这个企业的中方经理。”

“那好，签了股权转让协议就可以放行。”

赵黎明说：“你觉得那样的股权转让协议谁能签？明摆着强取豪夺嘛！”

李卫东说：“我在跟你们老板谈生意，你最好别插嘴，就算你跟我是老相识，我也不能给你这个面子。”

小革子说：“我不是老板，只是采砂场的中方经理，赵哥也是中方经理，他有发言权。”

李卫东笑了，说：“其实，你们的底细我全都知道。那好，今天咱就打开天窗说亮话吧，股份的事儿没有商量的余地，这个月不签，下个月我就涨价。”

小革子说："李总，您说过了，不为当年的几只鸡计较。"

"我是不为当年的几只鸡计较。"说着，李卫东拉开衣服，露出肩膀上的疤痕，"这可是一笔旧债呀，你觉得这个值多少股份呢？"

小革子站了起来："李总……"

"你谁呀？没你说话的份儿！"

赵黎明站了起来，说："好，那你也给我一刀。"

突然，金秘书惊叫了一声——小革子从背后拿出一把菜刀，明晃晃地举在手里。

随着金秘书的叫声，七八个年轻人冲进屋里。李卫东哈哈大笑，说："怎么着，想在我家刺刀见红？"

小革子说："我没想跟你们怎么样，我是替赵哥来还债的。"话音刚落，小革子就向自己的胳膊上砍了一刀。梅子和赵黎明冲过去抱住了他，鲜血瞬间洇红了衣服。梅子用手按住伤口，鲜血从梅子的指缝间流了出来。

李卫东点了点头，对小革子说："行，有点儿尿性！"

金秘书大喊："把他们推出去，别把污血流在我家！"

几个年轻人连推带搡，把小革子、梅子和赵黎明推出门外。他们来到车前才发现"专员"不在。梅子把小革子扶上了车，哆哆嗦嗦的"专员"才被人推了出来。

第十四章　平安果

苹果在不同的文化区域含义是不同的，香港地区称苹果为“地利蛇果”，据说以前从国外进口苹果时，听到外国人称赞苹果美味，误以为 delicious 是苹果的洋名，所以管苹果叫“地利蛇果”，后简称“蛇果”。日本人喜欢用苹果作礼物，赠送苹果被视为一种雅致的礼仪，在日本传统婚礼中，新郎通常会送给新娘一对苹果，寓意婚姻美满。美国的黑人民权运动中，苹果代表着反抗种族歧视和争取平等的精神。而在中国吴语区，“苹果”的发音与“病故”接近，所以那个地区探望病人时，不能赠送苹果。年轻人在平安夜送苹果，是近些年兴起的。持赞成观点的人认为“平”字与苹果的“苹”字谐音，所以赋予了新的寓意；持不同观点的人则认为，平安夜送苹果正好弄反了，上帝为了选一个没有原罪的人，才让圣母玛利亚以处女之身诞下耶稣，而很多年轻人却在这一天偷吃禁果。

梅子和雪芳约定在若影新房的楼下见面。

一大早，梅子催促雪芳好几次，雪芳才姗姗来迟，从停车场的车里下来。头两天，杨贵妃就跟梅子约好了，要一起去若影的婚房铺床。春天来了，梅子和杨贵妃都有了收获：若影这个“老大难”终于可以出嫁了；而雪芳在西塘盐碱地的苹果园也形成了一定的规模，培育的新品种“品红”已经开花，梅花形，五瓣儿，白色带晕。

雪芳明白梅子的意思，母亲坚持要拉自己去给若影祝贺、铺床，表面上是人情往来，实际上是在提醒自己，或者说是从侧面激励自己。梅子问雪芳："你跟诚磊现在怎么样？"

"挺好的呀。"

"我是说，你俩的个人关系。"

"我说的也是我俩的个人关系呀。"

"别打马虎眼，你知道我问的是什么。"

"行了，这个心您就别操了。"

在楼下，雪芳和梅子谈起了西塘新果园，她说找时间你和杨阿姨去西塘果园看看，那里已经有了模样。梅子说，她听说西塘果园人气挺旺的，有一棵果树结了好几种苹果。

"10 种苹果。"

"一棵树上可以结 10 种不同品种的苹果？"

"这没什么奇怪的，世界上有一棵树最多结了 250 种不同的苹果呢。"

"妈呀，250 种！怎么做到的呢？"

"同一棵树嫁接不同的果枝。"

"西塘的苹果树今年能结果吗？"

"嫁接老树，可以当年结果。"

"听说盐碱地长的苹果特别甜。"

"到时候第一个请老妈品尝。"

杨贵妃早早就到楼道口前等候梅子和雪芳了，见到雪芳，杨贵妃热情地说："想不到你这个大忙人还能来呀。"

雪芳说："这么重要的事儿，我能不来吗？若影呢？"

“她在屋里呢，没想到你能来，不然她肯定下楼来接你。”

来到新房，雪芳被若影接到了里屋，外屋就剩下了梅子和杨贵妃。杨贵妃说：“你怎么还带礼物过来？多麻烦！”

梅子笑了，说：“我们都是老派的，跟年轻人不同，年轻人的人情交往都在网上完成，连面儿都不用见。上次我大姐石青住院，雪芳跟她通视频，问候一下，就算见面了，然后雪芳给她微信转了500元钱，300元买水果，200元买鲜花，完事儿了。”

杨贵妃笑得咯咯的，说：“我家若影更绝，外地来了同学，面儿都没见，就请了客。”

“没见面怎么请客？”

杨贵妃一边笑一边说：“若影知道她同学喜欢吃川菜，就选了一家高档川菜馆，按那家的菜价标准选了4个菜：水煮鱼一份，75元；麻婆豆腐一份，35元；回锅肉一份，48元；清炒豆苗一份，32元。主食点了担担面，30元。两瓶啤酒30元，一瓶饮料12元，茶水毛巾费20元。一共282元，刨除她自己那一半，请同学的费用141元，于是给同学转账141元，圆满完成了请客任务。”

“还有这样请客的呀？这不是AA制吗？”

“是呀，年轻人的做法我们无法理解。”

“我听说雪芳和若影吃饭也是AA制。”

“不止吧，有时候还AB制呢。”

“啥是AB制？”

“能吃的、吃荤的多付钱；不能吃的、吃素的少付钱。”

梅子也咯咯地笑：“这么个AB制呀，长知识了。”

梅子和杨贵妃在外屋聊得开心，雪芳和若影在里屋也谈得十分投入。

“这事儿，你能瞒住吗？”雪芳问若影。

若影说：“也不存在瞒的问题，我跟蜘蛛登记是真的，我们只是不举办婚礼。”雪芳说：“可在她们眼里，举办婚礼，昭告天下，才算是完成了婚姻大事。”

“我和蜘蛛从没谈过婚礼的事儿。布置婚房是我个人的妥协，算是对老爹老妈的安慰了，我都不知道蜘蛛能来这个房子住几次。”

若影和蜘蛛大侠登记一事有很强的戏剧性。春节过后，若影得知父亲得了不好的病，是那种存活期比较短的“腺癌”。若影跟父亲说，现在癌已经不可怕了，再坚持几年，癌症在世界范围内都可以攻克。杨贵妃哭天抹泪地找若影谈话，她说你要想让你老爸坚持到癌症被彻底攻克，就得让他有好心情。

“你知道他的心病是啥？”

“非得要跟我联系在一起吗？”

“不是非要跟你联系在一起，是不联系不行。”

“我明白了。”若影说，“我尽快找个人结婚。”

若影在她认识的人中搜寻着，蜘蛛大侠被列为候选人之一。若影主动加回蜘蛛大侠的微信，提出想要见一见他。若影原打算，如果蜘蛛大侠不赴约，她也无所谓。没想到，他当天晚上就从广州飞了过来，两人在一家小酒馆见了面。若影向蜘蛛大侠如实坦白了情况。蜘蛛大侠不仅不反感，反而说，没关系，登记就登记，如果你啥时候反悔了，可以随时离婚。若影感慨万千，一边喝酒一边流泪。那天晚上，若影和蜘蛛大侠都喝得酩酊大醉。

第二天上午，两人就去民政局办理了结婚登记。

“领证的时候你们醒酒了吗？”

“应该清醒了，不过，呼气式酒精测试仪那一关不知道能不能过去。”

“表面上看，你们都漫不经心的，可你俩能毫不犹豫，也许是真爱呢。”

“我不知道，起码看起来，做这件事儿完全是长辈的原因。”

雪芳觉得她懂若影的意思了。想起她刚毕业回国那会儿，梅子带她去超市买菜，她跟不熟悉的售货员介绍：“我女儿，从国外博士毕业回来的，她的专业在当今世界排名第三……”当时，雪芳羞臊得无地自容。然而那天夜里，雪芳从梦中醒来，默默地流出眼泪，她从对梅子的不理解、反感和幽怨中意识到，自己在母亲心目中的地位太重要了，而母亲也许只剩下那点儿可怜的虚荣心支撑着。雪芳暗下决心，一定好好干，争取多做出一些让母亲骄傲的成绩。

若影问雪芳对象的情况，雪芳说现在还没影儿呢。若影说：“不知道该不该问，你……有什么特别的偏好吗？”

雪芳笑了，说：“我知道你想问什么，其实这是个误会，前几年我妈总跟我催婚，无奈，我才跟她说我对男人没兴趣，其实我的性取向很正常。”

若影说：“诚磊呢，有没有可能？”

雪芳说：“随缘吧，就像果园里的苹果，该熟的时候自然就熟了，催熟的不好。”

杨贵妃和梅子敲门进来，杨贵妃说，到铺床的时间了。她手里拿了一张单子，说铺床的时间要在迎亲的头一天上午，不能超过午时，还对婚床摆放提出一些要求，什么床门向窗、衣柜顺堂、门不对柜、镜不向床等。梅子说：“铺床应该由男方来做吧？”杨贵妃说：“女婿家在外地，我完全做主，我查过了，这样做也没啥不好，由女方来主导，预示女方日后家庭地位高。梅子，你是贵人，你过来铺床。”

梅子有些不好意思：“我算啥贵人哪！”

“本来嘛，你培养了多么优秀的女儿呀。”

梅子过去铺床，不过，看上去并没那么喜悦的样子，她大概心情挺复杂，五味杂陈。

梅子铺好床，杨贵妃开始在婚床上撒东西——红枣、桂圆、花生、瓜子等一些干果，一边撒一边叨咕：“新婚幸福、早生贵子……”

若影在一旁看着，哧哧地笑。杨贵妃拍了她一下：“你干吗呢？是你结婚，不是我结婚，你怎么像个客人在那儿看热闹呢？”

一场倒春寒悄悄降临，这场倒春寒是雪芳人生遭遇的一场倒春寒。一些客户反映牛顿苹果园的苹果有问题，开始纷纷退货。那一批次的苹果出自北山的仓储库，外表看，苹果溜光水滑，里面却有很多烂心儿。诚磊和蜘蛛大侠都过来了，他们跟着雪芳、若影和水豚一起去仓储库找原因。

进到仓储库，发霉的味道直呛鼻子。众人打开一箱箱苹果，发现很多苹果都长了白毛。

蜘蛛大侠拿起一个苹果，对着光线说：“苹果把儿的坑洼，还有底部的坑洼都长毛了。”

诚磊说那个地方叫柄凹槽，底部的叫“果脐”。

“什么果齐，哪个齐？”

“脐带的脐，就像人类的肚脐。”

雪芳擦掉苹果上的白毛，外表上几乎什么都看不出来，用小刀切开，发现果核周围变了颜色。“看来，这一批苹果的确有问题。”

蜘蛛大侠说：“这可不是小问题，有的客户将苹果样品送检，已经查出我们卖的苹果黄曲霉毒素严重超标。”

“这回麻烦了，得包赔多少损失呀。”若影说。

诚磊说：“如果能用包赔损失的方式解决，那反而简单了。”

雪芳通过询问看守库房的刘老蔫和负责发货的水豚，了解到一个新的线索——小革子经常出入仓储库。

“他来干什么？”

刘老蔫告诉雪芳，小革子和腰花在仓储库里存放了十几缸酸菜，腰花在网上直播卖酸菜，卖得还不错。

“胡闹！谁让他在库里存放酸菜的？”

“他有仓储库的钥匙。”

“我早把他开除了，怎么不把钥匙收回来？”

刘老蔫瞅了瞅水豚，水豚瞅了瞅刘老蔫。水豚嗫嚅着说：“我们不敢管他要。”

“好了，别说了，这件事儿怨我。”

诚磊说现在不是追究责任的时候，关键是把问题解决好。若影说：“苹果发生霉变不一定全是存储的问题，也可能是运输环节出了问题。我们是不是应该把重点放在危机公关上？”

蜘蛛大侠说：“可是，我们已经知道问题发生在哪儿了。”

雪芳说："最好是坦诚面对问题，求得客户谅解。"

有一句话很灵验，福无双至，祸不单行。仓储库出了问题，西塘盐碱地的果树也出了状况，入冬前栽植的果树出现了大面积枯萎现象。这样算下来，牛顿苹果园的损失就不是小数目了，甚至面临破产的危险。

雪芳第一次遭受这么大的打击，回到家就躺在床上，把头埋在被子里，仿佛跌到黑暗的无底深渊。诚磊、若影、蜘蛛大侠纷纷给雪芳打电话、发信息，雪芳一概不予理睬，后来干脆关机。为了防止诚磊他们找上门，她干脆跑到胡同里的一家小旅馆里，关到屋里就不出来。连续两天，万念俱灰的雪芳浑浑噩噩、迷迷糊糊中做了一个又一个梦。梦中，雪芳觉得她一直在悬崖峭壁上攀爬着，山风呼啸着，从耳边滑过。爬上去，她觉得体力不支；跳下去，她又没有放弃的勇气。雪芳甚至想，最好此刻来一次不可抗力的灾难，这样，她的死就不是自己的责任了。

春寒料峭的那个夜晚，雪芳不知不觉走回了家。走到门口，她突然想起小时候的一个情景，她在学校受到男孩子欺负，脸在粉墙上擦破了皮，渗出了血丝。当时，她唯一能做的就是一口气跑回家，想让妈妈替她做主。

门开了，梅子穿着丝滑的睡衣，背光站在门框中央。

"怎么不进来？"

"我回来前应该打个招呼。"雪芳小声说。

"打啥招呼，回自己家还用打招呼？"

"吃了没有？"

雪芳说吃过了，其实她吃的是午饭。

“喝点儿啥？”

“白开水就行。”

“白开水水壶里就有，自己倒。”

雪芳坐在沙发上，给自己倒了一杯水。梅子回到卧室，拿着一把小提琴过来。仿佛雪芳不存在一样，梅子开始拉起琴来，曲子是马斯奈的《沉思曲》。小提琴圆润的音色在舒缓的节奏中流淌出雪芳熟悉的优美旋律，情感丰富，既有甜蜜也有苦涩。战栗的沉思冥想，内心的孤独和挣扎，一会儿魂牵梦萦、黯然神伤，一会儿激烈碰撞、辗转难眠，渐渐获得心灵的宁静，最后，主旋律又慢慢升起，传达出绵绵不绝的希望。

雪芳傻了，如果不是亲眼所见，她无论如何都想象不出，这样高水平的旋律是梅子拉出来的。“您什么时候练的？”

“你出国那些年，我没事儿就练琴。”

“我回国后，一次都没见您练过。”

“你回来后，我把琴都忘了。”

雪芳的眼前又出现了当年被欺负的情景，她本来是想回家找妈妈替她撑腰的，可回到家时，妈妈正在练琴，琴弦的声音很刺耳。梅子问雪芳脸上的血丝是怎么回事儿，雪芳咬着嘴唇，改了主意，说是自己不小心摔倒了，把脸磕破了。梅子责怪她说，你都多大了，还那么不让人省心。

“今天怎么想起拉琴了？”雪芳问。

梅子说：“这两天我就想，你一回家，我就拉琴给你听。”

雪芳让梅子给刘宝贵拉一曲。梅子说他不愿意听。

“您给他拉过吗？”

“以前住在南山街小楼，我一拉琴他就骂我，说鬼哭狼嚎的。”

“这些年拉过吗？”

“没有。”

“现在您拉得真的很好。”

“真的？”

“真的。”

梅子似乎有些不信，她盯着雪芳的表情看，最终，梅子在雪芳的脸上得到了确认。

雪芳和梅子一起去刘宝贵家。梅子有房门钥匙，她和雪芳进屋时，刘宝贵坐在床上，正在吹一个空瓶子。那是他做完第三次支架手术后的康复训练科目，几年过去了，那种训练早没了意义。雪芳还清晰地记得，刘宝贵出院后，严格按医嘱坚持吹瓶训练，每天4次，每次15分钟，配合深呼吸、扩胸、双臂上举等动作。刘宝贵对雪芳说：“你别有心理负担，我这是老毛病，跟你无关。”那时，雪芳正准备到山顶村承包苹果园。

雪芳笑着说：“刘老哇，您早就不需要这项训练了。”

“这项训练挺好。”刘宝贵说。

“跟我回山顶村您那个老宅吧，那里空气新鲜，比练什么都管用。”

“这里挺好的，我住惯了。”

“姥爷，您不是说听我的话吗？”

“别的事儿可以商量，这件事儿就不说了吧。”

雪芳回头对梅子说：“老妈，您劝劝姥爷呀！”

“我劝有用吗？”

刘宝贵对梅子使了使眼色，说：“我想跟雪芳说几句话。”

梅子明白了，转身去了客厅。“把门带上，夹尾巴了？”

梅子砰的一声，用力将卧室的房门带上了。

“你过来。”刘宝贵小声说。

雪芳走到刘宝贵身边。刘宝贵从内衣口袋里拿出一个塑料袋，神神秘秘地塞给了雪芳。

“这是啥呀？”

“你小点儿声！”

雪芳打开塑料袋，里面是刘宝贵的房产证。

“给我房产证干啥？”

“嘘！”

刘宝贵抬头看了看，小声说：“听说你现在挺困难的，正为钱发愁。”

“为钱发愁？”

“别以为啥事儿都能瞒住我，是不是山洞里的苹果烂了，西塘种的果树不开花？”

“您听谁说的？”

“有没有这事儿吧？”

“有点儿，但没您说得那么严重。”

“跟姥爷不能说假话。可话说回来，你那么大的窟窿……姥爷也就这点儿能耐了，凑一点儿算一点儿，拿去抵押贷款吧。”

雪芳笑了，说：“您老人家放心吧，我还没到卖房卖地的地步，这点儿困难是难不倒您外孙女的。”

“我能放心就怪了。”

“您不是跟我说过嘛，什么样的疾风暴雨都没把您打垮，我是您外孙女，身上有您的基因。放心吧，什么样的疾风暴雨也打不垮我！”

雪芳笑着笑着，眼里渐渐溢满了泪花。

梅子和乔老师约好要给他送行。梅子上了出租车才知道，因为国际服装节的巡游活动，主街道已经封路，而且，梅子要与乔老师见面的那个美食城在城市的另一端。对于这座海滨城市来说，那条被称为人民路的街道是连接两个繁华区域的关键通道，不走这条通道，就得绕行很远，甚至绕大半个城市。梅子看了看表，离约定的时间还有 40 分钟，无论如何也不可能按时赶到了。

乔老师坐在美食城海滨店的落地玻璃窗前，足足等了一个半小时，才看到梅子风风火火的身影。

一见面，梅子十分不好意思：“太抱歉了，来晚了。”

乔老师笑了笑：“我知道你在路上肯定受阻，事实上，你来得比我想象的要快。”

梅子坐了下来，气儿还没喘匀，就问乔老师：“您哪天走？”

“明天。”

“明天？不是下个礼拜吗？”

“见过你之后，明天就可以走了。”

梅子不言语了，转头望向了窗外。

“你最近怎么样？”

“挺好的。”梅子说。

梅子把近期帮小革子开办采砂场的事儿、家里的事儿都讲给乔老师听，絮絮叨叨的，而乔老师关心的是梅子下一步的选择。“我无所谓。”梅子说，“帮小革子渡过难关，我再安排自己。”

“回幼儿园吗？”

“还没想好，也可能到别的单位试一试，反正我原来的工作关系没动，大不了我再回幼儿园。”

乔老师说：“其实，回幼儿园也挺好的，你有理论，也有实践。”

“你认为我应该回去？可好马不吃回头草。”

乔老师笑了，说：“我们不是马。”

梅子也笑起来，笑得无拘无束。

乔老师认真地看着梅子，把梅子看得有些不好意思。

乔老师说：“梅子老师，你帮我回忆回忆，我们是怎么见面的？”

梅子诡异地笑了一下，说：“想听真话吗？”

乔老师点了点头。

“你刚搬进小楼不久吧，有一天我在坡下的公交车站看见了你，当时我惊呆了，觉得好像跟你认识很久了似的。在这座几百万人的城市里，我第一次见到了我想见到的那个人……你不觉得我们俩哪个地方长得像吗？”

乔老师点了点头。

“后来你出现在小楼前，我心想，怎么可能呢？再后来，楼上传来你的琴声……就有了我的第一次拜访。”

乔老师苦涩地笑了笑，说：“你想听我说说吗？”

梅子点了点头。

“我也是在公交车上见到你的，在你看见我的那个公交车站之前……我想的几乎跟你想的一模一样，我想，在这座几百万人口的城市，难道就没有我想见到的那个人……后来我在小楼前又见到了你。我想，也许这是冥冥之中的安排，我的情感大门开启了，可后来我才知道，我是个迟到者。”

梅子含着泪，小声对乔老师说：“对不起，真的对不起。”

“不，是我对不起才对。”

“你离开这么远，就是为了逃避吗？”

“不是逃避，是主动选择。这个选择既对你负责，也对我自己负责。”

梅子低下头来：“明白了，只是辛苦你了。”

梅子和乔老师从美食城出来，正赶上服装节的巡游队伍过来。五光十色的彩车，花枝招展的模特，还有边走边吹奏乐曲的农民管弦乐队，以及清一色由大妈组成的秧歌队，把整条街挤成一条色彩缤纷的河流。

他们在路边站着，一直等巡游的队伍走过去，不知是受环境气氛的感染，还是有乔老师站在身边，梅子心里既兴奋又踏实。

人群渐渐散去，他们才走向有轨电车站。

那时天色渐暗，泛着暗青色，梅子觉得乔老师的轮廓有些模糊，那个轮廓模糊了，反而显得他更加高大英武。乔老师呼吸的气息在梅子面前萦绕着，让梅子的呼吸起伏起来。

电车里的人逐渐少了，车厢里弥漫着香水和热汗的味道。梅子和乔老师并排站着。梅子左手拉着吊环，乔老师右手拉着吊环，电车里发出老旧岁月剩余的声响，节奏鲜明地将车身摇晃起来。

车窗外的街灯开始亮了，在电车行进的过程中，一会儿明一会儿暗。梅子和乔老师都不说话，梅子可以感觉到乔老师的胳膊在车身摇晃时碰到她的肩，乔老师感觉到梅子飘逸的头发不经意地撩拨着他的脖子，痒痒的。分别前，乔老师小声在梅子耳边说："告诉你一个秘密，我之所以对你着迷，不光是你的长相，你的气味也是我熟悉和寻找的。"梅子抿着嘴，小声叮嘱："一定要照顾好自己呀！"

回到家，梅子一遍又一遍地听歌曲《听海》。

小革子住院期间，听说李卫东封路的事儿已经得到解决了。那些天幸亏梅子跟着赵黎明跑前跑后，最终与李卫东达成了协议：每半年付给李卫东一部分养路费。能有这样的结果皆大欢喜，大大超出了小革子的预料。一开始小革子还以为是他的英雄壮举发挥了决定性作用，后来听说是市里有关部门出面干预才推动了问题的解决，有关部门找出了李卫东修路时与县政府签订的协议，协议白纸黑字写着："卫东房地产开发公司出资修建的路段，属于'自愿造福家乡'的公益性村级公路，沿途企业货车使用该条公路，可以按国家规定标准给予养路费补贴。"更令小革子意外的是，有关部门背后的推手是一位叫"齐桂花"的老干部。齐桂花不是一楼的老齐太太吗？她居然是有资历的老干部！据说她给现任市领导分头写信，锲而不舍地追求公道，才使这件事儿很快得到解决。尽管如此，小革子还是认为自己也发挥了重要作用，出院后他逢人就吹嘘他的"壮举"——面对十几个彪形大汉，面不改色心不跳，用鲜血染红了风采。说习惯了，小革子自己都相信是真的了，有时忘了梅子也在身边。梅子不给他说破，只是把头转向一边。

小革子又来到叫“心跳”的那家酒吧。他坐在靠窗的一张情侣桌前，手里拿着一只小羹匙，不停地在杯子里搅动着冰块，焦躁不安。

小革子等的人是马燕。

以前，小革子对男女之事一向不放在心上，自从上次马燕在电话里骂了他一顿之后，他心里开始有了负疚感。为此，他曾给马燕挂过几次电话，可马燕一听是他的声音，立即挂断电话，这让他心里更加难受，他希望马燕狠狠地骂他，也许那样他心里能好受一些。

小革子出院之后，在小楼门前见到了老齐太太，老齐太太神神秘秘地对小革子说：“楼上老马来收拾屋子，说是要搬回来住。听说台商阮先生把马燕给蹬了。”要搁平时，这种消息小革子听都不听，这回不同，他不仅听了，而且听了之后，心里挺不是滋味。小革子专门跑到“心跳酒吧”，给女老板送了最贵的花篮。女老板本来要责怪他撒谎是马燕的同学，但看在花篮的面子上，口气软了下来。小革子坦诚地和女老板交流，讲了要见马燕的原委，他想求得马燕原谅，还想和马燕和好。女老板被小革子说得感动了，觉得应该再帮小革子一次，如果能促成小革子和马燕和好，也算是功德一件。小革子在女老板那里还了解到，实际情况不是台商蹬了马燕，而是马燕蹬了那个台商，马燕很有骨气。

马燕应女老板之邀来到酒吧，一进屋看到小革子坐在那里，转身就走。小革子抢先上前，一把把马燕摁在了座位上。小革子说：“来了就坐一会儿，我又不能把你吃了。”

女老板没露面，偷偷躲在暗处观察着。

小革子殷勤地问马燕：“喝点儿什么？酒还是香槟？”

马燕瞪了小革子一眼，没好气地回答：“人头马！”

小革子高声喊：“服务员，人头马！”

服务员走了过来：“先生，非常抱歉，小店没有人头马，别的酒行吗？”

小革子瞅了瞅马燕，马燕没说话。小革子说：“行，就要别的酒了，哪个贵要哪个。”

“那，一杯，还是开一瓶呢？”

“当然是一瓶了，我来能要一杯吗？”

服务员将酒送上来。马燕低着头，用两手握着杯子，也不说话。小革子先是低声下气地问马燕的近况。马燕有一搭没一搭地应付着。小革子倒了半杯酒，一扬脖子干了进去。小革子郑重其事地站起来，向马燕深深鞠了一躬，一本正经地说：“我正式向你道歉，你骂我吧，我不是人，是条狗！”

小革子本想以此来缓和一下气氛，不想，这一鞠躬竟把马燕的眼泪给鞠了下来。马燕扬起脖子，杯里的酒一饮而尽。马燕自己给自己倒酒，又倒了满满一杯，举杯欲饮之时，酒杯却被小革子夺了下来。马燕趴在桌子上，低声抽泣着。小革子见状，连忙千错万错地责骂自己，骂的过程中还偷瞄了一下四周，见没人注意，左右开弓，啪啪抽自己嘴巴。小革子打自己，马燕没有看到，但他坐到马燕身边，马燕感觉到了，身子向一旁移动着，小革子向她靠近，马燕再移动，小革子再靠近，一直把马燕挤到了墙边。小革子附在马燕耳边央求：“你再给我一次机会好不好？让我们从头再来……”

马燕哭够了才抬起头，一边擦着泪眼一边说："我知道这事儿不能全怪你，怨就怨我自己没把握好自己，轻易相信人。"

马燕说她上了阮先生的当，阮先生说他老婆死了，其实是撒谎。后来她认清了那个人的真面目，就决定跟他一刀两断。"就在我心里空虚、没有依靠的时候，你出现了，结果还不是一样，你点燃了我的热情，随即就掐灭了它，人也消失得无影无踪。""我该死！我该死！"小苹子又抽自己的嘴巴。马燕把小苹子的手拽住。马燕还告诉小苹子，她已经跟她爸说好了，过几天他们爷儿俩就搬回小楼，把别墅腾出去，不为别的，她要的是这口气。

小苹子把自己开采砂场的事儿告诉了马燕，还邀请马燕跟他一起干。马燕不想去乡下。小苹子说："那好办，你不是喜欢鲜花店嘛，那我就帮你开一家鲜花店。"这段时间，马燕正愁不知干点儿啥呢，马燕问："你怎么帮我？"小苹子说："我给你投资，你经营管理就行，赚了钱咱俩一人一半。"马燕说："谢谢你的好意，但愿你说的是真的。"

小苹子站了起来："当然是真的，我可以对天发誓。"

"那倒不用。"

"你就给我一次机会吧。"

马燕说："既然你瞧得起我，花店我出资一半，风险共担。要不等我干赔了，你还不得说我坑你。"

人怕见面沟通，半个小时之后，小苹子和马燕的心情都放松了。小苹子问："如果咱俩好了，你爸会同意吧？"

马燕说："他肯定不同意，他说你不靠谱，还骗过他。"

"放心吧，我有办法搞定他。"

小革子坐到马燕对面，一双眼睛盯着马燕看，马燕被瞅得不好意思了，说："我脸上又没长花，你老盯着我干什么？"

小革子说："你虽然长得不算漂亮，可受端详，越端详越有味儿。"

"滚一边去。"马燕挥手朝小革子轻轻打去，小革子顺势一接，把马燕的手攥住了。马燕往回抽了抽，没抽动，便由着小革子摩挲。

夜色渐浓，马燕拉了拉小革子的手，低声细语地说："我饿了。"

星期一早晨，梅子像原来上班一样，到幼儿园签到，在更衣室换衣服，一切都按上班时的流程进行着。走到办公室门前，她发现自己的办公桌上已经摆满了东西，梅子知道，她的位置已经有人占用了。对于这一点，梅子早有心理准备，只是真正面对时，心里还是有一丝酸溜溜的感觉。

园长在走廊里见到梅子，把她叫到了办公室，严肃地对她说："我跟你说清楚哇，你的东西我不能要。"

梅子故意装糊涂，说："啥东西？我从来没给您送过东西呀？"

园长说："你还回来干啥呀？有本事的人别在咱这地方干，在外面闯一闯才有大出息。"

"我是没大出息那类的，闯是闯了，结果碰了个头破血流。"

"既然不想闯了，那就回来休养生息吧。"

"谢谢园长，我对园长的关怀一直心存感激。"

园长也笑了，说："感激倒不用，别后悔就行。"

梅子认真地说："不会的。仔细掂量了一下，我还是觉得幼儿教育这份工作好，挺清静的，也挺高尚的，关键是，我可以有时间好好照顾女儿了，我觉得亏欠她太多了。”

“这回时间够了，这个学期我不给你安排日常班。”

“服从组织安排。”梅子立正道。

下午，梅子就带女儿雪花去了老虎滩游乐城，晚上又去了星海湾广场，在游船上吃了烛光晚餐。

梅子回到小楼已是晚上 10 点。走近掩映在浓郁洋槐下的小楼，梅子的心里涌起温馨的归属感。

槐树花开了又谢，谢了又开，一晃 7 年过去了。

这 7 年来，梅子一心一意陪伴女儿成长，而她自己也不断有所收获，不仅完成了自学本科全部课程，通过了注册会计师考试，而且正在备考在职英语硕士研究生。有趣的是，梅子好像只负责孜孜不倦地学习，至于所学到的知识是否在现实生活中得以运用，那就是另一回事儿了。雪花 8 岁时，大林正式调回陆地工作，不过大林和梅子都适应了分居的生活，即使两人到了一起，彼此仍保持着独立生活的习惯，彼此尊重，日子过得不温不火。按梅子的说法，大林人虽然到了陆地上，可观念还漂泊在大海上。大林调回陆地的第一年，正是梅子和大林结婚 9 周年，大林突发奇想，非要在结婚纪念日搞一个庆祝活动。梅子问结婚 9 年是什么婚，大林说是柳婚。梅子第一次听到柳婚的说法，在她的印象里，有纸婚、玻璃婚、银婚、金婚、钻石婚……柳婚？听起来就不太舒服。梅子说：“柳婚就算了，杨柳风情万种，随风摇摆不定，纪念这个不太吉利吧？”大林说：“不对，不是你理解的那样，婚姻经历了最初的磨合，经过了‘七年之痒’，已经到了成熟期，像柳树一样柔韧，风吹雨打都不怕。”梅子苦笑一下，他们的婚姻从时间上算，的确走过了9个年头儿，而实际上，他们真正在一起的时间大概不超过半年。尽管不太情愿，梅子还是挺配合的，纪念活动搞得中规中矩，大林也挺有成就感的。

这一年刘宝贵76周岁，进入7月份，梅子就琢磨着想好好给刘宝贵过一个生日。梅子先是跟石青商量，她想把这次活动的场面搞得大一些，一方面，现在几个人的状况都挺好的，也有经济实力；另一方面，梅子总觉得老爸的66岁生日被搅得一塌糊涂，想弥补一下遗憾。

石青说：“我没意见，你张罗，我出钱。”

“要出钱大家都有份儿，不能让你一个人出。”

“那就各出各的吧，不用平均算账，别的事儿应该‘亲兄弟明算账’，孝敬父母这方面，各尽各的孝心吧。”

梅子说：“好，那我在拉菜单之前，跟你们通个气儿，省得东西买重了浪费。”

说完刘宝贵生日的事儿，石青问起采砂场的经营情况。

梅子说采砂场的经营效益非常好，挖砂子就等于挖钱，只是她不明白，伍先生为什么退出了股份，伍先生退出的理由是东南亚的业务出现了问题，他没有精力兼顾这边的经营管理。

“其实他根本不用兼顾，这几年他也没来过几次，投资的成本早收回去了，赚得盆满钵满。”

“既然赚钱，他怎么还撤资呢？”石青问。

“港商的逻辑咱看不明白。”

“那，他撤资了，小革子怎么办？”

“只要赚钱，就不缺钱，想投资入股的人多着呢。”

“是不是小苹子想接盘要自己干？”

梅子说：“小苹子的确有这个想法，他和赵黎明正在筹集资金，说是小苹子占大股，赵黎明和马燕占小股。小苹子还跟我说，让我和大林投资入股，我没那么多钱，只能把我的私房钱借给他，他说年底还给我，还给25%的利息。小苹子是不是也让你投资入股了？”

“他没让我入股，但跟我借20万，我没有那么多活钱儿，这两年倒腾房子是赚了点儿钱，可钱一到手，我又买了房子，钱都押在房子里。”

“你还买房子呀？姐夫现在不是不赌了吗？”

“他是不赌了，可我买房子上瘾了。”

梅子笑起来，说：“你这个瘾好哇，地主婆心态。哪天帮我研究研究，我也把香炉礁的房子换了，买个离海边近一点儿的。”

“行，别的不行，房子的事儿我还真能帮你参谋参谋。”

“慢慢遇，不着急，顺其自然最好。”

“对了，”石青问，“你借给小苹子多少钱？”

“10万。”

“不少哇。”

“差不多是我的全部家当。”

“那，我也借给他10万吧。”

“你的钱不是都押在房子里了吗？”

“手里总得有点儿过河钱吧。”

梅子点了点头，诡异地笑了笑。

石青只管按自己的思路往下说。她说，那些香港、台湾的老板吧，都鬼精鬼精的，把咱的钱都赚走了，赚了咱的钱不说，连咱的人也给收了……梅子知道石青说的被收的人是指马燕那一类的。梅子说，有的港商和台商人品的确不怎么样，但那一般都是做小买卖的，并不是所有的港商和台商都那样，个别人不代表整体，哪儿都有好人也有坏人。说句公道话，刚改革开放那些年，爱国港商和台商还做出过重要的贡献呢。

石青看了看梅子，觉得这几年梅子有了变化，会说话了。

第二天下班前，跃进在幼儿园等梅子，他找梅子是问入托的事儿办得怎么样了。跃进很少找梅子办事，他单位领导的孙子想要进梅子所在的幼儿园，由于不属于那个辖区的学位，不能正规入园，经过一番打听，知道跃进的妹妹在幼儿园带班，就求到了跃进。跃进实在推脱不了，才勉强张嘴求了梅子。

见到梅子，跃进就问："办妥了吗？"

"办好了。"梅子说。

"啥时候办手续呢？"

"明天来找我就行……不是我说你，大哥你也太抠门了，买个汉显的传呼不好吗？一两句话的事儿，何必大老远地跑来一趟？"

跃进说："我不愿意鼓捣新玩意儿。"

"啥新玩意儿，现在汉显传呼都过时了，都买'二哥大'了。"

"我也不联系业务，要那些东西没用。"

梅子借机跟跃进说起给刘宝贵庆祝生日的事儿，跃进说："不是我愿意抬杠啊，这样的事儿不应该老让你操心。"梅子说："我不操心谁操心？也没见你们操心哪。"跃进说："我并不反对给老爷子过生日，可这件事儿应该让小革子张罗，他是老板，理应出点儿血。”梅子解释说，小革子现在被伍先生转让股份的事儿搞得焦头烂额，所以就没跟他提这件事儿，她知道小革子肯定会积极支持，小革子不仅好面子，而且手头宽裕。

跃进说：“话说到这儿了，有件事儿你可不可以跟他说一下？”

“啥事儿？”

“我听说往他那儿投钱，给25%的利息。”

梅子笑了起来，说：“没想到哇没想到，大哥你最不信任的就是小革子，一向反对借钱给他，今天这是怎么了？”

跃进说：“我不是借钱给他，是投钱给采砂场。”

“小革子控股采砂场啊，你不怕他吞了你的钱？”

“采砂场给我出借据，白纸黑字，还有单位公章，我怕啥？打官司还有采砂场顶呢。”

“看来你都想好了。那，你准备投多少钱呢？”

“20万。”

“你有这么多钱？”

“省吃俭用20年，也就攒这么些钱。你看看石青，倒腾一套房子就赚了20万。你大嫂总在我面前嘟囔，说我太保守了，也是，光靠从嘴里抠，攒钱是挺难的。”

“我明白了，可投资渠道挺多的，你咋想借给小革子呢？”

“我都说了，我不是借给他，是投给采砂场。前天我去采砂场调查了，这个项目好，砂子有的是，七八十年也挖不完。”

“呵呵，还是大哥想得周全，不打无把握之仗。”

“你不用给我戴高帽，我这个人胆子小，做事谨慎罢了。”

“不对呀，小革子没找你吗？他现在正是缺钱的时候。”

“他才不找我呢，我听说，山顶村老爷子的亲戚差不多都入股了。”

“你听谁说的？这事儿老爷子知道吗？”

“我听二迷糊说的，说山顶村人都入股了，要跟着小革子共同富裕。老爷子那头知不知道我就不清楚了。”

梅子抿嘴笑着：“我知道了，小革子之所以不找你，是因为他知道找你也白找，你不可能拿钱给他。”

“我知道你们在背后埋汰我，说我是铁公鸡，一毛不拔。是，我没你们有本事、能挣钱、敢花钱，既然咱不能挣钱，再乱花钱，那还过日子不？”

“这个好办。”梅子说，“你跟小革子说一声就行了。”

“我不跟他说。”

“碍面子呀？”

“前几天我们俩吵架了。”

“吵架？因为啥呀？”

“雪花的事儿呗。”

梅子明白了。半个月前，跃进见到梅子，问梅子雪花的亲爸是谁，梅子被问蒙了，一头雾水。梅子说：“大林呗，还能有个二林？”跃进说：“不对，梅子你跟我说实话，雪花亲爸是不是原来住在咱家二楼的乔老师？”梅子先是满脸涨热，接着火气上涌，骂了起来：“哪个王八犊子胡说八道，造谣生事？”跃进告诉梅子是小革子跟他说的。跃进说他也不相信，可小革子说得有鼻子有眼儿，还神神秘秘的。梅子火冒三丈，当即要找小革子算账。跃进拉住梅子解释，说小革子也只是跟他自己说了而已，没对别人说，如果梅子找小革子一闹，宣扬出去，不是真的也变成真的了。再说，如果小革子知道是跃进出卖了他，必然对他记恨，以后他什么话也不敢跟梅子说了。梅子说：“那这事儿就算了吗？一旦传到大林和雪花耳朵里，误会不说，麻烦可就大了！”跃进说：“我之所以跟你说这事儿，就想让你心里有点儿数，小革子那头我找机会跟他说，不让他瞎猜忌。总之，只要心里没鬼，到啥时候都不怕，真金不怕火炼！”梅子想了想，答应跃进不跟小革子说。后来梅子见过小革子两次，第一次还真忍住没说，第二次却没控制住，问小革子：“你凭啥说大林不是雪花的亲生父亲？”小革子不承认他说过这类话，梅子就把跃进供了出来。小革子说他想起来了，他跟跃进说过的原话是这样的：要是雪花亲爸是乔老师就好了。至于跃进是怎么跟梅子演绎的他就不清楚了。梅子不信，不依不饶地追问谣言的源头。小革子说没有源头，非得要找一个源头的话，那就找他吧。梅子哭了起来，责骂小革子是养不熟的狗东西，没心没肺，辜负了她这么多年的心血和付出。梅子是出气了，可她没想到，小革子找跃进吵了一架，差一点儿大动干戈。

“算了，这事儿就不纠缠了，过去就过去吧。”跃进说。

梅子说：“借着投钱的事儿，你正好可以跟小革子缓和缓和关系呀。”

“他现在都不跟我说话。”

“那行吧，我说，我给你们调和调和。”

梅子与哥哥姐姐沟通之后，就跟大林说起给刘宝贵举办生日宴会的事儿。她希望大林跟她一起操办，她觉得，让大林跟她一起操办是给大林机会，这么多年，大林一次都没参加过刘宝贵的生日活动。梅子说：“老爸66岁生日你本来可以赶上的，可那时候咱俩闹矛盾，你没来参加，没来参加也好，那次生日聚会鸡飞狗跳的，不欢而散。”大林面无表情，摆弄着打火机玩儿。

“我跟你说话呢！”

“我听着呢。”大林将手里的打火机打着了火。

“你啥意见？”

打火机的火灭了，“本来就不该过。”

“不该过？不该过什么？”

“哪有过66大寿的？”

“你啥意思？”

大林将手里的打火机又打着了，又灭了火。

“你能不能别摆弄打火机？咔嗒咔嗒，让人心烦。”

大林收起打火机，说：“66是道坎儿，常言道，人活66，阎王不取掉块肉。66过大寿，能消停才怪呢！”

“谁说过大寿了，是过生日，现在没那么多讲究，小孩子每年都过生日呢。”

“小孩儿是小孩儿，老人是老人。按老说法，老人只过60大寿、80大寿，而且做九不做十，瞒着岁数，过虚不过实。”

“没那么多穷讲究。”

“爱信不信，再说了，你还想请小楼的老邻居，常言道，七十不留宿，八十不留饭，九十不留坐。老齐太太那么大岁数了，要是有个意外啥的，不沾包儿才怪。”

“行了行了，你要是不想帮忙就算了，哪儿那么多话！”

“那行吧，你让我做啥我做啥。”

“不用了。这么多年我没指望你，啥事儿也没耽误。”

梅子为刘宝贵的生日宴会花费了不少心思，也投入了不少精力。本来，他们完全有条件找一个大酒店，像模像样地摆个谱儿，可梅子心里清楚，如果那样安排，刘宝贵肯定不买账，刘宝贵还是喜欢在家里聚会，能感受到亲情的气氛。可如果要请小楼的邻居，家里地方就不够了，一举两得的办法是请一个民间的宴席班子，在小楼前的空地上摆两桌。

阴历八月十七的那天上午，梅子请的厨师和两个帮手一大早就过来了。厨师和“墩子”忙着做菜，“小使”搭帆布帐篷、摆桌。那是老街里的旧风俗，热热闹闹的，粗粝中带着浓浓的乡情味儿。一边是现代化的玻璃幕墙高楼大厦，一边是老街里的烟火气，构成了独特的风景。

梅子和石青按老传统买了肉，梅子拎回来的是标准的五花肉，石青拎回来的却是一扇排骨，嫁出去的女儿骨肉分离，石青连骨头带肉都带了回来。梅子屋里屋外来回跑着，心里美滋滋的。这次聚会是人口最全的一次，全家人一个都没落下，连马燕都来了。马燕领着 3 个孩子在槐树下玩着，她虽然没和小革子举办婚礼，但据说两人已经领证了，并且同居了两年，几乎所有人都默认了他俩的关系。大林和红卫在屋里玩象棋，两人都不说话，只有落棋子的声音。跃进和小革子在车里谈话，为避免别人打扰，他们将车窗摇上，车门紧闭。梅子和素芬端着白色搪瓷方盘上菜，上菜过程中，梅子时不时向小革子的轿车瞄上几眼，还好，轿车里安安静静。孩子这边却不消停，果果和力力跑到梅子身边告状，说他们玩什么雪花就抢什么。马燕过来拉果果和力力，对梅子笑一下："没事儿，雪花还小，哥哥姐姐应该让着她才对。"

桌子上摆满了菜，凉菜有老醋蜇头、皮蛋花生米、生拌嘎巴虾、凉拌海带丝、糖醋小黄花鱼、自制拉皮等；热菜有海味全家福、油煎大虾、滑熘鱼片、姜葱螃蟹、鲇鱼豆腐、盐爆海螺、红烧海参、韭菜炒海肠、鲅鱼烩饼子、萝卜炖海兔、炒鲜边等，梅子一共安排了16个菜。石青开始喊人吃饭。大林和许红卫那盘棋还没分出胜负，约定饭后再继续。石青说："今天你们不喝点儿酒吗？饭后不可能再玩儿。"说完，她顺手就把那盘残局拨拉乱了。梅子去叫跃进和小革子，兄弟两人先后从车里出来，从两个人的表情上看，他们和解了或者说对某些问题达成了一致意见。跃进说："今天高兴，应该好好喝点儿。"小革子说："没问题，你别耍赖就行。"梅子说："今天我当监酒官，谁都不许喝多了。"

马燕领着3个孩子去洗手，并将叽叽喳喳的孩子们安排好座位。

石青告诉端菜的素芬，黑鱼汤晚点上。素芬说应该叮嘱大厨，跟主食一起上。黑鱼是石青买的，按老说法，黑鱼叫孝鱼，是祝寿必不可少的一道菜。

坐下来，跃进问梅子："老爷子呢？"

梅子看了看石青，石青说："主角不得最后请吗？"

梅子说："你去请老邻居，我去请老爸。"

梅子进屋请刘宝贵，刘宝贵不在外屋，也不在里屋。梅子突然觉得哪儿有些不对了，上午她一直忙忙碌碌，没怎么注意刘宝贵，她这才意识到，好像一直没见到刘宝贵。

梅子有些紧张了，连忙跑到屋外，见到石青和老齐太太。

梅子问老齐太太："看见我爸了吗？"

老齐太太说："早晨见到他了。"

"知道他在哪儿吗？"

老齐太太有些迟疑，摇了摇头，又点了点头。

"出啥事儿了吗？"

"你爸不想过生日……"

"不想？不想是啥意思？"

"他不想参加你们给他办的生日宴会。"老齐太太说。

梅子一下子傻了。

石青问："不想参加？开什么玩笑！"

梅子把小革子和跃进招呼过来研究对策，大家七嘴八舌，搅成了一团麻。就在梅子一筹莫展的时候，小革子灵机一动，说："既然老爷子不同意过生日，咱把宴会的主题改一下不就行啦？我明天就办理采砂场的转让手续了，咱家有了第一个大企业，不值得庆祝一下吗？"

石青白了小革子一眼："这算怎么回事儿？"

"那你说怎么办吧？"

梅子说："只要老爸参加，啥名义不重要。"

跃进说："只能这样了。"

梅子问老齐太太刘宝贵在哪儿，老齐太太说他跟徐桢侗在植物园练太极拳呢，能不能请回来就看你们的本事了。

第十五章　智慧之果

尽管这座海滨城市冷得晚些，但节气不饶人，落叶而知秋。小楼院里那株夏日浓荫匝地的老槐树，如今只剩下光秃秃的枝干，摇曳在高远的天际之下。

吃过早饭，天阴乎乎的，刘宝贵坐在院子里的石阶上，他几乎感觉不到天在下雨。可是，偶尔有水珠从小楼楼顶滴落下来，滴在刘宝贵的头顶上。

徐桢侗从坡下走过来。刘宝贵知道徐桢侗代课回来了，主动跟他打招呼。徐桢侗走到刘宝贵身边，示意刘宝贵不必起身，自己过来坐在刘宝贵身边。

“下个月就都得搬走了。”徐桢侗有些感慨地说，语气中透露着不舍。

“是呀，住的地方找好了吗？”刘宝贵问。

“住的地方倒是有，就是太远了。”

“听说都不近，老齐太太去红旗镇那边。”

这次，小楼真要动迁了。市里统一规划建设“风情一条街”，南山街小洋楼将被保留下来，修缮后改为商业用途。前几天，坡下两栋楼的邻居已经搬走了，刘宝贵居住的这栋小楼的最后搬迁期限是下个月月底。刘宝贵想，虽然自己不得不离开小楼，可小楼毕竟没扒掉，起码框架保留了下来，以后他想回来看看还有得看。

徐桢侗问刘宝贵今天早晨怎么没去晨练。刘宝贵说，他不到5点就醒了，想等6点再起床，可到了6点竟睡了个回笼觉，迷迷糊糊中做了一个奇怪的梦，梦中他还很年轻，浑身是劲儿，挥舞着铁锤。那感觉真好，可以大口地呼吸，可以哗哗地流汗。后来，他又梦见老伴儿房桂琴，房桂琴还很年轻，穿一件蓝色的褂子，挺着大肚子，好像怀着跃进或者石青。房桂琴站在车间外的杨树林里向他招手，好像给他送饭来了。他放下手里的铁锤，向房桂琴走去，可不知什么原因，他怎么也走不到房桂琴跟前……徐桢侗说："日有所思夜有所梦，看来你对小楼也是留恋的。"

刘宝贵说："也许是吧。"

转眼之间，刘宝贵在小楼生活了40年，4个子女在这里出生、成长，大儿子跃进结婚，老伴儿房桂琴去世……刘宝贵也由身强力壮的年轻人变成了耄耋老者。两间阴暗甚至有些潮湿的小屋，曾经挤过一大家子人，这里承载了刘宝贵大半生的苦恼与快乐，小屋仿佛是一位见证者，在斗转星移的岁月中默默地注视着刘宝贵一家，并通过这一时间"隧道"，将已知和未知连接在了一起。

当然，这些年来，小楼经历了风风雨雨，小楼的居民也体味了人世间的酸甜苦辣。生活也许就是这样，正是经历了这些，生活的意义才凸显出来。

"老舅！"有人喊刘宝贵。刘宝贵扭头一看，二迷糊正站在通往小楼的过道上，他身后还站了五六个人，都是山顶村来的亲戚。

"你们怎么来啦？"刘宝贵站起来。

说话的工夫，二迷糊已经来到刘宝贵跟前。二迷糊支支吾吾地说："我们是来打听情况的……"二迷糊话还没说完，秀梅就挤过头来，大声说："打听啥情况啊？有话直说呗！老叔，我们都是来要债的！"

"要债？要什么债？"

"采砂场被查封了，我们的钱都砸里边了，那可是我们的血汗钱哪！"

"采砂场被查封了？啥时候的事儿？"

二迷糊愣住了，迟疑着说："有……半个月了，您还不知道？"

"18天了。"秀梅说，"小革子被抓起来都半个月了。"

"小革子……抓起来了？谁抓的？"刘宝贵问。

"公安局抓的呗，说非法集资是犯罪。"

刘宝贵一个趔趄坐在了地上，瞪大了眼睛吼道："发生这么大的事儿，怎么没一个人跟我说呢？"

说完，刘宝贵直挺挺地躺在了地上。二迷糊和秀梅傻眼了，一边喊着一边去拉刘宝贵。老齐太太被喊声叫了出来，她推开二迷糊和秀梅，告诉他们刘宝贵有心脏病，不能剧烈运动，要保持平静。老齐太太一边叮嘱徐桢侗赶快给120急救中心挂电话，一边跑回屋取药——被她称为救心丹的硝酸甘油，急急忙忙给刘宝贵服了下去。

刘宝贵被送到医院急诊室，病情稳定下来。跃进、梅子和石青分头赶到医院，那时老齐太太、徐桢侗、二迷糊和秀梅他们都在。跃进跟医生在办公室里谈话时，石青一路小跑过来，见到梅子，忍不住哭出声来。梅子说："亏了大姨、徐老师他们，如果当时身边没人，老爸怕是没救了。"石青哭得更厉害了，说："养这些孩子有什么用？老爸真不行了，一个都不在身边。”

梅子说：“真是不幸中的万幸啊。”

跃进从医生办公室出来，阴沉着脸说：“别哭了，医生说得进 ICU，商量一下住院押金的事儿吧。”

梅子问住院押金得多少。跃进回答：“第一次交两万。”

“多少？”石青瞪着眼睛问。

“两万，这只是首次押金，日后手术什么的还没算呢。”

梅子说：“问题是，咱一下子拿不出这么多钱哪，我的钱都押小革子那里了。”

石青说：“我也是，手里连 1000 元的活钱儿都没有。”

跃进说：“你俩不用瞅我，我更是两手空空。”

老齐太太和徐桢侗见梅子兄妹讨论住院押金的事儿，不好插话，就先告辞了。梅子回头找二迷糊和秀梅，二迷糊和秀梅已经无影无踪。

梅子说：“要不这样，咱都想办法，分头凑上，我找大林凑一万，你们俩凑一万。”

石青说：“只能先这样了，等出院了再算总账吧，排除小革子，按老规矩，大哥拿一半，我和梅子共拿一半。”

跃进脸色铁青：“都是儿女，为啥我一个人出一半？比例也太悬殊了。”

石青说：“你是儿子，我和梅子是女儿，这是咱家的老规矩。现在我手头没钱，如果有钱，我自己也拿得起，好歹你是大哥，看你那点儿心胸！”

跃进的脖筋鼓胀起来，满脸通红：“说什么事儿就说什么事儿，扯什么心胸？说谁都会说。不是钱的问题！不是钱的问题，那上次老爷子手术，你出多少？”

“你是大哥，应该应分的！”

“大哥就该死呀？大哥怎么了？比你们多吃还是多穿了？论起来，我遭的罪还比你们多呢。”

梅子说：“你们干吗呀？老爸还没住院，危险期还没过，你们就在这儿为钱吵嘴，不丢人吗？不怕让人笑话吗？”

石青欲言又止，跃进转过身去。

梅子说：“赶快分头想办法，下午怎么也得安排老爸住院。”

跃进觉得委屈，独自去走廊的安全出口吸烟。事实上，每次父母治病跃进都是出力、出钱最多的，但在大家的印象中，他最计较，抠抠搜搜，嘴还不好，动不动就抬杠，说起话来比石头还硬。跃进大口大口地吸烟，正巧被一名护士看见了。护士说：“谁让你在这儿抽烟的？”跃进愣了一下，摇了摇头。

“不知道医院不能抽烟吗？”

“我没在走廊抽，在外面过道……”

“过道也是医院的……跟我来。”

“干啥？”跃进站着不动。

“罚款。”

“罚款？罚多少？”

“最少200元。”

跃进快速将手里的烟头丢下，用鞋底蹍了蹍，然后将烟蒂踢出老远。“我抽烟了吗？谁说我抽烟了？”跃进开始耍赖。

护士火了，她大概最不能忍受的是跃进耍赖还理直气壮。她上前一把抓住跃进的胳膊，气呼呼地说：“我还不信了，今天非往死里罚你不可！”

“你撒开！你撒开！”跃进大声喊，引来了围观者。跃进越是喊叫，护士拉扯得越紧。跃进猛地一挥胳膊，想从护士的拉扯中挣脱出来，不想用力过大，将没防备的护士甩了出去。护士一个趔趄摔倒了，头碰到楼梯栏杆上，砰的一声。

石青对梅子说：“我听那头吵吵嚷嚷的，说一个男的跟护士吵架，不会是大哥吧？现在老爸生病，求人家还来不及呢，还跟护士吵架？不是自找倒霉吗？”

梅子来到安全出口时，护士已经离开，了解完情况之后梅子吓了一身冷汗。她连忙打听护士的去处，终于在处置室见到了额头上敷着冰袋的护士。梅子给护士深鞠一躬，连忙道歉：“实在对不起。”

“你谁呀？”护士问。

“我是刚才惹您生气的那个人的妹妹。”

“是惹我生气吗？他伤害到我了！”

梅子看了看护士，觉得还不至于到伤害的程度，顶多算是肢体冲突。梅子态度极其谦恭，低三下四地说：“别跟他那样的小老百姓一般见识，我代他向您赔礼道歉。”

“你代表算什么？我告诉你，这事儿肯定没完，让保卫科处理吧。”

梅子往前凑，护士向后躲。“你看，我和你们医院的冯书记还是朋友。”医院冯书记的外孙在梅子的幼儿园，冯书记的儿媳妇多次对梅子说，去医院有事儿找她。万般无奈，梅子把冯书记给搬了出来。

不想，那个护士根本不吃这一套，说：“你少拿领导吓唬人，你不提领导还有商量的余地，既然扯上领导了，那咱就公事公办。”

“我不是这个意思，”梅子说，“我的意思……我的意思是……罚款，罚多少都应该。”

“现在恐怕不只是罚款的问题了。”

护士放下冰袋，拨通了总机电话：“请给我转保卫科。”

梅子伸手就把电话给按住了。

“你干什么？”护士目光如火。

“你看，咱能不能商量商量？”

“不能！如果不想把你也搅进来，最好和我保持安全距离。”

既然提领导不行，提同事总能缓解一下紧张的气氛吧。梅子小声对护士说：“你们医院的护士杨妮妮是我同学，也是我的好朋友。”

出乎意料，这句话还真起了作用。护士停止拨号，瞪大眼睛问梅子：“你说什么？”

“杨妮妮在你们医院当护士……”梅子有些不敢确定，她跟杨妮妮只是小学同学，很多年没来往了。

“你这人真敢唬人哪！你是谁？”

“我叫刘红梅，火车头小学的。”梅子只得硬着头皮自报家门。

护士的一双眼睛在梅子身上仔细打量着：“刘红梅？我就是杨妮妮！”

梅子的脸“唰”地红了，讷讷着：“你真是杨妮妮呀？你看看，一晃20多年了，都认不出了。你不记得了吗？咱俩还在一个球队。”

“我想起来了，后来我生病退出了球队。”

“你退出没多久，我也退出了。”

“也生病啦？”

“不是因为生病，考核评估时，说我肺气先天不足，搞体育没有发展前途。”

杨妮妮扑哧一声笑了，随即又冷下脸来。

“想不到咱俩以这种方式见面。”

梅子热情地拉住杨妮妮的手，不断地道歉，还说了些不打不相识之类的话，夸奖杨妮妮女大十八变，气质好、人漂亮，直到杨妮妮露出了笑模样。

这时，二迷糊和秀梅回来了，二迷糊手里拎了一个西瓜。

二迷糊说：“我们俩商量过了，老舅有病，钱上我们帮不了忙。家里砸锅卖铁那几个钱都投给小苹子了，采砂场封了，钱也没了。虽然没有钱，但我们可以出力，我和秀梅留下来轮流护理老舅。”

石青说：“不需要护理，家属根本进不了ICU。”

秀梅说：“要知道这样，我们不该来找老叔，老叔病了，把我们几个吓坏了。”

梅子说：“算了算了，老爸突然病倒不是你们造成的，是因为知道了小苹子的情况，我们之所以一直对他隐瞒，就是怕他承受不了。”

跃进翻着白眼儿说：“怎么没关系？你们不来闹腾，老爷子也不至于这么快就倒下了。”梅子白了跃进一眼，说：“大哥，你就消停一会儿吧，还嫌闹得不够吗？小苹子的事儿在那儿摆着，瞒得了初一，还能瞒得了十五？”

二迷糊不知所措，说："那我们帮你们干点儿啥也行啊。"

石青说："你们回去吧，需要的时候再跟你们联系。"

"那，我们就回去了。"

"吃过饭再走吧。"梅子说。

"不吃了，现在走还能赶上最后一趟客车。"

二迷糊和秀梅灰溜溜地离开了。跃进自言自语："唉，真是倒霉，碰到他们就没好事儿。"

梅子对跃进说："办正经事儿吧，你那份儿住院费准备得怎么样啦？"

"别光问我，你的呢？"

"大林正在取钱，一会儿就送过来。"

石青唉声叹气地说："我到现在还没影儿呢……红卫一直联系不上。"

杨妮妮过来了，瞪了跃进一眼，然后对梅子说："我帮你联系了心血管外科，刚好早晨腾出一个床位。"梅子瞪大眼睛："不用去 ICU 了？"

"不用了。"杨妮妮说。

"哎呀，不知道怎么感谢你才好哇！"梅子说着，拉了跃进一把，"我同学杨妮妮，你还不赶快跟人家好好道歉！"

石青看明白了，推了跃进一下："亏了人家帮忙，不然进了 ICU 得花多少钱哪！"

跃进的动作有些夸张，居然抽了自己嘴巴一下，看了看杨妮妮，又抽了一下。梅子说："谁让你抽自己嘴巴啦？说话呀！"跃进吭吭哧哧地说："我有眼无珠，得罪之处请多多包涵。"杨妮妮被跃进气笑了，拉着梅子说："走，我带你们去住院部。"

梅子说："可是，我们还没交押金呢。"

"刚刚不是交了吗？"杨妮妮说。

"交了？"梅子觉得奇怪。

跃进和石青推着移动床上的刘宝贵，随杨妮妮去了住院部心外科，梅子则跑到楼下交款处问了问，押金果然交了。梅子问："不会搞错了吧，是刘宝贵吗？"

"对。"里面的人说。

"姓刘的刘，宝贝的宝，富贵的贵。"

"对。你自己不会核对收据吗？"交款处的人剜了梅子一眼，抬头向梅子身后望着，"下一位。"

梅子傻呆呆地站在收款大厅，她想，杨妮妮帮着交的款？不太可能啊，那是谁呢？正犹豫着，梅子听到有人喊她，她在人群里寻找着，看到了站在电梯口的老齐太太和徐桢侗。

老齐太太把交款收据递给梅子，梅子的眼圈立即红了。

"真是不知道该怎么感谢你们哪！"

老齐太太说："这有啥，谁还没个灾没个难的。"

"几十年老邻居了，跟一家人没啥区别。"徐桢侗说。

老齐太太问："你爸现在怎么样？"

"稳定了，医生说得做手术。"梅子说。

"那你快去忙吧，手术后我们再来看他。"

梅子泪眼婆娑地来到住院部，见到跃进和石青，就讲了老齐太太和徐桢侗帮忙代交押金的事儿。跃进拍着大腿说："太好了，这可真是及时雨！"石青说："真是远亲不如近邻哪！"梅子说：

“小楼很快就拆迁了，邻居们各奔东西，这个时候，齐大姨和徐老师还能这样做，咱可别辜负了这份情谊呀！”

梅子沉默着，想起那年刘宝贵借钱给徐桢侗，后来经老齐太太一掺和，新闻媒体发了消息，刘宝贵拿的钱仅仅换了个虚名。石青曾指责过刘宝贵，认为他太傻了，拿钱往水里扔，就听个响。没想到，季节岁月有轮回，善恶也有轮回。

这时，石青推了梅子一下：“你看看，老爸好像要说话。”

跃进、梅子连忙围了过去。

刘宝贵张着嘴，无论怎样用力都发不出声音。

梅子趴在刘宝贵的耳边问：“您想说什么？”

刘宝贵吃力地举起一只手，比画了一下。梅子明白了，笑着说：“好了，老爸清醒了……他是想回家！”

梅子蓄积已久的泪水哗地流了下来。

第二天上午，梅子凑足了医院的押金和手术费，下午回小楼取刘宝贵的身份证和医保卡，顺便把老齐太太和徐桢侗帮忙垫付的钱也带上了。

来到小楼前，梅子见老齐太太正在晾被子。阴雨天被子受潮发沉，往晾衣绳上送时，老齐太太显得很吃力。梅子跑过去帮忙，被子一下子就挂了上去。

“听说你爸脱离危险了？”

梅子点了点头。

“手术时间定了吗？”

“嗯，明天上午。”

“保守治疗不行吗？”

梅子说现在科技进步了，支架手术也不算复杂，上次支架是第二代药物涂层金属支架，现在是第三代生物可吸收支架，支架是胶原和聚乙醇酸的，医生说术后一周就开始吸收，三四个月内支架就完全消失了。

老齐太太说："我的意思是，你爸年龄大了，不知道能不能吃得消。"

梅子说："放心吧，已经会诊过了，问题应该不大。"

"那就好，那就好。"老齐太太说。

梅子把钱递给老齐太太，老齐太太推脱着："不着急，你先拿着，现在正是用钱的时候。"

"钱已经筹齐了，太感谢您和徐老师了，关键时刻帮我们解决了大问题。"

"邻里邻居的，这样说不就远了嘛！"

两人推搡了一番，最后梅子还是把钱放到了老齐太太家门口。

刘宝贵的手术并没有预想的那么顺利，手术过程中主支血管夹层、壁内血肿，发生了急性冠状动脉闭塞，不过后来总算渡过了难关。刘宝贵恢复了精神并能够吃饭的时候，子女们才算松了一口气。

在石青的一再要求和督促下，跃进答应请家里人吃一顿饭。本来说好素芬、许红卫和大林都参加的，由于各种原因，最后只有石青和梅子参加了。跃进请的是熏肉大饼。梅子笑着对石青说："你张罗了半天，他也就请了咱这个档次。"石青说："这就不错了，从铁公鸡身上拔毛容易吗？"

吃饭过程中，兄妹三人的话题集中在刘宝贵和小苹子身上。

刘宝贵的事儿好办，大家很快商议出了结果。刘宝贵出院后可以临时住梅子家，小楼拆迁，回迁房一时半会儿下不来，等回迁房下来了，刘宝贵愿意自己住哪儿再说。小革子欠款的事儿可就麻烦了，他人在看守所里，采砂场被关闭了，什么时候清算、清算后能返还多少、借款在不在清算范围之内等，都是未知数。

“你说香港那个老板咋那么鬼呢，能掐会算吗？提前一年就知道要出事儿？”石青说。

梅子说：“好像没有什么预兆，这说明伍先生狡猾，是只老狐狸。”

石青说：“小革子跟那个老板比起来，就是一个彪子。”

“他不是彪，是虎，虎气冲天！”跃进说。

对采砂场的事儿梅子还是有些了解的。小革子和赵黎明接手采砂场后，干了一年半，之后环保清理整顿开始了，禁止随意开采砂石。赵黎明一见形势不妙，赔钱抛售股份，溜之大吉。小革子却心存侥幸，反而扩大开工面积，被省里管理部门发现，查封了采砂场。采砂场封了，小革子却没有罢手，继续与执法部门斗智斗勇，偷偷摸摸采砂，直到被抓住。那个时候，小革子的资金链已经断了，执法部门一查还查出了非法集资的问题，几项罪名加到一起，小革子难免身陷囹圄。

说到小革子向哥哥姐姐借钱，如果他们不通气，根本想不到光家里人就有那么大的窟窿。石青说：“从他上中学向我借钱开始，倒腾股票、直销以色列钻戒，前前后后从我手里拿走的钱不少于40万，一分钱也没还过，他好像从未想过还我。”跃进可怜巴巴地说：“我更惨了，大半辈子省吃俭用攒了20万，那可是我一分一毛攒的呀，不怕你们笑话，我买菜都买降价的，结果呢？原来我是他的奴隶呀！挣那些钱都供他花天酒地了。这些年，我时时刻刻防备他，生怕掉进他的坑里，可最后，绕来绕去，还是没逃出他的魔掌。”梅子十分吃惊，这些年，她借给小革子的钱超过了30万，本以为她借给小革子的钱最多，没想到跃进和石青也借了那么多，对于普通家庭来说，这些钱算是天文数字了。跃进还好，借钱给小革子跟素芬商量过，但石青和梅子不同，很多钱都是背着丈夫偷偷拿出来的，一旦让许红卫和大林知道了，事情只能更糟，她们有苦难言，找个人抱怨都找不到。

现在，兄妹三人终于找到了共同的泄愤对象，骂小革子是讨债鬼、天生的祸人精，甚至抱怨父母对小革子管教不够，对“老小”偏心眼儿，娇生惯养培养出个逆子。

石青说：“不知道马燕怎么样了，我听马燕说，她所有的钱都砸到小革子那里了，好几百万，你说，这么多钱，小革子都花哪儿去了呢？干啥能花这么多钱呢？”

梅子说：“我也觉得是个谜，按说采砂场集资的钱都是明账，可经营一年多早就回本儿了，他借的钱都哪儿去了呢？”

跃进说：“不是我抬杠，我老早就跟你们说过，他就是魔鬼转世，谁都祸害。”

石青说：“既然你有先见之明，为啥还借给他20万？”跃进被顶得哽哽的，他不理石青，说：“小革子就是个祸害，不仅把家里人祸害个遍，而且在外面也没少祸害，连老爷子老家的亲戚都没放过，我听说山顶村的亲戚你家一千两千、我家三千四千，也划拉了十来万，别看就十来万，把老家亲戚的钱全掏空了。”

石青说："老爸帮山顶村的亲戚帮了一辈子，积的那些德让小革子都毁掉了，这回好了，人家不仅不念你的好，心里还不知道咋恨呢！"

"老爷子手术后问起小革子，咱可得统一口径。"石青说。

"有啥好统一的？他要是不知道，也不至于倒下了。"跃进说。

"是福不是祸，是祸躲不过。"梅子说。

石青叹了口气说："也不知道小革子在里面怎么样了。"

"你还同情他？现在，我杀了他的心都有。"跃进说。

刘宝贵出院后被暂时安排到梅子家住，这可把梅子折腾坏了，她谨遵医嘱，换着花样安排饮食，低盐、低脂、低胆固醇，适量纤维素、高维生素，易消化的食物，水果、蔬菜，一天忙碌下来，躺在床上就睡着了。到了半夜，梅子又醒了，醒了再也无法入睡，搞得她精疲力尽。就是这样，刘宝贵还不高兴，动不动就发脾气。早晨他要吃腐乳，梅子将一块腐乳切成三份，只准刘宝贵吃一小份。刘宝贵责怪梅子管得比大夫都严。刘宝贵心情不好跟惦记家有关，腿脚还不利索就下了楼。

刘宝贵对影子般一直跟随在自己身边的梅子说："我不用你管。"

"我听不清。"梅子说。

刘宝贵尽力放大声音说："你该干什么就干什么去。"

梅子笑了，说："您别没良心哪！还不是我整天伺候您。"

刘宝贵回到小楼，在家里坐了不一会儿就出去了。梅子楼前楼后地找，最后在老齐太太家门口看到了刘宝贵。梅子不想打扰他们，就远远地看着。刘宝贵正和老齐太太唠嗑，老齐太太唠的时候，唠到自己高兴的事儿上，就独自咯咯地笑，而作为听者的刘宝贵却不笑，仍是一副严肃的面孔；刘宝贵唠的时候，当他唠到觉得可笑的事儿时，也是自己笑起来，老齐太太却没笑。尽管如此，他们还是一副挺满足的样子。

傍晚，刘宝贵又不见了，梅子去老齐太太家找，不在那里；走到徐桢侗家门口，梅子透过门缝，看见刘宝贵和徐桢侗正在下棋。刘宝贵大概输了，抓起一枚棋子站起来转身就走，在门口和梅子撞了个满怀。

梅子跟刘宝贵回家，开门时刘宝贵还回头望了望，见徐桢侗没跟过来，才舒了一口气，说："徐桢侗想吃我。"

"他吃你？"

"就是，想吃我可没那么容易。"

梅子回屋后才搞清楚是怎么回事儿，刘宝贵手里攥着一枚象棋"将"，都攥出了汗。

那天晚上他们住在了小楼。半夜下雨，刘宝贵爬了起来，来回走动着，嘴里还嘟嘟囔囔的，梅子觉得挺吓人，等她去看刘宝贵时，刘宝贵又睡着了。梅子刚要离开，刘宝贵又醒了，大声喊："跃进他妈，快拿水桶和脸盆，快拿水桶和脸盆！"梅子想，老爸准又是梦见当年房子漏雨的事儿了。

后来，刘宝贵搬进了回迁房，新家离小楼很远，在海湾的另一边，不过条件还是不错的，三室一厅。小苹子被判 11 年，梅子去探监时见到了马燕，马燕什么都没对梅子说，只是相视一笑。

那年梅子出了一场车祸。出车祸之前，她给乔老师所在的大学挂了一个电话，他们中断联系已经好几年了，乔老师调走的头几年他们还有书信往来，后来有了手机，他们反而断了联系。他们分别的头几年，梅子还能在互联网上查到乔老师的消息，乔老师犹如一颗冉冉升起的新星，在他的专业领域声名鹊起。也许，进入新平台的乔老师已经把自己忘了吧，梅子这样想。梅子之所以给乔老师单位挂电话找他，是想向他咨询去西藏的一些事情，她想在假期带雪芳（这个时候，雪花已经改名雪芳，如同自己小时候把红梅改成梅子一样，都属于自作主张）去西藏旅行。在此之前，梅子在各种信息中看到乔老师的很多活动都跟西藏有关。

乔老师单位的一位女士接了电话，对方说乔老师已经不在了。

梅子吓了一跳：“不在了？去世了吗？”

“他不在我们单位了。”

“调走了吗？”

“我不是很清楚……听说去了西藏。”

“您知道他在西藏哪个单位吗？”

“好像是寺庙，至于哪个寺庙没人知道。”

“寺庙？他出家了吗？”

“不十分清楚。”

车祸就是在那天下午发生的。大林给梅子打来电话，说要去海员俱乐部参加工友的生日宴会，要求带夫人。没到下班时间，大林就来幼儿园接梅子。本来时间挺充裕的，大林却十分着急，车开得很快。一路上梅子唠唠叨叨，提醒大林五六次开慢点儿，注意安全。没想到，出了白云山隧道，大林开的车与一辆大卡车相撞，梅子当场昏厥过去。

梅子醒来，发现自己躺在医院的病床上，她问医生大林怎么样了，医生没有回答，只是告诉梅子她的 3 根肋骨骨折。

梅子坐着轮椅参加了大林的葬礼，想不到，她在车里唠唠叨叨，竟然是他们最后的告别。那段时间，梅子一直在听《听海》《香水有毒》《谁的眼泪在飞》几首歌曲，不由自主泪流满面。

梅子仍然在幼儿园工作，赶巧幼儿园会计调离，她接任了会计一职，工作比较轻松。那一年，梅子硕士研究生毕业，专业是英语语言文学。梅子所学的知识和技能在日常工作和生活中都用不上，可她仍热衷于读英文原版著作，闲暇时翻译一些诗歌什么的。梅子几乎把所有的心思都用在了雪芳身上，全力以赴培养雪芳。她经常给女儿讲出身工人家庭的她如何奋斗的励志故事，为了培养女儿，她牺牲了自己的幸福，不想，性格独立的雪芳 15 岁开始叛逆，使得梅子一度抑郁到怀疑人生。多愁善感的梅子内心越来越敏感，曾多次出现幻觉，觉得自己是一只漂亮的鸟儿，羽毛干净而绚丽，在天空中飞翔着，飞得很累，她渴望找到一个结实的枝头能让自己落落脚，却一直没有找到。

都说人生是硬币的正反面，难道岁月可以颠倒重来吗？

仓储库霉果事件和西塘盐碱地树苗问题都沉淀在过往的岁月里，解决问题的过程中，雪芳接受了教训，也磨砺了意志。第二年初夏，西塘果园培育的“品红”苹果已经见到了成果，过了落果期，果树上的幼果褪去胎毛，有的苹果的柄把儿已经形成木质。经过上一年的苦痘病风波，雪芳更加小心翼翼，疏果、定果时，以蕾定果，以树定产，合理负载，对待每一棵果树都像对待孩子一样呵护。

雪芳终于说动了刘宝贵，请他去西塘果园看一看。

那天一大早，雪芳和刘宝贵就动身去了山顶村。雪芳将刘宝贵让到了后排座，还亲手给刘宝贵系上安全带。刘宝贵问后排还用系安全带吗？雪芳说要的。在刘宝贵的印象里，系安全带的都是前排坐着的人，就算碰了车，后排的人也会好很多。在这方面，雪芳和刘宝贵的认知并不一样，她甚至觉得后排不系安全带更危险，一旦发生碰撞，坐在后排的人会向前冲来，直接威胁前排的人。

刘宝贵嘟哝着："坐后座，还头一次系这样的东西。"

雪芳说，这是她留学时养成的习惯。

雪芳和刘宝贵出城之后，天下起小雨，是那种常见的稀稀拉拉的小雨。雪芳说，早上她看了天气预报，今天不应该下雨呀。刘宝贵说，看这样，雨不会长久，午后应该出太阳。雪芳说，她主要是担心去西塘果园的路不好走。

上午 11 点左右，雪芳开车从鹿鸣山乡国道上拐下县级公路，她开的速度很慢，在县级公路上行驶不到 10 分钟，突然看见眼前黑乎乎的东西压过来，她还没反应过来，就感觉呼地一下，有东西大面积地击打在脸上，眼前一片白。原来，汽车发生了碰撞，气囊弹爆，直接糊在雪芳脸上。雪芳的眼镜也被打飞了，她顿时觉得眼花、胸闷。稍微清醒一些，她立即回头看向刘宝贵，刘宝贵靠在椅子上，正眯缝着眼睛看她。

雪芳问刘宝贵怎么样，刘宝贵说没事儿。

雪芳推了推车门，没推开。她想从右侧车门下车，由于方向盘上的主气囊和副驾驶仪表台上的安全气囊都弹了出来，她好不容易才爬到副驾驶座位上，推开了车门。下了车，雪芳傻眼了。

这是一场严重的车祸，雪芳的轿车与一辆拉满货物的大型卡车相撞，轿车前部受损变形，引擎盖拱起，保险杠飞到了路基下，轿车肯定报废了。而大型客车似乎更加严重，车头与车厢分离，车头翻扣在路边的水稻田里。看到这个场面，雪芳觉得轿车里的自己大概已经挂掉了，车外的“她”属于灵魂出窍了吧，不然自己怎么可能完好无损呢？雪芳开始用力掐自己的脸，她感觉到了疼痛。怎么回事儿？自己还活着，一点儿都没受伤？雪芳还是觉得迷迷瞪瞪、飘飘悠悠的，她想进一步加以确认。刚好，远处驶来一辆汽车，雪芳跑上前去，站在道路中央，她想看看汽车司机能不能看到自己。如果自己是个魂魄，那就是透明的，别说对面的司机看不到，就是汽车从自己的身体穿过也同样没有感觉。

汽车停了下来，司机伸出头来喊道：“需要帮忙吗？”

“需要！”雪芳小声说。

雪芳转身跑向轿车，她惊讶地看到，刘宝贵已经下了车，站在车门前，向大卡车的方向指了指。雪芳眼里的泪水倏地落下来。

雪芳来到大卡车旁边，那个司机被卡在变形的车门里，看样子已经不行了。车前桥冒着烟，驾驶室里的音乐仍播放着，是节奏跳跃的韩国版《小苹果》。

那天晚上回家，雪芳始终被一个问题困扰着：发生那么重大的交通事故，她的小轿车居然没有大卡车受损严重，她和刘宝贵只是受了轻伤，而大卡车司机却殒命于此，难道冥冥之中有什么力量在护佑她？后来雪芳想，如果说有的话，大概是她未竟的事业吧，牛顿苹果园和新培育的苹果还在等着她呢。

一直到凌晨3点，雪芳仍觉得心神不定，她漫不经心地翻看着手提电脑，不知怎么就翻到了自己的笔记。笔记记得很不规范，没有日期，且零零散散，有的还没头没尾，有的是多年前的，有的是近期的——

每个人都有自己的伊甸园。打烊后的餐馆后厨偷尝禁果。凌晨的街道，清冷嶙峋。与诚磊手拉手。

雪芳觉得，这条记录应该记于她留学第二年冬天的一个夜晚。

当牛顿的一只苹果和一片树叶构成彩虹色商标之后，苹果作为智慧树的地位得到了进一步巩固。

躺在一个“毒苹果”旁边的尸体是代码破译专家和计算机先驱阿兰·图灵，这个被咬了一口的苹果，会不会是白雪公主咬过的那个？

“拥有深深的草甸，幸福、美丽，到处都是果园。”这是古代凯尔特人的理想国。维京人却认为，那些强大的男性众神也要靠女神伊敦可爱的苹果来阻挡衰老和死亡。

有一个古老的苹果品种叫“肯特之花”，果实会在成熟过程中从绿色变成橙色，再变成红色。

考克斯的第一棵“橙皮平”苹果树在1911年被吹倒。

还有，比如苹果腐烂病和黑星病。

那棵了不起的苹果树在2013年上了新闻，因为它上面生长着250种不同的苹果，全部都嫁接在它好客的枝条上，它属于荣耀的保罗·巴尼特。

莎士比亚曾经享用过一种古老的带肋纹的苹果，叫“考斯塔德苹果”。

催熟番茄的古老方法是将一个苹果放进一袋番茄里，因为苹果能天然地释放一种植物激素——乙烯。

英国最受欢迎的苹果是来自新西兰的“嘎啦”，味道很甜。

一个珍稀品种的瑞士苹果的干细胞，如今已被用于刺激人类皮肤的生长和减少皱纹。研究人员还在探寻苹果预防某些癌症和血管疾病以及抵抗衰老的奥秘。

红元帅、香蕉苹果的糖分在12度左右，西塘果园里的苹果糖分有望达到18度。

9月，苹果摘袋上色，摘袋前注意灌一次水，以减少苹果摘袋后裂果的发生和苹果失水缩果。

苹果是当前唯一一个没有温室化的水果了，天然地接受阳光雨露和风吹雨淋。

别忘了，要记得适时申请国家地理标志。

人懒地欺，果甜鸟欺。阴雨不休，苹果易受内伤；秋风劲爆，苹果易“人头落地”。

生活的理想，还是理想的生活。

当我品尝苹果酿的酒时，我仿佛闻到了花香，感受到了夏露和秋霜，这酒的滋味来自山顶村果园，来自湖蓝色的夏天。

在果园里，我能看见那些树在睡午觉，在打哈欠，见到我时，它们相互摇醒，伸展枝叶，对我窃窃私语。

母亲小时候分苹果的记忆已植入我的基因，我从没刻意去想过，有的时候却闻到了发黄的照片般的味道。

1953 年，沃森和克里克提出 DNA 的双螺旋模型，开启了分子生物学的时代，那一波科学研究思潮，国内没有赶上，以致中国的生命科学基础学科研究水平相对落后。看看现在市场上的苹果品种来源就知道了——国光（Ralls Janet）、红玉（Jonathan）、元帅（Red Delicious）和金冠（Gold Delicious）来自美国；富士（Fuji）来自日本；澳洲青苹（Granny Smith）来自澳大利亚；嘎啦（Gala）来自新西兰……我要用生物科学探索改造中国的园艺学，奋起直追！

多希望西塘的“品红”是天堂里生长的令人陶醉的苹果。

苹果树是生命之树，苹果树是智慧之树——我要让苹果有意义。

……

这些笔记记录的时间和背景，雪芳不能一一记起了，甚至哪些是自己的感悟、哪些是摘抄的，她也分辨不清了，可有一点是明确的，雪芳种植苹果绝不是心血来潮，这一想法的产生要久远得多。

雪芳突然有个想法，她要把这些零零散散的笔记发给诚磊。翻到诚磊的微信后，雪芳又迟疑了，因此也就停止在了想法上。

鹿鸣山乡车祸发生后，雪芳除了表皮擦伤，其他都无大碍，刘宝贵也十分幸运，仅仅是尾骨骨折。在医院检查、会诊时，医生说尾骨是人体退化的骨头，不起承重作用，可以不手术，保守治疗。不过医生叮嘱刘宝贵也别掉以轻心，前两周需要绝对卧床休息，尽量别平躺，平躺会增加尾骨压力，不利于尾骨愈合，更不能坐着，那样会造成骨折移位，压迫到直肠造成破裂，一个月左右才可以下地活动。

周末，跃进、石青、梅子、小革子都回家了，名义上是探望刘宝贵，同时也是难得一聚，算是一举两得。刘宝贵见到梅子就问起了雪芳，梅子说雪芳好像去外地出差了，她也好多天没见到雪芳了。刘宝贵说："忙好哇，忙总比不忙强，不像我这个老不死的，整天吃闲饭。"

梅子知道刘宝贵想见雪芳，就偷偷给雪芳打了一个电话。"别说我通知你来的，就说你自己想来的。"梅子叮嘱道。

雪芳带着一个大花篮过来了，进屋就摆放在刘宝贵的床头。刘宝贵严肃地说："买这些东西啥用没有，净瞎花钱。"雪芳笑嘻嘻地对刘宝贵说："这些花代表我的笑脸，我不在的时候，你看到它们就等于看到我了。"

刘宝贵让雪芳扶他起来，他要下地溜达溜达。雪芳说："刚刚过了两周，还没到医生规定的期限，不能下地走动。"刘宝贵说："我已经好了，病在我身上，好不好我自己知道。"无奈，雪芳把梅子买的折叠轮椅拿来，扶刘宝贵坐上轮椅，推他进了客厅。

跃进和石青正在争论打不打干细胞的问题，见刘宝贵过来，两人都不说话了。梅子对刘宝贵说："活动活动行，但时间不能太长。"

雪芳知道，跃进和石青经常因为养生理念不同而争辩，他俩都认为自己说得有道理。退休之后，跃进时常比较同龄人中谁谁谁得了什么病，谁谁谁"走了"，越发觉得自己才是人生赢家，虽然自己能力比较弱，一辈子也没混出个模样，但是那些风风光光的人又怎么样呢？也许自己这样平平淡淡的状态才是生活的本质，平安是福嘛！石青已经不为生计发愁了，就算活到100岁，她的积蓄也够花。退休之后，她把大部分精力都用在了养生上，买各种保养品，进行各种锻炼，但讽刺的是，她却常年与疾病作斗争，一场接一场的疾病轮番向她进攻，仿佛战火硝烟总也不肯消散。

说实在话，雪芳不太想见到小革子，可撞到一起了，不想面对也得面对。雪芳主动跟坐在窗前的小革子打招呼，小革子点头回应一下，继续皱着眉头抽烟。

“你就不能把烟戒了吗？不知道烟是健康的第一杀手啊！”梅子在一旁说。

小革子说：“马上，马上就抽完了。”

可手里的烟蒂刚熄灭，小革子又点燃了一支。

“哎，不是说不抽了吗？”梅子拉着小革子的胳膊，“说话不算话，还要脸吗？”

小革子用力甩开胳膊，大声说：“你少管……你是你，我是我，我这辈子就这样！”

跃进大概跟石青吵得口渴了，咕咚咕咚喝了一杯水，看到茶盘里的苹果，拿起一个吃了起来。

梅子说：“你这个人真怪，好苹果不吃，专拣有斑点的苹果吃。”

跃进说：“习惯了，以前冬天咱不都是先吃烂苹果吗？”

石青说：“所以说，你的健康观念有问题，你还死横硬犟。”

梅子说：“过去的确是这样的，家家户户都是先拣不好的苹果吃，结果一冬天吃的都是烂苹果，而有的人专拣好苹果吃，一冬天吃的都是好苹果。”

“是这么个道理，实际上是拣苹果的时候，不知不觉就把坏的挑出来，不舍得扔，就吃了。”跃进说着，问石青，“你敢说以前你没这样做过？”

石青眨巴眨巴眼睛，沉默着。

“咱小时候有苹果吃就不错了，有时连坏苹果都没有呢。”梅子看了看自己食指上的疤痕，又说，“我请教一个问题：小时候，妈给咱兄弟姐妹四个分一个苹果，是谁不小心把我的手给弄伤了？我是说不小心，没有追责的意思。”

石青瞅了瞅跃进，跃进瞅了瞅石青。

石青说：“你瞅我干啥？”

跃进说：“你不瞅我，怎么知道我瞅你？”

人一老就童心复萌吗？雪芳觉得很有趣，打岔说：“你们肯定没吃过橙色的苹果，可能见都没见过。”

“橙色的苹果？没听说过，像橘子那种颜色吗？”石青问。

“是，我的果园有，等成熟了我送给你们一些。”

跃进说：“方便时给我一棵树苗吧，我种在我的植物园里。”

梅子问：“你还有植物园？”

“他所谓的植物园就是楼上的露台。”石青撇着嘴说。

“明知道一切都是假的，是一场游戏，你还要一本正经地演下去。”小革子嘟囔一句。

“什么假的？我家里的植物没有一棵是假的，都是货真价实的。”

“人不能活在假象里，也不能活在真相里。”小革子又嘟囔一句。

“那应该活在哪儿？火星？”跃进说。

“应该活在希望里。”梅子说。

雪芳说：“大舅家里有植物园也没什么奇怪的，不能一说植物园就想到了大公园，盆景也是景啊。再说，现在城市里有村庄，村庄里也有城市，我在山顶村的房子一点儿都不比城里的差，现代化设施一应俱全。其实，不知不觉间，我们会惊讶地发现，社会生活已经不知不觉发生了变化。”

“而且是翻天覆地的变化。”梅子补充说。

石青说：“是呀，想起当初南山街小楼动迁，一家人五六个心眼儿，还不是那时候房子紧张，成家立业没个落脚的地方！现在房子多了，大家都不稀罕了。”说的时候，石青还瞄了跃进一眼。跃进故意说：“我怎么不记得有那么回事儿呢？你记得那么清楚，说明动心眼儿的人是你，最在乎的人是你。”石青瞬间变脸，拉开架势，说：“你别二皮脸！要想打仗，今天我可不惯着你！”梅子站在跃进和石青中间，说：“你们俩想干吗？都多大岁数了，不嫌丢人呀！”

雪芳也过来劝架，说：“我听老妈讲过家里那一段的故事，其实也正常啊，哪个人不想有立足之地呢，就像我们果园里的苹果树，都想扎自己的根儿，更好地生存。”

梅子推了雪芳一下：“一边去！这跟苹果树没啥关系。”

雪芳说：“都一样，大姨和大舅，包括你和老舅，都想在城市里有自己的位置，都想把根儿扎牢一些，所以才努力去奋斗的。”

梅子撑过来一句：“那你呢？把根儿扎在山顶村？”

“至于城里还是山顶村其实都不重要，关键要看心，心在哪儿扎根才重要。”

梅子一时没反应过来，看了看石青和跃进，石青和跃进也都一脸蒙，只有小革子诡异地笑了笑。

吃过饭，刘宝贵像小孩子似的凑到雪芳跟前，有些胆怯地小声问雪芳：“你可以带我去动物园玩玩吗？”

“好，没问题。”

“不跟别人说。”

“不说，这是我们俩的小秘密。”

“一会儿咱就动身。”

“等你病好了。”

“我已经好了。”

在刘宝贵的软磨硬泡下，雪芳没办法只好和梅子一起陪刘宝贵出了门。下楼见到太阳，刘宝贵眯缝着眼睛，兴奋地喊了一声：“太阳照头顶喽！”

车到了森林公园，刘宝贵端详了半天，终于认出这地方是白云山。起先，这儿本是一个不起眼儿的地方，后来一个叫李四光的地质学家来考察，说这儿是莲花地貌，世上罕见。打那以后就有人叫它莲花山了。刘宝贵年轻的时候来过这里，还到山上撸过槐花，那时林子茂密，几乎看不到人家。现在，这里变得无法辨认了。雪芳和梅子领着刘宝贵去坐小火车，看虎、看鹿、看熊猫。可惜，时间不长，刘宝贵的兴致就淡了，他对雪芳说：“走，我们回去吧。”

回家的路上，刘宝贵坚持要走胜利路，梅子说走胜利路方向不对，绕远了。刘宝贵说方向对，不绕远。雪芳没听刘宝贵的，还是开往了周水子国际机场方向的西部大通道。

刘宝贵拍打着车窗说："停下，停下，我要下车！"

雪芳停下车，看着梅子，梅子一脸蒙。雪芳想了想，说："我明白了。"

雪芳把车开到了南山街。

南山街甲 57 号小洋楼已经成了一家餐馆，原来门口的刺槐树不见了，门前空地变成了停车场。刘宝贵坐在轮椅上呆呆地望了一会儿，转身要走。突然，他看到小楼前面的坡地上有一块熟悉的树林，那里的树木还保留着原来的样子。刘宝贵向树林的方向指了指，雪芳推着他朝树林走去。

树林里疏影暗香，苦龙胆掺杂着辛辣的木香味道，雪芳觉得这味道有些倔强。她想起西塘的盐碱地，那里之前不知道被禁锢了多久，刚开发时，雪芳分明闻到了深入骨髓的腐烂和新生混合的气息。现在不一样了，那里已经一片生机。

雪芳对刘宝贵说："姥爷，过两年我把咱家住过的那栋小楼买下来。"

"买它干啥？"

"我要建一个苹果博物馆。"

"苹果博物馆？为啥要建苹果博物馆？"

梅子在一旁说："因为你外孙女种出了世界上最好吃的苹果！"

雪芳向梅子做了个鬼脸："借老妈吉言！"

从小楼回到刘宝贵的住处，一下车就看到一群人，他们是从山顶村来的，有八九个人，雪芳在这些人中看到了世军和桃子。刘宝贵有些紧张，他不知道又发生了什么事儿，没有下车。

雪芳问世军：“你们怎么找到这儿来了？”世军说：“听说你车祸住院了，大伙儿都挺担心。”雪芳笑了，说：“不是我，是前段时间姥爷住院了，不过现在已经好了。”

桃子说：“你没事儿就好，这段时间你没去山顶村，我觉得空空落落的。”

“怎么来这么多人哪？”雪芳问。

世军说：“还不止呢，大伙儿都想来看你，这些是选出来的代表。”

桃子小声说：“听说你住院，大伙儿都凑了份子钱。”

“不行不行，我怎么能收大伙儿的钱呢？况且，我人好好的。”

桃子笑了，说：“乌龙了，你出车祸的事儿，村里有好几种说法，还有的说你已经……发生意外了呢。”

世军大声阻止桃子：“别说不吉利的话，像雪芳这么好的人怎么会发生意外呢？”

“真的好感动，谢谢大家的一片真心。”雪芳红着眼圈说。

世军说：“如果没事儿，明天你就回山顶村吧，后天大学生义工就要离开了。”

“诚磊组织的那些大学生？”

“就是就是，为留守儿童培训辅导的那些大学生，我想和你一起给他们颁发‘荣誉村民’证书。”

雪芳说：“没问题，我一定回去。”

雪芳过来扶刘宝贵下车，刘宝贵问：“山顶村来人了？”

“嗯。”

“啥事儿？”

“没啥大事儿。”

“我看挺好的，眼下还有人惦记，不容易呀。”

“您都听见啦？”

“别看我腿脚不灵了，可耳朵还是能听见的。”

由于身体原因，刘宝贵最终没能再一次去他心心念念的山顶村，看看雪芳种在西塘的那些苹果树，不过，他去世之前吃的唯一的东西就是雪芳选育的新品种“品红”苹果。他含着泪说了一句：“这个世界上，还真有这么好吃的苹果！”